개정판

호리 다쓰오堀辰雄와 모더니즘

‖ 개정판 ‖

호리 다쓰오堀辰雄와 모더니즘

유재진 저

역락

개정판을 내면서

   호리 다쓰오는 일본에서 호불호가 나뉘는 작가이다. 대표작『바람이 분다』가 국어 교과서에도 실려 널리 알려져 있는 반면,『바람이 분다』의 작가, 새너토리엄에서의 남녀간의 애절한 사랑과 행복, 죽음을 그린 서정적이며 로맨틱한 소설을 쓴 현실을 직시하기보다는 현실과 거리를 둔 예술지상주의 작가라는 이미지가 강하기도 하다. 필자는 일본 유학시절 호리 다쓰오로 한참 석사논문을 쓰고 있을 때 호리 다쓰오 관련 발표를 들으러 간 적이 있는데, 그때 발표가 끝나고 한 일본인 대학원생이 발표자에게 질문을 하면서 자신은 호리 다쓰오 작품이 '너무 감미로워서' 싫다고 한 말을 듣고 심히 놀랐던 기억이 있다. 이렇듯 일본에서 호리 다쓰오는 감미롭고 서정적인 작품을 쓰는 작가로 널리 알려져 있다.

   2013년 미야자키 하야오 감독의 애니메이션「바람이 분다」가 한국에서 상영되면서 호리 다쓰오의 이름이 알려지고 작품도 하나둘 소개되기 시작하였다. 어딘지 모르게 '감미롭고' 서정적인 예술파 작가라는 호리의 이미지는 일본 내에서의 대중적인 이미지와 별반 다르지 않는 것 같다. 특히나 애니메이션「바람이 분다」에서는 원작의 서정적 분위기와 결핵을 앓고 있는 박명한 여주인공과 남자 주인공이 나누는 애절한 사랑과 죽음이라는 소재만을 부각시켜 원작이 지닌 '삶'과 '죽음'에 대한 작가의 성찰은 전혀 다루어지지 않고 있어 개인적으로 많은 아쉬움이 남았다.

   『바람이 분다』는 호리 다쓰오의 대표작이지만 또한 호리가 가장 고심하면서 힘들게 완성시킨 작품이기도 하다. 호리는 완결판『바람이 분다』를 완성시킴으로써 자신의 고심의 흔적을 깨끗이 닦아내버린 감이 있다.

이런 아쉬움 때문인지, 『바람이 분다』의 테마와 작가가 고심한 흔적들을 그 원형으로 거슬러 올라가 작품의 생성과정을 마치 수행하듯 함께 따라 읽어야만 느껴지는 소설의 진가, 혹은 완결판과 다른 작품 세계를 맛보기 위해서 유학시절 그것도 연구생 때 쓴 고리짝 적 논문을 예전에 출간한 『호리 다쓰오와 모더니즘—회화·과학·꿈—』에 추가시켜 이렇게 개정판으로 내놓게 되었다.

『호리 다쓰오와 모더니즘—회화·과학·꿈—』은 호리의 초기 작품을 중심으로 일본 문단이 서구 모더니즘을 수용할 때 가장 '첨단尖端'에서 활약했던 호리 다쓰오의 모더니스트로서의 면모를 고찰한 연구서이다. 이 책에서는 20세기 초 서구에서 일어난 모더니즘 운동에 가장 민감하게 그리고 문학뿐 아니라 회화, 과학사상 등을 통해서 새로운 표현 기법과 현실 인식을 모색하고 자신의 문학론을 수립하고자 했던 호리의 활발하고 진취적인 모습을 부각시키고자 하였다. 호리 다쓰오는 표면적으로는 조용하고 잔잔해 보이지만 그 이면에서는 시대의 변화에 가장 민첩하고 기민하게 반응해서 일본문학이라는 특수성 속에서 문학의 보편성을 담아내려고 각고의 노력을 한 작가이다.

한국에서 호리 다쓰오에 대한 관심과 이해를 도모하기 위해서 본 개정판을 내도록 용기와 격려를 주신 고려대학교 BKPLUS 중일어문학사업단의 단장이신 정병호 선생님과 교정 작업과 편집에 헌신적으로 임해 주신 역락의 권분옥 선생님께도 감사의 말씀을 전한다.

유 재 진

목차

제1부 회화

제2부 과학

제3부 꿈

제4부 『바람이 분다』의 생성론

호리 다쓰오 문학과 인터페이스로서의 '모더니즘'

.

1. 서구의 모더니즘과 일본의 모더니즘

일본근대문학사에서 모더니즘만큼 곡해되어 정착한 명칭은 없을 것이다. 본래 모더니즘이란 1910년대부터 30년대에 걸쳐 유럽과 미국의 예술계에서 일어난 전위운동의 총칭이다. 모더니즘의 시작을 언제로 볼 것인가 하는 문제는 모더니즘에 대한 이해에 따라 다소 차이가 있다. 예를 들어 '모던＝근대'라는 개념에 따르면 르네상스 이후가 되고 역사학적 시대규정에 따르면 18세기 산업혁명 이후가 된다. 그러나 이러한 시기 설정으로는 고전주의·낭만주의·자연주의까지도 모더니즘 예술에 포함되어 모더니즘이라는 개념을 확산시켜 버린다. 따라서 이 책에서는 모더니즘의 시기 설정을 1900년 초부터 1930년대로 하겠다. 이 시기에는 프랑스의 에스프리 누보·다다이즘·초현실주의, 이태리의 미래주의, 독일의 표현주의 등 예술운동이라 부를 수 있는 현상들이 나타났다.[1] 모더니즘 예술

1) 濱田明編『モダニズム研究』(思想社, 1994).

에는 다다이즘, 미래파, 표현파, 입체파, 초현실주의 등 일정한 이념에 따라 '운동'이라는 형태로 발생한 집단적 활동도 있고, 집단적 활동은 의식하지 않는 개인적이고 산발적인 예술 활동도 있다. 이렇듯 모더니즘은 그 양태나 발생지가 다양하기 때문에 일괄적으로 규정하기는 어렵지만, 전통에 대한 반역과 새로움의 수립이라는 공통적인 특징이 있다. 모더니즘은 19세기에 확립된 근대 시민사회가 당연시해 온 합리주의나 인간중심적인 도덕관, 연속적이고 전진적인 역사관, 그리고 사실주의적 예술관 등과의 깊은 단절을 의식하면서 표현 기법상의 혁신에 도전하려는 특징을 보인다.[2]

그러나 일본에서는 '모더니즘'이 서구의 모더니즘처럼 전통에 반역하고자 한 혁신적인 예술운동의 명칭으로는 정착하지 않았다. 1920년대 말 일본에서 모더니즘이란, 미국풍의 새로운 유행이나 풍속, 생활양식을 그리거나 적극적으로 수용한 것 혹은 그러한 태도를 가리켰다. 1923년에 일어난 간토關東 대진재의 폐허 위에 세워진 근대도시 도쿄東京에 출현한 모던걸이나 모던보이, 카페, 아파트먼트 등이 일본 모더니즘의 상징이었다. 모던도시로 재탄생한 도쿄의 새로운 풍속을 그린 류탄지 유竜胆寺雄의 「아파트와 여자들과 나アパートと女たちと僕」(『개조改造』1928.11)라는 작품에 당시의 저널리스트 지바 가메오千葉亀雄가 '모더니즘 문학'이라는 명칭을 붙인 것이 일본에서 이 명칭이 처음으로 사용된 예이다. 이후 일본에서 모더니즘은 아사하라 로쿠로浅原六朗, 구노 도요히코久野豊彦, 류탄지 유 등이 중심이되어 1930년 4월에 비·프롤레타리아파 신인들을 집결해서 결성한 신흥예술파新興芸術派를 가리키는 용어로 쓰이기 시작하였다. 당시 미디어에서 모더니즘은 '모던걸'이나 '모던보이'와 같은 취급을 받았으며, 결국엔 '에

---

2) 出淵博「モダニズム」『世界文學大事典』(集英社, 1997).

로eroticism · 그로grotesque · 난센스nonsense' 문학의 별칭으로 사용되었다.[3]

　이처럼 일본에서 모더니즘이 경박하고 피상적인 문학을 가리키는 별칭이었기에 신흥예술파의 일원이었던 호리 다쓰오堀辰雄(1904~1953)는 오히려 모더니즘에 반대하는 태도를 취하고 있었다. 호리는 일본의 모더니즘 문학과 거리를 두고자 하였으나, 그의 문학이 서구 모더니즘과 무관하다고는 할 수 없다. 오히려 그는 신흥예술파 작가들 중 그 누구보다도 장 콕토Jean Cocteau, 기욤 아폴리네르Guillaume Apollinaire, 레이몽 라디게Raymond Radiguet 등 서구 모더니즘 작가들의 작품을 수용하면서 자신의 문학과 방법론을 모색하고 구축해 간 작가였다. 신흥예술파가 원래 서로 다른 예술관을 지닌 신인 작가들이 프롤레타리아문학에 대항하겠다는 이유 하나만으로 결성한 집단이었기 때문에 그 안에서도 다양한 경향의 작품들이 나왔으나 아폴리네르를 비롯한 프랑스 모더니즘 문학을 적극적으로 수용했던 호리 다쓰오가 오히려 모더니즘을 비판하는 아이러니한 상황이 벌어졌던 것도 당시 일본에서 모더니즘이라는 용어가 곡해되어 정착했기 때문이다.

　그렇다면 일본근대문학사에서 서구의 모더니즘처럼 전통에 반역하면서 새로운 문학을 수립하고자 한 문학이 없었던 건 아니다. 호리 다쓰오는 기존의 문학과 다른 현실 인식과 표현법을 통해서 새로운 문학을 수립하고자 했으며 그러한 그의 작품들은 모더니즘적 특성을 다분히 보이고 있다. 그러나 일본에서 모더니즘이라는 용어가 곡해되어 정착한 탓에 그의 문학이 지닌 모더니즘적 요소나 특징들은 이제껏 제대로 연구되어 오지 않았으며 호리 다쓰오 초기의 많은 작품들이 사장되어 온 것이 문제이다. 이러한 문제점은 단지 호리 다쓰오 문학에만 한정된 것이 아니다. 그 동

---

3) 협의의 모더니즘 문학 기관지로 『근대생활近代生活』(1929.4~1932.7)이 간행되었다.

안 모더니즘 문학을 단순히 피상적인 풍속소설 취급을 해 온 탓에 1920
년대 말 일본에서 일어난 예술운동이 지닌 문제의식과 새로운 시도에 대
한 연구나 고찰을 일본근대문학 연구가 도외시해 온 것이 더 큰 문제라
할 수 있다.

2. 호리 다쓰오 초기 작품의 평가

1920년대 말 일본에서 '모더니즘'은 '에로·그로·난센스'의 경박하고
피상적인 작품에 붙인 별칭이었다. 이에 호리 다쓰오는 자신이 수용한 서
구 작가들의 작품은 소위 '모더니즘 문학'이 아니고, 자신 또한 "문학상의
안티모더니즘을 주장"[4]한다면서 '고전주의'[5]를 표방했다.[6] 그러나 그가
습작기서부터 서구의 모더니즘 문학을 섭취하면서 자신의 문학세계를 모
색해 갔다는 것은 그의 번역활동을 보더라도 명백한 사실이다. [부록 1]
에 실은 ≪호리 다쓰오 번역과 창작 연표≫를 보면 호리가 초창기서부터
창작활동과 더불어 아폴리네르나 장 콕토 등 서구 모더니즘 작가들의 작
품들을 번역해 온 것을 확인할 수 있다. 호리 다쓰오는 번역을 통해 그들
의 문학을 수용했던 것이다. 그리고 [부록 2]에 실은 호리의 ≪모더니즘
관련 장서 목록≫을 보면 그가 얼마나 서구 모더니즘에 관심이 있었는지
를 확인할 수 있다. 이에 호리 다쓰오 문학을 연구하고자 할 때 호리가
이들 서구 모더니즘 작가들의 문학을 통해서 어떠한 영향을 받았는지를

---

4) 1929년 호리가 쓴 일기의 한 문장이다. 인용문은 中村眞一郎·福永武彦編『堀辰雄全集』第
   7卷(下)(筑摩書房, 1980)에서 인용했다.
5) 堀辰雄「すこし獨斷的に 超現實主義は疑問だ」『帝國大學新聞』(1927.4.28).
6) 호리가 모더니즘에 반대하는 입장을 취하게 된 데는 당시 그가 특히 심취해 있던 장 콕토
   가 앙드레 브르통을 비롯한 쉬르레알리스트들과 관계가 틀어져 안티모더니즘클럽을 결성한
   사건과도 관련이 있다.

검토하는 작업은 반드시 짚고 넘어가야 할 사항이었다.

그러나 문제는 지금까지의 호리 다쓰오 연구가 "문학상의 안티모더니즘을 주장"한다는 작가의 발언을 곧이곧대로 받아들여 그의 문학을 모더니즘과 거리를 두고 자리매김 시키고자 한 데 있다. 예를 들어 호리와 서구 작가들과의 영향관계를 고찰한 후쿠나가 다케히코福永武彦의 견해가 그 대표적인 것이다. 후쿠나가는 "초기 작품은 콕토나 아폴리네르 등의 시인들에게 매료되어 있지만, 그래도 그가 추구한 것은 안티모더니즘이며 단지 의상意匠으로써 유행을 추구한 것에 불과하다. 훗날 일본고전을 소재로 한 작품을 쓰게 된 것은 그에게 있어선 본질적인 요구였다."[7]라고 말하고 있다. 이처럼 호리 문학에서 서구 작가들의 영향은 명백하지만 호리의 작품이 당시 유행했던 신흥예술파의 모던한 작품과 문제의식이나 표현 방식 등이 여러모로 이질적이었기 때문에 작가 스스로가 "안티모더니즘"이라고 주장했던 것처럼 호리 문학의 내실은 '고전주의에 있다'라는 식으로 호리 다쓰오의 초기 작품을 평가해 온 것이다. 호리의 초기 작품을 모더니즘과 내실이 다르다고 인식한 것은 우선 일본근대문학 내에서 모더니즘에 대한 개념이 곡해되어, 신흥예술파의 작품이나 '에로·그로·난센스'의 피상적인 작품을 모더니즘이라고 규정한 데서 비롯된 것이다. 이러한 모더니즘 문학사관이 정착하는 데 일조해 온 선행연구들은 일본의 '모더니즘 문학'으로부터 호리의 작품을 괴리시키기 위해서 모더니즘적 특성을 보이는 초기 작품에는 주목하지 않고, 호리 다쓰오를 「바람이 분다風立ちぬ」(1937)나 「나호코菜穂子」(1941)의 작가라는 이미지를 만들어갔던 것이다.

또한 선행연구에서 호리의 초기 작품을 도외시해 온 이유는 호리 스스

---

7) 福永武彦「堀辰雄と外國文學との多少の關係」『堀辰雄』近代文學鑑賞講座(角川書店, 1958).

로가 만년에 자신의 초기 작품들을 묵살하려 했기 때문이기도 하다. 호리
는 만년에 자선집인 『호리 다쓰오 작품집堀辰雄作品集』 전6권(角川書店,
1946~1949)을 간행했는데, 이 작품집에서 초기 작품은 「성가족」과 몇몇
작품8)만을 수록하고 그 외 초기 작품들은 연보에서도 삭제했다. 그 후 이
전집에서 빠진 초기 작품들을 따로 모아서 출간한『호리 다쓰오 소품집
별책 장미堀辰雄小品集別冊 薔薇』(1951)의 후기에서 호리는 자신의 초기 작품
에 대해서 다음과 같이 말하고 있다.

> […] 「초기 작품」의 대부분은 스무 살쯤에 글을 쓰기 시작하면서부터
> 수년간 쓴 습작풍인 것 혹은 즉흥적인 것이다. 이런 종류의 작품들을 자신
> 의 작품집에 수록하는 걸 한땐 견딜 수 없는 일이라고 생각했지만 지금은
> 이런 글을 쓴 적도 있었나 하고 스스로 조금 frivol하다고 생각될 뿐, 그것
> 들을 그대로 실은 것도 크게 고통스럽지 않게 느껴지게 되었다.9)

호리가 초기 작품들을 자신의 작품집에 넣는 것을 "견딜 수 없는 일이
라고 생각했다."는 말에서 초기 작품에 대한 본인의 평가가 매우 낮았다
는 것을 알 수 있다. 『호리 다쓰오 소품집 별책 장미』를 출간할 때에는
예전만큼 "크게 고통스럽지 않게 느껴지게 되었다."고 말하면서도 모더니
즘적 성향을 보이는 「무서운 아이手のつけられない子供」(1930), 「수족관水族館」
(1930), 「넥타이 난ネクタイ難」(1930) 등 몇몇 작품은 여전히 수록하지 않았
다. 초기 작품을 썼을 때의 자신을 "frivol(경박)"하다고 생각한 호리의 심
중과 초기 작품에 대한 호리의 평가는 이후 호리 다쓰오 연구자들에게 그
대로 이어졌다.

---

8) 『호리 다쓰오 작품집』에 수록된 「성가족」 이전의 작품은 「루벤스의 위작ルウベンスの偽画」,
   「서투른 천사不器用な天使」, 「자는 사람眠れる人」, 「창문窓」뿐이다.
9) 堀辰雄 「あとがき」『堀辰雄小品集別冊 薔薇』(角川書店, 1951). 인용문은 中村眞一郎·福永
   武彦編『堀辰雄全集』第4卷(筑摩書房, 1978)에서 인용했다.

호리 다쓰오 연구가 본격적으로 시작된 것은 호리가 타계한 1953년부터이다. 그의 죽음을 애도하면서 『호리 다쓰오 추모호 문예堀辰雄追悼号 文芸』(1953.8), 『호리 다쓰오 사람과 작품 문학계堀辰雄 人と作品 文学界』(1953.8), 『호리 다쓰오 추모 근대문학堀辰雄追悼 近代文学』(1953.9), 『호리 다쓰오 독본 문예堀辰雄読本 文芸』(1957.2) 등의 문예잡지에서 추모 특집호가 나왔다. 그리고 이듬해 신초사新潮社에서 『호리 다쓰오 전집堀辰雄全集』이 간행된 것을 계기로 호리 다쓰오 연구의 기반이 다져졌다. 이후 마루오카 아키라丸岡昭, 나카무라 신이치로中村真一郎,10) 요시무라 데이지吉村貞司,11) 엔도 슈사쿠遠藤周作,12) 사사키 키이치佐々木基一, 다니다 쇼헤이谷田昌平13) 등이 쓴 연구서와 후쿠나가 다케히코福永武彦, 야마무로 시즈카山室静 등이 쓴 평론, 그리고 부인의 입장에서 쓴 호리 다에코堀多恵子의 에세이 등이 속속히 간행되었다. 이 시기의 호리 다쓰오 연구는 연구자들이 호리 생전 그의 주변에 있던 문인들이라는 점이 특징적이다. 이에 이들은 만년의 호리가 갖고자 했던 작가로서의 셀프 이미지-특히 초기 작품에 대한 평가-를 존중했다. 예를 들어 진자이 기요시神西清, 가와바타 야스나리川端康成, 마루오카 아키라, 나카무라 신이치로, 후쿠나가 다케히코, 다니타 쇼헤이가 편집하고 이후 호리 다쓰오 전집의 원본이 된 신초샤판 『호리 다쓰오 전집堀辰雄全集』(1954~1957)에서는 "만년의 저자가 의도한 바를 명심하면서"14)(강조점은 원문대로)라는 취지하에 호리의 처녀작을 「성가족」(『개조』1930.11)으로 규정했다. 이로 인해 「성가족」 이전의 작품들은 습작의 영역을 벗어나

---

10) 中村眞一郎 『堀辰雄』 近代文學鑑賞講座(角川書店, 1958).
11) 吉村貞司 『堀辰雄-魂の遍歷として』(東京ライフ社, 1955).
12) 遠藤周作 『堀辰雄』(一古堂書店, 1955).
13) 谷田昌平 『堀辰雄』(五月書房, 1958).
14) 군지 가쓰요시에 의하면 신초샤판 전집은 호리 다쓰오의 오랜 친구이자 작가인 진자이 기요시의 지휘하에 호리의 자작평을 존중하고 이를 전집의 편집 기준으로 삼았고 초기 작품의 경우 엄격히 선별했다고 한다.(郡司勝義 「解說」 『堀辰雄全集』 第1卷, 筑摩書房, 1977).

지 못한 것으로 간주되었고 이후 주목받지 못하게 된 것이다.

호리의 처녀작은 지쿠마쇼보筑摩書房판 『호리 다쓰오 전집堀辰雄全集』 전 11권(1977~1980)이 간행되면서 「성가족」에서 「서투른 천사不器用な天使」 (『문예춘추文芸春秋』 1929.2)로 소급되었다. 그리고 이를 계기로 비로소 「성가족」 이전의 작품들도 주목받기 시작했다.15) 그 후 지쿠마쇼보판 전집의 편집자였던 나카무라 신이치로가 「호리 다쓰오 - 그 전기의 가능에 대해서堀辰雄 - その前期の可能性について」16)를 발표하면서 초기 작품의 재평가가 시작되었다.

"호리는 근대 일본 작가 중 스스로의 무대[창작 : 역주] 뒷이야기를 가장 많이 한 작가이다."17)라는 말이 나올 정도로 호리는 문학론이나 에세이 등에서 그때그때 관심 있는 서구 작가들을 소개하고 이에 대한 평론을 썼다. 그래서 호리 다쓰오 연구 초기부터 호리가 영향을 받은 서구 작가들을 망라한 연구서가 나오곤 했다.18) 이러한 호리의 초기 작품과 서구 작가들의 영향관계를 보다 면밀히 검토하기 시작한 것은 1975년 이후이다. 시부사와 다쓰히코渋沢竜彦19)와 아리미쓰 다카시有光隆司20) 등이 호리와 서구 작가 - 특히 콕토와 라디게 - 간의 작품의 유사성이나 영향관계 등을 구체적으로 검증했다.

---

15) 『호리 다쓰오 전집』은 자선집인 『호리 다쓰오 작품집』을 포함해서 지금까지 다섯 종류가 출판되었으나, 각 판마다 편집 방침이 상이하다. 본문에서 예를 든 신쵸샤판에 이어, 같은 신쵸샤에서 보급판 전6권(1958년)이 후쿠나가 다케히코의 편집과 해설로 간행되었다. 이 보급판에서도 후쿠나가는 "호리가 자신의 작품으로 인정한" 작품만을 수록하고 있다. 그리고 호리 다쓰오 사후 10년을 기념해서 간행된 가도카와서점角川書店판 전10권(1963~1966)이 있다. 이 가도카와서점판은 자선집 『호리 다쓰오 작품집』의 형식을 따라 편년체로 편집하고 미간행된 작품 노트나 미발표된 서간을 수록했다.

16) 中村眞一郎 「堀辰雄 - その前期の可能性について」(『ユリイカ』 1978.9).

17) 福永武彦 「堀辰雄と外國文學との多少の關係」, 앞의 책.

18) 위의 책.

19) 澁澤龍彦 「堀辰雄とコクトー」 『國文學』(1977.7).

20) 有光隆司 「堀辰雄とジャン・コクトー―「聖家族」を中心に―」 『上智近代文學硏究』(1988.3).

이러한 연구들은 기본적으로 서구 작가의 작품에서 호리 문학의 원형을 찾고자 했는데, 예를 들어 시부사와 다쓰히코가 호리의 「서투른 천사」를 콕토의 『그랑 데카르Le Grand écart』(1923)와 "쌍둥이 같은 작품"이라고 지적한 것에서도 당시의 연구 경향을 엿볼 수 있다. 호리의 작품과 콕토나 라디게 등의 작품은 이들 연구들이 지적하고 있는 바와 같이 많은 유사점을 보인다. 그러나 이런 '원형 찾기'는 나카무라 신이치로가 호리의 초기 작품을 서양 로망소설의 '미니아튀르miniature'[21]라고 평한 것처럼 결국 호리 다쓰오 문학을 서구 문학의 아류로 간주하게 되고 결국 호리 다쓰오 문학의 특색을 제대로 평가하지 못하고 있는 것이다. 게다가 이런 '원형 찾기'식의 연구는 호리가 문학활동을 시작할 당시 갖고 있었던 문제의식이나 그가 추구하고자 한 문학관을 오히려 보기 힘들게 해왔다.

한편, 일본근대문학사에는 전술한 협의의 모더니즘을 재고하여 요코미츠 리이치橫光利一나 가와바타 야스나리 등의 신감각파까지를 포괄한 광의의 모더니즘 개념을 만들어 가고자 한 연구동향도 있었다. 광의의 모더니즘은 신감각파의 모더니즘적 요소가 쇼와昭和 이후의 신흥예술파와 신심리주의파新心理主義派의 젊은 문인들한테 계승되었다고 보고 있다. 신흥예술파의 풍속묘사에 비해, 이토 세이伊藤整로 대표되는 신심리주의는 프로이드Sigmund Freud의 정신분석, 프루스트Marcel Proust의 내적 독백, 조이스James Joyce의 '의식의 흐름'이라는 20세기의 새로운 심리나 내면의 표현방식을 시도하고 있어 이후 문학의 혁신과 발전에 기여하는 바가 컸다는 평가를 받게 된다. 이러한 신심리주의를 중심으로 한 광의의 모더니즘 문학사관은 세누마 시게키瀨沼茂樹의 『현대문학現代文學』(木星社書院, 1933)에서 처음 제시되어 이후 다니카와 데츠조谷川徹三, 스기야마 헤이스케杉山平助(모두 세

---

21) 中村眞一郎 「堀辰雄-その前期の可能性について」『ユリイカ』(1978.9).

누마 시게키가 대필), 가와바타 야스나리(이토 세이가 대필) 등의 평론을
통해 보급되었다. 일본의 패전 후 당사자인 이토 세이에 의해서 세누마가
제기한 광의의 모더니즘설이 보강되었으며 평론가나 문학사가, 연구자들
의 대부분이 이 설을 답습하고 현재에 이르기까지 근본적인 비판이나 수
정 없이 통설화되고 있다.22) 이에 대해서 소네 히로요시曾根博義는 "<모더
니즘과 호리 다쓰오>라는 과제에 관해서 새로운 답안을 작성하기 위해서
는 우선 기존의 주박[세누마와 이토가 제기한 광의의 모더니즘설 : 역주]
에서 해방되어 신심리주의를 포함한 모더니즘 문학사를 다시 써야 한
다."23)고 지적했다. 세누마의 광의의 모더니즘설은 이전의 곡해된 협의의
모더니즘관을 수정한 점에서는 수긍이 가지만, 1920년대 말 이후 등장하
기 시작한 새로운 예술적 시도에 대한 근본적인 해답을 주고 있지 않으며
소네의 지적대로 일본의 모더니즘 문학을 이해하는 '주박'이 되고 있다.
호리의 초기 작품들은 앞 세대인 신감각파와 근본적으로 추구하는 바가
다르며, 호리의 모더니즘 작품들을 신심리주의라는 협소한 범주 안에서
찾고자 한다면 그가 자신의 문학을 통해서 시도하고자 한 문학의 혁신은
오히려 잘 안보일 것이다.

　이에 최근에는 종래 일본근대문학사의 모더니즘 개념을 재검토하는
'도시 모더니즘' 연구가 왕성하게 이루어지면서 호리 문학과 모더니즘과
의 연관성도 언급하기 시작했다.24) 1920년부터 30년대 일본에서 형성된
모더니즘을 서구 모더니즘과 구별해서 '도시 모더니즘'이라고 부르고 있
는 것처럼 이러한 연구들은 주로 작품에서 간토대진재 이후에 출현한 '모
던도시 도쿄'의 표상이나 근대도시가 부여한 새로운 감수성을 읽어냄으로

---

22)　曾根博義「新心理主義研究序說(一)~(五)」『評言と構想』(1975~1981).
23)　曾根博義「モダニズムと堀辰雄」, 위의 책.
24)　예를 들어『國文學解釋と鑑賞別冊 堀辰雄とモダニズム』(至文堂, 2004)가 있다.

써 이 시기의 모더니즘 문학의 특성을 파악하려 하고 있다. 그러나 일본의 모더니즘 작품에서 모던도시의 표상을 찾아내는 것만으로는 서구 모더니즘을 수용하면서 새로운 문학을 구축하려 했던 일본의 모더니즘 작가들의 본질을 밝히기는 어렵다. '도시 모더니즘'이 모더니즘을 일시적인 문화현상에 주목해서 문학 작품만을 연구 대상으로 삼아 온 기존의 문학연구의 범주를 넘고자 한 의도에는 필자도 충분히 동의하지만, 협의의 모더니즘이든 '도시 모더니즘'이든 모던도시의 새로운 감수성이나 그 문화현상만을 읽어내려는 것은 마찬가지이다.

1920년대 말 호리를 비롯한 젊은 문인들은 얼핏 보면 근대 도시라는 공간에서 개인의 감수성이나 새로운 풍습을 그린 피상적인 풍속소설 같기도 하지만 어딘지 모르게 기존의 문학과는 전혀 다른 새로운 작품들을 만들어 갔다. 본서는 이 작품들이 지닌 새로움의 본질을 작품 속의 소재나 그 소재들이 표상하는 대상이 아니라 작품이 구사하고 있는 표현방법과 작품이 구현하고 있는 현실 인식에 주목해서 고찰하고자 한다. 기존의 호리 다쓰오 연구는 호리 작품의 모더니즘적 특성을 서구 작가나 작품의 수용 등 문학의 틀에서만 검토해 왔다. 그러나 본래 서구에서 일어난 모더니즘은 문학뿐만 아니라 회화, 음악, 무용 그리고 과학과 연동해서 일어난 장르를 초월한 전위운동이었다. 이에 호리의 모더니즘 문학의 본질을 문학의 틀에서만 고찰해 온 기존의 연구에는 많은 한계가 있었다. 종래의 문학연구에서는 문학과 음악, 철학 등의 영향관계를 다각도에서 연구해 왔지만, 과학사상과의 영향관계에 관해서는 간과해 온 경향이 있다. 그러나 문학과 과학 사이에 연관성이 전혀 없는 것은 아니며 더군다나 모더니즘 문학의 경우는 특히 더 그러했다.

3. 모더니즘 예술과 과학

알버트 아인슈타인Albert Einstein이 1905년에 발표한 「특수상대성이론」은 현대물리학의 개시를 알렸고, 자연과학의 세계관을 바꿔놓았다. 갈릴레오 Galileo Galilei와 뉴턴Isaac Newton 이래 고전물리학의 공리公理였던 절대시간과 절대공간의 개념이 아인슈타인의 '시공時空'25)이라는 개념으로 대체되면 서 물질에 대한 기본 개념이 바뀐 것이다. 이러한 세계관의 혁신은 20세 기 초 자연과학의 영역에서만 일어난 것이 아니었다. 파블로 피카소Pablo Picasso의 큐비즘을 예로 들 수 있듯이 예술의 영역에서도 거의 비슷한 시 기에 세계관의 변화가 일어났다. 1907년 피카소의 「아비뇽의 아가씨들」 을 필두로 시작한 큐비즘은 조형예술사상 '르네상스 이후 가장 큰 변 혁'26)을 일으켰다. 화가는 더 이상 모티브(그림의 모델)의 외관에 얽매이 지 않고 모티브에 대한 주관적 개념을 표현함으로써 모티브로부터의 자 립을 얻게 된 것이다.

과학과 예술의 영역에 세계관의 변혁을 가져온 역사적 사건이 비슷한 시기에 일어난 것에 대해서 주로 다음과 같이 이해되어 왔다.

> 세계의 성질에 관한 근본적인 새로운 발견이 과학과 예술의 양쪽에서
> 동시에 일어났음에도 불구하고 쌍방의 과정은 여러 면에 있어서 완전히
> 독립되어 있다. […] 다만 분명히 지적하지는 못했어도 이들 사이에는 어
> 떠한 관련성이 있었다고도 할 수 있다. […] 사실 1930년대나 1940년대에
> 는 이미 특수상대성이론과 큐비즘이 비슷한 공간개념을 수용하고 있다는
> 것을 지적한 문헌이 나왔다. 그러나 이것은 (한때 아인슈타인 스스로가 지

---

25) 게자 사모시에 의하면, '시공'이라는 개념은 인간의 직접적인 감각 경험과는 다른 시간과
공간 개념임에도 불구하고 많은 사람들한테 급속히 받아들여졌다고 한다.(ゲーザ・サモ
シ著, 松浦俊輔譯 『時間と空間の誕生』青土社, 1987).
26) フィリップ・クーパー著, 中村隆夫譯 『キュビスム』(西村書店, 1999).

적했듯이) 거의 요점에서 벗어난 것이다. […] 양쪽의 유사점을 추구하는
것은 절대적으로 무용한 일이다.27)

위의 인용문에서 게자 사모시Geza Szamosi는 20세기 초 과학과 예술에서
일어난 세계관의 변혁은 각자 독립적으로 이루어진 것이며 "양쪽의 유사
점을 추구하는 것은 절대적으로 무용한 일"로서 두 영역의 직접적인 관련
성을 부정했다. 모더니즘 작가 장 콕토도 이와 비슷한 견해를 당시 언급
한 적이 있다.

실로 교훈적인 피카소의 예술과 이로부터 얻을 수 있는 교훈을 난해하
게 하는 것은 '큐비스트'라는 말 때문만이 아니다. 그림을 이야기하는 대
신 푸앵카레라든지, 베르그송이라든지, 4차원이라든지, 송과선이라든지를
떠들어대는 무익한 학문 때문이기도 하다.28)

콕토 역시 피카소의 큐비즘과 새로운 과학의 연관성을 주장하는 "무익
한 학문"을 비판하고 있었다. 그러나 20세기 초의 예술과 과학의 연관성
을 부정하고 있는 이러한 글들에서조차 두 영역에서 일어난 변혁에 관련
성이 있을 것이라는 담론이 당시 형성되어 있었다는 사실을 엿볼 수 있
다. 이 책에서는 상대성이론과 큐비즘의 상호 연관성을 직접 검증하고자
하는 것은 아니다. 하지만, 사모시의 인용문을 통해서 1930년대나 40년대
서구에서 「특수상대성이론」(과학)과 큐비즘(예술)이 실은 "비슷한 공간개
념을 수용하고 있었다는 것을 지적한 문헌이 나왔었다."는 것은 알 수 있
다. 그리고 콕토의 글은 예술과 과학의 직접적인 연관성을 떠나서 피카소

---

27) ゲーザ・サモシ著, 松浦俊輔譯 『時間と空間の誕生』(靑土社, 1987).
28) ジャン・コクトー『職業の秘密』(1921). 인용문은 佐藤朔譯 『ジャン・コクトー全集』 第4
    卷(東京創元社, 1980)에서 인용했다.

의 큐비즘을 "푸앵카레라든지, 베르그송이라든지, 4차원이라든지, 송과선이라든지" 새로운 과학을 가지고 해석하고자 한 글들이 당시에 횡행했다는 사실을 말해주고 있다.

사모시나 콕토의 예상과는 달리, 최근에 발표된 아서 밀러의 『아인슈타인과 피카소アインシュタインとピカソ』(TBSブリタニカ, 2002)에 의해서 20세기 초 예술과 과학에서 일어난 세계관의 변혁에 직접적인 연관성이 있었다는 사실이 밝혀졌다. 밀러는 예술과 과학에서의 변혁을 유도한 중심인물이 있었는데, 그가 바로 앙리 푸앵카레Henri Poincaré(1854~1912)였다는 사실을 검증했다.

프랑스 유수의 수학자이자 물리학자인 푸앵카레는 전문적인 논문 이외에도 과학의 근저를 비판적으로 고찰한 과학사상서 4부작을 출간했다. 이 과학사상서는 연구자들뿐 아니라 일반 독자들도 쉽게 이해할 수 있도록 쉬운 문장으로 쓰여 저자 생전에 이미 유럽이나 미국 등 각국에서 번역본이 출판되어 널리 읽혔다. 과학사상서에서 푸앵카레는 주로 수학과 물리학의 근저를 철학적으로 고찰했다. 그는 수학과 물리학의 인식의 기저基底가 직관에 의거한 선천적 종합판단에 있으며 추리 방법은 특수에서 일반으로 향하는 귀납법에 있다고 했다. 그러나 과학적 추리 방법인 '일반화'를 하기 위해서 사용되는 수학의 공리나 물리학의 법칙은 선천적 종합판단이 아니라, 선택 가능한 '가설'에 불과하다고 역설했다. 푸앵카레는 고전물리학의 절대시간・절대공간의 법칙과 유클리드기하학의 공리가 선택가능한 '가설' 중 하나에 불과하다고 비판하면서 상대적 시간・공간의 법칙이나 비유클리드기하학의 가능성 등을 논증해 보였다. 고전물리학의 법칙을 '가설'에 불과하다고 단언하고 새로운 개념과 세계관의 가능성을 제시한 푸앵카레의 과학사상서는 아인슈타인에게 지대한 영향을 주었으며, 「특수상대성이론」의 탄생을 가능케 한 것이다.

과학의 혁신을 불러일으킨 푸앵카레의 과학사상서는 20세기 초 모더니즘 예술에도 큰 영향을 주었다. 푸앵카레의 과학사상서가 베스트셀러가 된 20세기 초는 '보이지 않는 것을 보여주는 광선(X선)', '하늘의 정복'이라는 수식어와 함께 보도된 원거리 화상전송(텔레비전의 전신) 등의 기사가 잡지·신문·준과학잡지 등에 자주 게재되고 오컬티즘occultism과 환상과학소설 등이 유행했던 시대였다.29) 당시의 새로운 과학   X선·원거리 화상전송·비유클리드기하학의 4차원 세계 등 은 "외관外觀 너머의 보이지 않는 현실"30)이 있음을 말해주었다. 눈에 보이지 않는 새로운 '현실'을 이야기하는 과학의 언설들이 미디어에 의해 유포되었고 모더니즘 예술가들은 이를 수용하고 확산시켰다. 파브로 피카소의 '아비뇽의 아가씨들'에서 '공간적 동시성'을 표현하는 방법 대상을 구성하는 여러 시점을 모두 합하여 동시에 재현하는 방법 은 푸앵카레의 비유클리드기하학이나 4차원을 이해함으로써 창안되었던 것이다. 피카소는 이러한 지식을 주변에 있던 모더니즘 작가들을 통해 얻을 수 있었다. 그는 기욤 아폴리네르, 막스 야콥Max Jacob, 알프레드 자리Alfred Jarry 그리고 특히 '큐비즘의 수학자'라 불렸던 모리스 프란세 등과 교류했는데, 그들이 당시 매료되었던 새로운 과학사상에 관한 대화나 메모, 노트 등을 통해서 새로운 세계관을 접할 수 있었다.31)

이들 외에도 큐비즘과 과학의 연관성을 부정한 장 콕토도 자신의 소설 『포도막Le potomak』(1919) 곳곳에서 푸앵카레의 글을 인용하고 있으며, 폴 발레리Paul Valéry의 평론 『레오나르도 다빈치의 방법서설Introduction à la méthode de Léonard de Vinci』(1895)에서도 푸앵카레 과학사상서가 인용되어

---

29) 위의 책.
30) 위의 책.
31) 위의 책.

있어 당시 푸앵카레의 과학사상서가 모더니즘 예술 형성에 얼마나 많은 영향을 주었는지를 가늠할 수 있다.

이처럼 모더니즘의 태동은 예술영역에서만 일어난 변혁이 아니라 세기의 변환기에 있었던 과학의 혁신과 연동해서 일어난 것이다. 이러한 변혁이 예술영역에서는 피카소의 큐비즘으로, 에릭 사티Erik Satie의 현대음악으로, 그리고 모더니즘 문학으로 나타난 것이다.32)

4. 회화·과학·꿈

이상과 같이 모더니즘 예술과 과학의 연관성을 살펴봤을 때 1920년대 동시대의 서구 모더니즘을 적극적으로 수용했던 호리 다쓰오의 문학 형성을 서양 문학에 한정해서 연구하는 것이 얼마나 편협한지를 짐작할 수 있을 것이다. 호리가 자신의 문학적 방향성을 모색하는 과정에서 서구 모더니즘 문학과 함께 푸앵카레의 과학사상이나 피카소 등의 근대회화에 관심을 가진 것은 어떻게 보면 당연하고 필연적인 일이었다고 할 수 있다. 이에 이 책에서는 1920년대부터 1930년대의 호리 다쓰오 초기 작품과 문학관의 형성을 호리가 수용한 서구 모더니즘 회화와 과학사상을 중심으로 고찰하고 이를 통해서 호리 다쓰오 문학에 나타난 모더니즘적 특

---

32) 모더니즘 예술운동은 많은 경우 문학, 미술, 음악, 연극, 발레 등 다양한 장르의 예술가들의 교류와 협동으로 이루어졌다. 그 좋은 예가 장 콕토의 희곡, 에릭 사티의 음악, 피카소의 무대미술과 의상, 디아길레프Sergei Dyagilev가 이끈 발레 뤼스Ballet Russe의 발레단으로 구성된 발레극 ≪파라드Parade≫(파리, 1917년) 공연이다. 또는 앙드레 브르통이 주창한 쉬르레알리슴도 좋은 예다. 이 운동에는 작가들(필리프 수포Philippe Soupault, 데스노스Robert Desnos, 르네 크르베르René Crevel, 폴 엘뤼아르Paul Iuard, 루이스 아라공Louis Aragon) 이외에도 화가(에른스트Max Ernst, 마송André Masson, 미로Joan Miró)와, 건축가(벤자맹 페레Benjamin Péret), 사진작가(만 레이Man ray) 등 다양한 분야의 예술가들이 동참하였다.

성을 밝히고자 한다.

제1부에서는 호리가 서양 근대회화로부터 무엇을 받아들였으며 이를 창작의 현장에서 어떻게 적용시키고 있는지 그 수용과 변용의 양면을 고찰하였다. 모리스 드 블래맹크Maurice de Vlaminck(1876~1958)나 앙리 루소Henri Rousseau(1844~1910), 피카소의 회화가 호리의 문학적 방법론 형성에 어떠한 영향을 주었는지를 이들 화가들이 서구 모더니즘 문학에 준 영향과 일본 내의 동시대 자료를 함께 검토하면서 고찰하였다. 나아가 호리의 고전주의를 대표하는 작품 「성가족」에 투영된 라파엘로Raffaello Sanzio(1483~1520)의 그림을 추적해서 이 작품에 투영된 라파엘로의 이미지가 의미하는 바와 호리가 말한 '고전주의'의 내실을 분석하였다.

제2부에서는 앙리 푸앵카레 과학사상의 수용을 고찰하였다. 푸앵카레의 과학사상서가 일본에 소개되는 과정을 메이지시대서부터 살펴보면서 철학자들과 문인들에게 어떠한 영향을 주었는지 호리의 푸앵카레 수용의 사회적 배경을 고찰하고 호리의 문학론에 나타난 푸앵카레의 영향을 검증하면서 호리의 현실 인식 구축에 푸앵카레의 과학사상이 어떠한 영향을 주었는지를 분석하였다. 나아가 이러한 과학사상의 수용을 실제 작품 분석을 통해서도 검토해 보았다.

제3부에서는 모더니즘 문학의 특성인 '꿈'이 호리 문학에서는 어떻게 나타나고 있는지를 보았다. 과학의 변혁을 통해 눈에 보이는 현실 너머에 또 다른 새로운 현실이 있음을 인지한 모더니즘 예술가들은 '꿈'이나 '잠'을 통해서 그러한 현실 너머의 현실을 포착할 수 있다고 믿었다. 이에 호리의 초기 작품에도 '꿈'을 모티브로 한 작품들이 많은데 본서에서는 호리의 '꿈'에 대한 이해가 당시 일본의 초현실주의 문학과 차이를 보이고 있다는 점을 밝히고, 호리의 이해가 문학의 허구성과 연관되어 있음을 고찰하였다. 그리고 마지막으로 초기 작품에서 보인 '꿈'에 대한 인식이 중

기 이후 어떻게 변화하는지를 살펴보았다. 본서는 문학의 틀을 벗어나 회화나 과학사상을 연구대상에 포함시켜 일본 모더니즘 문학의 형성 과정을 다방면에서 고찰하고자 하였다. 호리 다쓰오의 모더니즘 수용과 변용을 명확히 함으로써 1920~30년 일본에서 일어난 모더니즘 문학의 내실을 밝히고자 한다.

그리고 마지막 제4부에서는 호리 다쓰오의 대표작 「바람이 분다」가 단편소설에서 장편소설로 생성해 가는 과정을 작품의 집필과정을 따라서 고찰하였다. 「바람이 분다」라는 작품이 오로지 하나의 스토리를 갖고 있는 것이 아니라 여러 버전의 다양한 작품군群이 존재함을 검증하면서 『바람이 분다』의 작품 세계를 넓히고 호리 다쓰오가 어떠한 과정을 통해서 본인의 문학 세계를 확대·심화시키고자 하였는지를 살펴보겠다.

제1부 회화

제1장

블라맹크와 앙리 루소 수용

1. 머리말

호리 다쓰오는 도쿄제국대학東京帝国大学 문학부에 입학한 1925년부터 기욤 아폴리네르나 장 콕토 등 프랑스 모더니즘 작가의 시와 소설을 적극적으로 번역하고 소개하면서 자신의 문학세계를 모색해 갔다.[1] 모더니즘 문학이 미술·음악·발레 등 장르의 경계를 넘어 타 장르의 예술과 함께 공명하면서 일어난 예술운동이었기에 호리도 모더니즘 문학과 더불어 서양의 근대회화에 깊은 관심을 보였다. 호리의 서양회화에 대한 관심을 엿볼 수 있는 첫 번째 작품이 1926년 3월『산누에고치山繭』에 발표한「풍경風景」이다. 이 작품에서 호리는 화가 모리스 드 블라맹크와 앙리 루소를 언급하고 있다. 호리의 문학과 서양회화와의 관련성을 논한 다케우치 기요미竹内清已는 이 작품을 "호리 다쓰오가 미적 감수성의 모험과 방황을 서양회화와 관련지어 작품화시킨 최초의 소설"[2]이라고 평한 바 있다.

---

[1] [부록 1] ≪호리 다쓰오 번역과 창작 연표≫ 참조.

　호리는「풍경」을 1926년 3월『산누에고치』에 발표했는데, 1930년 3월
『문학文学』에 초고初稿의 전반부를 삭제하고 후반부도 가필 수정하여 다시
실었다. 1926년「풍경」의 초고를 발표하기 이전에 호리는 에세이「쾌적
주의快適主義」(1924.6)와「첫 번째 산보第一散歩」(1924.10)를 제일고등학교第
一高等学校『교우회잡지校友会雑誌』에 발표했고, 그 외에는 단편소설 두 편3)
과 몇 편의 시를 썼을 뿐이어서「풍경」의 초고는 습작기의 작품이라 할
수 있다. 초고를 발표한 후 4년 뒤에 이 작품을 개고改稿한 사실에서「풍
경」의 초고는 습작기 작품으로서 아직 미흡한 부분이 있는 작품이었다고
평가할 수 있지만, 오히려 그렇기 때문에 습작의 과정을 거치며 작가가
방황하면서 자신의 문학을 모색한 흔적을 여실히 보여주고 있는 작품이
라고 할 수 있다.

　선행연구에서는 1930년에 개고한「풍경」의 최종고만을 연구 대상으로
삼아왔지만, 본고에서는 호리가 자신의 문학을 모색하던 시기에 가졌던
문제의식을 고찰하기 위해서「풍경」의 초고를 재조명하고자 한다. 작가
스스로 개고하였다 하더라도 초고는 최종고를 위한 밑그림이 아니라 최
종고와는 다른 고유의 가치와 작품 세계를 지니고 있다고 할 수 있다. 따
라서「풍경」의 초고가 호리의 습작기 작품이라는 점에 주목해서 본고에
서는「풍경」이전에 쓰인 글들도 시야에 넣어가며 그가 문학 활동을 시작
했을 때 가졌던 문제의식을 고찰해보고자 한다. 그리고 작품 속에서 큰
비중을 차지하고 있는 블라맹크와 앙리 루소가 의미하는 바를 검토해서
호리 다쓰오에게 있어서 문학과 서양 근대회화와의 관련성을 살펴보고자
한다.

---

2) 竹內淸己「堀辰雄と西洋繪畫－美と新生」坂井昭宏・森義宗編『美と新生』(東信堂, 1988).
3) 이 두 편의 단편소설은 고등학생 때 쓴「맑고 외롭게淸〈寂し〈」(『창궁蒼穹』1921.11)와「단
　밤甘栗」(『산누에고치』1925.9)이다.

구체적으로는 「풍경」 초고가 발표되었을 당시 일본에서 블라맹크와 앙리 루소의 회화를 어떻게 수용했는지를 확인하고 이를 토대로 이 소설에서 블라맹크나 루소가 의미하는 바를 고찰하고자 한다. 본 연구를 통해서 호리가 습작기서부터 서양 근대회화로부터 구체적으로 무엇을 수용하였는지를 밝히고 이를 통해서 호리 문학이 지닌 모더니즘적 특성과 서양 근대회화와의 연관성을 확인할 수 있을 것이다.

2. 처세 철학과 문학

「풍경」의 초고와 개고의 가장 큰 차이는 초고의 3분의 2에 해당하는 전반부－초고의 모두冒頭서부터 '블라맹크가 좋아하는 풍경'까지－가 개고 과정에서 삭제되었다는 점이다. 삭제된 부분은 시점인물인 '내僕'가 '풍경'을 찾는 이유와 '야만적인 풍경'과 '블라맹크가 좋아하는 풍경'에 관한 내용이다.

「풍경」[이하, 「풍경」은 초고를 가리킨다]은 '내'가 풍경을 찾는 이유서부터 이야기하고 있다.

> 나는 대개 일주일에 한 번쯤은 우울해진다. 그러나 그 우울은 내 생활의 때 같은 것이었다. 그래서 그렇게 마음이 무거울 때 나는 야만적인 풍경 속으로 즐겨 들어갔다. 거기서 나는 가능한 오랜 시간을 걸어 다녔다. 그리곤 거친 초목이나 신선하고 활기찬 공기에 비벼서 그 때 같은 것들을 깨끗이 씻어버리고 싶었다.(8쪽)[4]

---

4) 인용문의 텍스트는 堀辰雄 「風景」 中村眞一郎・福永武彦編 『堀辰雄全集』 第6卷(筑摩書房, 1978)이며, 인용문 말미 괄호 안에 인용한 페이지를 표시했다.

‘내’가 풍경을 찾는 이유는 생활의 때 같은 우울함을 깨끗이 씻어버리기 위해서이다. 이후 작품에서는 이 우울함을 씻어내기 위해서 ‘내’가 찾아 들어간 세 가지 풍경 – 즉, ‘야만적인 풍경’, ‘블라맹크가 좋아하는 풍경’, ‘선착장의 풍경’ – 에 대해서 이야기가 진행된다. “생활의 때”를 “깨끗이 씻어버리고 싶었다.”는 표현은 「풍경」을 쓰기 2년 전에 발표한 에세이 「첫 번째 산보」에 수록된 「신화神話」라는 호리의 시에서 처음 사용되었다.

> (어머, 저기 등대 밑에 벤치가 보인다……
> 그래, 저기에 잠시 앉아서
> 나는 방금 전에 일어난 이상한 사건을 때밀이 삼아
> 가슴 안쪽에 잔뜩 쌓인 생활의 때를 싹싹 씻어내면서
> 나의 인생에 관한 정념 같은 것을
> 더 상쾌하고, 더 참신한 것으로 만들고 싶다.)5)
>
> (괄호 및 강조점은 원문대로 임. 이하 동)

인용 부분은 소나무 숲 깊은 곳에서 똬리를 틀고 있는 섬뜩한 구렁이를 보고 낡아빠진 더러운 신발下駄을 벗어 던지고 도망쳐 나온 ‘나わたし’의 심중을 읊고 있는 부분이다. 이 시에서도 “생활의 때”를 “씻어낸다”는 표현을 사용하고 있다. 이 시에서는 숲 속을 헤매던 ‘내’가 구렁이와 마주친 사건을 계기로 “때밀이”처럼 가슴에 쌓인 생활의 때를 씻어내겠다고 말하고 있다. 「풍경」에서도 마찬가지로 풍경 속에 들어가 생활의 때인 우울함을 씻어내겠다고 말하고 있다. 즉, 소설 「풍경」에서 ‘내’가 풍경을 찾는 이유는 「신화」에서 “이상한 사건을 때밀이” 삼는 것과 같은 이치이다. 다케우치 기요미는 「풍경」과 「신화」의 관련성에 관해서 다음과 같이 지적

---

5) 堀辰雄 「第一散步」『校友會雜誌』(1924.10).

하고 있다. 「풍경」의 초고는 "호리 다쓰오에게 있어서 20세기적 모더니즘 탄생에 이르는 경위이자 탯줄 그 자체"였으나, 개고로 인하여 "그러한 20세기적 세계로 들어서기 위한 탄생 신화 '때밀이'가 모두 지워졌다."[6]라고. 그러나 우울함을 해소한다는 '때밀이'를 "탄생 신화"로 해석한 다케우치는 「풍경」에서 '내'가 어떻게 때를 밀게 되는지, 즉 어떻게 우울함을 해소시키고 있는지 하는 문제에 대해서는 아무런 언급을 하고 있지 않다.

그렇다면 이상한 사건이나 풍경을 '때밀이' 삼아 생활의 때를 씻어낸다는 것은 구체적으로 무슨 의미일까? 그 대답은 「첫 번째 산보」 4개월 전에 발표한 호리의 처세철학에 관한 에세이 「쾌적주의」에서 찾아볼 수 있다. 호리는 이 에세이에서 "고통苦患으로 가득 찬 인생을 어떻게 하면 쾌적하게 걸어갈 수 있을까"라는 문제에 대해서 '산보 생활', '적극적인 게으른 생활(쾌적 생활)'을 제안했다.

> 내가 인생에서 무엇보다 사랑하는 것은 명쾌한 야구의 철학과 가로수 길을 내 안에 있는 시인과 함께 산보하는 것, 그리고 인생에서 일어나는 여러 가지 사건들에 대해서 독창적인 해석과 쾌적한 비평을 시도하는 것이다.[7]

「첫 번째 산보」에서 호리는 인생을 파악할 수 있는 것은 "오로지 실감과 자신만의 관조觀照에 의해서만 가능하다."고 말하고 있다. 즉, 사색의 산보에서 만나게 될 인생의 삽화들, 즉 "여러 가지 사건들"에 대한 "독창적인 해석과 쾌적한 비평"이나 "자신만의 관조"를 가짐으로써 고통으로 가득 찬 인생을 쾌적하게 살아갈 수 있다는 것이 그의 처세철학이다. 이 방법이 「신화」에서는 "자신의 인생에 관한 정념 같은 것을 더 상쾌하고,

6) 竹內淸己 「堀辰雄論－文學をする神－」 『解釋と鑑賞』(至文堂, 1988.10).
7) 堀辰雄 「快適主義」 『校友會雜誌』(1924.6).

더 참신한 것으로" 만들어주는 이상한 사건을 때밀이로 삼는 수법이었다. 그리고 「풍경」에서는 "생각지 못한 결론이 나를 경쾌하게 만들었다."는 말로 이 작품이 끝나고 있으므로 '나'의 우울함을 해소시킨 '때밀이'는 "생각지 못한 결론", 즉 '독창적인 해석'을 얻는 것이다. 이처럼 「신화」의 '때밀이' 수법—호리의 처세철학—이 「풍경」에서는 스토리를 이끄는 모티브로 작용하고 있다.

그렇다면 사건이나 해프닝을 독창적으로 해석한다는 '때밀이' 수법이 「풍경」에서는 구체적으로 어떻게 전개하고 있는지 살펴보겠다. '나'는 우울함을 해소하기 위해서 '야만적인 풍경'이나 '블라맹크가 좋아하는 풍경'으로 들어갔으나, 거기서는 우울함을 해소시키지 못하고 선착장 근처에 있는 서양식 건물 안으로 우연히 들어가게 된다. '나'는 "사람이 처음으로 풍경을 접했을 때의 놀라움"을 느끼면서 그곳의 풍경을 바라본다. 그리고 '나'는 이 '선착장의 풍경'이 "비상한 아름다움"을 지니고 있는 이유가 풍경이 어디로부턴가 "날카로운 눈"으로 응시 당하고 있는 것처럼 긴장하고 있기 때문이라고 생각하면서, "왜 이 풍경은 지금 이 순간에 긴장하고 있는 것일까?"라고 자문하게 된다. 그러나 그 해답을 얻지 못한 '나'는 건물 벽에 기대서 담배를 피우려고 성냥을 여러 번 긋는다. 그러자, 건물 안에서 외국인 같이 생긴 남자가 시끄럽다면서 '나'에게 모래를 뿌린다. 아름다운 선착장 풍경에 빠져 잠시나마 우울함을 잊고 있던 '나'는 단번에 기분이 엉망진창이 되어서 그 건물을 빠져 나오다가 우연히 그 건물의 문패를 보고 "생각지도 못한 결론"을 이끌어 내게 된다.

[…] 나는 그 글자를 "ＸＸ세관"이라고 상상력을 동원해서 읽어낸 것이다. […] 그렇군, 아까 그 이상한 녀석을 어디서 봤나 싶었더니 그 녀석, 앙리 루소였구나. 나는 자화상으로밖에 루소를 본 적이 없지만 왠지 그런

느낌이 드는 녀석이었어, 저 창문에서 살짝 얼굴을 내민 남자는.

　그렇게 생각하면서 나는 문득 건물에서 신선한 물감 냄새가 났던 것이 생각났다. 그것은 앙리 루소가 안에서 일을 하고 있었기 때문이 아닐까. […] 나는 내 공상空想이 여기까지 이르자 갑자기 번뜩이는 생각이 들었다. 세관 안의 민감한 풍경은 앙리 루소가 그리고 있는 것을 의식해서 그렇게 이상하게 긴장하고 있었던 것이 아닐까? […]

　이 생각지도 못한 결론이 완전히 나를 경쾌하게 만들었다.(13-14쪽)

‘나’는 건물의 문패를 “ⅩⅩ세관”이라고 상상력을 동원해서 읽어내고, ‘세관’이라는 장소와 “두 개비의 잎담배 같은 갈색 콧수염”을 지닌 용모에서 건물 안에 있던 남자가 세관원이자 화가였던 앙리 루소였다고 상상한다. 그리고 건물 안에서 신선한 물감 냄새가 났던 것을 떠올리면서 “그것은 앙리 루소가 안에서 일을 하고 있었기 때문이 아닐까?”라고 추측하고, 루소가 건물 안에서 풍경을 그리고 있었다고 상상의 날개를 펼친다. 이 상상으로 인해 ‘선착장의 풍경’이 왜 긴장하고 있었는지에 대한 ‘나’의 의문은 풍경이 “앙리 루소가 (자신을) 그리고 있는 것을 의식”하고 있었기 때문이라는 결론을 얻게 된다. 1904년 프랑스에서 타계한 앙리 루소가 일본의 항구 도시에서 그림을 그리고 있다는 ‘나’의 비현실적인 결론 때문에 이 작품을 “착각 소설”8)이라고 보는 견해도 있다. 그러나 이는 ‘나’의 착각이 아니다. 스스로 “공상” 혹은 “상상”이라고 말하고 있듯이 ‘나’는 상상을 통해서 풍경을 그리고 있는 루소의 “날카로운 눈”이 ‘선착장의 풍경’을 긴장시켜 비상할 정도로 아름답게 만들고 있다는 결론을 얻은 것이다. 상상으로 얻은 생각지도 못한 결론이 ‘나’를 경쾌하게 만들었듯이 생활의 때를 씻어내는 ‘때밀이’ 수법이 「풍경」에서는 “상상”이라는 방법을 통해서 이루어졌다.

---

8) 竹内淸巳 「堀辰雄と西洋繪畫－美と新生」, 앞의 책.

이처럼 생활의 때인 우울함을 해소한다는 「풍경」의 모티브는 「쾌적주의」나 「신화」에서 제시한 고통으로 가득 찬 인생을 쾌적하게 살아가기 위한 호리의 처세철학에서 비롯되었음을 확인하였다. 「풍경」에서는 이러한 처세철학을 '상상'이라는 문학적 요소로 전환시키고 있었다. 호리는 앞 세대의 자연주의 작가들처럼 삶의 고통에 심취해서 이를 그대로 작품화시키거나 그의 스승이자 선배인 아쿠타가와 류노스케芥川龍之介처럼 삶의 고통을 예술로 승화시키려 하지 않았다. 대신에 그는 상상이라는 도구를 구사하는 창작을 통해서 고통으로 가득 찬 삶의 과정을 재해석하고 인생을 쾌적하게 활보해 가려는 태도를 습작기서부터 갖고 있었다. 이러한 호리의 문학과 삶에 대한 태도는 그 이전 세대의 문인들과 처음부터 달랐다. 호리 다쓰오가 인생에 대처하는 법과 창작을 별개의 것으로 보지 않고 이 둘을 연결시키는 새로운 처세철학을 갖고 처음부터 창작 활동에 임했음을 위의 고찰에서 확인하였다.

3. '야만적인 풍경'과 모리스 드 블라맹크

전술한 바와 같이 이 작품은 '내'가 우울함을 해소하기 위해서 들어가는 세 가지 풍경 - '야만적인 풍경', '블라맹크가 좋아하는 풍경', '선착장의 풍경' - 에 관한 이야기이다. '나'는 이 세 풍경 중 앞의 두 풍경에서는 독창적인 해석 즉, '때밀이'를 시도하였지만 실패하고 마지막 '선착장의 풍경'에서만 성공할 수 있었다.

이 작품에서 풍경이란 일반적으로 말하는 자연의 외관이 아니다. 이 작품에서 풍경은 '야만적인 풍경'이나 '블라맹크가 좋아하는 풍경'이라는 이름이 붙여있듯이 메타포다. 이렇듯 세 종류의 풍경을 제시하고 그중 하나에서만 '내'가 목적을 달성하고 있는 것을 보더라도 이 작품에서는 이 세 풍경에 대한 '나'의 비평 의식을 담고 있다는 것을 알 수 있다. 이 세 풍경에 대한 '나'의 비평 의식을 고찰하기 위해서 우선 '야만적인 풍경'부터 살펴보겠다.

앞에서 인용한 「풍경」의 모두—'내'가 '야만적인 풍경'에 들어가 거친 초목이나 신선하고 활기찬 공기에 비벼서 '나'의 우울함을 깨끗이 씻어버리고 싶었다는 내용—에 이어서 '나'의 '야만적인 풍경'에 관한 견해가 덧붙여지고 있다.

> 그러나 불행하게도 나는 자연의 원시성에 익숙지 않은 도시인이다. 아무리 마음에 들었던 풍경이라도 조금이라도 불쾌하게 느껴지기 시작하면 그곳에 잠시도 있을 수 없게 된다.(8쪽)

작품에는 '야만적인 풍경'에 관한 구체적인 묘사는 없고 단지 "거친 초목이나 신선하고 활기찬 공기"라고만 서술되어 있다. 이를 봐서라도 이 작품에서는 '야만적인 풍경'이 어떠한 풍경인지를 밝히려는 것이 아니라는 것을 알 수 있다. 인위적인 풍경이 있는 도시와 달리 "거친 초목이나 신선하고 활기찬 공기"가 있는 자연을 "야만적"이라고 규정하고, 그러한 자연의 "원시성"을 언급하고 있는 것을 보아, '야만적인 풍경'이란 가공하지 않은, 있는 그대로의 자연의 외관을 의미하고 있다. '야만적인 풍경'의 "원시성"을 '내'가 불쾌하게 느끼고 불행하게도 거기서 '내' 우울함을 해소시키지 못한 것을 보아 작품에서는 이 가공하지 않은, 있는 그대로의 자연을 비판적으로 해석하고 있다는 것을 알 수 있다.

'야만적인 풍경'에 이어서 나오는 풍경은 블라맹크나 루소라는 화가를 통해서 본 풍경이다. 실존한 화가들을 언급하면서 그들을 통해 본 풍경을 제시하고 있는데, 여기에서는 '야만적인 풍경'처럼 가공하지 않은 자연이 아니라 이들 화가가 그들의 풍경화에서 구사한 풍경의 표현법이 문제시 되고 있다. '나'는 '블라맹크가 좋아하는 풍경'에서가 아니라 앙리 루소가 그리고 있는 '선착장의 풍경'에서 "비상한 아름다움"을 느끼고 '나'의 우울함도 해소시켰다. 그럼 왜 '블라맹크가 좋아하는 풍경'에서는 실패한 것일까?

늦여름 어느 날 항구도시로 여행을 떠난 '나'는 이제껏 경험해 본 적이 없는 답답함을 느끼고 매우 우울해져서 '블라맹크가 좋아하는 풍경'을 찾아 거리로 나섰다.

> 나는 걷기 시작하면서부터 이 마을에서 좋아하는 풍경 몇 장을 기억 속에서 셀 수 있었다. 그것들은 대부분 최근 들어 블라맹크에게 감탄하고 있는 내가 무의식적으로 그의 취향에 맞추어 고른 풍경이었다. 그중에서 한장을 무작위로 골라 나는 그곳을 향해 일직선으로 걸어갔다. 몇 분 후 나는 그 어두컴컴한 풍경 – 드높이 솟아 오른 밤나무 숲 속에 있었다. 하지만 그 풍경 속에서 나만 이상하게 삐져나와 있는 것 같은 부자연스러움을 느끼면서.(9쪽)

최근 블라맹크에게 감탄하고 있는 '나'는 "무의식적으로 그의 취향에 맞추어 고른 풍경" 속으로 들어간다. 하지만 '나'는 '블라맹크가 좋아하는 풍경'에서 "부자연스러움"이나 "나를 상대하고 있지 않는 듯한 냉담한 표정", 또는 이들 풍경이 "나를 경멸하고 딴 곳을 보고 있는 듯"한 느낌을 받는다. 이들 '블라맹크가 좋아하는 풍경'에서 "나만 이상하게 삐져나와 있는" 듯이 느낀 '나'는 점점 내 자신이 "잉어[매우 우울해졌을 때의 '나'의 표정을 가리킴 : 역주]"를 닮아가고 있는 것을 느끼면서 블라맹크가 좋아하는 풍경에서 내던져지듯이 선착장으로 도망간다.

'블라맹크가 좋아하는 풍경'의 블라맹크는 실존 화가 모리스 드 블라맹크를 가리킨다.9) 그리고 '내'가 "거의 무의식적으로 그의 취향에 맞추어 고른 풍경"이란 실제 블라맹크가 좋아했던 풍경이라는 뜻이 아니라 블라맹크가 그린 풍경화에 주로 그려진 풍경을 뜻한다. '내'가 풍경을 "몇 장" 혹은 "한 장"이라고 그림을 세듯이 부르고 있는 것에서 이들 풍경에 블라맹크의 풍경화를 겹쳐서 보고 있다는 것을 알 수 있다. 인용문에서 처음 향한 곳을 "어두컴컴한 풍경"이라고 묘사하고 있는 것처럼 당시 일본의 미술 잡지에서도 블라맹크의 풍경화를 "그 어두운 그림의 분위기",10) "어두운 색조",11) "음산한 기운"12)이라는 수식어로 주로 묘사했었다. 이러한 점들을 고려해 볼 때 이 작품에서 이야기하고 있는 '블라맹크가 좋아하는 풍경'이란 블라맹크의 풍경화를 가리키고 있다고 할 수 있다.

호리가 「풍경」 이외의 다른 곳에서 블라맹크를 언급하고 있지 않기 때문에 당시 일본에서 블라맹크를 어떻게 평가했고 수용했는지를 토대로 '블라맹크가 좋아하는 풍경'이 의미하는 바와 거기서 왜 '나'의 우울함을 해소시키지 못했는지를 살펴보겠다.

일본의 미술잡지 등에서 블라맹크의 그림이나 기사를 게재하기 시작한 것은 1922년부터이다.13) 야수파fauvisme14)의 일원인 블라맹크는 야수파의

---

9) 모리스 드 블라맹크는 반 고흐의 영향을 강하게 받으면서 야수파 운동에 참가했다. 1908년부터는 세잔느의 영향을 받아 구성적인 화풍으로 전환하고, 스피드감이 있는 빠른 터치로 다이나믹한 풍경화를 그렸다.(『新潮世界美術辭典』新潮社, 1985.)
10) 稅所篤二「佛國新興美術(六)」『みづゑ』(1923.2).
11) 稅所篤二「佛國新興美術(七)」『みづゑ』(1923.4).
12) 外山卯三郎「野獸主義(フォーヴィズム)の研究」『新洋畵研究』第五卷(金星堂, 1931.4).
13) 블라맹크를 최초로 만난 일본인은 사토미 가쓰조里見勝藏이다. 도쿄미술대학교 서양화학과를 졸업한 사토미는 일본에 있을 때 블라맹크나 야수파의 존재를 전혀 몰랐으나, 대학 졸업 후 1921년에 파리로 건너가서 처음 알게 되었다고 한다. 사토미는 1922년부터 일본의 미술잡지에 블라맹크를 소개하는 기사를 적극적으로 적어 보냈다. (早川博明「近代日本とフランス美術, そしてヴラマンク」,『生誕 120年記念 ヴラマンク展』展示會, 1997).
14) 야수파는 1900년부터 운동의 전조가 나타나기 시작하여 1906~7년에 최고조를 맞이했고

기세가 수그러진 1910년경, 한때 세잔느의 구성을 응용했기 때문에 당시 일본 잡지에서도 일부 블라맹크 회화의 조형미를 언급하곤 했었다.15) 그러나 블라맹크 관련 기사의 대부분은 야수파를 제창한 주요 인물로서 그를 소개하고 있었다. 이는 일본에서 야수파의 소개와 블라맹크의 소개가 시기적으로 겹치기 때문이라고 생각된다.16) 그림을 자연 – 모티브(그림의 대상) – 으로부터 해방시키고 "순수한 색채의 강조와 데생의 단순화"17)를 추구한 야수파 중에서도 블라맹크는 특히 고흐Vincent van Gogh의 영향을 많이 받았다. 자연을 접했을 때의 "감정"18)이나, "주관적 게시揭示"19)의 "분위기"20)를 나타내고자 한 블라맹크 회화의 표현법이 일본의 미술잡지에선 주로 소개되었다.

이렇듯 화가의 "감정"을 직접 나타내는 블라맹크의 표현법은 블라맹크

피카소 등의 입체파가 대두하자 1908년부터는 수그러들었다.

15) "나는 그의 작품 전체를 감돌고 있는 하나로 통일된 강한 움직임이 그 화폭을 주재하고 있다는 점에서 조형예술가로서의 그의 가치를 꽤 높이 평가한다."(黑田重太郎「フォーヴとフオーヴィズム」『中央美術』 1924.3), "블라맹크는 입체파 화가는 아니지만, 그도 또한 입체파의 영향을 받은 화가 중 한 명이다."(ジャン・ゴルドン「ドランとヴラマンク」『中央美術』 1927.12).

16) 일본에서 야수파를 처음 소개한 기사는 이시이 하쿠테石井柏亭의 「야수파와 반자연주의フォーヴィズムとアンチ ナチュラリズム」(『早稲田文學』 1912.12)이다. 그러나 이 글에서 이유는 모르겠으나 블라맹크의 언급은 없다. 토야마 우사부로外山卯三郎의 「일본에서의 야수파日本に於けるフォーヴィズム」(『新洋畫研究』 1931.4)에 의하면, 블라맹크를 가장 먼저 소개한 것은 1923년에 나온 간바라 타이神原泰의 「야수 무리들의 시대에 대해서野獸の群の時代について」라는 글이다. 그 다음이 1924년에 나온 구로다 주타로黑田重太郎의 「야수와 야수파フォーヴとフォーヴィズム」이며, 그 다음이 1927년에 나온 마에다 간지前田寛治의 「입체파와 야수파キュービズムとフォーヴィズム」이다.

17) 海野弘, 小倉正史 『ワードマップ現代美術』(新曜社, 1988).

18) "그[블라맹크]는 오늘 날의 가장 정열적인 화가이다. […] 블라맹크의 그림은 '평온함 속에서 기록된 순간의 감정'이 아니라 '감정이 사라지기 전에 기록한 순간의 감정'이다."(ジャン・ゴルドン「ドランとヴラマンク」, 앞의 책).

19) "그[블라맹크]는 결코 주관적인 게시를 피해서는 안 된다는 것을 알고 있다. 풍경화라는 것은 이러한 주관적인 게시를 필요로 하는 것이기 때문이다."(アンリ・エルツ著, 村松正俊譯 「ヴラマンクの風景畫」『中央美術』 1923.5).

20) "그[블라맹크]는 야수파를 외치고 있는 사람이다. […] 그의 주의主義는 우선 형식보다도 분위기를 포착하려는 것이다."(税所篤二 「佛國新興美術(六)」, 앞의 책).

본인이 "나는 모티브의 실제에 관해서는 그것이 어떻든 상관하지 않는다. 나는 회화의 진실을 추구한다."[21]라고 말하고 있는 것에서도 알 수 있다. 그의 그림이 나타내는 것은 자연(모티브)의 시각적 리얼리티가 아닌 회화의 리얼리티이며, 그가 말하는 회화의 리얼리티란 자연이나 대상을 접했을 때의 그의 내적 진실, 즉 "감정"의 리얼리티였다. 당시 블라맹크의 회화는 "야만적이고 야성적인 회화"[22]라고 소개되었는데, 이때 "야만"이란 가공하지 않은, 있는 그대로의 자연의 "야만성"이나 "원시성"이 아니라 자연이나 모티브를 접했을 때 느낀 그의 "감정"을 걸러내지 않고 "야만"적으로 느낀 대로 표현한 것을 의미한다. 이는 "정열의 예술"이라 불리며 "고찰적인 형식"을 거치지 않는 그의 "감정"의 직접적인 표현을 뜻한다.[23] 「풍경」에서 '내'가 '블라맹크가 좋아하는 풍경'에서 번번이 거부당하고 있다고 느낀 것은 블라맹크의 풍경화가 주관적인 "감정"을 직접 표현했기 때문이다. 즉, 블라맹크가 그린 풍경화의 풍경이란 풍경을 접했을 때의 그의 "감정"에 따라 변형된 풍경이므로 '내'가 그 풍경에 대해서 어떠한 독창적인 해석을 시도할 여지가 없었던 것이다. '블라맹크가 좋아하는 풍경'에서 '내'가 우울을 해소시키지 못하고 거기서부터 "던져졌다"는 표현은 블라맹크처럼 대상의 실제와 상관없이 인식자의 감정에 따라 대상을 변형시키는 표현법 앞에선 제3자인 '나'는 독창적인 해석을 시도할 여지가 없었다는 것을 의미하고, '내'가 추구한 표현법이 아니라는 호리 다쓰오의 비판성을 엿볼 수 있다.

---

21) 黒田重太郎「フオーヴとフオーヴィズム」, 앞의 책.
22) "블라맹크는 야수였다. 그 야만적이고 야성적인 그림에는 검은 색이나 하얀 색이나 깊은 초록색 밑에 따뜻한 정열이 숨겨져 있었다."(위의 책).
23) "전자[입체파]는 예술의 필연적인 규칙을 추구했다는 점에서 진정 고찰적인 형성을 갖고 있고, 후자[야수파]는 예술의 자발적인 일면을 강조했다는 점에서 농후한 과장적인 형성을 갖고 있다. 하나는 총명한 예술이고 다른 하나는 정열의 예술이다."(黒田重太郎「フオーヴとフオーヴィズム—現代芸術の諸傾向に關するノオトー」『中央美術』1924.2).

4. 앙리 루소의 표현법

다음으로 '나'의 우울함을 해소시켜 준 '선착장의 풍경'을 살펴보겠다. 앞에서 '내'가 상상을 동원해서 지금 앙리 루소가 선착장의 풍경을 그리고 있다는 결론을 얻었다는 내용을 살펴보았다. 그렇다면 왜 '내'가 비상한 아름다움을 느낀 이 풍경을 날카로운 눈으로 응시하고 있는 자가 앙리 루소여야 했을까?

진자이 기요시神西清가 지적했듯이 「풍경」을 발표한 1926년은 호리가 기욤 아폴리네르의 시를 적극적으로 번역한 시기이기도 하다.24) 호리는 「풍경」을 발표한 다음 달부터 『당나귀驢馬』의 창간호(1926.4)에 아폴리네르의 시 8편을 번역해서 발표했다. 호리는 아폴리네르의 시와 산문을 1932년까지 꾸준히 번역했다.25)

아폴리네르는 알프레드 자리Alfred Jarry를 통해서 앙리 루소를 알게 되었고 루소가 타계할 때까지 그의 미술을 이해한 몇 안 되는 사람 중 한 명이었으며 루소의 이름을 전 세계에 알린 소개자이기도 했다. 한 번도 정식 미술교육을 받은 적이 없었던 루소는 독학으로 그림을 그렸기 때문에 그의 그림은 아카데미 미술에서는 상식으로 여겨진 원근법이나 음영화법 등을 전혀 사용하지 않았다. 이 때문에 그의 그림은 환상적이고 몽환적인 분위기를 지니게 되었다. 그러나 루소의 평면적이고 소박한 화풍은 당시 프랑스 미술평론가들의 이해를 얻지 못했을 뿐만 아니라 신문이나 미술 잡지에서는 항상 혹평을 받았다.26) 루소가 비난을 받을 때마다 아폴리네르는 그를 옹호하는 평론을 신문이나 잡지 등에 발표했던 것이다.27)

---

24) 神西清「堀辰雄文學入門」『堀辰雄集』(新潮社, 1950).
25) [부록 1] ≪호리 다쓰오 번역과 창작 연표≫ 참조.
26) 高階秀爾「アンリ・ルソーの謎」『アンリ・ルソー展－素朴派の世界』(讀賣新聞社, 1966).
27) 岡谷公二『アンリ・ルソー 樂園の謎』(新潮社, 1983).

아폴리네르가 루소를 소개하면서 쓴 미술평론이「세관원 루소Le Douanier」
(1914)이다. 이 평론은 아폴리네르 사후에 편집된 시문집『Il y a』(Albert
Messein, 1925)에 수록되어 있다. 호리가『Il y a』를 소장하고 있었다는 사
실은 그가 아폴리네르의「세관원 루소」를 읽었다는 것을 강하게 뒷받침
하고 있다.[28] 그리고「풍경」과 같은 해에 발표한「비눗방울 시인-장 콕
토石鹸玉詩人ージャン・コクトオー」(『당나귀』 1926.7)에서도 "그림으로 말하자면
아폴리네르는 앙리 루소 같아 이제껏 존재하지 않은 아름다움이다."라고
아폴리네르를 루소에 비유하고 있다. 이를 보아 호리는 아폴리네르를 통
해서 루소를 이해했다고 볼 수 있다.

일본에서 앙리 루소를 소개하기 시작한 것은『Il y a』가 간행되기 이전
인 1913년부터이다. 1913년 2월『미술신보美術新報』에서 루소의「풍경」이
라는 그림을 처음 게재했고, 이듬해 1914년 4월『시라카바白樺』 잡지에
일본에서 처음으로 루소를 소개한 다나카 기사쿠田中喜作의「앙리 루소의
생애 및 그 예술アンリ・ルソーの生涯及び其芸術」이라는 기사문[29]이 실렸다.
1915년 5월『시라카바』는 루소의 그림을 표지를 포함해서 6작품 소개했
고 그중에는 <그림 1>의 루소의 자화상도 있었다. 이 자화상은「풍경」에
나온 "두 개비의 잎담배 같은 갈색 콧수염"을 지닌 루소의 자화상이다.
이후 여러 미술잡지에서 루소의 그림이 게재되고 기사가 실리기 시작한
것은 블라맹크의 경우와 마찬가지로 1922년 이후이다.

루소의 풍경화에 대해서는 "루소가 그린 풍경화는 모델로 한 장소를 명
기하고 있음에도 불구하고 모든 그림에 꿈나라의 풍경 같은 신비로움을
지녔다.", "그 '자연'은 언젠가 화가 자신의 심상풍경과 융합되어 현실을
넘어선 풍경을 만들어간다."는 등[30] "환상"[31]적인 인상이 우선적으로 언

---

28) [부록 2] ≪모더니즘 관련 장서 목록≫ 참조
29) 田中喜作「アンリ・ルソーの生涯及び其芸術」『白樺』(1914.4).

〈그림 1〉『시라카바』에 실린 루소의 「자화상」

급되었다.

그러나 루소의 그림이 지닌 환상성과 비사실성은 때론 루소를 향한 비방의 원인이 되기도 하였다. 「세관원 루소」는 이러한 비방에 맞서 아폴리네르가 루소를 옹호하기 위해서 쓴 평론이다. 루소가 1909년 3월 제25회 앙데팡당 미술전에 출품한 아폴리네르와 마리 로랑생을 그린 「시인에게 영감을 주는 뮤즈詩人に霊感を与えるミューズ」에 대해서 아르센느 알렉산드레는 "만일 루소로 하여금, 실은 그에게 완전히 결여되어 있는 것－방법의 지식－을 갖추고, 동시에 그가 지닌 그 구상의 신선함을 유지할 수 있다면 금세기의 파올로 우첼로Paolo Uccello가 되었을 것이다."[32]라는 비평을 썼다. 이 기사로 인해 "이후 루소가 기술이 없다는 것은 정설이 되었다. 최소한 20년간 꾸준히 그려온 그의 그림이 아동화와 동일시[33] 되었던 것이다. 한편 이 기사에 대해서 아폴리네르는 「세관원 루소」에서 다음과 같이 반박하고 있다.

지식의 결여는 루소의 경우 풍부한 예술적 자질에 의해서, 또는 교수들이 지닌 지식에서 유래하지 않더라도 그의 양심, 사물에 대한 인식에서 유래한다. [⋯] 그는 현실 감각이 매우 예리하여 공상적인 주제를 그리고 있

30) 東野芳明 「一枚の繪「夢」」 『ルソー』(講談社, 1981).
31) 田中喜作 「アンリ・ルソーの生涯及び其芸術」 『白樺』(1914.4).
32) 아르센느 알렉산드레, 미술평론란 『코미디어지コメディア誌』(1909.4.3).
33) 岡谷公二 「アンリ・ルソーの位置」 『「アンリ・ルソーの夜會」展』 展示會(1985).

을 때는 무서워져서 창문을 열지 않을 수 없었을 정도였다.[34]

아폴리네르는 "방법의 지식"이 없다는 비난을 루소의 "사물에 대한 인식"을 내세워 반론했다. 아폴리네르가 말하는 루소의 사물에 대한 인식이란 모델의 치수를 정확히 측정하여 이를 축소시키는 대상에 대한 소박한 충실함을 뜻한다. 아폴리네르는 루소가 「시인에게 영감을 주는 뮤즈」를 그릴 때 "그는 나의 입, 눈, 이마, 손, 전신을 측정하고 그 치수를 캔버스 틀의 크기에 맞추어 지극히 정확하게 축척縮尺했다. […] 누군가의 초상화를 그릴 때 […] 그는 먼저 나를 그렸을 때처럼 모델의 치수를 재고 틀의 크기에 맞춰 줄인 다음 이를 매우 정확하게 캔버스 위에 그렸다."[35]고 회고하면서 그의 사물에 대한 인식을 설명했다. 아폴리네르 이외에도 루소의 그림을 최초로 수집한 빌헬름 우데Wilhelm Uhde는 『앙리 루소Henri Rousseau』(Eugène Figuière, 1911)에서 알프레드 자리의 체험을 이야기하면서 아폴리네르의 견해에 동의하고 있다. 우데는 "자리는 루소가 그의 초상화를 그릴 때 코, 눈, 입, 귀 등의 치수를 연필로 측정해서 원근법에서 발생하는 프로포션의 변화 등에는 전혀 개의치 않고, 그것을 그대로 캔버스로 옮기고 피부색을 정확하게 표현하기 위해서 물감을 자신의 얼굴 근처까지 갖고 왔다고 말했다."라고 전하고 있다. 루소의 이러한 제작 스타일은 호리가 「풍경」을 집필할 당시의 일본에서도 소개되고 있었다.[36]

---

34) ギョーム・アポリネール著, 阿部良雄譯 「税關吏ルソー」 『アポリネール全集』紀伊國屋書店, 1959).

35) 위의 책.

36) "예를 들어서 루소가 레몬의 정물화를 그리려고 하면 그는 자신의 팔레트 위에서 열심히 그 레몬의 색과 완전히 똑같은 색을 만든다고 합니다. […] 그가 초상화를 그릴 경우 모델의 눈과 눈 사이의 거리나 귀와 코의 수치를 마치 양장점의 재봉사처럼 재고 다시 그 수치를 화폭 위에 맞춰서 축소시키고 그렇게 해서 제작된 것을 이것이야말로 틀림없이 실제 인물의 재현이라고 생각했다는 이야기와 함께 얘기되는 것으로 그의 비상한 천재성의 단면을 말해주고 있습니다."(鍋井克之 「アンリ・ルツソオ個展」 『みづゑ』 1923.10).

아폴리네르나 이들 기사들이 전하는 루소의 특이한 제작과정은 대상에 충실하고자 한 루소의 표현법을 말해주고 있다. 오카야 고지岡谷公二는 "그 [루소 : 역주]는 대상을 존중하고, 그것에 충실하려고 했다. 야수의 화가들처럼 주관으로 대상을 변형시키지는 않았다. 이 과정에서 그가 사실写実을 추구한 것은 틀림없다."[37]고 지적했다. 즉 루소가 지닌 대상에 대한 충실함은 자신의 주관으로 대상을 변형시키지 않는 사실주의와 동일하다고 할 수 있을 것이다.

그러나 루소의 그림은 사실주의하고는 거리가 멀고, 환상적이며 비사실적이다. 오카야도 "그러나 이 과정을 거친 결과인 그의 작품을 우리는 리얼리즘이라고 부를 수 있는가? 리얼리즘을 대상을 육안으로 보이는 그대로 충실하고 정확하게 그린다는 일반적인 의견으로 해석하자면, 루소의 인물도 풍경도 우리가 보는 그대로 그려져 있지 않다."[38]면서 대상에 충실하려고 한 결과 비사실적인 그림이 되어버린 루소 회화의 특징에 대해서 언급하고 있다.

리얼리즘 회화는 2차원의 평면에 3차원의 공간—깊이—을 창출하는 원근법을 구사하여 시각적 착각 현상으로 대상을 사실처럼 보이도록 한다. 반면 루소처럼 대상에 충실하기 위해서 그 실제 치수를 재고 이를 그대로 축소시켜서 캔버스에 옮기는 방법으로는 눈의 착각을 일으킬 수가 없다. 그 결과 "실재 사물의 외견에 무지"[39]한 작품이 나오는 것이다. 대상에 충실하려는 루소의 제작과정과 그 결과물의 격차는 기존의 시각적 리얼리즘 회화가 지닌 기만—대상에 충실한 것이 아니라 어디까지나 인간의 시각이 우위에 있으며 대상을 이에 종속시킨 것에 불과하다—을 드러내

---

37) 岡谷公二『アンリ・ルソー 樂園の謎』, 앞의 책.
38) 위의 책.
39) 田中喜作「アンリ・ルソーの生涯及び其芸術」, 앞의 책.

는 것이었다. 루소의 회화는 '시각적 리얼리즘'을 구사하지 않더라도 대상에 충실할 수 있으며 그 결과물인 작품에 "특이한 격조"[40]를 부여할 수 있다는 것을 보여주었다.

물체의 형태를 둘러싼―3차원적인 것과 그 3차원적인 공간을 2차원의 평면 위에 나타내는―문제와 격투하고 있던 1908년 당시, 피카소가 "예를 들어 라파엘로의 그림에서 코끝부터 입까지의 거리를 측정하는 것은 불가능하다. 하지만 나는 그것이 가능한 그림을 그리고 싶다."[41]고 말한 것은 상당히 흥미롭다. 루소와 피카소의 그림에서 비슷한 점을 찾을 수는 없지만, 두 화가 모두 대상에 충실해질 수 있는 리얼리즘을 추구했다는 점에서는 유사하다. 피카소가 루소처럼 코끝에서 입까지의 거리를 측정할 수 있는 그림을 그리려고 했듯이 루소의 사물에 대한 인식은 단순하고 소박한 것이 아니라, 피카소처럼 당시 새로움을 추구하고자 한 예술가들이 품고 있었던 현실인식과 상통하고 있었다. 이는 아폴리네르가 그를 발견했듯이 당시의 급진적인 젊은 화가들이 루소의 그림을 주목했다는 사실에서도 알 수 있다. 그중에서도 피카소는 루소를 기리는 만찬을 열고, 루소의 그림을 높이 평가했다. 피카소가 루소의 그림 네 점[「부인상」, 「램프가 있는 자화상」, 「부인 초상」, 「평화를 위해 공화국에 인사하러 온 각국의 대표들」]을 평생 동안 소중히 소장해 왔다는 사실은 많은 피카소 평전이 전하는 바이다.[42]

이렇듯 루소의 작품은 "비현실적", "환상적", "꿈나라 같은 풍경"이라고 묘사되었지만, 아폴리네르나 다나카의 기사는 루소의 대상에 대한 충

40) 위의 책.
41) ダニエル・アンリ・カーンワイラー著, 千足伸行譯『キュビスムへの道』(鹿島出版會, 1970.6).
42) フェルナンド・オリヴィエ著, 益田義信譯『ピカソと其の友達』(筑摩書房, 1942), エレーヌ・パルムラン著, 瀬木愼一・松尾國彦譯『ピカソは語る』(造形社, 1977), ローランド・ペンローズ著, 高階秀爾・八重樫春樹譯『ピカソ その生涯と作品』(新潮社, 1978).

실한 태도를 전하고 있었다.

이상으로 살펴보았듯이 앙리 루소라는 화가가 의미하는 바는 대상에 충실하고자 한 결과 대상의 시각적 리얼리즘을 넘어선 비현실적이고 환상적인 작품을 창작할 수 있다는 가능성이다.

이와 같은 앙리 루소에 대한 이해는 「풍경」의 '선착장의 풍경'에도 반영되어 있다. 예를 들어 「풍경」에서 '선착장의 풍경'을 "사람이 처음으로 풍경에 접했을 때의 놀라움"으로 바라본 '나'는 그 "풍경의 본질"에 대해서 다음과 같이 말하고 있다.

> 하지만 나를 가장 매료시킨 것은 풍경의 단순한 아름다움이 아니었다. 그것은 뭔가 초超풍경적인 것이었다. 그 첫인상─처음 풍경을 접했을 때의 놀라움은 여전히 그 신선함과 진실함을 잃지 않고 내 안에 남아 있었다. 라고, 나는 어린아이처럼 구름이나 배를 넋 놓고 바라보는 것을 그만두고, 그 풍경의 본질에 대해서 철학자처럼 생각하기 시작했다……그러자 그 풍경의 표정이 아무래도 일반 사람의 어떤 표정에 가깝다고 생각되었다. 그러고 보니 이 풍경은 어디로부턴가 날카로운 눈으로 응시당할 때 민감한 사람이 그러하듯이 매우 긴장해 있는 것처럼 보인 것이다. […]
> …… 이것이 아닐까 싶다, 나를 묘하게 감동시킨 것은.(11쪽)

풍경의 본질에 대해서 생각하고 있는 '나'는 이 풍경에 표정이 있으며 그것이 사람의 표정─매우 긴장해 있는 표정─에 가깝다고 생각한다. 최종적으로 '나'는 이 풍경이 루소에 의해 그려지고 있다고 결론 내리면서 긴장한 풍경의 비밀을 푼다. '나'는 '선착장 풍경'이 긴장한 표정을 짓고 있는 이유를 초상화의 모델이 갖는 긴장감으로 해석하고 있다. 이 초상화를 그리고 있는 화가가 루소이기 때문에 아폴리네르나 자리가 말했듯이 눈, 코, 입 등 전신의 구석구석을 "응시당하는" 모델의 긴장된 표정이 작품 속 풍경에도 드러난 것이다.

그리고 이 풍경에서 '내'가 처음 풍경을 접했을 때의 놀라움을 느끼게 된 것은 예술가 루소의 "날카로운 눈"에 응시되어 표현된 현실−풍경−이야말로 보는 이에게 "처음으로 접했을 때의" "신선함과 진실함"을 줄 수 있다는 것이다. '선착장의 풍경'이 루소에게 그려지고 있다고 결론지은 '나'는 다음과 같이 말하고 있다.

> 이 세관 안의 민감한 풍경은 앙리 루소에게 그려지고 있는 것을 의식해서 그토록 이상하게 긴장하고 있었던 것은 아닐까? 이런 의식적인 아름다움이 제3자인 나마저도 감동시킨 것은 아닐까? 누가 풍경에게 그런 의지 같은 것이 없다고 단언할 수 있겠는가?(14쪽)

풍경에게 의지가 없다고 누가 "단언할 수 있겠는가?"라고 묻고 있듯이 '내'가 말하는 "의지"란 작품 속 풍경에 한정된 것이 아니라 '현실'−예술의 대상−까지 확장해서 해석할 수 있을 것이다. 즉, 예술가의 "예리한 눈빛"에 노출되고 응시 받으면서 표현된 '현실'이 갖게 되는 긴장감으로 인해 그 '현실'에는 의식적인 아름다움이 추가되고 그것이 제3자인 감상자마저도 감동시킨다는 뜻이다. 앞의 인용에서 '내'가 "긴장하고 있는" 풍경을 "초풍경적"이라고 말했듯이 의식적인 아름다움을 지닌 '현실'은 사실적인 아름다움과는 다른, 또 다른 '아름다움'을 지니게 된다. 예를 들어 루소의 풍경화가 "그 '자연'은 언젠가 화가 자신의 심상 풍경과 융합되어 현실을 초월한 풍경을 엮어 나가"[43]듯 그 그림이나 예술 작품은 비사실적이며 환상적인 것이 된다. 예술가의 "예리한 시선"이 현실이나 풍경을 응시해야만 거기에는 눈에 보이는 아름다움 이상의 의식적 아름다움이

---

43) 東野芳明「一枚の繪「夢」」, 위의 책.

나타나게 된다는 것이다. 이러한 예술가의 예리한 시선이 사물 혹은 '현실'에 초현실적인 아름다움을 창출시킨다는 예술관은 이제 막 자신도 한 명의 예술가로서 출발하고자 한 호리의 자부심을 말해주고 있다.

'내'가 세 번째로 찾은 풍경, 즉 앙리 루소에게 그려지고 있는 '선착장의 풍경'은 우울함을 해소하기 위해서 제일 먼저 찾은 '야만적인 풍경'처럼 가공하지 않은, 있는 그대로의 자연-회화론과 관련 지으면 사실주의적 풍경화-과도 다르며, 다음으로 찾은 '블라맹크가 좋아하는 풍경'처럼 화가의 감정이나 주관으로 변형시킨 풍경과도 다르다. 굳이 '선착장의 풍경'이 앙리 루소에 의해서 그려지고 있다고 설정한 것은 그리는 대상에 충실하고 이를 정확하게 인식하고자 한 결과, 대상의 시각적 사실성을 초월한 표현이 가능하다는 방법론을 호리가 이 작품에서 루소의 회화를 통해서 나타내기 위해서이다.

5. 맺음말

이상으로 「풍경」의 초고 분석을 통해서 「풍경」 이전에 쓰인 에세이나 시에서 호리가 제시한 처세철학의 방법이 이 작품에서 예술적 표현법으로 전환되어 전개되었다는 것을 확인하였다. 또한 서양화가 모리스 드 블라맹크와 앙리 루소의 회화법의 비교와 검토를 통해서 앙리 루소의 표현법이 이 작품에 반영되어 있음을 고찰하였다. 에세이 「쾌적주의」나 시 「신화」에서 보여준 고통으로 가득 찬 인생을 쾌적하게 살아가기 위해서 인생에 대한 독자적인 해석을 시도한다는 '때밀이' 수법이 「풍경」에서는 이야기를 전개시키는 모티브로 작용하고 '때밀이' 수법을 상상이라는 문학적 요소로 전환시키고 있었다. 호리는 이전 세대의 작가들처럼 삶의 고통에 심취해서 이를 그대로 작품화하거나 삶의 고통을 예술로 승화시키려 하지 않고 상상을 구사하는 창작을 통해서 고통으로 가득 찬 삶의 과정을 재해석함으로써 인생을 쾌적하게 활보해 가려는 태도를 습작기부터 지니고 있었음을 확인하였다. 이러한 호리의 삶과 문학에 대한 태도는 호리 문학이 지닌 새로움이라 할 수 있으며, 이러한 태도가 다이쇼시대와 쇼와 전기 작가들을 구분하고 있다고도 할 수 있다.

　이 작품에서는 어떻게 하면 쾌적한 삶을 살 수 있을 것인가라는 처세 철학이 작중인물인 '내'가 우울함을 해소하기 위해서 들어가는 세 가지 풍경을 통해서 제시되고 있었다. 이 세 가지 풍경은 '야만적인 풍경', '블라맹크가 좋아하는 풍경', '앙리 루소에게 그려지고 있는 풍경' 등 화가에 의해 표현된 풍경화를 매개로 전개되고 있고 이는 어떻게 풍경이나 자연을 표현할 것인가라는 표현법의 문제로 해석할 수 있다. 그리고 당시 일본에서의 블라맹크에 대한 이해와 호리가 직접 읽은 아폴리네르가 쓴 루소론 등을 바탕으로 이 세 풍경을 둘러싼 '나'의 비평 의식을 검토해보면, 호리의 예술적 방법론의 행방을 엿볼 수 있다. 호리는 있는 그대로의 대상을 추구하는 사실주의적인 표현법이나 표현자의 감정에 따라 대상을 변형시켜 그 감정을 직접 표현하는 블라맹크 회화의 표현법이 아니라 대상에 충실하면서도 표현할 때에는 대상의 사실성을 초월해서 표현한 앙리 루소의 표현법에 보다 공감했다는 것을 확인할 수 있었다. 이렇듯 「풍경」의 초고에는 작가가 블라맹크나 루소 등 여러 표현법을 모색하는 과정이 남아 있다.

　그러나 개고한 「풍경」은 '내'가 우울함을 해소하기 위해 풍경을 추구한다는 작품의 모티브와 '야만적인 풍경', '블라맹크가 좋아하는 풍경'에 관한 부분이 삭제되었고, '선착장의 풍경'만을 이야기하고 있다. 「풍경」의 개고작은 선착장 부근을 걷고 있던 '내'가 서양식 건물에 헤매어 들어가는 장면서부터 시작하여 그곳 풍경이 앙리 루소에 의해 그려지고 있다는 결론으로 끝난다. 우울함을 해소하기 위한 모티브도 삭제되어 있어서 이러한 결론이 '나'의 우울함을 해소시켰다는 내용 또한 함께 삭제되어 있다. 따라서 '내'가 '야만적인 풍경'에서 '블라맹크가 좋아하는 풍경'을 거쳐 '앙리 루소에게 그려지고 있는 풍경'에 이르는 작자 호리 다쓰오의 표현법을 둘러싼 모색 과정도 개고작에서는 삭제되었다. 작품의 완성도를 떠나서 습작기 작품인 「풍경」의 초고에서 확인할 수 있는 표현법을 둘러싼 이러한 모색 과정과 문제의식은 모더니즘 예술이 내포하고 있는 문제의식과 상통하며, 이후의 작품 활동을 통해 기존의 사실적 리얼리즘을 초월한 새로운 리얼리즘의 구축이라는 호리 다쓰오 문학의 핵심 과제로 발전해 갔다.

제2장

피카소 수용

1. 머리말

호리 다쓰오는 창작 활동을 시작한 1926년부터 초기의 대표작 「성가족
聖家族」을 발표한 1930년 말까지 작품이나 평론의 곳곳에서 서양화가들을
언급했었다. 호리가 언급한 화가들을 열거하자면 엘 그레코El Greco, 루벤
스Pieter Paul Rubens, 렘브란트Rembrandt Harmensz, 다비드Jacques Louis David, 앵
그르Auguste Ingres, 앙리 루소, 세잔Paul Cézanne, 블라맹크, 드랭Andre Derain,
브라크Georges Braque, 피카소, 마티스Henri Matisse이다. 이 중에서 16세기 화
가인 엘 그레코[1]와 17세기 화가인 렘브란트와 루벤스를 별도로 하면 전
부 후기 인상파 이후의 근대 화가들이다. 이렇듯 호리가 작가활동 초기에
관심을 가진 것은 주로 후기 인상파 이후의 화가들이었다고 볼 수 있다.
호리가 그들을 "20세기의 정신"[2]이라고 말했듯이 이들 화가들이 미술에

---

1) 엘 그레코에 관한 문장은 장 콕토의 글을 재인용한 것이다.
2) 堀辰雄 「石鹼玉の詩人－ジャン・コクトオに就て」 『驢馬』(1926.7).

서의 이룬 혁신을 의식해서 수용했던 것이다.

호리는 앞서 보았듯이 습작기의 작품 「풍경」에서 '블래맹크가 좋아하는 풍경'이나 '앙리 루소가 그리고 있는 풍경' 등 화가인 모리스 드 블래맹크와 앙리 루소를 모티브로 하여 이야기를 전개시켰다. 이 작품에서는 표현자의 감정에 따라 대상을 변형시켜 그 감정을 표현하는 블라맹크 회화법이 아니라, 대상에 충실하면서도 표현할 때에는 대상의 사실성을 초월해서 표현한 앙리 루소의 표현법을 최종적으로 선택하는 과정을 그리고 있었다. 즉, 풍경이나 자연을 어떻게 표현해야 하는가 하는 표현법의 문제를 다루고 있었던 것이다. 이처럼, 습작기서부터 호리의 회화에 대한 관심은 표현하는 자가 '현실'을 어떻게 파악하고 그것을 어떻게 표현하는가 하는 현실 인식과 표현법의 문제에 집중해 있었다고 볼 수 있다.

호리는 '현실'을 어떻게 파악하는가 하는 문제를 앙리 푸앵카레의 과학 사상을 수용함으로써 나름대로의 현실 인식을 구축하려 했다. 푸앵카레는 고전물리학의 절대시간·절대공간의 법칙과 유클리드기하학의 공리가 '가설' 중 하나에 불과하다고 비판하면서 상대적 시간·공간의 법칙이나 비유클리트기하학의 가능성 등을 논증해 보였다. 고전물리학의 법칙을 '가설'에 불과하다고 단언하고 새로운 개념과 세계관의 가능성을 제시한 푸앵카레의 과학사상서는 현대물리학의 개시를 가져왔다. 이러한 푸앵카레의 성과는 과학에서는 아인슈타인의 현대물리학의 개시에, 예술에서는 피카소에 의한 회화의 혁신에 지대한 영향을 주었다. 20세기 초의 예술 특히 서양의 모더니즘은 그때까지 당연시해 온 물질의 기본개념이 과학의 혁신에 의해 일신되자 인간이나 사회 등 예술의 대상인 '현실' 그 자체마저도 더 이상 절대적인 것이 아니라 예술가 스스로가 표현을 통해 창출해내야 하는 시대적 상황 속에서 일어났다. 푸앵카레의 과학사상을 수용했던 호리도 자신의 문학적 입장을 밝힌 「예술을 위한 예술에 관해서[註]

術のための芸術について」(『신초新潮』 1930.2)에서 예술가가 표현해야 하는 것은 표면적인 현실이 아니라, 예술가의 직관에 의해서 포착된 사물의 배후에 있는 새로운 '현실'이라고 말하고, 문학 창작에 있어서 의식적 작업의 필요성과 작품의 모티브로부터의 독립을 역설하였다. 그리고 푸앵카레가 제시한 비유클리드기하학의 가능성에 입각하여 창작에 있어서 감각을 동반하지 않는 이성이나 추상만을 사용하는 것이 아니라, '허구'나 '꿈' 등을 사용하여 일상적인 현실을 넘은 '현실'을 나타낼 수 있다고 확신하였다.[3] 제2장에서는 이러한 예술관을 구현시키기 위해서 표현방법을 모색해 갔던 과정을 추적하고자 한다. 그중에서도 특히 피카소의 수용과 관련해서 고찰해보고자 한다.

호리는 초기에 쓴 평론이나 에세이 곳곳에서 피카소를 언급했다. 호리가 언급한 피카소에 관한 글들은 상당수에 이르는데, 종래의 연구에서는 이들을 호리의 장 콕토 수용의 일환으로 간주하고 호리가 피카소에게 직접적인 관심이나 이해를 갖고 있었다고는 여기지 않았다. 이에 기존의 호리 다쓰오 연구에서는 피카소 수용에 관한 문제는 거의 간과되어 왔었다. 그러나 호리가 피카소를 이해했던 모든 통로가 콕토를 경유했던 것은 아니었다. 따라서 본고에서는 호리도 피카소가 이룩한 위업에 직접적인 관심을 갖고 있었음을 확인하고 피카소의 방법론이 호리의 문학관 형성에 어떠한 영향을 주었는지를 검토해 보고자 한다.

---

3) 이 문제에 관해서는 제2부에서 상세히 고찰하겠다.

2. 호리 다쓰오·장 콕토·파블로 피카소

호리는 마르셀 프루스트에 심취해 있을 때 다음과 같은 글을 썼다.

그만큼 나는 이 르느아르 화집을 갖고 싶었다. 이것도 프루스트의 영향
인 것 같다. 이는 마치 예전에 콕토에 열중하다 언제부턴가 피카소나 키리
코의 그림을 사랑하게 된 것과 매우 비슷하다.[4]

호리는 프루스트에 경도되어 프루스트가 사랑한 르느아르의 그림에 흥
미를 갖기 시작한 것처럼 "콕토에 열중하다 언제부턴가 피카소나 키리코
의 그림을 사랑하게" 되었다고 말하고 있다. 이 문장에 의하면 호리는 프
루스트가 르느아르의 회화에서 보고자 한 것을 보고, 콕토의 눈을 통해서
피카소의 회화를 수용하고자 한 것처럼 보인다. 이 문장은 선행연구가 호
리의 피카소 수용을 "콕토의 영향권"[5]에 있었다고 단정짓게 한 근거이다.
예를 들어 이노쿠마 유지猪熊弦治는 "콕토에 관한 언급을 통해서 피카소,
세잔느를, '재구성'을 향한 자각적인 실천자로 여겼다."[6]고 했고, 다케우
치 기요미는 "아폴리네르나 콕토가 인도한 대로 세잔느와 세잔느 이후의
피카소, 블래맹크, 루소, 키리코의 회화의 세계를 자신의 문학에서 살리고
자 했다."[7]고, 역시 호리가 "콕토를 통해서" 피카소를 포함한 20세기 초
의 전위 회화를 수용했다고 보고 있다. 실제로 호리가 피카소에 관해서
언급한 것은 콕토가 쓴 피카소 평론에서 인용한 것이 많다. 이 사실은 부
정할 수 없다. 그러나 직접 피카소와 교류하면서 그의 대변자적 입장에서

---

4) 堀辰雄「プルウスト雑記(神西清への手紙より)」『椎の木』(1932. 8).
5) 日高昭二「堀辰雄とアヴァンギャルドーいわゆる「立体派」の詩脈をめぐってー」國文學解
　釋と鑑賞別冊『堀辰雄とモダニズム』(2004.2).
6) 猪熊弦治「堀辰雄における西歐畫家」『受容と創造ー比較文學の試み』(宝文館出版, 1994).
7) 竹内清己『堀辰雄と昭和文學』(三弥井書店, 1992).

피카소에 관한 글을 쓴 콕토와 일본에서 콕토가 쓴 피카소 평론을 읽으면서 피카소의 그림을 바라본 호리와는 피카소를 수용하는 방법도 그들이 자신의 글에서 피카소를 언급한 목적도 다르다. 더군다나 호리의 피카소에 대한 관심을 전부 콕토로부터 유발되었다고 파악한다면, 호리가 피카소를 통해서 무엇을 수용하고자 했는지 그리고 피카소가 호리 문학에 어떠한 영향을 끼쳤는지를 정확히 이해하는 데 걸림돌이 될 것이다.

호리의 평론에서 콕토로부터의 인용 혹은 원용이 아니라, 호리 자신이 직접 피카소에 관해서 알아본 후에 쓴 글이 있다. 호리가 콕토를 소개하고 있는 「비눗방울 시인 - 장 콕토에 대해서」(『당나귀』 1926.7)에서 처음으로 피카소를 언급하고 있는 곳이다.

> 피카소는 말했다. "우리는 예술이 진리가 아니라는 사실을 알고 있다. 예술은 우리에게 진리 - 적어도 우리가 이해할 수 있도록 생각한 진실을 여실히 알려주는 허위이다. 예술가는 그의 허위가 진실이라는 것을 타인에게 납득시키는 방법을 알고 있어야 한다."라고 장[장 콕토 : 역주]은 실로 그 방법을 터득한 한 사람이다. [⋯] 장은 피카소 같아, 전혀 새롭고 기이하지만, 예전부터 존재한 것처럼 아름답다.[8]

호리가 인용한 피카소의 말은 예술이 진실이 아니며, 예술가가 진실이라고 여긴 것을 보여주는 허위이며, 그 허위를 타인에게 납득시키는 방법이 관건이라는 내용이다. 즉 그는 예술을 창작함에 있어서 "방법"이 중요하다는 것이다. 인용문에서 호리는 피카소가 말한 이러한 창작에서의 "방법"을 콕토도 "터득"하고 있다고 평가하고 있는 것이다. 여기서 호리는 피카소의 말을 통해서 장 콕토라는 작가의 예술성을 소개하고 있다. 이는 당시 피카소가 예술성을 나타내 주는 기준으로서 일본에서 이미 통용되

---

8) 堀辰雄 「石鹼玉の詩人-ジャン・コクトオに就て」 앞의 책.

었다는 것을 말해준다.

위의 인용문에서 호리가 인용한 피카소의 말은 콕토가 쓴 글에는 없는 내용이다. 호리가 인용한 피카소의 말은 1923년 『아트The Arts』지가 게재한 피카소의 큐비즘에 관한 인터뷰 기사이다.[9] 이 기사 내용은 1923년 8월 『아사히신문朝日新聞』에 실린 간바라 타이神原泰의 「피카소의 말」에서도 소개된 적이 있었다. 위의 인용문은 호리의 피카소 수용이 전적으로 콕토를 통해서 이루어지지 않았다는 것을 증명해 준다. 간바라의 「피카소의 말」이라는 기사가 일본 신문에 게재된 것처럼 당시 일본에서 피카소는 주목 받는 화가였다. 일본 국내에서 피카소가 널리 알려진 상황에서 호리는 콕토를 거치지 않는 피카소에 관한 정보를 입수하고 있었다는 것을 확인할 수 있다.

다음으로 호리의 피카소 이해와 콕토의 피카소 이해의 차이점을 검토해 보고자 한다. 호리가 쓴 「비눗방울 시인」에서 파카소를 언급하고 있는 다른 부분을 보겠다.

> 회화로 말하자면 아폴리네르는 앙리 루소처럼 이제껏 존재하지 않은 것 같은 아름다움이다. 장은 피카소 같아, 전혀 새롭고 기이하지만, 예전부터 존재한 것처럼 아름답다. 전자는 어디까지나 20세기의 첨단 시인이자 그뿐인 시인이고, 후자는 보다 20세기적이지만 그뿐만 아니라 19세기의 아르튀르 랭보 등의 훌륭한 감각을 더욱 신선한 것으로 만들었으며 어딘지 모르게 18세기 와트의 장미 향기마저 나지 않는가. […]
> 장은 「장미의 재난・와트의 비밀薔薇の災・ワットオの隠立て」 등의 시를 17~8세기에 애용한 시형詩形으로 만들었다. 피카소는 다비드나 앵그르 등의 고전주의 화가에 깊이 심취해서 소위 신고전주의의 작품을 많이 그렸다. 이런 두 사람한테서 나는 우연이 아닌 무언가를 느낀다.[10]

---

9) Marius de Zayas 편 「Picasso speaks」 『The Arts』 New York : 1923.5.
10) 堀辰雄 「石鹼玉の詩人－ジャン・コクトオに就て」, 앞의 책.

1917년 피카소는 콕토의 희곡『파라드』제작 준비를 위해서 그를 따라 로마로 가게 된다. 이 여행을 계기로 피카소의 작풍은 분석적 큐비즘에서 앵그르의 재발견이라고 할 수 있는 신고전주의로 전환하게 된다. 일본에서 피카소가 신고전주의로 전향한 사실은 1921년 9월『중앙미술中央美術』에서「피카소가 전환했다−피카소의 최근작 전람회−」라는 기사로 처음 전해졌으며, 이후 큐비즘과 신고전주의 양쪽 모두가 같은 시기에 소개되었다. 큐비즘의 창시자인 피카소는 큐비즘의 별칭처럼 불렸는데 그 피카소가 신고전주의로 전향한 사실이 일본에선 센세이션을 일으켰던 것이다.11) 이 때문인지 호리의 피카소에 대한 이해는 신고전주의 화가라는 측면에 무게를 두고 있다. 같은 해 12월『산누에고치』에 발표한「조개와 장미 노트貝殼と薔薇 ノオト」에서도 "젊은 화가들은 그[피카소 : 역주]의 주변에 고전주의의 강한 작품을 다시금 발견했다. 그 예술가는 피카소였다."라고 말하는 등, 피카소를 고전주의의 부활자로 이해하고 있었던 것 같다.

그렇다면, 피카소의 신고전주의에 대한 콕토의 반응은 어떠했을까. 호리가 번역한『콕토 초コクトオ抄』(厚生閣書店, 1929.4)에서 콕토가 피카소에 관해서 어떻게 언급하고 있는지 살펴보겠다.

- 피카소가 큐비즘과 인연을 끊었다는 소문이 돌았다. 실로 어처구니없는 소문이다.12)
- 그런데, 1916년경 피카소의 데생은 "직접적"이라든지 "앵그르풍"이라고 불리지만, 앵그르의 데생과는 아주 조금 닮았다고 치더라도 1917년의 데생 (나나 스트라빈스키의 초상, 무희)하고는 전혀 닮지 않았다.13)

---

11) 예를 들어 アンドレ・ロオト「キュビストより見たるアングル」『明星』(1922.9), 神原泰「近時のピカソ」『中央美術』(1923.8), 黒田重太郎「立体主義とその中堅作家―現代芸術の緒傾向に關するノオト―」『中央美術』(1923.5), 黒田重太郎「新古典主義派と現代繪畫の自然主義的傾向」『中央美術』(1923.11) 등이 있다.

12) ジャン・コクトー白紙』(1919). 인용은 堀辰雄역『コクト抄』(厚生閣書店, 1929).

- 피카소는 그 큐비즘의 그림으로 루브르 박물관에 들어갈 것이다. 단
  지 우리들은 동화에 나오는 선원처럼 왼쪽 어깨에는 앵무새를 오른쪽
  어깨에는 원숭이를 올려놓고 있다. 피카소가 앵그르나 코로를 생각나
  게 하면, 우리들의 앵무새가 노래를 부른다. 그러나 그가 멀어지려 하
  자 원숭이가 화를 낸다. 이런 얄미운 동물들은 죽여 버리는 게 좋
  다.[14]

호리가 피카소의 신고전주의에 무게를 두고 이해한데 반해, 콕토는 큐
비즘에서 신고전주의로 경도한 것이 아니라, 피카소가 큐비즘을 버리고 앵
그르를 모방하고 있다는 당시의 비방에 대해서 피카소를 옹호하는 식으로
그의 새로운 경향을 말하고 있다. 콕토의 이와 같은 피카소에 관한 언설을
고려해 볼 때 「비눗방울 시인」에서 호리가 피카소를 고전주의로 전향했다
고 말하고 있는 것은 "콕토 영향권" 밖에 있다고 봐야 할 것이다.

호리가 피카소를 고전주의에 무게를 두고 이해한 것은 피카소를 통해
서 콕토를 소개한 것처럼 피카소의 신고전주의를 예로 제시하면서 콕토
를 경조부박한 '모더니스트'로서가 아니라 아르튀르 랭보의 계승자로서
그를 소개하기 위해서였다고 생각된다.

3. 피카소와 고전주의

그렇다면 어째서 호리는 피카소나 콕토를 모던한 화가나 예술가가 아
니라 고전주의의 예술가로 소개한 것일까.

당시 일본에서 '모더니즘'은 간토대지재 이후 도쿄에 출현한 모던걸이

---

13) ジャン・コクトー『ピカソ』(1923). 인용은 위의 책.
14) ジャン・コクトー『無秩序と考えられた秩序について』(1926). 인용은 위의 책.

나 모던보이, 카페, 아파트먼트 등 주로 서양에서 유입된 새로운 유행, 풍속, 생활양식을 그린 신흥예술파의 작품을 가리키는 명칭이었다. 그 후에도 이른바 '에로·그로·난센스' 문학의 별칭으로 사용되었다. 한편, 장 콕토도 프랑스의 초현실주의 작가들과의 불화로 인해 '안티 모더니즘' 클럽을 결성했기 때문에 호리는 자신이 영향을 받고 있는 서양 작가의 문학을 '모더니즘'이라고는 부르고 싶지 않았던 것이다. 당시 호리도 신흥예술파의 일원이었지만, 주류를 이룬 류단지 유파와는 거리를 두고 있었다. 이 때문에 호리는 자신의 문학을 스스로 "안티모더니즘anti modernisme"이라고 주장하고 '고전주의'를 표방하고 있었던 것이다. 그러나 호리가 말한 고전주의가 소위 '고전'을 지향하는 고전주의와 다르다는 것을 아래와 같은 그의 글을 통해서 확인할 수 있다.

> 여기서 고전주의라는 것을 오해하지 않도록 나는 한 가지 비유를 하겠다.
> 한 개의 풍선. 그것을 한 가닥 실이 지상에 묶어 놓고 있다. 묶여 있는 동안 풍선은 사람들을 감동시키지 않는다. 그러나 묶여 있던 실이 끊긴다. 그러자 풍선은 홀로, 아름답게, 하늘로 상승한다. 그때 사람들은 깊은 감동을 느낀다.
> 여기에 고전주의의 원리가 있다. 한 작품이 현실에 실로 인해 묶여 있을 때는 그다지 아름답지 않다. 더 아름다워지기 위해서는 그 실이 끊어져야만 한다.[15]

호리의 <고전주의>[16] 해석은 장 콕토의 시론에 힘입은 바가 크다. 이

---

15) 堀辰雄「すこし獨斷的に 超現實主義は疑問だ」『帝國大學新聞』(1930.4.28). 인용은 中村眞一郎·福永武彦編 『堀辰雄全集』 第四卷(筑摩書房, 1978)에 의함.
16) 소위 고전주의와 호리가 주장하는 고전주의를 혼동하지 않기 위해서 본서에서는 호리의 고전주의는 < > 표기한다.

것은 위의 호리의 글과 아래의 장 콕토의 글을 비교해볼 때 보다 확실해
진다.

> 시는 그 모티브가 된 것을 지탱시키고 있는 모든 실을 차례대로 끊지
> 않으면 안 된다. 시인은 그 실을 한 가닥씩 끊을 때마다 그의 심상心像은
> 고동친다. 그가 마지막 실을 끊을 때, 시는 자유로워지면서 상승한다. 지
> 상에 묶여 있는 것 하나 없이 단지 하나의 아름다운 경기구처럼…….17)

콕토는 시가 의거하고 있는 모티브를 그대로 표현하는 것이 아니라, 그
모티브와 시를 연결하고 있는 실을 끊어서 시를 상승시켜야 한다고 말하
고 있다. 그리고 인용한 부분에 이어 "기묘한 언어, 형용사, 과장" 등 억
지로 사용한 과장된 표현이 시의 "상승"을 저해하고 있다고 지적하면서
모티브로부터 시를 상승시키는 것이 "시적 정신"이다. 문제는 호리가 시
의 상승을 "고전주의"라고 표현하고 있는 점이다. 이는 콕토가 모더니즘
추종자─일본에서도 마찬가지로 신흥예술파 등 피상적이고 모던한 작품
이 많이 나오고 있었다─를 비판하며, 당시 유행한 '모더니즘'이라는 표
현을 굳이 사용하지 않았던 것과 일맥상통한다. 콕토는 모더니즘이라는
새로운 양식을 무조건 추종하며 랭보나 보들레르Charles Baudelaire의 "어두
운 명예"를 얻고 싶어 하는 젊은 예술가들을 다음과 같이 비판했다.

> 사람들은 "모던한 양식", "모던한 시인", "모던한 에스프리(정신)"을 만
> 들어 냈다. "나는 모던하다"는 말은 그 유명한 소극笑劇『우리는 중세의 기
> 사』와 같은 의미밖에 없다. […] 어려운 길을 피하고 모더니스트인 척하면
> 서 새로운 직물을 짜는 대신, 낡은 천위에 낡아빠진 물감이나 속보이는 눈

---

17) ジャン・コクトー「職業の秘密」(1921). 인용은 堀辰雄 역「職業の秘密」『コクト オ抄』(厚
    生閣書店, 1929.4)에 의함.

속임을 처발라서 사람들을 놀라게 하는 자는 멀지 않아 진보에서 뒤떨어
진다.18)

콕토는 "언어와 에스프리(정신)를 혼동하여" 이미 만들어진 모던한 양
식을 추종하거나 새로움을 보이기 위해서 눈속임으로 모더니스트인 척하
는 경박한 자들은 결국 진보에서 뒤떨어지며, 참된 시인이란 시대 그 자
체이고 시대가 뒤떨어져 있어 그를 추종하게 된다고 말했다. 인용문이 쓰
인 1921년은 이미 초현실주의까지 나온 시기이므로 프랑스에서의 모더니
즘 운동은 어느 정도 전성기를 지나가고 있었다. 그때까지 일부 전위적인
예술가들만이 만들어냈던 모더니즘 양식은 이미 유행하는 모던한 양식이
되어 버린 시기였던 것이다.

예를 들어 '모더니즘'이라는 용어가 생성된 과정을 고찰한 말콤 브래드
베리와 제임스 맥팔레인은 「모더니즘의 명칭과 본질モダニズムの名称と本質」에
서 모더니즘의 시기를 1880년에서 1930년까지로 규정하고, 그 전성기를
1910년부터 1925년경으로 보고 있다. 그리고 독일을 예로 들어 1885년경
부터 자주 사용하기 시작한 "근대(모던)"라는 용어는 1905년부터 쇠퇴해
가서 그때까지의 열광적인 인기에 대한 반동으로 기피의 대상이 되었다
고 지적했다.

독일의 문학계는 이 말에 싫증나 있었다. "근대"나 그 형용사인 "근대
의"라는 말은 그 언외言外적인 의미가 소모와 쇠미衰微밖에 암시하지 않는
유행에 뒤떨어진, 모든 소시민적인 것을 나타내는 기호가 되어버렸다. 1차
세계대전 때의 독일의 용감한 신세대 작가들에게 있어서 이 용어는 적극
적으로 거부해야 할 말이었다. 표현주의자들은 자신이 얼마나 모던하지
않는지를 애써 선전하고 있었다.19)

18) ジャン・コクトー著, 佐藤朔譯 「職業の秘密」『コクトー全集』四卷(東京創元社, 1980).

독일의 경우를 그대로 호리의 <고전주의> 발언과 직결시킬 수는 없지만,[20] 당시 일본에서 '모더니즘'이 신흥예술파 등 '에로·그로·난센스' 문학의 별칭이었던 것을 고려하면 호리가 피카소의 그림을 "모더니즘"이라고 하지 않고 피카소의 신고전주의에 무게를 두고 그의 "고전주의"적 성향을 강조하고 싶었던 사정이 엿보인다. 그리고 이미 그 예술성을 인정받은 피카소를 지표로 삼아 콕토를 이해하고 소개하고자 했던 것으로 해석할 수 있다.

예를 들어 다음과 같은 호리의 말에서도 위와 같은 사실을 엿볼 수 있다.

> 내가 콕토를 통해서 피카소나 키리코의 그림에 흥미를 갖고 프루스트의 영향으로 르느아르 등을 좋아하게 된 것은 뒤집어서 생각하면 콕토는 피카소나 키리코 등의 그림에 그리고 프루스트는 인상파 화가들에게 많은 것들을 빚지고 있는 것이 아닐까?[21]

> 이 [콕토의 : 역주] 시의 구조에는 입체파 화가의 신기한 변형을 상기시키는 면이 있다. 확실히 콕토는 큐비즘적 정신을 지니고 있다. 하지만 중요한 것은 그가 피카소만큼 높은 수준을 갖고 있다는 것이다.[22]

인용문에서 콕토의 작품이 피카소의 그림에게 "많은 것들을 빚지고 있는 것이 아닐까"라고 말하고 있듯이 호리가 피카소를 검증된 예술의 지표

---

19) マルカム・ブラッドベリ, ジェームズ・マックファーレン著, 橋本雄一譯「モダニズムの名称と本質」『モダニズムⅠ』(鳳書房, 1990).
20) 브래드베리와 맥팔레인도 "이는 영국과 프랑스 양국을 시야에 두고 고찰한 사람들의 모더니즘관에 확실히 존재하는 아이러니였다. 효과적인 용어인 "모던"이 독일에서 부정적인 반응을 일으키고 있는 바로 그 순간에 현재 우리가 이해하고 있는 영미모더니즘이 출발했기 때문이다."라며 각국에서 일어난 모더니즘 운동 사이에 시기적 '차이'가 있다고 지적하고 있다.
21) 堀辰雄「プルウスト雑記」, 앞의 글.
22) 堀辰雄「貝殼と薔薇 ノオト」, 앞의 글.

로 인식해서 콕토의 작품을 이해하고 있었다는 것을 확인할 수 있다. 마찬가지로 콕토의 시가 "피카소만큼 높은 수준"의 "큐비즘적 정신"을 지녔다고 소개한 것은 호리가 피카소를 큐비즘(모더니즘)의 지표로 파악하고 있었다는 것을 보여준다.

콕토가 호리의 피카소 수용의 계기가 되었던 것은 확실하다. 그러나 당시의 미술 잡지나 신문에서 소개되었던 피카소의 말을 직접 인용하고 있는 것으로 보아, 일본의 상황 또한 호리가 피카소를 수용한 배경이었다는 것을 확인할 수 있었다. 또한 피카소에 대한 이해에서도 콕토와 차이를 보이고 있기 때문에 호리의 피카소 수용은 전부 "콕토 영향권" 또는 콕토 수용의 일환으로 여겨져서는 안 될 것이다. 호리는 콕토라는 아직 일본에 알려지지 않는 신예 프랑스 작가를 메이지 말기부터 이미 일본에서 명성을 누린 피카소의 "높은 수준"을 예로 들면서 소개하고 싶었던 것이다. 오늘날 피카소나 콕토의 예술을 "모더니즘"이라고 부르는데 이론의 여지는 없을 것이다. 그러나 호리가 그들을 "모더니즘"의 예술가가 아니라 <고전주의>의 예술가라 부른 데에는 당시 일본에서 "모더니즘"이 곡해되어 정착한 상황과 무관하지 않을 것이다.

4. 호리 다쓰오의 피카소 수용

다음으로 호리가 피카소를 구체적으로 어떻게 수용했는지 살펴보겠다. 우선 앞에서 호리가 인용한 피카소의 말―"우리는 예술이 진리가 아니라는 사실을 알고 있다. 예술은 우리에게 진리―적어도 이해할 수 있도록 우리가 생각한 진실을 여실히 알려주는 허위이다."―즉, 예술이 "허위"라는 인식이 호리의 문학론에서 어떻게 응용되었는지를 살펴보겠다. 호리는

1930년에 쓴 평론 「소설의 위기小説の危機」에서 다음과 같이 말했다.

> 그것[창작 : 역주]에는 보다 복잡한 정신작용이, 100퍼센트의 허구^{픽션}가 필
> 요하다. 좋은 소설이란 말하자면 "거짓말에서 나온 진실"이다. 진정한 소
> 설가는 언제나 진실을 말하기 위해서 허위를 사용한다. 반대로 허위를 진
> 실인양 보이도록 말하는 자는 가장 나쁜 소설가이다.
> "소설가는 목숨 걸고 거짓말을 해야 한다."[23]

이처럼 피카소의 말은 단지 인용에 그치지 않고 호리 자신의 글 속에
녹아 들어가 문학이 허위(허구)라는 인식을 나타내고 있다. 호리가 예술에
있어서의 허구성을 의식하고 있었다는 것은 그가 쓴 「야콥의 「주사위」ジャ
コブの「骰子筒」」에서 막스 야콥의 시를 말장난에 지나지 않는다고 비판한 평
론가에게 다음과 같이 반론하고 있는 글에서도 확인할 수 있다.

> 그러나 왜 그대는 시가 말장난에 지나지 않는다고 굳이 말하지 않는가?
> 야콥만이 아니라 다른 모든 시인들에게 있어서도 그들의 시가 실로 말장
> 난에 지나지 않는다는 것을 우리는 알아야 한다. […] 그것은 위험한 그리
> 고 심각한 유희이지만 시인의 일은 거기에 있다.[24]

위의 인용문에서 야콥의 시뿐 아니라 '시' 혹은 예술이 본래 "말장난",
즉 허위에 지나지 않는다는 것을 강조하고 있었다는 것을 재확인할 수 있
다. 호리는 "허위를 진실인양 보이도록 말하는" 소설을 비판하고 시나 소
설이 "말장난(허구)"에 지나지 않는다고 파악했다. 이는 피카소의 그림이
눈의 착각에 호소한 원근법을 폐기하고, 회화의 2차원−평면−으로 돌아

---

23) 堀辰雄 「小説の危機」 『時事新報』(1930.5.20).
24) 堀辰雄 「ジャコブの 「骰子筒」」 『詩と詩論』(1929.9).

간 것과 같다. 호리가 이러한 피카소 회화의 의의에 대해서 알고 있었다
는 것은 "사진이라는 것이 발명된 이래, 회화는 실물다워지려는 위험에서
구제되었습니다. 여기에 현대의 가장 훌륭한 회화─마티스나 피카소의 그
림이 있습니다."[25)]라고 말한 것에서도 확인할 수 있다. 이렇듯 호리도 문
학은 허구이며, 허구인 문학을 마침 진실인양 보이도록 속이는 것을 비판
하고 본래의 허구성을 문학이 되찾아야 한다고 주장했다.

호리의 문학에 대한 이해와 피카소의 회화에 대한 이해가 같듯이 모더
니즘에 있어서의 예술에 대한 이해 또한 그러했다. 스페인의 철학자 오르
테가 이 가세트José Ortega y Gasset는 1925년 모더니즘의 최전성기 때 이
"새로운 예술(모더니즘)"의 본질을 고찰한 선각적인 예술론『예술의 비인
간화芸術の非人間化』에서 "예술 작품은 그것이 현실이 아니라는 것에 의해서
만 예술이 될 수 있다."고 지적하면서 다음과 같이 말했다.

> 티치아노가 그린 카를5세의 기마상을 예술로 향수하기 위해서는 그것을
> 카를5세의 화신化身이라고 생각해서는 안 된다. 그것은 화상─즉 허구로
> 보지 않으면 안 되는 것이다.[26)]

이처럼 오르테가는 회화의 모티브와 문학의 내용─"인간의 운명",
"감정"─과 작품 그 자체를 구별하고 예술을 허구로 이해할 때 비로소
예술은 예술로서 향수될 수 있다고 지적했다. 또한 그는 모더니즘 예술
이 예술을 "현실의 재현이나 모방"이 아니라 '예술'로서 감상되기 위해
서 "허구를 허구로서 추구"하였기 때문에 그 본분인 '파르스' 혹은 "말
장난"이 되었다고 말했다. 이러한 모더니즘 예술의 특성인 허구성의 획

25) 堀辰雄「室生さんの小説と詩」『新潮』(1930.3).
26) オルテガ・イ・ガセット著, 川口正秋譯『芸術の非人間化』, 위의 책.

득을 호리는 피카소의 말이나 그가 회화에서 이룩한 위업을 통해서 이해
했던 것이다.

호리는 피카소로부터 예술에 있어서의 허구성의 재인식뿐만 아니라 그
방법론까지도 영향 받았다.

> 야콥의 시는 언뜻 보면 마치 꿈처럼 앞뒤가 맞지 않는다. 하지만 이는
> 그가 꿈을 모사하기 때문이 아니다. 그것이 야콥을 초현실주의로부터 떼
> 어냈다. 그리고 그것은 그가 현실을 한번 완전히 분해하고 나서 그것을 자
> 신의 유의流儀에 맞게 재조립했기 때문이다. 그것은 선과 색채 대신에 문자
> 로 행한 피카소의 변형술変形術이다. 그들이 변형술을 사용하는 것은 오로
> 지 현실 중의 현실을 얻기 위함이다. 그리고 이러한 변형에 견뎌낸 현실만
> 이 우리의 에스프리 상태를 변화시킬 수 있는 것이다.27)

호리는 막스 야콥의 산문시를 "하나의 구조물"이며 "꿈"과 같다고 했
다. 그리고 "꿈"을 "현실을 완전히 분해하고 나서 그것을 자신의 유의에
맞게 재조립한 것"이라고 정의하고 이 "꿈"을 만드는 방법을 "피카소의
변형술"과 같다고 말하고 있다. 이처럼 호리는 피카소가 대상을 해체시키
고 이를 재구성한 회화의 방법을 "피카소의 변형술"이라고 부르고, 이
"피카소의 변형술"을 문학 창작의 방법론으로 융화시키고 있었다.

전술한 대로 예술을 허구로 파악한 모더니즘은 사실주의적인 '현실의
재현'을 폐기했다. 현실에 순응하는 이상 오르테가가 말한 것처럼 예술의
존속 이유를 잃어버리게 되는 것이다. 하지만 예술인 이상 무언가를 대상
으로 하고 있으며 그것을 표현하는 것에는 변함이 없다. 모더니즘에서는
우선 파악하고 표현하는 대상이 기존의 사실주의 예술과 다르다. 즉, 현실
로 단정한 것에 등을 돌리고, 개념-단지 주관적인 모형-을 그대로 채택

---

27) 堀辰雄「ジャコブの「骰子筒」」, 앞의 책.

하여 "거치어도 순수하고 투명한"[28] 개념 그 자체를 현실화하고 있는 것이다. 초현실주의를 "꿈의 모사"라고 파악한 호리는 대상이 허구적인 꿈이라 하더라도 단순히 그것을 모사 혹은 재현하는 방법을 비판했다. 이러한 현실 모방 대신에 그는 대상의 개념을 실재화實在化시킬 수 있는 의식적 작용, 즉 '피카소의 변형술'을 추구했던 것이다.

오르테가가 모더니즘에서 대상 자체-현실-가 아니라 대상에 대한 예술가의 개념을 실재화하고 있는 예로 피카소의 큐비즘을 들었듯이, 큐비즘은 종래의 시각적 리얼리즘이 아니라 개념의 리얼리즘을 추구하였고, "현실의 개념을 보다 정확하게 나타낼 것"[29]을 주장했다. 허구를 허구로서 추구한 모더니즘에선 대상 그 자체가 아니라 대상에 대한 개념을 실재화함으로써 대상에 대한 현실을 보다 정확하게 나타내고 있는 것이다. 그리고 그 방법을 호리는 "피카소의 변형술"=현실의 해체와 재구성의 방법으로 이해하고 그의 문학론에 도입해 갔다.

위의 인용문뿐 아니라 "피카소의 변형술"은 호리의 문학론 곳곳에서 확인할 수 있다. 「초현실주의超現実主義」(『문학文学』 1929.12)에서 호리는 "초현실주의자들이 '꿈'을 '현실' 이상의 것으로 생각하는 데 비해, 우리는 '꿈'을 '현실' 이외의 것으론 생각하지 않는다."고 말하면서 '꿈'과 '현실'을 동질의 것이라고 했다. 호리는 다른 곳에서도 "내 직감에 의하면 현실 속의 모든 것의 합계와 꿈속의 모든 것의 합계는 같은 값일 것이다. 그리고 꿈은 뒤집힌 현실에 불과하다고 생각한다. 나는 그 복잡한 계산을 꾸준히 해 볼 생각이다."[30]라고 말하고 있는데 이 "계산"이 피카소의 변형술을 가리킨다는 것은 말할 필요도 없다. 이를 호리 자신의 글을 통해

---

28) オルテガ・イ・ガセット著, 川口正秋譯『芸術の非人間化』, 앞의 책.
29) 八重樫春編『近代の美術 キュビスム』(至文堂, 1980).
30) 堀辰雄「僕一個の見地から」『文學時代』(1930. 1).

확인해 보자.

> 피카소의 계산법은 기적적이다. 이에 관해서 콕토는 우리에게 가르쳐주
> 었다. 피카소는 계산할 숫자의 순서를 뒤섞어 버린다. 그럼에도 불구하고
> 그는 섞기 전과 동일한 합계에 도달할 수 있다는 것을.[31]

이처럼 '꿈' 혹은 '허위'를 현실과 같은 값이 되도록 실재화시키는 피
카소의 방법을 호리가 자신의 문학적 방법론으로 도입해 갔던 것을 확인
할 수 있다.

5. 맺음말

이상으로 호리가 피카소의 화법을 수용한 과정과 배경을 살펴보았다.
호리는 장 콕토의 피카소 평론을 번역하는 한편, 자신도 피카소의 활동에
주목하고 있었다는 것을 본고에서 확인하였다. 호리는 콕토를 통해서 피
카소를 수용했다기보다는 피카소를 하나의 지표로 삼아 콕토의 문학성을
일본 문단에 소개하고 있었다. 그리고 그 후의 피카소에 관한 언급에서는
피카소가 대상을 해체하고 재구성한 방법에 주목하여 자신의 문학론 속
에 피카소의 변형술을 도입해 갔다. 이때 피카소의 변형술은 현실을 해체
시키고 이를 재구축하는 방법이며 이것이 바로 '꿈'이라고 호리는 말하고
자신의 문학적 방법론으로써 이 피카소의 변형술을 시도해보고자 한다고
했다. 피카소는 대상을 분해하고 그 대상을 2차원인 캔버스에서 재구성함
으로써 그 입체화를 시도했다. 피카소는 '현실'을 재현하기 위해서 '현실'

---

31) 堀辰雄「芸術のための芸術について」『新潮』(1930. 2).

에 맹목적으로 추종적이었던 기존의 회화에서 벗어나 회화로 인해 새로운 '현실' 그 자체를 만들어낸다는 개념의 전환을 이룩했다. 호리는 피카소를 회화의 전위자로 간주하고 그 표현법을 스스로의 지표로 삼아, 자신의 문학적 방법론으로 적극 수용했던 것이다.

제3장
라파엘로와 모더니즘

1. 머리말

「성가족聖家族」(『개조改造』 1930.11)은 호리 다쓰오의 초기 대표작으로
이 작품에 대한 연구는 활발하게 이루어져 왔다. 이들 선행연구들은 작중
인물들이 호리 자신이나 아쿠타가와 류노스케, 가타야마 히로코片山広子와
그의 딸 소에이宗瑛 등 작가의 주변 인물들을 상기시키고 있는 점에 주목
하여 모델론이나 작가론적인 작품 해석이 주를 이루었다. 특히 나카무라
신이치로中村眞一郎는 "어떻게 하면 그 문학과 생활의 관계를 스승[아쿠타
가와 : 역주]과 다른 방법으로 처리해야 아쿠타가와의 난파難破[아쿠타가
와의 자살을 가리킴 : 역주]를 무사히 피해서 앞으로 나아갈 수 있을 것
인가"1) 하는 문제가 「성가족」의 주제라고 지적했는데, 이처럼 '아쿠타가
와 체험의 극복'이라는 독해 코드가 주박처럼 「성가족」의 해석을 구속해
왔다.

---

1) 中村眞一郎 『芥川龍之介』(要選書, 1954).

본고는 기존의 작가론적 작품 해석에서 벗어나 다른 각도에서 이 작품에 접근하고자 한다. 「성가족」에는 라파엘로의 그림이 등장하고 있는데, 이 그림은 작품의 주제나 작가의 예술관과 밀접한 관련을 갖고 있는 것으로 보인다. 본고에서는 라파엘로의 그림과 작품과의 관련성을 고찰한 후에 작품을 분석하고자 한다. 작품 곳곳에서 등장한 라파엘로의 그림이 작품 속에서 어떤 작용을 하고 있는지를 규명하여 「성가족」이라는 허구세계가 어떻게 형성되었는가를 살펴보고자 한다.

작품 속에 등장한 라파엘로의 그림에 대해서는 지금까지 연구된 바가 없다. 단지 라파엘로의 성가족화聖家族畵의 이미지가 투영된 마지막 장면에 관한 지적은 찾아볼 수 있을 뿐이다. 이에 대한 지적은 비판적인 평가와 긍정적인 평가로 나뉜다. 비판적 평가로는 이토 세이의 평을 예로 들 수 있는데, 그는 "라파엘로가 그린 그림의 제목을 소설의 표제로 내거는 바람에 궁생을 갖추기 위해서 추가한 듯한 마지막 문장은 종래에 지적받은 대로 희박한 것이 되었다."[2]라고 평가했다. 긍정적인 평가로는 야마무로 시즈카와 니시하라 치히로의 평 등을 들 수 있다. 야마무로 시즈카는 "현실에서 한걸음 물러나 순수한 허구 속에 완성된 예술작품을 구축하려던 고전주의적 입장의 선택"[3]을 보여주고 있다고 평가했다. 니시하라 치히로[4]의 경우, "마지막 장면은 '구기九鬼'가 꿈속에서 암시한 바의 실현이며, 연애가 성취되었음을 암시하고 있다고도 생각할 수 있다."고 지적하면서 '구기=아쿠타가와 류노스케'로 해석하여 "아쿠타가와의 죽음을 아쿠타가와의 상실이 아닌 그 존재를 다시금 존재하는 것으로 재인식하려는 것이다."라고 해석했다. 그러나 이러한 해석들은 작품 속의 라파엘로의 그림

2) 伊藤整 「解說」 『現代日本小說大系 堀辰雄』 第53卷(河出書房, 1951).

3) 山室靜 「聖家族」 『國文學 解釋と鑑賞』(1961.3).

4) 西原千博 「「聖家族」試解」 『日本語と日本文學』(1981.6). 인용은 西原千博 『堀辰雄試解』(蒼丘書林, 2000)에 의함.

에 대한 구체적인 분석을 바탕으로 이루어진 것이 아니다.

본 연구에서는 작품 속에 등장하는 라파엘로의 그림이 라파엘로가 그렸던 수많은 성모자상 또는 성가족화 중 어느 그림을 모델로 했는지를 추적하여 호리 다쓰오가 라파엘로를 어떻게 수용했는지를 살펴보겠다. 이를 바탕으로 라파엘로의 그림이 「성가족」의 작품내용과 어떤 관련성이 있는지를 고찰해보고자 한다.

2. 소설 「성가족」의 〈성가족〉화

「성가족」5)에서 라파엘로의 이름은 네 번 등장한다. 첫 번째는 작중인물인 헨리扁理, 사이키 부인細木夫人, 기누코絹子 세 명이 사이키의 집에서 처음 만나는 장면에 나온다. 기누코가 고서점에서 구기의 도장蔵印이 찍혀 있는 라파엘로의 화집-그것은 예전에 헨리가 구기한테 받은 것인데 돈 때문에 팔아버렸던 화집이다-을 발견해서 그 책을 갖고 싶다는 이야기가 오간다. 그 후 사이키 부인의 부탁으로 헨리가 그 화집을 다시 사들여 이를 전해주기 위해 사이키의 집을 방문하게 되면서 세 명의 관계에 진전이 일어나게 된다. 라파엘로의 화집은 세 명의 관계를 진전시키는 계기로 작용한다.

두 번째는 헨리의 꿈속에 구기가 나타나서 화집 속의 〈성가족〉화를 가리키는 장면에서 등장한다. 세 번째는 헨리가 고심 끝에 여행을 떠나는 장면에서 등장하는데, 기누코의 얼굴이 "라파엘로가 그린 천사"와 같다고 깨달으면서 그녀에 대한 사랑을 자각하는 부분이다. 그리고 네 번째는 작

---

5) 이하 소설은 「성가족」으로, 라파엘로가 그린 '성가족'이라는 제목의 그림은 〈성가족〉화로 괄호표기를 구별하겠다.

품의 결말 부분에서 사이키 부인과 기누코를 성모와 아기 예수로 비유하고 있는 장면에서 등장한다.

이렇듯 작자는 작품 곳곳에서 라파엘로의 이름과 그림이 언급되고 있는데, 그 의미를 해석해 나가는 것이 작품 독해의 열쇠라 할 수 있다. 따라서 이들이 의미하는 바를 밝힐 필요가 있다. 본고에서는 라파엘로의 <성가족>화와 실제 라파엘로가 남긴 그림을 비교해서 이 문제를 풀어보고자 한다.

먼저 라파엘로의 <성가족>화가 구체적으로 묘사되고 있는 헨리의 꿈 장면부터 살펴보자.

> 어느 날 밤, 그의 꿈속에서 구기가 큰 화집을 그에게 건넸다. 그중 한 장을 가리키면서
> "이 그림을 아느냐?"
> "라파엘로의 성가족입니다."
> 라고 부끄러운 듯이 대답했다. 아무래도 자신이 팔아버린 화집인 것 같았다.
> "다시 한 번 잘 봐라."라고 구기가 말했다.
> 그래서 그는 다시 그림을 들여다보았다. 그림은 라파엘로의 것과 비슷했지만 그림 속의 성모는 사이키 부인 같았으며, 유아는 기누코 같았다. 이상하다는 생각에 요한과 다른 천사들을 자세히 보려고 하자,
> "모르겠느냐?"며 구기는 특유의 비아냥거리는 미소를 띠었다……(67쪽)[6]

이 꿈의 장면에서 헨리가 <성가족>화의 성모 얼굴을 사이키 부인으로, 유아의 얼굴을 기누코로 본 것은 "그 소녀의 눈빛은 점점 옛 그림 속에서

---

6) 인용문의 텍스트는 1930년 11월 『작품』에 발표한 초고이며, 인용문 말미 괄호 안에 堀辰雄「聖家族」中村眞一郎・福永武彦編『堀辰雄全集』第六卷(筑摩書房, 1978)의 페이지를 표시했다.

성모를 올려다보고 있는 유아의 그것을 닮아간다."는 마지막 장면과 일치한다. 니시하라가 지적했듯이 헨리가 꿈속에서 본 <성가족>화가 마지막 장면에서 다시 제시되고 있는 것이다.

그렇다면 헨리의 꿈속에서 구기가 가리킨 라파엘로의 <성가족>화란 도대체 라파엘로의 어느 그림인 것일까? '마돈나의 화가'라고 불린 라파엘로는 11점의 <성가족>화와 20점이 넘는 성모자상을 그렸다. 그중에서 제재題材가 성가족7)이며, 인용문처럼 성모, 아기 예수와 함께 천사가 그려진 그림은 단 2점으로, 「카니지아니의 성가족」과 「프랑소와 1세의 성가족」뿐이다. 두 그림 모두 성모, 아기 예수, 요한, 요셉, 성 엘리자베드와 천사들이 그려져 있다.

「카니지아니의 성가족」(<그림 2>)는 화집에 따라 윗부분에 천사의 무리가 있는 그림과 없는 경우가 있다. 코르시니 갤러리Corsini Gallery의 낡은 복사본에서 볼 수 있듯이 원그림에는 인물들의 머리 위에 천사의 무리가 그려져 있었으나 전래되는 과정에서 상부가 캔버스의 일부와 함께 벗겨져 뒤셀도르프 갤러리Dusseldorf Gallery에 소장될 때 그 부분은 파란 하늘로 덧칠해졌기 때문이다. 19세기 말에야 비로소 하늘로 칠해진 부분에 원화에 있던 천사들이 복원되었다.8) 그러나 「성가족」이 집필된 1930년까지 일본에 들어 온 라파엘로 화집을 검토해 보면 복원 전의 그림만이 게재되어 있다. 그러므로 호리 다쓰오가 「카니지아니의 성가족」을 원화형태로 봤을 가능성은 매우 낮다. 따라서 인용문의 '다른 천사들'이라는 기술에서 작중의 <성가족>화가 「카니지아니의 성가족」을 가리킨다고는 보기 힘들다.

---

7) "성가족이란 하느님의 아들 예수, 성모 마리아, 성 요셉을 가리킨다. 어린 세례 요한John the Baptist과 그의 모친인 성 엘리자베드, 그리고 성 안나가 성가족에 포함될 경우도 있다."(中山理 『キリスト教美術シンボル事典』大修館書店, 1997).

8) Richard Cocke, 『The complete paintings of Raphael』, Weidenfeld&Nicolson, 1969.

〈그림 2〉 카니지아니의 성가족

〈그림 3〉 프랑소와 1세의 성가족

〈그림 4〉 성모자상

〈그림 5〉 천사

　한편 「프랑소와 1세의 성가족」(<그림 3>)에는 인용문에서 볼 수 있는 성모, 어린 예수, 천사들 등이 그려져 있기 때문에 작중의 <성가족>화가 이 「프랑소와 1세의 성가족」일 가능성이 높다. 또한 작품 마지막 장면에서 아기를 내려다보는 성모와 그 어머니를 올려다보는 유아라는 사이키 부인과 기누코의 구도도 「프랑소와 1세의 성가족」에서는 일치한다.[9] 「프랑소와 1세의 성가족」에는 중앙에 손을 올리고 일어서려는 어린 예수와 그 모습을 지켜보면서 안아주려고 하는 성모가 그려져 있고, 왼쪽에는 손을 모아 기도하고 있는 어린 요한과 그를 안고 있는 성 엘리자베드가 그려져 있으며, 그 배후에는 축하하는 두 명의 천사들이 그려져 있다. 한편 오른쪽에는 성모의 배후에서 성모와 아이를 사랑스럽게 내려다보는 요셉이 그려져 있다.

　그러나 작품 속에서 구기가 말하는 라파엘로의 <성가족>화를 「프랑소와 1세의 성가족」이라고 단정 짓기에는 무리가 있다. 그림에 그려진 요셉과 성 엘리자베드에 대한 언급이 작품 속에서는 전혀 없다는 것이 문제다. 헨리가 꿈속에서 <성가족>화를 보고 있는 장면에서 이 둘에 관한 묘사나 기술이 전혀 없다. 또한 이 꿈속의 성가족화에 나온 "요한"은 에가와쇼보江川書房판의 「성가족」(1932. 2)에서는 개고 과정에서 오히려 삭제되었다. 호리 다쓰오가 이 「프랑소와 1세의 성가족」을 그대로 작품에 사용했다고 상정한다면 헨리의 시선이 어린 예수와 성모를 지나 중간에 배치된 세 명을 건너뛰고 오히려 배후에 있는 천사들로 간 것은 너무나도 자연스럽지 못하다.

　그렇다면 성가족(성모 마리아·예수·성 요셉)을 제재로 한 <성가족> 화라 불리는 그림이 아닐 가능성에 대해서 확인해 볼 필요가 있다. 초고

---

9) 작품에서 묘사하고 있는 성모와 유아의 구도는 「카니지아니의 성가족」과 맞지 않는다.

에서 "요한"의 이름도 있는 것으로 보아 라파엘로가 그린 수많은 성모자상(성모 마리아·어린 그리스도·요한)을 가리킬 가능성이 있다. 실제로 당시의 화집 중에는 성모자상(<그림 4>)를 「성가족」으로 소개한 경우도 있었다.10) 그러나 라파엘로가 그린 성모자상에는 성모, 어린 예수, 요한, 이 세 명과 함께 "천사들"이 그려진 그림은 없다. 이상을 정리하자면, 작품 속의 <성가족>화와 완벽하게 일치하는 라파엘로의 <성가족>화는 실제로는 존재하지 않는다는 사실이다. 다만 라파엘로가 그린 수많은 <성가족화>들이 호리의 작품 속의 <성가족>화와 부분적으로만 일치하고 있을 뿐이다.

이와 같은 검토를 토대로 보면, 호리 다쓰오는 실제 라파엘로가 그린 <성가족>화를 눈앞에 두고 또는 특정한 한 장의 그림을 상정하여 이 작품을 쓴 것이 아니라, 그가 보아왔던 수많은 라파엘로 회화를 상상하면서 마치 그러한 성가족화가 존재하는 것처럼 하나의 그림을 만들어 냈다는 결론을 내릴 수 있겠다.

이어서 또 다른 라파엘로의 그림이 나오는 헨리의 여행 장면을 살펴보도록 하자.

헨리는 출발했다.
도시가 멀어지면서 점점 작아지는 것을 보면 볼수록 그에게는 출발하기 전에 봤던 얼굴 하나만이 점점 커져가는 것처럼 느껴졌다.
한 소녀의 얼굴. 라파엘로가 그린 천사처럼 성스러운 얼굴. 실물의 열배

---

10) R.Duppa and Quatremere de Quincy, 『The Lives and Works of Michael Angelo and Raphael』(George Bell and Sons, 1891)에서는 오늘날 「아름다운 여정원사」라 불리는 성모자상에 「Holy Family(La Giardiniera)」라는 제목을 붙였다. 와카쿠와 미도리若桑みどり의 『라파엘로ラファエルロ』(新潮社, 1988)에 의하면 이 그림은 "피렌체의 고전 양식 수업을 위한 성모자 피라미드형 구도의 제3작으로써 여기서 그 최상의 완성도를 볼 수"가 있다. 또한 이 그림은 Paul G.Konody의 『RAPHAEL』(T.C.&E.C.Jack, 1912)의 표지로도 사용되었으며, 라파엘로가 그린 성모자상 중에서도 널리 알려진 작품이다.

정도 크기의 신비로운 얼굴 하나. ─그리고 지금 그것만이 모든 것으로부
터 분리되어 커져가고 그리고 그 외의 모든 것을 그의 눈에서 덮어버리려
하고 있다……

　"내가 진정으로 사랑한 사람은 이 사람인가……" (78쪽)

　도시가 멀어지면서 점점 작아질수록 기누코의 얼굴이 점점 커져가며
모든 것으로부터 분리되어 커져가고 있다. 헨리는 지금까지 난잡한 생활
을 보냈던 도시에서 멀어지면서 기누코에 대한 사랑을 자각하게 된다. 여
기에선 도시와 기누코 얼굴을 대비시키면서 헨리가 자신의 진심을 깨달
아가는 과정을 시각화하고 있다. 그는 여행을 떠나기 전까지 자신의 진실
한 마음을 알 수 없을 정도로 혼란스러운 상태에 있었다. 그러나 여행을
계기로 자신이 진정으로 사랑한 사람이 누구인가를 깨달아 가며, 이 과정
을 키누코 "얼굴"의 클로즈업이라는 방법으로 표현하고 있다. 클로즈업
된 기누코의 얼굴을 "라파엘로가 그린 천사"에 비유하고 있는데, 니시하
라는 이 부분에 대해서 다음과 같이 말하고 있다.

　　이 여행의 첫 장면과 마지막 장면의 일치야말로 둘의 연애의 행방, 성취
　　를 시사하는 확고한 증거가 아닐까? […] 이 "성스러운 얼굴"이라는 이미
　　지는 '구기'가 꿈속에서 보여준 것이었다는 것을 다시 확인해 두자.

　니시하라는 여행 장면에서 나타난 기누코의 "라파엘로가 그린 천사처
럼 성스러운 얼굴"이라는 이미지를 꿈속의 <성가족>화나 마지막 장면의
얼굴 이미지와 일치하는 것으로 간주하고 있다. 그러나 꿈의 장면이나 마
지막 장면에서 기누코의 얼굴은 천사의 얼굴이 아니라 "아기 예수의 얼굴
은 기누코 같았다."라고 아기의 얼굴에 비유했다. 즉, 이 여행 장면에서
언급하고 있는 것은 "구기가 꿈속에서 보여준 것"이 아니라, "라파엘이

그린" 다른 그림의 이미지이다. "일치"하고 있는 것은 그 이미지가 라파엘로의 그림이라는 것뿐이다.

이 여행 장면에서 언급하고 있는 "라파엘로가 그린 천사"란 「프랑소와 1세의 성가족」화 등에 그려진 천사가 아니다. 이것은 성니콜라스교회의 장식화의 일부로 라파엘로가 그린 「천사」(<그림 5>)의 두상화頭部画를 가리키고 있는 것으로 보인다. 소녀 같은 천사의 부분화는 라파엘로 화집에서도 항상 천사의 상반신만이 실려 있으며, 화집 외에도 『미술신보美術新報』(1919. 6) 등에 실리기도 하였다. 그리고 「프랑소와 1세의 성가족」의 천사는 소녀라기보다는 소년처럼 보이는데 비해 이 <그림 5>의 천사는 "천사"라는 제목이 없으면 청순한 소녀로 보인다.

이상으로 작품에서 묘사하고 있는 라파엘로의 그림과 실제 라파엘로가 그린 그림을 대조해보면 「성가족」에는 라파엘로의 <성가족>화가 그대로 사용되지 않았다는 사실을 확인할 수 있었다. 호리 다쓰오는 그때까지 보아왔던 라파엘로의 그림을 떠올리면서 그 그림을 작품 내용에 맞게 조합해서 사용한 것이다. 그렇기 때문에 꿈의 장면에 나타난 <성가족>화는 실제 라파엘로의 그림에는 존재하지 않는 구성이나 형태로 묘사되었다. 또한 라파엘로가 그린 <성가족>화뿐만 아니라 「천사」그림이 들어가 있는 등 한 점의 회화에서만 영감을 얻어 「성가족」을 창작한 것이 아니라는 것을 확인할 수 있었다. 호리 다쓰오는 지금까지 본 여러 점의 라파엘로 그림을 작품 내용에 맞게 그림의 이미지를 변용시켜 사용했다. 주목할 만한 점은 변용 된 이미지를 "라파엘로의 그림과 비슷한" 또는 "라파엘로의 성가족화"라고 하고 있다는 점이다. 따라서 방점은 그림에 있는 것이 아니라, 오히려 라파엘로에 있다고 할 수 있겠다.

그렇다면 라파엘로가 무엇을 표상하고 있는지를 확인하기 위해서, 호리 다쓰오가 라파엘로를 어떻게 이해하고 있었는지 고찰해보고자 한다.

3. 호리 다쓰오의 라파엘로

시오야 준塩谷純은 "서구 거장들 중에서도 메이지시대 일본인들이 가장 좋아한 사람은 '마돈나의 화가'라고 불린 라파엘로였을 것이다."[11]라고 말한 바 있다. 이처럼 라파엘로는 메이지, 다이쇼 시대에 일본인에게 널리 알려진 친숙한 화가였다. 가까운 예로 아쿠타가와 류노스케의 소설 「파葱」(『신소설新小説』 1920.1)에서 카페의 여종업원인 오키미お君さん의 "센티멘탈한 예술적 감흥"을 상징하는 것으로 백합 조화, 『도손 시집藤村詩集』, 신파 사진 등과 함께 라파엘로가 그린 마돈나의 사진이 등장한다. 그러나 「성가족」 이전에 호리가 쓴 글에서 라파엘로에 관한 언급은 찾아보기 어렵다.[12] 게다가 호리가 후기 인상파 이후의 근대화가를 선호했다는 사실을 고려하면, 르네상스 전성기 때 고전 양식을 완성시킨 라파엘로를 「성가족」에서 언급하고 있는 점은 오히려 위화감을 느끼게 한다.

「성가족」에서 라파엘로를 언급한 것에 대해서 야마무로는 호리가 고전 주의적 입장을 나타내기 위해서라고 지적했다. 이것은 호리 자신이 말한 언급, 즉 "내가 예술 창작 방법 중 가장 좋다고 믿고 있는 것은 고전주의이다."[13]라는 언급을 근거로 하고 있다. 그의 지적에 따르면 호리 다쓰오에게 있어서 라파엘로는 그가 선호했던 후기 인상파 화가들과는 다른, 혹은 정반대의 예술성을 의미하는 것이 된다. 그러나 앞의 장에서 살펴본

---

11) 塩谷純「マドンナのまなざし 明治の美人畵をめぐる一考察」『美人畵の誕生』(山種美術館, 1997).

12) 中村眞一郎・福永武彦編『堀辰雄全集』第七巻(下)(筑摩書房, 1980)에 실린 「PATER」라는 제목의 호리 다쓰오 노트에는 월터 페이터Walter Pater가 『The Renaissance』에서 인용한 라파엘로에 관한 언급을 찾을 수 있다. 그러나 노트의 작성 시기를 판명할 수 없음으로 본 연구에서는 제외하였다.

13) 堀辰雄「すこし獨斷的に 超現實主義は疑問だ」『帝國大學新聞』中村眞一郎・福永武彦編『堀辰雄全集』第四巻(筑摩書房, 1978)에 의함.

대로 호리가 말하는 "고전주의"가 소위 '고전'을 지향하는 주의는 아니다. 호리가 자신의 문학적 성향을 '고전주의'라고 표방한 것은 당시의 대중화 대로 가치 폄하된 '모더니즘'이라는 용어를 회피하기 위해서였다. 당시 일본의 모더니즘이 신흥예술파 등 '에로·그로·난센스' 문학의 별칭이었던 것을 고려하면 호리가 자신의 입장을 "모더니즘"이라고 하지 않았던 이유를 추측할 수 있다.

그렇다면 호리가 예술 창작 방법론 중 제일 좋다고 언급한 그의 <고전 주의>를 라파엘로의 영향을 다분히 받은 앵그르Jean Auguste Dominique Ingres (1780~1867)를 통해서 살펴보고자 한다. 당시 호리는 파블로 피카소와 레이몽 라디게로부터 가장 큰 영향을 받았는데, 이들의 예술 세계를 형성하는 데 큰 영향을 주었던 것이 바로 앵그르였다. 즉 앵그르와 호리 다쓰 오는 피카소와 라디게를 통해서 연결되어 있다고 할 수 있다.

앞에서 열거한 화가들 중에서 「성가족」을 쓴 시기에 호리가 특히 관심을 보인 화가는 피카소이다. 「비눗방울의 시인─장 콕토에 대해서」(『당나귀』 1926.7)에서 콕토의 시가 지닌 새로움과 전통성을 피카소의 "신고전주의"나 "고전주의"로 비유하는 등 호리의 에세이에는 피카소가 자주 등장하고 있다. 호리의 피카소에 관한 글의 상당 부분이 콕토가 쓴 피카소 론과 깊은 관계가 있다는 것은 앞에서 고찰한 바이다. 콕토가 피카소를 알게 된 것은 피카소가 큐비즘을 완성시킨 후, 한때 다비드나 앵그르 등 신고전주의 화가를 연구하기 시작한 1917년이며, 소위 피카소의 '신고전주의' 시대가 시작될 무렵이었다. 콕토는 피카소를 논할 때 주로 앵그르를 함께 언급했다. 콕토는 당시 피카소가 큐비즘을 버렸다는 세평에 대해서 그를 옹호하는 입장에서 피카소에 관한 글을 발표했으며, 피카소가 앵그르에게 심취한 것을 큐비즘과 동질적인 것으로 보았다. 이러한 콕토의 견해는 호리가 번역한 『콕토 초』(厚生閣書店, 1924)에서도 엿볼 수 있다.

회화의 생명은 그것이 모방하고 있는 것의 생명으로부터 독립한다. 예
를 들어 마담 리비에르의 초상과 같은 걸작은 이 두 가지의 결혼으로 만
들어진 것이다.[14]

인용문에서 콕토는 앵그르가 그린 「마담 리비엘의 초상」을 예로 들면
서 회화에서의 선의 중요성 – 모티브를 "모방"하는 한편 그림을 모티브로
부터 독립시키는 "두 가지 역할의 결혼" – 을 말하고 있다. 콕토는 피카소
의 큐비즘 작품에서도 이러한 선의 중요성을 확인할 수 있다고 말하면서
"큐비즘이 앵그르를 인용한 것은 당연하다."라고 말하며, 다시 한 번 앵그
르에 빗대면서 피카소의 그림을 설명하고 있다.

콕토가 앵그르 그림의 "선"에 주목했듯이 당시 입체파 화가들이 앵그르
의 그림을 연구한 이유는 앵그르 회화의 선의 사용법을 신선하다고 생각
했기 때문이다. 예를 들어 입체파 화가인 앙드레 로트Andre Lhote가 쓴 「입
체파 화가가 본 앵그르キュビストより見たるアングル」(1922.9)에서도 앵그르가 사용
한 선의 특이함에 대해서 이야기하고 있다. 로트는 앵그르가 그린 그림에
는 대상에 충실한 "실재의 선"과, 인체 해부학적 지식에서 벗어난 대상에
대한 화가의 감수성을 통해 그려진 "구축의 선"이라는 두 가지의 선이 융
합해 있다고 지적했다. 로트가 말한 앵그르의 두 가지 선의 융합은 콕토
가 말한 "두 가지의 결혼"과 유사하다. 로트는 다음과 같이 앵그르와 라
파엘로를 비교하여 앵그르의 근대적인 측면을 밝혔다.

예로부터 앵그르에 관한 이야기를 할 때 라파엘로를 언급하는 것이 관
례이지만, 양자의 작품을 비교대조할 때는 거리를 두면서 충분히 꿰뚫어
봐야 한다. 그러면 언제나 이 남유럽의 성화聖画[라파엘로를 가리킴 : 역주]
에 의거하는 것을 잊지 않았던 앵그르에 관한 고찰은 그 차이를 더 쉽게

---

14) ジャン・コクトー『ピカソ』(1923). 인용은 堀辰雄 역『コクトオ抄』(厚生閣書店, 1929).

알 수 있게 한다. 그리고 양자 사이의 접근은, 표면적으로 분해해 보면 너무나도 명확한 유사점을 지니고 있지만, 이러한 견해는 결코 보다 깊은 고찰에까지 대응하는 것이 아니다. 양자가 똑같이 형성적形成的 사상을 갖고 있는 것은 같으나, 그들이 자연을 접하는 태도는 명백하게 다르다. 즉, 라파엘로는 아카데믹 운동의 극한을 보여주며 정통적 회화의 선천성은 남이 넘을 수 없는 경지에 이른다. 그의 후계자는 오히려 다비드이다. 그러나 앵그르의 경우는 이에 반하여 두세 명의 선배가 있었음에도 불구하고 실로 정지情志 예술의 일면을 연 자로, […] 앵그르의 군림은 틀림없이 근대적 감수성의 군림을 보여주고 있다는 점을 주의해야 된다. […] 그의 작품은 항상 대상의 외형에 자극 받은 화가의 감수성에서 나온 것이며 그는 결코 이지理知(이성)로 인해 만들어진 작품을 하나도 갖고 있지 않다.15)

앵그르와 라파엘로의 회화는 "표면적으로" 유사하며 모두 "형성적 사상"을 지녔다는 공통점을 갖고 있지만, 대상을 접하는 태도에 큰 차이가 있다고 로트는 지적했다. 라파엘로는 "아카데믹 운동의 극한"으로써 대상을 화가의 이지로 파악한데 비해, 앵그르는 "정지 예술의 일면을 연 자"로 대상을 접했을 때의 화가의 감수성을 통해 그렸다. 라파엘로처럼 이지로 그림을 그린 것―대상보다 작품 구도를 우선시하는 것―이 아니라 앵그르처럼 대상에 충실하면서도 작가의 감수성―이를 로트는 "근대적 감수성"이라고 함―을 통해 대상의 형체를 파괴하는 앵그르의 '선'에 입체파 화가들은 주목했다.

이어서 레이몽 라디게의 앵그르론을 살펴보자. 호리는 「성가족」 집필 이전부터 라디게에 심취해 있었다. 「성가족」에서는 「도르젤 백작의 무도회ドルジェル伯爵の舞踏会」의 심리분석 수법을 사용한 것에 대해서는 이미 많은 선행연구에서 밝혀진 바 있다.16) 앵그르의 새로움을 이해시키는 방법

---

15) アンドレ・ロート「キュビストより見たるアングル」『明星』(1922.9).
16) 많은 「성가족」론에서 「도르젤 백작의 무도회」의 영향을 지적하고 있다. 그중에서도 그 영

에 대해서 라디게가 쓴 「앵그르와 입체파ァングルと立体派」(1921.5)를 호리도 읽었을 것이다.

> 앵그르 일파도 입체파 사람들과 마찬가지로 겉모습만 그럴 듯한 진실이 아닌 그림을 제작하기 위해서 고심했다. 그러나 화가로서는 입체파가 하고 있는 것처럼 자연을 존중하면서 자연에게 중대한 수정을 가하는 대신에, 자신이 느낀 것을 정확하게 그리는 일이 보다 힘든 일이라는 것을 알 것이다. [···] 일부 화가들이 앵그르 일파에게 경탄하는 이유 중 하나는 매우 정통적인, 그러나 그들의 동료 보들레르를 비롯하여 세상의 평론가들로부터 그토록 비난을 받은 데포르마시옹(변형)에 있다. 이런 데포르마시옹이 그들의 관심사이기는 하지만 앵그르 일파의 가르침은 다른 곳에 있다. 이와는 반대로 앵그르 일파는 데포르메하지 않도록 가르치고, 자연을 지배함으로써 자연을 존중하게 된다는 것을 가르치고 있다.[17]

이 평론에서 라디게는 예술의 '새로움'을 이해시키는 방법으로 독창성을 이성과 연결시키고 그 독창성을 대중이 허용할 수 있도록 하는 것이 중요하다고 말하고 있다. 이 방법에 대해서 "우리 고전파는 좋은 방법이라는 것을 증명하고 있다."고 주장했는데, 이때 "우리 고전파"란 앵그르 일파를 지목했다. 앵그르 일파와 입체파는 공통적으로 예술의 진실이란 대상을 보이는 그대로 그리는 것을 통해서 얻을 수 있는 것이 아니라, "자연(모티브)"의 존중을 통해 얻을 수 있다고 생각하고 있다고 라디게는 말했다. 다만 입체파와 앵그르 일파는 약간의 차이점을 갖고 있다. 입체파는 "에스프리(정신)"에 의해서 자연에 중대한 수정을 가해 모티브의 진실

향 및 유사성을 상세하게 고찰한 연구로는 村松定孝 「レーモン・ラディゲと堀辰雄」『國文學 解釋と鑑賞』(1954.7), 江口淸 「堀辰雄とラディゲ」『レイモン・ラディゲと日本の作家たち』(淸水弘文堂, 1973.4), 飯島洋 『『聖家族』の方法』『國文學論叢』(2003.10) 등이 있다.

17) レーモン・ラディゲ 「アングルと立体派」『ゴーロワ』(1921.5). 인용은 『レーモン・ラディゲ全集』(東京創元社, 1976.12)에 의함.

을 표현하지만, 앵그르 일파는 모티브에 수정을 가하지 않고 자기의 느낌을 정확하게 묘사하고자 했다. 라디게는 앵그르 일파처럼 자연에 수정을 가하지 않고 "자기의 느낌을 정확하게 묘사"하는 쪽이 화가에게는 더 힘든 방법이라고 말하고 있다. 즉 일부 화가들이 앵그르 일파가 "진실"을 표현하기 위해서 사용한 '데포르마시옹'이 상당히 정통적이어서 경탄하고 있었던 것에 반해 라디게는 앵그르 일파가 데포르메하는 것이 아니라 "자연을 지배함으로써" 자연의 "진실"을 나타낼 수 있다는 것을 가르치고 있다고 지적했다.

이상의 고찰을 통해서 콕토, 로트, 라디게가 앵그르를 '새로운 예술(모더니즘)'의 선구자로 이해하고 있었다는 것을 확인했다. 그들은 '새로운 예술'의 특성이 이미 앵그르의 회화에 있다고 여겼다. 그 특성이란 라디게가 "자연을 지배함으로써 자연을 존중할 수 있다."고 말했듯이, 앵그르가 그리는 '선'이 자연(모티브)을 포착하면서도 모티브의 겉모습으로부터 해방되어 화가의 모티브에 대한 "감수성"−라디게가 말하는 "진실"−을 나타내고 있다는 것이다. 로트가 앵그르에 대해서 선이 모티브에서 분리되어 "선은 오로지 선으로만 산다."라고 말한 것은 콕토가 말한 모티브에서 분리된 시의 "상승"과 일맥상통한다. 호리가 이 시의 "상승"을 <고전주의>라고 이름 붙인 것은 앞서 본 콕토의 모더니즘 추종자에 대한 비판이나 라디게의 "우리 고전파"라는 발언, 피카소의 신고전주의 등이 영향을 미친 것으로 추측할 수 있다. 이들의 앵그르에 관한 언급을 살펴보면 그 내실이 소위 일반적인 의미에서의 <고전주의>가 아니라는 것을 확인할 수 있다.

앵그르가 신고전주의운동의 완성자로 라파엘로를 "회화의 신"으로까지 숭상했던 것은 주지의 사실이다. 앞서 말했듯이 당시 호리가 라파엘로에 관해서 직접 언급하지는 않았지만, 지금까지 검토했듯이 앵그르를 매개로 호리가 라파엘로를 어떻게 이해하고 있었는지를 엿볼 수 있을 것이다. 이하에서는 호리가 소장했던 우에다 주조植田壽藏의 『근대회화사론近代繪畫史論』(岩波書店, 1925)을 근거로 하여 앵그르가 라파엘로를 어떻게 수용하고 있었는지 살펴보겠다.

앵그르는 19세기 초, 프랑스에서 일어난 신고전주의의 "근대회화사에서의 고전적 정신의 절정"에 도달한 화가이다. 그는 로마에 체재하면서 라파엘로의 회화를 발견하고, 다비드를 비롯해서 당시 프랑스에서는 거의 거들떠보지 않았던 라파엘로를 깊은 존경심으로 숭배하고 연구하여 라파엘로를 회화에 있어서 "미의 지표"로까지 여겼다.

> 또한 그(앵그르 : 역주)는 말한다. "나는 라파엘로를 모든 것의 위에 둔다. 그 이유는 그(라파엘로 : 역주)가 신과 같은 우미함優美과 성격과 힘의 적당량을 올바르게 결합시켜 항상 완전한 조화를 유지하기 때문이다.(1840.8.31, 로마로부터 보낸 서간의 한 구절. (Cassierer : Künstler briefe, s. 520))" [⋯] 우미, 성격, 힘의 완전한 조화, 다시 말해 미와 자연과의 완전한 통일을 보여주기 때문에 라파엘로를 회화의 신으로 숭배한 것이다. [⋯] 그[앵그르 : 역주]에게 있어서 자연을 그리는 것도 결국엔 이 미와 자연의 조화에 도달하는 하나의 수단에 불과하다. 때문에 만약 자연의 대상이 고인[라파엘로 : 역주]의 견해, 고인의 방식에 걸맞지 않으면 그것은 당연히 본원적인 이상에 의해서 교정되어야 했다. 그의 그림이 있는 그대로의 자연의 인상을 그리지 않은 것은 당연하다. 동시에 그의 그리스조각 같은 것이나 라파엘로의 모사로 보이는 것에서도 대리석처럼 차갑고, 단단하고, 아름다운 윤곽의 표면 저변에 영민한 자연의 시력, 명확한 개성이 나타난 것도 당연하다.[18]

앵그르는 라파엘로를 회화의 신으로까지 숭배한 이유를 라파엘로가

---

18) 植田壽藏 『近代繪畫史論』(岩波書店, 1925). 저자의 해설과 인용을 구별하기 위해 인용문 중 앵그르의 글을 재인용한 부분은 고딕체로 표기했다.

"항상 완전한 조화를 유지하기 때문"이라고 말했다. 또한 있는 그대로의 자연의 인상이 아니라 미와 자연과의 완전한 조화시키려 했던 라파엘로의 이상을 앵그르가 따르고 있었다는 내용을 『근대회화사론』은 전하고 있다. 앞의 인용에서 로트가 라파엘로의 "이지"에 의한 창작을 지적했듯이 앵그르도 라파엘로가 자연에 지배당하는 것이 아니라, 자연과 미의 "완전한 조화" – 이지理知 – 를 토대로 하여 자연을 그리고자 했다고 말했다. 앵그르 자신도 있는 그대로의 자연이나 자연의 인상을 그리지 않고, 이 라파엘로의 자연과 미의 "완전한 조화"라는 이념을 바탕으로 자연을 교정하면서 그렸다고 우에다는 서술하고 있다. 그렇기 때문에 앵그르와 라파엘로의 그림에서는 본원적인 공통점을 찾을 수 있는데, 두 작가의 작품전체가 차가운 감정을 품고 있다고 우에다는 말하고 있다. 라파엘로 회화의 "완전한 조화"라는 이념에 따라 그려진 그림은 "대리석처럼 차고, 단단하고, 아름다운 윤곽"을 갖고 있는데, 이는 호리가 말한 <고전주의>와도 일맥상통한다.

> 대체로 예술상의 새로움이라는 것은 우리의 베개 위에 있는 차가운 장소와 비슷하다. 그곳에 머리를 올리고 있으면 금방 차갑지 않게 된다. 그래서 다시 머리를 다른 차가운 곳으로 움직이지 않으면 안 된다. 새로움의 필요는 차가움의 필요이다. 그리고 결코 더 이상 따뜻해지지 않는 차가움, 거기에 클래식이 있다.19)

호리가 말하는 "클래식"이란, "예술상의 새로움"의 반어적 표현이다. 즉, 예술상의 새로움을 추구해도 그 새로움은 호리가 비유한 "베개 위의 차가운 장소"처럼 시간이 흐르면 언젠가 따뜻해져서 결국 낡고 유행에 뒤

---

19) 堀辰雄「オルフェ」『文學』(1929.11).

처지게 된다. 그래서 호리는 새로움보다는 시세나 유행의 변화와 단절된 예술, 즉 "결코 더 이상 따뜻해지지 않는 차가움"을 추구한 것이다. 앞서 호리가 말한 시의 "상승"이 현실에 묶어 놓았던 실을 끊음으로써 비로소 이루어지듯이 이 "차가움"(호리의 <고전주의>)도 같은 시대의 유행과 단절함으로써 획득할 수 있다. 마찬가지로 앵그르는 라파엘로의 "완전한 조화"라는 이념에 따라 자연을 교정함으로써 그 그림에 "차가움"과 "견고함"을 부여했다고 파악했던 것이다.

4. 「성가족」의 라파엘로 회화

앞서 고찰한 호리의 <고전주의>를 참고해서 「성가족」의 작품 분석과 이 작품에서 라파엘로의 이미지가 어떻게 작용하고 있는지를 살펴보겠다.

"죽음이 마치 한 계절을 연 것 같았다."라는 모두는 구기의 죽음을 계기로 시작된 헨리와 사이키부인, 기누코의 인간관계를 역설적으로 나타내고 있다. 구기의 장례식에서 5년 만에 재회한 사이키부인은 헨리를 "구기를 뒤집어놓은 것 같은 청년"이라고 생각하면서 헨리와 구기의 유사점과 차이점을 예리하게 꿰뚫어 보았다. 헨리도 구기에 대한 사이키부인의 마음을 "다이아몬드가 유리와 닿으면 상처를 주고 말듯이 이 사람 또한 자신이 상대에게 준 상처 때문에 괴로워하고 있다."고 이해했다. 그들이 서로를 꿰뚫어 볼 수 있었던 것은 "그 보이지 않은 매개자가 어쩌면 죽음이었을지도 모른다."라고 화자가 말하고 있듯이 구기의 죽음이 초래한 "슬픔"을 두 인물이 공유했기 때문이다. 라파엘로 화집을 계기로 헨리와 사이키 모녀의 관계는 점점 서로 복잡하게 얽혀가지만, 곧 이야기는 인간관계 형성의 어려움과 그들의 '삶의 혼란'을 드러내기 시작한다.

　앞서 인용한 헨리의 꿈 장면에서 구기는 라파엘로의 <성가족>화를 가리키면서 헨리에게 "모르겠느냐?"고 묻는다. 그러나 헨리는 구기가 무엇을 묻고 있는지조차 이해하지 못한 채 잠에서 깨어난다. 헨리가 구기의 질문에 답할 수 없었던 이유는 꿈 장면 직전에 서술된 다음과 같은 내용을 통해서 짐작할 수 있다.

> 　지금까지 그의 꿈에 불과했던 사이키 일가라는 것이 갑자기 하나의 실 상實像이 되어 헨리의 생활 속으로 들어왔다.
> 　헨리는 그것을 구기와의 추억들, 신문, 잡지, 넥타이, 장미, 파이프 담배 등과 함께 혼잡 속에 대충 던져두었다.
> 　그런 난잡함을 헨리는 전현 개의치 않았다. 오히려 그 안에서 자신에게 가장 잘 어울리는 생활양식을 찾아내고 있었다.(66-67쪽)

　위의 인용문이 나타내고 있는 것은 헨리의 "난잡함"이다. 그의 난잡한 생활양식 속에 사이키부인이나 기누코와의 관계도 대충 던져져있다. 헨리는 이 난잡함 때문에 사이키부인이나 기누코와의 관계를 확정짓지 못하고 있었다. 이런 헨리의 난잡함과는 대조적으로 꿈속에서 구기가 가리킨 라파엘로의 <성가족>화는 하나의 이념을 토대로 모티브가 조화를 이루며 표현된 세계이다. 헨리는 그 <성가족>화의 성모와 유아의 얼굴을 사이키부인과 기누코의 얼굴로 보았지만 스스로의 난잡함 때문에 그 그림이 나타내고 있는 "안정감" 혹은 "견고함"을 이해하지 못한다. 스스로의 삶을 직시하지 못하고 있던 헨리는 사이키 모녀와의 관계를 조정하지 못할 뿐 아니라, 구기가 가리킨 라파엘로의 <성가족>화도 이해하지 못한다. 이렇듯 구기의 죽음 후 맺어진 사이키 모녀와의 관계를 헨리는 스스로의 난잡함 때문에 회피하고, 사랑하지도 않는 무희와 사귄 나머지 더이상 어떻게 해야 할지 모를 정도로 피곤하게 되어버린다. 인간관계 때문에 야기된 이러한 심적 '혼란'은 헨리 외에 다른 인물에게도 공통적으로 나타난다. 이 작품이 심리 소설이라고 일컬어지는 이유도 작중인물 개개인의 이러한 심리적인 '혼란'을 작품 구조로 하고 있기 때문이다.

기누코의 경우는 구기가 죽은 순간부터 구기의 죽음 때문에 너무나 슬퍼하고 있는 어머니의 모습을 처음에는 그냥 아무렇지 않게 생각했다. 그러나 언제부턴가 그런 어머니의 감정이 그녀 속에서 잠들고 있던 층을 눈뜨게 하여, 그녀 또한 "심리적 동요"를 느끼기 시작한다. 하지만 그녀는 그것이 무엇인지 알려고 하지 않고, 소녀다운 거만한 논리를 내세운 결과 스스로의 감정을 잘못 판단하고 만다.

사이키 부인 또한 심정의 변화를 보인다. 이에 대해서는 구체적으로 작품 속에서 살펴보자.

> 그러나 부인에게 헨리를 보는 것은 즐거움보다 오히려 괴로움이 더 컸다. 그렇게 시간이 구기의 죽음에서 멀어지면 질수록 그녀가 원한 것은 평정뿐이었다. 그래서 그녀는 헨리가 점점 멀어져 가는 것을 보고도 그대로 둔 것이다 - (72-73쪽)

사이키부인이 헨리를 볼 때마다 죽은 구기를 떠올리며 "괴롭다"고 느끼고 그 감정에서 벗어나고자 한다. 이 괴로움은 여자로서의 감정에서 표출된 것으로, 부인이 평정을 얻기 위해 이 여자로서의 감정을 억압하려고 했다. 때문에 한때 헨리가 신선하게 느꼈던 부인의 얼굴에서 젊음(즉, 여성으로서의 매력)을 완전히 잃어버리게 된다.

이렇듯 심리분석을 통해서 이야기하고 있는 것은 정착하지 못한 3명의 '삶의 혼란'이며 관계의 어긋남이다. 이케우치 테루오池內輝雄는 "이 작품은 두 발로 스스로의 인생을 걷기 시작한 청년이, 그러나 타인과 자기 자신을 바르게 파악하지 못하여 바로 보행 곤란 상태에 빠지게 되지만, 삶을 지탱시키는 원섬을 찾아냄으로써 자신이 살아야 할 삶을 획득한다는 내용을 주제로 한 것이다."20)라고 지적했다. 삶을 지탱시키는 원점을 찾아내지 못하고 보행 곤란에 빠지게 되는 상황은 헨리뿐 아니라 사이키부인이나 기누코에게서도 일어난다.

이들 3명의 심리적 '혼란'은 헨리가 여행을 떠나는 것을 계기로 해소되어 간다. 앞서 보았듯이, 여행 장면에서 헨리는 기누코를 "라파엘로가 그린 천사"의 얼굴로 상기하면서 그녀에 대한 사랑을 자각한다. 전술했듯이 헨리는 그때까지 난잡한 생활을 했던 도시로부터 멀어지면서 기누코를 "라파엘로가 그린 천사"라는 확고한 하나의 이미지로 인식하고, 그녀에 대한 사랑도 자각할 수 있게 된다. 헨리는 "죽은 구기가 나의 뒷면에 계속 살아 있으며 여전히 자신을 강하게 지배하고 있다는 것을, 그리고 그 것을 깨닫지 못했던 것은 자신의 난잡함이 원인이었다는 것을" 이해하기 시작한다. 이렇듯 헨리는 구기의 죽음을 직시하면서 스스로의 난잡함을 해소할 수 있게 된다.

한편 기누코는 헨리가 떠난 후 그에 대한 사랑을 고백함으로써 자기 안에 있는 여자로서의 감정을 자각한다. 그러면서 전에 사이키부인이 구기를 사랑했듯 한 남자를 사랑하는 여자로서 사이키부인과 마주 할 수 있을 정도로 자신의 감정을 명확하게 인식하게 된다. 또한 사이키부인은 기누코의 자각을 심리작용의 반작용처럼 받아들이고 그녀 안에 오랫동안 잠들어 있던 어머니(또 다른 여성)로서의 감정이 다시금 눈뜨기 시작한 것처럼 느낄 수 있었다.

기누코는 사이키부인에게 "고노씨(헨리)는 죽는 것이 아닐까요?"라고

---

20) 池內輝雄 「堀辰雄 『ルウベンスの僞畵』」と 「聖家族」」『國文學漢文學論叢』(1971.3).

묻는다.

> 몇 분간의 침묵. ―그리고 그 침묵이 기누코가 방금 전에 말한 무서운 말을 그녀 또한 긍정하고 있는 듯이 느껴지기 시작했을 때, 사이키부인은 겨우 그녀 안에 있던 오래된 어머니의 감정을 되찾았다.(82쪽)

이처럼 사이키부인은 헨리가 멀어져 가면서 잃어버렸던 "여자로서의 감정"과 함께 새로이 "오래된 어머니의 감정" 또한 받아들이게 된다. 그리고 작품은 마지막 장면으로 향한다.

> ―헨리를 처음 만났을 때, 헨리의 삶 속에 구기의 죽음이 씨실처럼 얽여 있는 것을 그리고 그것이 헨리를 죽음을 통해서만 삶을 이해하는 불행한 청년으로 만들고 있다는 것을 알아챌 수 있게 했던 부인의 예리한 직감이 지금 다시 되살아나서, 그런 헨리를 자기 딸에게 이해시키는 데는 약간의 암시만으로 충분하다는 것을 알게 했다. 그리고 사실 부인이 지금 말한 몇 마디는 그 말을 하면서 그녀가 띠었던 미소의 신비한 작용으로 그녀의 딸의 고통을 마비시키기 시작했다……
> "그럴까"
> 그렇게 소녀는 답하면서 처음에는 아직 고통이 남아있는 표정으로 그녀의 어머니 쪽을 올려다보았으나 그러면서 조용히 그 어머니의 오래되고 성스러운 얼굴에 몰입하게 된 그 소녀의 눈빛은 점점 옛 그림 속에서 성모를 올려다보는 유아의 그것을 닮아가는 것처럼 보였다. ―(82-83쪽)

사이키부인은 헨리를 "죽음을 통해서 삶을 이해하는 불행한 청년"으로 이해하고 있다. 이것은 헨리가 여행을 떠날 때 그가 하나의 죽음이 그의 삶의 뒷면에서 끊임없이 살아 있다는 것을 깨닫고, 그의 심장이 생생하게 고동치는 것을 느끼기 시작한다고 자각한 것과 유사하다. 또한 부인은 그러한 헨리의 삶의 양식을 기누코가 약간의 암시만으로 이해할 수 있는 존재라는 것도 깨닫고 있었다. 작품 후반부에서는 무엇보다 사이키부인이 헨리와 기누코의 삶의 방식을 이해하고 있다는 것을 이야기하고 있다. 그리고 작품의 마지막 장면에는 이러한 헨리의 삶을 기누코도 이해했다는 것을 나타내고 있다. 고통스러운 표정에서 점점 유아의 눈빛으로 변해가는 기누코의 모습은 그녀가 헨리가 죽을지도 모른다는 불안감을 해소하고 사이키부인의 말을 이해했다는 것을 의미한다. 즉 마지막 장면에서는 헨리가 자신의 삶의 뒷면에 있는 죽음을 직시하게 되고, 사이키부인과 기누코가 그러한 헨리의 삶을 함께 이해함으로써 작중인물 세 명의 상호이해, 연대감이 최종적으로 제시되고 있는 것이다. 이때 이러한 세 명의 상호이해는 "옛 그림 속에서 성모를 올려다보는 유아"라는 시각적인 타블로에 의해 제시된다. 이 이미지는 헨리의 꿈속에서 구기가 가리킨 성모의 얼굴이 사이키부인으로, 유아의 얼굴이 기누코로 보인 라파엘로의 <성가족>화와 동일하다. 그렇기 때문에 이 작품에서 말하고 있는 <성가족>이란 마지막 장면에서 달성하는 3명의 정신적 연대를 그 내실로 하고 있다.

작품의 중반까지 구기가 죽은 후에 시작된 세 명의 인간관계의 어긋남과 각각의 삶의 혼란이 심리분석을 통해 이야기되고 있다. 그러나 마지막 장면에서 헨리의 삶을 이해한 사이키부인과 기누코는 라파엘로가 그린—실제 라파엘로 회화의 이미지가 아니라는 것은 앞서 고찰한 바이다—그림의 세계에 수렴되는데, 이를 통해 변동하는 인간의 심리와 단절된 조화로운 세계에 두 인물을 담아냈다. 라파엘로의 회화가 실제 모델과는 관계없이 하나의 이념—미와 자연의 조화—으로 파악된 하나의 완결된 세계라는 것은 앞에서 고찰했다. 즉 「성가족」에는 심리적 흔들림으로 구성되는 스토리 전개와 함께 위상을 달리하는 세계가 표현되어, 사이키부인과 기누코를 견고한 타블로 세계에 집약시키면서 이야기 전체를 완결하고 있다.

5. 맺음말

본 연구를 정리하면, 「성가족」에서 언급하고 있는 라파엘로의 그림을 실제 그림과 비교해본 결과 호리는 특정한 라파엘로 그림의 이미지를 그대로 표현하지 않고 작품내용에 맞게 변용시켜 수용했다는 것을 확인할 수 있었다. 이는 라파엘로가 그린 한 점의 이미지를 작품에서 제시하고 있는 것이 아니라 라파엘로 회화의 전체적인 인상을 「성가족」에 내포시키기 위한 것으로 생각할 수 있다. 그리고 라파엘로의 회화가 표상하고 있는 세계와 「성가족」의 관계를 고찰하였다.

호리의 라파엘로 수용을 바탕으로 작품을 분석하여 작중 라파엘로의 회화가 인간관계의 연대-정신적인 연결-를 표상하는 것으로 이해할 수 있다. 「성가족」에는 호리가 새로이 제시한 심리분석에 따른 작품구성이라는 수법 외에도 라파엘로의 회화를 통해 표현된 "견고함"이 함께 제시되어 있었다.

먼저 호리와 라파엘로 사이에는 두 단계의 연결고리를 갖고 있다. 첫 번째 연결고리는 피카소와 라디게이며, 이는 다시 앵그르와 연결되어 있다. 피카소와 라디게는 「성가족」 집필 당시 호리에게 가장 많은 영향을 끼쳤던 예술가이며, 이들은 앵그르에게 많은 영향을 받아 자신의 예술세계를 구축했다. 앵그르는 라파엘로를 회화의 신으로까지 여기고 숭배했는데, 앵그르를 통해서 본 라파엘로의 회화란 이상을 바탕으로 그려진 조화로운 세계라 할 수 있었다. 이들의 회화는 "차가움"과 "견고함"을 중요한 특징으로 하고 있는데, 이에 대해서 호리는 <고전주의>라고 말하고 있지만 그 내실은 끊임없이 새로움을 추구하는 자세를 말하고 있었다. 이처럼 호리와 라파엘로 사이에는 이들을 연결시켜주는 긴 연결고리를 갖고 있기 때문에 일견 두 예술가의 영향관계가 매우 미약하게 보일 수 있다. 그

러나 이 둘을 연결하고 있는 예술가들은 모두 공통적인 특징을 갖고 있다
는 점은 간과하기 어렵다. 라파엘로와 앵그르, 그리고 피카소나 라디게가
모두 기존의 예술관이나 양식에 안주하지 않고 끊임없이 새로움을 추구
하고자 했다는 점에서, 시공간을 뛰어넘어 호리와 공명하고 있었다.

제2부 과학

제4장

앙리 푸앵카레 과학사상서와 일본의 모더니즘

1. 앙리 푸앵카레 과학사상서와 모더니즘

프랑스 유수의 수학자이자 물리학자인 앙리 푸앵카레는 최후의 만능학
자라 일컬어지며, 그의 저서는 세계 각국어로 번역되어 오늘날까지 읽히
고 있다. 그의 저작 중에서 수학에 관한 논문은 500편이 넘으며 물리학·
천문학에 관한 저서는 30권을 넘는다. 이러한 전문 연구 외에도 푸앵카레
는 과학의 근저를 비판적으로 고찰한 과학사상서 4부작을 출간했다. 과학
사상서 4부작이란 제1작 『과학과 가설La Science et l'Hypothèse』(1902), 제2작
『과학의 가치La Valeur de La Science』(1905), 제3작 『과학과 방법Science et
Méthode』(1908), 제4작 『만년의 사상Dernières Pensées』(1913)[1]이다. 이 과학
사상서는 연구자들뿐 아니라 일반 독자들도 쉽게 이해할 수 있도록 평이
한 문장으로 쓰여 있어 저자 생전에 이미 유럽이나 미국 등 각국에서 번

---

[1] 제4작은 유고작으로 푸앵카레가 생전에 사상서 제4작에 수록하려 했던 논문이나 강연문을
그의 사후에 구스타브 르 봉Gustave Le Bon이 수집하여 출판한 것이다.

역본이 출판되어 널리 읽혔다.

과학사상서에서 푸앵카레는 주로 수학과 물리학의 근저를 철학적으로 고찰했다. 그는 수학과 물리학의 인식의 기저基底가 직관에 의거한 선천적 종합판단에 있으며 추리 방법은 특수에서 일반으로 향하는 귀납법에 있다고 했다. 그러나 과학적 추리 방법인 '일반화'를 하기 위해서 사용되는 수학의 공리나 물리학의 법칙은 선천적 종합판단이 아니라, 선택 가능한 '가설'에 지나지 않다고 역설했다. 푸앵카레는 고전물리학의 절대시간·절대공간의 법칙과 유클리드기하학의 공리가 '가설' 중 하나에 불과하다고 비판하면서 상대적 시간·공간의 법칙이나 비유클리트기하학의 가능성 등을 논증해 보였다. 고전물리학의 법칙을 '가설'에 불과하다고 단언하고 새로운 개념과 세계관의 가능성을 제시한 푸앵카레의 과학사상서는 현대물리학의 개시를 가져왔다. 푸앵카레의 사상은 아인슈타인에게 영향을 끼쳤다. 아인슈타인의 「특수상대성이론」(1905)이 시간과 공간의 개념을 쇄신하여 '시공'이라는 개념으로 세계관의 혁신을 일으킨 것은 주지의 사실이다.[2]

과학의 혁신을 불러일으킨 푸앵카레의 과학사상서는 20세기 초 모더니즘 예술에도 큰 영향을 주었다. 푸앵카레의 『과학과 가설』이 베스트셀러로 읽혔던 당시는 '보이지 않는 것을 보여주는 광선(X선)', '하늘의 정복'이라는 표현으로 보도된 원거리 화상전송(텔레비전의 전신) 등의 기사가 잡지·신문·준과학 잡지 등에 자주 게재되고 오컬티즘과 환상과학소설 등이 유행했던 시대였다.[3] 당시의 새로운 과학—X선·원거리 화상전송·비유클리트기하학의 4차원 세계 등—은 "외관 너머에 보이지 않는 현

---

2) 아인슈타인은 푸앵카레의 『과학과 가설』을 면밀히 연구하고 수정하여 「특수상대성이론」을 완성시킬 수 있었다.(아―서―·I·미라―著, 松浦俊輔譯 『アインシュタインとピカソ』, TBSブリタニカ, 2002 참조)
3) 위의 책 참조.

실"[4])이 있음을 보여주었다. 눈에 보이지 않는 새로운 '현실'을 이야기하는 과학의 언설들이 미디어에 의해 유포되었고 모더니즘 문학자들이 이를 수용하여 확산시켰다. 예를 들어 큐비즘의 효시라 할 수 있는 피카소의 「아비뇽의 아가씨들」(1907)에서 '공간적 동시성'을 표현하는 방법－대상을 구성하는 여러 시점을 모두 합하여 동시에 재현하는 방법－은 푸앵카레의 비유클리드기하학이나 4차원을 이해함으로써 얻어졌다. 피카소가 이러한 착안을 하게 된 것은 주변에 있던 모더니즘 작가들－기욤 아폴리네르, 막스 야콥, 알프레드 자리 그리고 특히 '큐비즘의 수학자'라 불렸던 모리스 프란세 등과의 교류 속에서 그들이 당시 매료되었던 새로운 과학 사상에 관한 대화나 메모, 노트 등을 통해서였다.[5] 이들 이외에도 당시 장 콕토의 소설 『포토막』(1919)이나 폴 발레리의 평론 『레오나르도 다빈치의 방법 서설』(1895)에서도 푸앵카레 과학사상서가 인용되어 있어 그 영향을 찾아 볼 수 있다.

이처럼 모더니즘은 세기의 변환기에 일어난 과학의 혁신과 깊은 관련이 있다. 모더니즘이란 1910년대부터 30년대에 걸쳐 유럽과 미국의 예술계에 영향을 끼친 전위운동의 총칭이다. 모더니즘 예술에는 다다이즘, 미래파, 표현파, 입체파, 초현실주의 등 일정한 이념에 따라 '운동'이라는 형태로 발생된 집단적 활동도 있으며, 집단적 활동을 의식하지 않는 개인적이고 산발적 활동도 있다. 이렇듯 모더니즘은 그 양태나 발생지가 다양하기 때문에 일괄적으로 규정하기는 어렵지만, 전통에 대한 반역과 새로움의 수립이라는 공통적인 특징이 있다. 모더니즘은 19세기에 확립된 시민사회가 당연시 해 온 합리주의나 인간중심적인 도덕관, 연속적이고 전진적인 역사관, 그리고 사실주의적 예술관과의 깊은 단절을 의식하면서

---

4) 위의 책.
5) 위의 책 참조.

새로운 기법상의 혁신이나 실험에 도전하려는 특징을 보인다.6) 이렇듯 모더니즘은 그때까지 당연시 해 온 물질의 기본개념이 과학의 혁신에 의해 일신되자 인간이나 사회 등 예술의 대상인 '현실' 그 자체마저도 더 이상 절대적인 것이 아니라 예술가 스스로가 표현을 통해 창출해 내야 하는 시대적 상황 속에서 일어났다. 앙리 푸앵카레의 과학사상서는 20세기 초에 일어난 이러한 과학과 예술 혁신에 중요한 역할을 해 왔던 것이다.

푸앵카레가 모더니즘 문학에 끼친 영향을 고려해 보면, 1920년대 일본에서 서구의 모더니즘을 적극적으로 수용하던 신예 작가 호리 다쓰오가 모더니즘 문학과 함께 푸앵카레의 과학사상에도 눈을 돌린 것은 오히려 필연적인 일이었다. 호리는 자신의 문학관을 처음으로 선보인 「시적 정신詩的精神」(『제국대학신문帝国大学新聞』 1929.5.13.)의 에피그래프epigraph로 푸앵카레의 과학사상서 제3작 『과학과 방법』 중 한 구절을 인용하고, 자신의 문학적 입장을 밝힌 「예술을 위한 예술에 관해서芸術のための芸術について」(『신초』 1930. 2)에서도 이 에피그래프를 다시 실었다. 이 사실에서 호리가 『방법』을 읽었다는 것을 확인할 수 있으며, 호리의 푸앵카레 수용은 단지 그의 글을 에피그래프로 인용하는 데 그치지 않았다. 다음 장에서 살펴보듯이 「예술을 위한 예술에 관해서」의 대부분은 『과학과 방법』을 기반으로 성립되었다. 호리가 신인작가로서 자신의 문학론과 방법론의 확립을 푸앵카레의 과학사상서를 참고하여 모색했다는 사실은 그의 문학을 생각할 때 간과할 수 없는 중요한 사항이라 생각된다.

그러나 호리가 푸앵카레의 이름이나 서명을 직접 언급한 사례가 매우 적고7) 종래의 호리 다쓰오 연구가 그의 모더니즘 수용을 문학이라는 틀

---

6) 出淵博「モダニズム」, 『世界文學大事典』 5(集英社, 1997).

7) 호리의 글에서 푸앵카레의 이름이 기술된 곳은 본문에서 언급한 「시적 정신」과 「예술을 위한 예술에 관해서」의 두 곳뿐이다. 그리고 개인 서신 한 곳에서 푸앵카레의 서명을 확인할 수 있다.

에서만 고찰해 왔기 때문에, 이제까지 과학사상의 수용은 연구에서 배제되었다. 예를 들어『호리 다쓰오 사전』[8]에서 그가 수용한 서양의 예술가, 철학자 등을 망라하여 소개하고 있으나, 푸앵카레와 관련된 항목은 물론이고 그에 관한 언급이 전혀 없는 점에서도 이러한 사실을 엿볼 수 있다.

현재 남겨진 호리의 장서 목록[9]에서 푸앵카레의 저서는 찾아볼 수 없다. 그러나 푸앵카레의 소개자이자 번역자인 다나베 하지메田辺元의 과학철학서『최근의 자연과학最近の自然科学』(1925)과『과학개론科学概論』(1929), 고보리 겐小堀憲의『앙리 푸앵카레アンリ・ポアンカレ』(1948) 등의 푸앵카레 소개서를 확인할 수 있다. 이것은 호리의 푸앵카레 과학사상서 수용이 간접적으로도 이루어졌다는 사실을 보여준다. 호리의 푸앵카레 수용은 그가 단순히『과학과 방법』에 감명을 받아 개인적 차원에서 이루어 진 것이 아니라, 일본에서의 푸앵카레 수용이라는 사회적 배경이 있었기에 가능했다고 생각한다.

이러한 사실들을 검토하기 위해서 앙리 푸앵카레의 과학사상이 일본의 모더니즘 문학에 끼친 영향과 푸앵카레의 과학사상서가 일본에서 어떻게 번역되고 수용되었는지를 알아볼 필요가 있다. 그 과정에서 호리 다쓰오 및 쇼와 초기 일본에서 모더니즘 문학을 일으킨 젊은 문학자들이 푸앵카레를 수용한 배경과 경위 또한 밝혀질 것이다. 그리고 메이지, 다이쇼, 쇼와라는 시대의 흐름에 따른 수용의 변천과정을 개관하여 호리 다쓰오가 수용한 쇼와 초기의 시대적 특징도 확인할 수 있을 것이다. 이런 작업은 호리 다쓰오의 푸앵카레 수용에 대한 동시대적인 문맥을 구축하는 데도 반드시 필요한 것이라 할 수 있다.

---

8) 竹內淸已編『堀辰雄事典』(勉誠出版, 2001).
9) 이는 호리 다쓰오 사후 그가 남긴 분류카드에 따라서 부인 호리 다혜코堀多恵子가 작성한 장서목록이다. 다혜코에 의하면 호리 다쓰오 초기의 장서 대부분은 관동대지진과 1932년에 있던 오이와케追分 아부라야油屋여관의 화재로 소실되었다고 한다.

2. 일본에서의 푸앵카레 과학사상서 번역과 소개

메이지시대부터 오늘날까지 앙리 푸앵카레의 수학·물리학·천문학
에 관한 수많은 연구 업적은 일본의 해당 분야에서 소개, 번역되어 왔다.
메이지 시대 그의 과학사상서는 주로 수학자나 물리학자 등 자연과학 연
구자들이 소개하였다. 일본에서 처음으로 번역한 푸앵카레의 과학사상서
는 제1작인『과학과 가설』이며, 도호쿠東北제국대학 이과대학교수이자 수
학자인 하야시 쓰루이치林鶴一가『과학과 억설科学と臆説』이라는 제목으로
1909년에 번역하여 출판했다.

한편, 물리학자이자 수필가인 데라다 도라히코寺田寅彦가 교수로 재직한
도쿄東京제국대학 물리학 교실은 1911년 9월에『방법』의 불어 원전을,
1915년 3월에는『가설』,『가치』,『방법』을 한 권으로 엮은 영어번역서
『The Foundations of Science』(1913)를 구입했다. 1911년 독일에서 돌아온 데
라다는 물리학의 방법론과 인식론에 관심을 갖고 푸앵카레·에른스트 마
흐Ernst Mach 등을 읽었으며, 1914년에는 푸앵카레의 과학사상서 제3작
『과학과 방법』의 독어 번역서를 읽었다. 1915년 데라다는『동양학예잡지
東洋学芸雑誌』에『방법』제1편 제1장의「사실의 선택事実の選択」과 제4장「우
연偶然」10)을 번역하여 발표했다. 데라다가 푸앵카레의 과학사상서를 번역
한 것은 과학자로서 그의 인식론에 관심을 가졌기 때문이며11), 수필가 데
라다 도라히코가 쓴 수필에서도 그 영향을 찾아 볼 수 있다.12)

---

10) 데라다의 제자들이 그의 미발표 혹은 미완성 유고를 모아 출판한『물리학 서설物理学序説』
　　(岩波書店, 1947)은 데라다가 번역한 푸앵카레의「우연」을 부록으로 싣고 있다. 1915년
　　번역문이 발표된 당시, '우연'을 '무지의 척도'라고 단언한 푸앵카레의 이론은 매우 흥미
　　롭게 받아들여진 것 같다. 예를 들어 데라다로부터 이 이론을 알게 된 작가 나쓰메 소세
　　키夏目漱石는「명암明暗」『아사히신문朝日新聞』(1916.5~12) 제2회에서 작중 인물 쓰다 세이
　　후津田青楓를 통해 이 이론을 소개하고 있다.
11) 吉仲正和『科学者の発想』(玉川大学出版部, 1984).

푸앵카레는 인식의 기저와 작용 그리고 그 한계를 밝히고 과학의 추리 방법을 명백히 함으로써 과학적 인식의 가치를 말했다. 임마누엘 칸트 Immanuel Kant의 『순수이성비판』(1781)을 적용한 그의 인식론은 과학적 인식을 필연적인 것과 가설적인 것으로 나누고 있다. 그는 직관에 의거한 선천적 종합판단은 필연적인 것이지만 과학의 '일반화'에 필요한 공리나 법칙은 가설적인 것이라고 했다. 이렇듯 푸앵카레의 과학사상서는 과학철학의 인식론을 전개하고 있어 철학자들의 주목을 받았다. 엄격한 칸트 연구자인 구와키 겐요쿠桒木嚴翼가 『철학 강요哲學綱要』에서 칸트의 『순수이성비판』을 설명하면서 푸앵카레를 언급하고 있는 것도 푸앵카레의 과학사상이 칸트의 인식론을 기반으로 하고 있기 때문이다.13) 철학자이자 일본의 과학철학분야를 개척한 다나베 하지메가 푸앵카레의 과학사상서에 주목한 것도 이러한 맥락에서였다.

다나베는 수학에서 철학으로 전공을 바꾸고 니시다西田철학14)을 기반으로 수학이나 자연과학의 인식론과 수리철학을 연구했다. 그는 도호쿠제국대학 이학부 교수로 재직하면서 그때까지의 연구 성과를 정리해서 『최근의 자연과학』과 『과학개론』을 출판했다. 이 두 권과 『수리철학연구數理哲学研究』(1925)를 합친 세 권은 일본에서 최초로 출판된 과학철학서이며 과학철학의 출발점이라 할 수 있다. 특히 『과학개론』은 "과학전반을 체계적으

---

12) 예를 들어 「과학자와 예술가科学者と芸術家」『科學と文芸』(1916.1), 「물리학과 감각物理学と感覚」『東洋學芸雜誌』(1917.11), 「문학 속의 과학적 요소文学の中の科学的要素」『電氣と文芸』(1912.1) 등 푸앵카레가 과학을 이야기할 때 예술이나 예술가의 예를 들은 것처럼 데라다도 과학과 문학을 접목시킨 수필을 썼으며, 그의 문장에서는 푸앵카레가 자주 사용한 '선택', '감각의 중요성' 등의 용어가 눈에 띈다.

13) 구와키 겐요쿠는 『철학 강요』에서 푸앵카레의 『과학과 가설』, 『과학의 가치』를 소개하고 있다.

14) 니시다 철학이란, 니시다 이쿠타로西田幾多郎가 주창한 철학을 가리킨다. 칸트나 헤겔의 철학관을 기초로 동양사상과 서양철학을 융합한 그의 『선의 연구善の研究』(1911)는 일본에서 처음 나온 독자적인 철학체계이며 다이쇼시대 때는 칸트의 『순수이성비판』과 함께 학생들의 필독서였다.

로 다루고 있는 과학개론으로써 가장 널리 읽혔으며, 이후 오래도록 일본의 유일한 과학철학서"로 매년 증판되었다. 학창시절 때 이 책을 읽은 시모무라 도라타로下村寅太郎는 "학창시절 처음 이 책을 접했을 때의 감명을 잊을 수 없다."며 당시의 다나베 과학철학서의 인기를 이야기하고 있다.[15]

이 두 저서는 당시 일본 철학계의 주류였던 신칸트파 철학을 바탕으로 자연과학의 인식론적 비판을 시도한 것이다. 양 저서는 자연과학분야에서 자신들의 방법론을 비판적으로 고찰한 선례로 푸앵카레의 과학사상서를 언급하고 있음은 물론이고 곳곳에서 푸앵카레를 인용했다. 신칸트파의 철학을 통해 철학연구를 시작했던 다나베가 칸트를 적용한 푸앵카레의 과학사상을 수용한 것은 당연했다.

다나베가 처음 번역한 푸앵카레의 사상서는 제4권『만년의 사상』제2장「공간과 시간」이며『만년의 사상』이 프랑스에서 출판된 그 해에 일본의『철학 잡지哲学雑誌』(1913.12)에 발표했다. 다나베는 1916년 6월에 푸앵카레 과학사상서 제2작『과학의 가치』를 번역했다.『최근의 자연과학』과『과학개론』사이에 출판된 이 책은 제1작인『과학과 가설』에서 설명한 내용을 보다 쉽게, 주로 수리과학과 물리학의 인식론을 설명한 것이다. 번역서『과학의 가치』에 다나베가 정리해서 실은「푸앵카레의 철학사상대요ポアンカレの哲学思想大要」는 일본에서 처음으로 푸앵카레의 사상체계를 적합하게 요약하여 소개한 것으로 현재로서도 충분히 통용되는 내용이다.

수학자 요시다 요이치吉田洋一는 다이쇼시대 다나베가 번역한『과학의 가치』를 읽고 수학의 길을 걷기로 결심했다.[16] 쇼와 초기 수학자가 되는 꿈을 접고 대신 작가가 되고자 한 호리 다쓰오는 프랑스의 모더니즘 문학과 함께 이 책을 읽었다.[17] 요시다 요이치나 호리 다쓰오처럼 당시 수학

15)下村寅太郎「解說」『田辺元全集』2巻(筑摩書房, 1963).
16) 吉田洋一「私の讀書遍歷」『數學の廣場』科學隨筆全集4(學生社, 1966).

이나 과학에 관심이 있었던 많은 청년들이 다나베의 저서나『과학의 가치』를 읽었다는 것을 짐작할 수 있다. 호리 다쓰오 장서목록에 다나베의『최근의 자연과학』과『과학개론』이 포함되어 있는 것도 이러한 맥락에서 이해할 수 있을 것이다.

이상으로 메이지와 다이쇼시대의 푸앵카레 과학사상서의 수용을 개관해보았다. 주로 푸앵카레의 철학적 인식론이 주목을 받아, 수학자(하야시 쓰루이치)나 물리학자(데라다 도라히코)뿐 아니라, 철학자들(구와키 겐요쿠, 다나베 하지메)도 그의 과학사상서를 번역·소개한 것이 특징적이다. 서구에서는 푸앵카레의 사상 중 가설적인 면—창조적 능력의 중요성, 비유클리드 기하학의 가능성, 4차원 세계 등—이 젊은 과학자나 예술가를 자극하여 그들로 하여금 기존의 틀을 깨고 새로운 방향으로 나아갈 수 있게 한 원천이 되었다. 이에 비해 메이지, 다이쇼시대 일본에서의 푸앵카레 과학사상서 수용은 주로 철학적 인식론과 연관되어 소개되었다는 차이를 보인다.

1925년부터 1928까지 4년간은 푸앵카레 붐이 일어났다고 할 수 있을 만큼 잇달아 그의 과학사상서가 번역된 시기였다. 1925년 3월에는 오카야 다쓰지岡谷辰治가 과학사상서 제4작『만년의 사상』을 번역하고, 12월에는 야마모토 오사무山本修가 제3작『과학과 방법』을 번역하여 각각 소분카쿠叢文閣에서 출판했다. 이것으로 푸앵카레 과학사상서 4부작이 전부 일본어로 번역된 것이다. 또한 이미 번역된 저작도 재번역되었다. 1926년 3월 무라카미 마사미村上正已가『과학과 가설』을 재번역하여 신초샤新潮社에서 출판했고, 같은 해 수학자 요시다 요이치가『과학과 방법』을 재번역하여

---

17) "요즘 집에 있는 시간은 1시간에서 2시간이지만 그 사이에「사기꾼 토마Thomas L'Imposteur」와『과학의 가치』를 읽고 있다. 내 피로회복을 위한 유일한 자양이다."(구즈마키 요시토시葛卷義敏한테 보낸 편지(1929.5.16) 하선 인용자.)(中村眞一郎·福永武彦編『堀辰雄全集』第8卷, 筑摩書房, 1978).

이와나미서점岩波書店에서 출판했으며, 이 책은 1927년 9월에 문고판으로
도 재판되었다. 대중 독자를 위한 문고판까지 출판되었다는 것을 생각할
때, 푸앵카레의 저작이 특정 과학자 등에 국한된 것이 아니라 많은 일반
인에게까지 읽히고 있었다는 것을 알 수 있다. 1928년 6월에는 과학사상
서 이외의 저작까지도 출판되었다. 예술에 조예가 깊었던 푸앵카레는 평
전『과학자와 시인科学者と詩人』을 썼는데, 이 책은 평론가 히라바야시 하쓰
노스케平林初之輔가 번역하여 이와나미서점에서 출판되었다. 이와 같은 상
황은 새삼 일본에서 푸앵카레의 과학사상이 얼마나 큰 영향을 끼쳤는지
짐작케 한다.

3. 젊은 문인들의 푸앵카레 과학사상서 수용

다이쇼 말기부터 쇼와 초기에는 푸앵카레의 저작이 활발하게 번역되었
다. 덕분에 당시 호리 다쓰오를 비롯한 문인들은 푸앵카레의 과학사상서
를 쉽게 접할 수 있게 되었다. 쇼와 초기『시와 시론詩と詩論』에 모인 젊은
문인들의 글에서 푸앵카레의 이름을 언급하고 있지는 않지만, 그의 과학
사상의 특징적 용어들－과학에서의 창조적 사고, 가설의 선택, 직관 및
감수성의 중요성 등－을 원용하고 있는 것을 찾아볼 수 있다.

하루야마 유키오春山行夫가 편집한『시와 시론』[18]은 "구旧시단의 무시학
無詩学적 독재를 타파하고 오늘날의 포에지를 정당하게 표현할 수 있는 새
로운 시단을 주도하는 기관의 확립"[19]이라는 목적 하에 창간한 계간지이
다. 이 계간지는 시인협회를 중심으로 구성된 기성 시단에 반발하여 창간

---

18) 『詩と詩論』全14卷 (厚生閣書店, 1928.9～1931.12).

19) 春山行夫「『詩と詩論』創刊について」『詩と詩論』Ⅰ (1928.1).

된 것으로, 방법론에 자각적인 형식주의적 입장에서 "의미 없는 시"를 추구한 언어실험의 장이었다. 유럽이나 미국의 전위예술을 적극적으로 받아들여 매 호마다 「노트」, 「에스키스」, 「바리에테」란을 통해 서양 모더니즘 작가들을 소개했다. 이러한 『시와 시론』에 모인 젊은 문인들의 글에서 당시의 새로운 과학이 어떻게 언급되었는지를 살펴보겠다.

> 그리고 과학은 진보했다. 우리는 물질을 예전처럼 죽은 것, 수동적인 것으로 생각할 수 없다. 무수의 분자가 그 속에서 끊임없이 운동하고 거기서 날아가곤 하고 있다. 그래서 삶과 죽음을, 물질과 운동의 관념을 엄밀히 대립시킬 수 없다. 나아가 우리는 일반법칙으로서 오히려 불연속성을 선택한다. 그리고 이전의 이성과 지각의 도움을 받아 진리로 비약한 상상력은 완전히 무력해지지 않으면 안 된다. 여기서 발레리는 「유레카」 안에 나오는 사상이 아인슈타인, 볼츠만, 칼의 그것과 비슷하다는 점을 말하고 있는 것이다.[20]

이 글은 폴 발레리 연구 특집호에 요시무라 데쓰타로吉村鉄太郎가 폴 발레리의 「바리에테」에 수록된 주요 평론을 상세히 소개한 것이다. 인용에서 언급하고 있는 물리학자들은 발레리가 예를 들은 것이지만, 이외에도 이 글 곳곳에서 요시무라는 현대과학이나, 비유클리드기하학, 물리학의 방법론에 관한 이야기를 하고 있다. 이 글처럼 당시 새로운 과학은 과학서를 통해서가 아니라 동시대의 서양 작가가 쓴 서적을 통해서도 소개되었다.

그럼, 당시의 문인들이 새로운 과학을 어떻게 받아들였는지를 보겠다.

기울어 가는 시대의 의식권意識圈에 각을 세우는 지성이 Poésie 때문에 감

---

20) 吉村鐵太郎「ポオル・ヴァレリイー「ヴァリエテ」についてー」『詩と詩論』V(1929.9).

성과의 평균을<주1> 결여한 정형율의 Poéme을 과거완료하면서 적극면의
현실발상을 기초로 한 정밀한 계산적 방법<주2>으로 「새로운 심장」을 만
든다. 지성은 감성의 세계를 전개하는 방법의 순서이다. 그 정확한 작도作
図<주3>는 새로운 감각적 계열로의 공감성·미의식을 형태한다. [···]
　<주3> 정차장의 설계도, 혹은 아인슈타인 우주의 한계에 대해서[21]

　이 시론은 요시다 잇수이吉田一穗가 종래의 자유시를 폐기하고 "산문시
는 자유시의 Poéme을 청산한 의식적인 형식"이라고 말하면서 산문시의
가능성을 주장한 글이다. 요시다는 산문시가 지닌 지성의 "정확한 작도"
의 예로 "아인슈타인 우주의 한계"를 들었다. "아인슈타인 우주의 한계"
란 아인슈타인이 "광속의 벽"—속도의 한계—에 대해서 설명한 「특수상
대성이론」을 가리킨다. 이 시론에서 요시다가 굳이 아인슈타인을 예로 들
면서 "우주의 한계"에 대해서 언급하고 있는 것은 신도 마사히로眞銅正
弘[22]가 지적했듯이 하루야마 유키오 일파의 주지주의와 거리를 두고 "지
성"과 "감성"의 균형을 중시했기 때문이다. 이 글에서 과학—아인슈타인
의 「상대성이론」—은 인간의 이지만을 다룬 '학문'—예를 들어 수학—등
과 예술 사이에서 중간자적인 것으로 이해되고 있다.
　다음은 푸앵카레의 이름을 직접 언급하고 있는 또 다른 예로, 아베 도
모지阿部知二의 글을 살펴보겠다. 아베는 1930년 10월 『시와 시론』에 발표
한 「문명과 문학 및 그 방법론文明と文学とその方法論」에서 푸앵카레를 인용하
고 있다. 그는 새로운 방법론의 획득만이 문학을 발전케 한다면서 첫 번
째로 '주지적'이라는 항목을 내세웠다. 그는 현대를 "지적 방법론을 지닌
과학이 승리한 시대"라고 하면서 예술도 마찬가지로 "강렬한 자기집중으
로 얻어진 지식을 가지고 시시각각 변하는 환경을 관찰하고, 적응시키고,

---

21) 吉田一穗「天馬の翼に就て―詩の方法と展開」『詩と詩論』V(1929.9).
22) 眞銅正弘「吉田一穗論」『都市モダニズムの奔流』(翰林書房, 1996).

해부할 필요가 있다.”고 역설하면서 다음과 같이 설명하고 있다.

> 단 주지적이란 인생과 예술을 왜소한 정수整数적 집합 속에 밀어 넣자는
> 것이 아니다. 또한 현실적 환경만을 취급하려는 것도 아니다. 과학마저
> 도―푸앵카레는 말하고 있다. “의식적 자아의 범위는 좁으며, 잠재적 자아
> 에 이르러 우리는 그 한계를 모를 정도이다.”라고 그리고 이를 의식적 질
> 서의 표면으로 전달시키는 감수성 안에 수학적 조화, 수학적 심미감審美感
> 의 근원이 있다고 말하고 있다. 과학에서조차 그렇다면 문학에서는 말할
> 것도 없다. 신비도 로망스도 영원히 있을 것이다. 단지 그것에 질서를 부
> 여하는 정신을 주지적이라 하는 것이다.23)
>
> (밑줄은 인용자. 이하 동.)

위에서 아베는 푸앵카레의 『과학과 방법』 중 한 문장을 인용하여24) 문
학에까지 그 시야를 확장시켜 적용하고 있다. 아베는 ‘주지적’이라는 의
미를 감수성의 부정이 아니라 ‘질서를 부여하는 정신’이라고 정의하면서
푸앵카레를 인용하고 있다. 이는 푸앵카레의 과학사상이 가장 적합했기
때문이다. 아베는 푸앵카레의 말을 인용하면서 과학에서조차 감수성을 중
시하므로, 문학에서는 두말할 필요 없으며 문학의 새로운 방법론에선 감
수성에 질서를 부여하는 정신이 필요하다고 말하고 있다. 푸앵카레는 자
신이 복소함수複素函数를 발견한 과정을 상세히 서술하면서 사람이 무언가
를 발견할 때의 무의식적 활동―푸앵카레는 이를 “잠재적 자아”라고 했
다―의 중요성을 역설했다. 무의식적 활동은 의식적 활동 못지않게 식
별·선택·통찰을 하지만 이러한 활동은 개수概数학적 심미감, 수와 형식
과의 조화를 감지할 줄 아는 감수성―“직관”이라고도 함―에 의거한다고

---

23) 阿部知二「文明と文學及びその方法論」『詩と詩論』Ⅷ(1930.10).
24) アンリ・ポアンカレ著, 吉田洋一譯「數學上の發見」『科學と方法』(岩波書店, 1927).

했다. 푸앵카레가 무의식이나 감수성·직관의 중요성을 강조하고 있기에 그의 과학사상은 과학자뿐 아니라 문인들한테도 많은 관심 속에서 수용되었다. 위의 인용문을 통해 그의 과학사상이 신예작가의 문학론 속에 녹아들어가 있음을 확인할 수 있다.

쇼와 초기 『시와 시론』에 실렸던 새로운 과학에 관한 글을 통해 이들 문인들의 언설에서 과학이 어떻게 사용되고 있는가를 살펴보았다. 서양 모더니즘의 문인들이 새로운 과학을 적극적으로 이해하고 이를 소개하고 예술에 응용하고자 한 것에 비해, 『시와 시론』에 모인 문인들의 글에서는 직접적으로 과학자의 이름이나 주된 이론을 언급한 경우가 많다고는 할 수 없다. 그래도 이들 신예시인이나 작가들이 사소설私小說이나 심경소설心境小説 등 기존의 자연주의적 리얼리즘을 거부하고 사고나 방법을 중시한 새로운 문학론을 전개할 때 근대과학의 혁신을 전략적으로 이용했다는 것을 확인할 수 있었다.

쇼와 초기에 이르러 많은 이들이 번역서를 통해서 푸앵카레 과학사상서를 읽을 수 있는 독서환경이 정비되었다. 이 시기는 『시와 시론』을 비롯한 많은 동인지나 문예잡지에서 매호 서양 모더니즘 작가의 특집란을 실었듯이, 일본에서 서양서적이나 서양의 예술 동향을 동시적으로 수용한 때이기도 하다. 당시의 문학론에서 푸앵카레 과학사상의 영향을 엿볼 수 있는 것은 문인들이 서양 모더니즘 작가들의 작품이나 저서를 수용하는 과정에서 푸앵카레의 과학사상을 접했으며 번역서를 통해서 이를 직접 읽을 수 있었기 때문이다.

이상으로 메이지 말부터 쇼와 초기까지의 푸앵카레 과학사상서의 번역 및 소개를 개관하고 이것이 쇼와 초기 일본에서 형성된 모더니즘 문학에 끼친 영향에 대해서 살펴보았다. 메이지·다이쇼 시대 당시 철학계의 주류였던 신칸트파의 철학자들이 푸앵카레의 인식론에 공감하여 그를 소개한 것이 발단이 되었다. 다나베 하지메가 번역한『과학의 가치』와 더불어 그의 저서가 크게 유행하면서 푸앵카레 과학사상서의 번역을 촉구했고, 쇼와 초기에 이르러서는 푸앵카레 번역서를 쉽게 접할 수 있는 독서환경이 정비되었다. 이러한 시대적 배경 속에서 푸앵카레 과학사상은 과학자나 철학자들뿐 아니라 새로운 문학론을 확립하고자 했던 작가들에게도 널리 읽혔으며, 그들의 문학론 수립에 영향을 끼쳤다.

종래의 문학연구에서 작가가 수용한 회화나 음악, 철학사상 등은 언급되어 왔으나, 과학사상의 영향관계는 간과되었다. 그러나 본고에서 고찰했듯이 문학과 과학은 전반적인 인식론의 문제에서 시작해서 실제적인 방법론에 이르기까지 밀접한 관계를 형성하고 있었다. 특히 모더니즘이 과학의 혁신과 함께 일어난 장르를 넘은 전위운동이라는 점을 고려하면 일본의 모더니즘 수용과 전개를 문학의 틀에 한정해서 고찰할 경우 그 한계를 지적하지 않을 수 없다.

[참고] 일본에서의 푸앵카레 과학사상서 번역 연표와 관련사항

연 월	푸앵카레 과학사상서 번역	관련사항
1909년 12월	하야시 쓰루이치 역 『과학과 억설』*(大倉書店)	
1911년 9월		도쿄제국대학교 물리과 『과학과 방법』 원전 구입
1913년 3월		구와키 겐요쿠 『철학강요』(東亞堂書房)
1913년 12월	다나베 겐 역 「공간과 시간」 『잡지』	
1915년		다나베 겐 『최근의 자연과학』(岩波書店)
1915년 2월	데라다 도라히코 역 「사실의 선택」『동양학예잡지』	
1915년 3월		도쿄제국대학 물리과 『The Foundations of Science』(1913) 구입
1915년 7/8월	데라다 도라히코 역 「우연」『동양학예잡지』	
1916년 5월		나쓰메 소세키 「명암(2)」『朝日新聞』
1916년 6월	다나베 겐 역 『과학의 가치』(岩波書店)	
1918년		다나베 겐 『과학개론』(岩波書店)
1921년 4월		호리 다쓰오 제일고등학교 이과을류 입학
1924년 4월		요시다 요이치, 호리 다쓰오에게 수학을 가르침
1925년		다나베겐 『수리철학연구』(岩波書店)
1925년 3월	오카야 다쓰지 역 『만근의 사상』★(叢文閣)	

연 월	푸앵카레 과학사상서 번역	관련사항
1925년 4월		호리 다쓰오, 제국대학 문학부에 입학. 요시다 요이치 제대 농학부 강사.
1925년 12월	야마모토 오사무 역 『과학과 방법』(叢文閣)	
1926년 3월	무라카미 마사미 역 『과학과 억설』*(新潮社)	
1926년	요시다 요이치 역 『과학과 방법』(岩波書店)	
1927년 9월	요시다 요이치 역 『과학과 방법』(岩波文庫)	
1928년 6월	히라바야시 하쓰노스케 역 『과학자와 시인』(岩波文庫)	
1929년 5월		호리 다쓰오 「시적 정신」
1930년 2월		호리 다쓰오 「예술을 위한 예술에 대해서」
1935년 8월		요시다 요이치 「앙리 푸앵카레 약전」 『岩波講座 數學』별항
1938년 2월	가와노 이사부로 역 『과학과 가설』*(岩波文庫)	
1939년 10월	가와노 이사부로 역 『만년의 사상』★(岩波文庫)	

(＊, ★표는 각각 같은 책의 번역서)

제5장

앙리 푸앵카레 수용

1. 호리 다쓰오와 푸앵카레 과학사상서

　장래의 꿈이 수학자였던 호리 다쓰오는 1921년 4월 제일고등학교 이과 을류第一高等学校理科乙類에 입학했다. 중학교 때 학교에서 수학을 가장 잘했던 그였으나 고등학교를 월반해서 입학한 탓에 그는 삼각함수나 입체기하학을 따라가지 못하고 서서히 수학에서 뒤처졌다. 학우 진자이 기요시의 영향으로 문학에 심취한 그의 꿈은 수학자에서 문학자로 바뀌었다. 흉부 질환으로 휴학을 하고 1924년 4월에 복학한 호리는 당시 수학 교사였던 요시다 요이치에게 수학을 배웠다. 요시다는 고교시절의 호리와 특별히 이야기를 나눈 기억은 없지만 1925년 호리가 도쿄제국대학 문학부에 입학하고 자신도 농학부 강사로 도쿄제대를 다닐 때 마주치면 인사를 나누곤 했다고 회상했다.[1] 이러한 두 사람의 관계는 이후 호리와 푸앵카레를 연결시켜주는 계기가 되었다.

---

[1] 吉田洋一「堀君と數學」『堀辰雄讀本』文學臨時增刊号(河出書房, 1957).

호리가 푸앵카레를 처음 언급한 것은 1929년 5월 13일 『제국대학신문』에 발표한 「시적 징신詩的精神」이다. 「시적 정신」은 호리가 최초로 자신의 문학관을 밝힌 글이다. 이 글의 에피그래프로 호리는 요시다가 번역한 푸앵카레의 『과학과 방법』 중 한 구절을 인용했다. 1925년부터 1929년까지 호리의 습작기에 해당하는 이 시기에는 앞에서 살펴보았듯이 매년 1권 이상의 푸앵카레 번역서가 출판되었다. 당시에 푸앵카레 과학사상서의 붐이 일었던 간접적인 영향도 크지만, 호리가 푸앵카레 사상서를 접하게 된 직접적인 계기는 『과학과 방법』을 번역한 수학교사 요시다 요이치와의 만남이었을 것이다.

푸앵카레가 모더니즘 문학에 끼친 영향을 고려해 보면, 1920년대 일본에서 서구의 모더니즘을 적극적으로 수용하던 신예 작가 호리 다쓰오가 모더니즘 문학과 함께 푸앵카레의 과학사상에도 눈을 돌린 것은 오히려 필연적인 일이었다. 호리의 글 중에서 푸앵카레의 글을 인용한 부분을 찾을 수 있는데, 주로 자신의 문학관을 나타내는 글에서 인용하고 있다는 특징이 있다. 자신의 문학관을 최초로 선보인 「시적 정신」의 에피그래프에 푸앵카레의 과학사상서 제3작 『과학과 방법』 중 한 구절을 인용했는데, 이후 자신의 문학적 입장을 밝힌 「예술을 위한 예술에 관해서」(『신초』 1930.2)에도 이 에피그래프를 다시 실었다. 이로 미루어 보아 호리가 『과학과 방법』을 읽었다는 것을 짐작할 수 있다. 또한 푸앵카레의 글을 인용한 글들이 호리의 문학관 및 문학적 입장을 나타내고 있다는 점을 생각할 때, 단순히 시대적 유행에 따라 푸앵카레의 글을 읽은 것이 아니라 자신의 문학관을 표현하기 위한 한 방법으로 인용하고 있는 것으로 보아 호리의 문학관과 푸앵카레의 사상 사이에는 밀접한 관계가 있을 것으로 보인다.

따라서 본고에서는 호리가 푸앵카레의 글을 인용한 「예술을 위한 예술에 관해서」를 통해서, 호리의 문학관과 푸앵카레의 과학 사상이 어떻게 관련되어 있는지를 고찰해 보고자 한다.

2. 〈나의 현실주의〉

호리의 글 중에서 푸앵카레의 이름이 언급된 곳은 「시적 정신」과 「예술을 위한 예술에 관해서」로, 이 두 군데밖에 없다. 이 때문인지 이제껏 선행연구에서는 호리가 푸앵카레의 과학사상을 수용한 사실에 관해서 전혀 고찰하지 않았다. 다만 선행연구에서는 「예술을 위한 예술에 관해서」가 호리의 초기 문학관을 반영하고 있다고 밝히고 있다. 본고에서는 이 글이 실은 푸앵카레의 글을 원용하고 있으며, 또한 푸앵카레의 사상서를 바탕으로 쓰였다는 사실을 고찰해 보고자 한다.

호리의 글에서 푸앵카레의 영향을 명확하게 보이고 있는 것이 「예술을 위한 예술에 관해서」이다. 호리는 1929년 2월 『신초』에 발표한 「서투른 천사不器用な天使」로 가와바타 야스나리와 무로 사이세의 찬사를 받으면서 화려하게 문단에 데뷔했고, 같은 해 10월에는 중견작가인 가와바타 야스나리나 요코미쓰 리이치 등과 함께 동인잡지 『문학文学』을 창간했다. 당시 신인 작가로서 두각을 나타낸 호리는 적극적으로 자신의 문학론을 펼쳤는데, 그의 "예술상의 입장을 표명한 매니페스트"[2]라 할 수 있는 것이 「예술을 위한 예술에 관해서」이다. 11장으로 구성된 이 평론에서 푸앵카레의 영향을 확인할 수 있는 부분을 살펴보겠다. 이하에서 호리의 글과 푸앵카레의 글을 비교 대조하여 확인해가도록 하겠다.

---

2) 菊地弘, 「堀辰雄の文學精神」 『文學年誌』 10(1990.12).

호리 다쓰오 「예술을 위한 예술에 관해서」[3] 제3장 나의 현실주의

예술에서의 어떠한 발견도 과학에서의 발견과 하나도 다르지 않다. ① 그것은 뉴턴의 사과이다. 뉴턴 이전에도 많은 사람들이 사과가 떨어지는 것을 보았을 것이다. 그러나 아무도 거기서부터 어떠한 결론도 얻을 수 없었다. ②그런 매우 흔한 한 가지 진실에서 '진실 중의 진실'을 찾아낼 수 있는 하나의 예리한 눈이 문제이다. ③즉, 발견한다는 것은 모든 사람들 눈에 접하는 사물에서 그 배후에 숨어 있는 무언가를 인식하고 그것을 찾아내는 데 있다. 그리고 그것을 찾아내기 위해서 우리들이 가진 것은 ④직각直覚뿐이다. 여기에 우리들의 현실주의가 있다.

앙리 푸앵카레 『과학과 방법』[4] 「수학의 장래」

①뉴턴 이전에 수많은 사람들이 사과가 떨어지는 것을 봤다는 사실은 의심할 여지가 없다. 다만 그 누구도 거기서부터 어떠한 결론도 이끌어내지 못했다. ②배후에 무언가를 숨기고 있는 듯한 사실을 식별하여 찾아내는 능력, 또는 그 배후에 숨어 있는 것을 인식하는 능력을 지닌 정신, 조잡한 사실 뒤에 있는 사실의 진수真髄를 감득하는 정신이 없다면 그 사실에서는 아무것도 생성되지 않을 것이다.

앙리 푸앵카레 『과학과 방법』 「수학에서의 발견」

연구에 걸맞은 수학적 사실이란 마치 우리가 실험적 사실을 통해 물리학적 법칙을 알게 되는 것처럼 다른 사실과의 비슷한 부분으로 인해 우리로 하여금 수학적 법칙을 알 수 있도록 하는 힘을 지닌 사실 같은 것이다. ③즉, 오래 전부터 알려져 있었고 게다가 판단 오류로 인해 서로 관계없는 것처럼 보였던 다른 사실들 사이에 생각지도 못한 맥락을 우리에게 계시하는 사실을 말하고 있는 것이다.

---

3) 堀辰雄「芸術のための芸術について」『新潮』(1930.2).
4) 호리가 본 본문은 앙리 푸앵카레가 쓰고 요시다 요이치가 번역한 『科學と方法』(岩波書店, 1927)이라고 추정된다. 텍스트는 이 1927년판에서 인용했으며, 괄호 안은 장의 제목이다. 이하 동.

앙리 푸앵카레『과학과 방법』「수학에서의 발견」

숨어 있는 조화와 관계를 우리가 통찰할 수 있게 하는 수학적인 질서에 대한 이 느낌 인 ④직각直覺은 반드시 모든 사람이 갖고 있지 않다는 것은 명백하다. [⋯] 마지막으로 내가 지금까지 이야기한 느낌을 다소 높은 정도로 갖고 있는 사람들도 있을 것이다. 이러한 사람들은 기억력이 특별히 뛰어나지 않더라도 단지 수학을 이해할 뿐 아니라 창조자도 될 수 있으며 발견을 위해 노력하고 그 ④직각력直覺力의 발달 정도에 따라 많든 적든 성공을 거둘 것이다.

푸앵카레는 '조잡한 사실'에서 '사실의 진수'를 찾아내는 것이 중요하다고 말하고 있다. '조잡한 사실'이 시시각각으로 변하더라도 그 배후에 숨어 있는 '사실의 진수'는 사물의 공통된 원리, 즉 보편성을 지니고 있기 때문에 여러 현상을 '일반화'하는 법칙이 될 수 있다. 호리는 푸앵카레가 과학의 법칙을 만들기 위해서 '조잡한 사실'의 배후에 있는 '사실의 진수'를 감지해내야 한다는 말을 눈에 보이는 '흔한' 현실의 배후에 있는 '진실 중의 진실'을 발견해야 한다는 자신의 '현실주의'로 받아들이고 있다. 여기서 호리가 발견해야 한다는 '진실 중의 진실'은 눈에 보이는 세계의 현실이 아니라 그 배후에 숨어 있는 "무언가"이며 이것이야말로 모더니즘 예술가들이 추구한 '현실'이었다. 20세기 초의 자연과학과 예술에서 일어난 변혁의 공통적 특징은 "표면상으로 보이는 것이나 직접적인 인상 너머에 숨어 있는"[5] 새로운 '현실'을 추구했다는 것이다. 20세기 초의 모더니즘 예술가들은 눈에 보이는 현실의 모방이나 재현을 거부하고 그 너머에 존재하는 새로운 '현실'을 추구했다. 이러한 모더니즘의 현실 인식은 호리가 주장한 문학론의 핵심 요소였으며 푸앵카레 과학사상의 수용을 통

---

5) ゲーザ・サモシ著, 松浦俊輔譯『時間と空間の誕生 蛙からアインシュタインへ』(青土社, 1987).

해서 형성되었다.

이처럼 눈에 보이는 표면적인 현실이나 사물의 외곽이 아니라 그 배후로 향한 호리의 현실 인식이 모더니즘 예술가들의 인식과 상통한다는 것은 그의 다른 글에서도 확인할 수 있다.

> [···] 모든 뛰어난 예술가가 사람들이 흔히 말하는 '현실' 만으로는 만족하지 못하고 '현실보다 더 현실적인 것'을 포착하려 한 것을 그(앙드레 브르통 : 역주)는 잘 꿰뚫어 보고 그것을 확실히 우리에게 제시하려고 하기 때문이다.6)

「예술을 위한 예술에 대해서」를 발표하고, 두 달 후에 쓴 위의 글에서도 호리는 사람들이 흔히 말하는 '현실'이 아니라 그 너머에 있는 '현실보다 더 현실적인 것'을 추구해야 한다고 재차 말하면서 앙드레 브르통의 초현실주의 운동이 이러한 현실 인식을 기반으로 일어났다고 말하고 있다. 현실 너머의 현실을 포착하려고 한 이러한 인식태도는 호리나 초현실주의자들 사이에서만 일어난 것은 아니다. 이것은 아인슈타인의 특수상대성이론, 피카소의 입체파 운동 등 20세기 초 과학이나 예술에서 일어난 변혁에 공통적으로 보이는 인식의 변화였다. 이에 대해서 사모시는 다음과 같이 말하고 있다.

> 20세기의 공간개념은 과학에서도 예술에서도 감각에 의한 지각에서 직접 나온 것이 아니다. 표면상으로 보이는 것이나 직접적인 인상 너머에 숨어 있는 것을 찾아낸 결과이다. 이것은 아마도 세기가 바뀔 때 일어난 혁명적인 변화 모두에 공통하는 유일한 요소이다.7)

---

6) 堀辰雄「すこし獨斷的に－超現實主義は疑問だ－」『帝國大學新聞』(1930.4.28).
7) ゲーザ・サモシ『時間と空間の誕生 蛙からアインシュタインへ』, 앞의 책.

마찬가지로 아서 밀러도 아인슈타인과 피카소 "둘 다 뿌리 깊은 고전적 사고思考에 의한 자연의 재현을 넘어, 외관 너머에 손이 닿는 재현을 추구했다."[8]고 말하고 있다. 아인슈타인과 피카소가 직감적으로 지각할 수 있는 '외관' 너머에 있는 '현실'을 추구하고 이를 재현하는 데 성공함으로써 과학과 예술의 역사는 신구를 나누는 분기점을 맞이하게 되었다. 이러한 20세기 초에 일어난 과학과 예술의 혁신 쌍방의 밑바탕을 제공했던 '중심적인 인물'이 바로 푸앵카레였다. 아인슈타인이나 피카소와 마찬가지로 호리 역시 푸앵카레의 과학사상서를 통해서 "조잡한 사실"이 아니라 그 배후에 있는 "사실의 진수", 즉 외관 너머에 있는 "진실 중의 진실"이 있다고 인식하기에 이르렀다. 여기에 호리의 대표작 「성가족」에서 시도한 스토리의 배경이나 사건 등의 외적 요소를 가능한 배제하고 "내부가 외부처럼 육안으로 볼 수 있는 대상인양 명료하게"[9] 그리는 심리소설의 원리가 있다.

아인슈타인과 피카소가 새로운 세계상의 개척자라면 푸앵카레는 그 방법과 가능성을 제시하는 데 머물렀다. 이는 아인슈타인과 피카소가 '감각의 저편'−인간의 감각에 의거하지 않는 개념으로 구축된 세계−으로 건너가는 데 성공한데 비해 푸앵카레는 어디까지나 '감각'이나 '직각'에 머물렀기 때문이다. 앞서 말했듯이 푸앵카레는 수학의 추리에 관한 근본 원리로서 칸트의 선천적 종합판단에 의한 '직감'을 중시하는 입장을 취하고 있다. 위의 인용문에서 확인할 수 있는 것처럼 그는 '직각'으로 인해 수학에서의 "숨겨진 조화와 관계"를 발견할 수 있다고 말했다. 또한, "증명하는 것은 논리이지만, 발견하는 것은 직관에 의해서이다. 비판할 줄 아는

---

8) アーサー・I・ミラー著, 松浦俊輔譯 『アインシュタインとピカソ』(ＴＢＳブリタニカ, 2002).
9) 横光利一 「序」 『聖家族』(江戶川書房, 1932).

것은 좋다. 그러나 창조할 줄 아는 것은 더 좋은 것이다."10)라고 말하고 있는 것처럼 그는 발견에 있어서의 '직관'이나 '감수성'의 중요성을 여러 곳에서 강조했다. 푸앵카레가 조잡한 사실 너머에 있는 '사실의 진수'를 발견하는 데 작용하는 '직감'이나 '감수성'의 중요성을 강조한 것을 받아들인 호리는 "진실 중의 진실"을 찾아내는 '예리한 눈'이나 이를 위해서 "우리가 갖고 있는 것은 직각뿐이다."고 단언하는 데 이른다. 마찬가지로 장 콕토도 "시는 현실―이에 대해서 우리는 직각밖에 갖고 있지 않다―을 모방한다."11)라고 현실 인식이 '직각'에 의한다고 말했다. 콕토의 이 말은 시가 아무리 비현실적이라도 그것은 우리의 직각으로 인식된 현실을 모방하고 있다는 뜻으로, 그 개념적인 동질성에 중점을 두고 있다. 한편 인용문에서 본 바와 같이, 호리는 그 동질성인 '진실 중의 진실'을 '발견'하는 데 우리는 '직각'밖에 갖고 있지 않다고 말하고, 역시 외관 너머의 현실을 '발견'한다는 데 중점을 두고 있다. 인용문에서 호리가 '진실 중의 진실'의 '발견'과 '직각'을 연결시키고 있는 것은 역시 푸앵카레의 영향이라고 생각된다.

　호리의 글과 푸앵카레의 글의 비교대조를 통해 엿볼 수 있듯이 호리는 본격적으로 문학 활동을 시작하는 데 있어서 현실을 어떻게 포착하는가라는 현실 인식의 문제는 핵심을 이루고 있었는데, 그 인식의 방법은 푸앵카레의 과학사상을 통해서 확립시켰다.

---

10) アンリ・ポアンカレ著, 吉田洋一譯『科學と方法』(岩波書店, 1927).
11) ジャン・コクトー著, 堀辰雄譯「世俗的な神秘」『コクトオ抄』(厚生閣書店, 1929).

3. 〈시인은 계산하다〉

이어서 호리의 「예술을 위한 예술에 관해서」 '제4장 시인은 계산하다'
를 살펴보겠다.

> **호리 다쓰오 「예술을 위한 예술에 관해서」 제4장 시인은 계산하다**
> 여기에 앙리 푸앵카레의 아름다운 말이 있다.
> ①"내가 찬미하는 건축은 건축가가 목적에 잘 맞는 수단을 사용해서 그
> 기둥이 곧게 뻗은 아름다운 인물 조각의 기둥처럼 위에서 부하하는 무게
> 를 아무렇지도 않은 듯 가볍게 받치고 있는 것 같은 건축이다."
> 예를 들어 한 건축물이 우리를 감동시키는 것은 외관ー그것이 아무리
> 아름답더라도ー에 의한 것이 아니다. 그러나 그 '중후한 가벼움重々しい軽さ'
> 그것을 조립시킨 골조, 그 계산 등에 의한 것이다. 하나의 시가 우리를 감
> 동시키는 것 또한 이와 다르지 않다는 것을 이해하자.
> 건축가는 무엇보다도 우선 계산을 한다. 마찬가지로 시인도 계산을 해
> 야 한다.
> 그러나 ②사람들을 감동시킬 결과를 얻기 위해서는 끈기 있게 계산하는
> 것만으로는 충분하지 않다. ③손댈 수 없는 무질서 속에서 전혀 예상치 못
> 한 질서를 얻는 것이 중요하다.
>
> **앙리 푸앵카레 『과학과 방법』 「사실의 선택」**
> 아름다운 것을 추구하는 것은 결국 실익을 추구하는 것과 같은 선택을
> 한다는 것을 깨달았다. 마흐가 말한 과학에 언제나 있는 경향이라고 할 수
> 있는 그 사고의 경제, 그 노력의 경제가 실제적인 이익임과 동시에 미의
> 원천이기도 한 것도 이 때문이다. ①내가 찬미하는 건축은 건축가가 목적
> 에 잘 맞는 수단을 사용해서 그 기둥이 곧게 뻗은 아름다운 인물 조각의
> 기둥처럼 위에서 부하하는 무게를 아무렇지도 않은 듯 가볍게 받치고 있
> 것 같은 건축이다.

앙리 푸앵카레 『과학과 방법』「수학의 장래」

수학자의 지유로운 독창력을 대신하기 위해서 어떠한 기계적인 과정을 가지고 시도하려해도 효과가 없다는 것은 이상으로 충분히 제시했다. ② 정말로 가치 있는 결과를 얻기 위해서는 열심히 계산하는 것만으로는 충분치 않다. 혹은 사물에 질서를 부여하는 기계를 갖는 것으로도 충분치 않다. ③그냥 질서에 가치가 있는 것이 아니다. 예기치 않았던 질서야말로 중요한 것이다. 기계는 조잡한 사실을 수용할 수 있겠지만 단지 사실의 진수는 항상 놓치게 될 것이다.

위에서 호리가 직접 인용하고 있는 푸앵카레의 말은 「시적 정신」의 에피그래프이다. 호리는 이 글을 「예술을 위한 예술에 관해서」에 다시 실었다. 이처럼 두 번에 걸쳐 푸앵카레의 글을 인용하여 자신의 문학관을 보여주고 있는데, 이 글은 호리가 푸앵카레의 글을 자신의 문학에 어떻게 이해하고 적용시켰는지를 보여주고 있다. 여기서 호리가 직접 푸앵카레의 이름을 언급하고 있는 것을 볼 수 있는데, 호리의 글에서 푸앵카레의 이름이 명기되어 있는 것은 이것이 전부이다.

호리가 인용한 푸앵카레의 『과학과 방법』 제1편 제1장 「사실의 선택」[12]은 톨스토이가 '과학을 위한 과학'을 비합리적인 개념이라고 비판한 것에 대해서 푸앵카레가 '과학을 위한 과학'의 의의를 과학에서의 선택의 중요성과 기준을 서술하면서 반론하고 있는 장이다.[13] 푸앵카레는 과학연구에

---

12) 이 제1장 「사실의 선택」을 번역한 데라다 도라히코는 그 서문에서 "과학자가 다루고 있는 사실의 선택에 관한 중요한 요점을 지적하고 있을 뿐 아니라 이로 인해 과학의 가치나 그 존재 의의에 대해서 저자가 갖고 있던 평소의 견해 전반을 충분히 포괄하고 있다."고 말하며, 이 장이 푸앵카레의 과학사상의 기본적인 특성을 나타내고 있다고 지적했다.

13) 호리는 이 「예술을 위한 예술에 관해서」가 '우리들'에게 '예술을 위한 예술'이라는 딱지를 붙이려 하는 "친절한 비평가들"에 대한 "항의문"이라고 이 평론의 모두에서 집필 취지를 밝혔다. 그리고 제1장에 [예술을 위한 예술]이라는 제목을 붙였다. 이러한 글의 시작과 집필 의도는 푸앵카레가 『과학과 방법』에서 "과학을 위한 과학"을 비판한 톨스토이에 대한 항의로 시작하고 있는 것과 매우 비슷하다.

있어서 우선 되풀이해서 일어나고 그 안에 구별할 수 없는 단원적인 요소를 내포한 단순한 사실을 선택해야 한다고 말했다. 그리고 그 사실을 보다 보편적인 것으로 만들기 위해서 그것이 해당되지 않는 경우를 상정하여 그 사실이 법칙으로서 기능하여 적용 범위를 확대해 나가는 '방법'을 설명하고 있다. 이와 같은 과정을 통해 유용한 법칙을 선택하여 보편적인 사실이 그 천배나 되는 방대한 자연의 사실을 밝혀주고, "사고의 절약", "노력의 절약"이라는 실익을 가져다준다고 주장했다.14)

그리고 과학자는 단지 실익을 추구하기 위해서가 아니라 자연의 아름다움에 유열을 느끼기 때문에 연구를 하는 것이라고 말했다. 이 자연의 아름다움이란 순수한 지성이 포착할 수 있는 자연의 '내면적인 미'이며, "감각을 즐겁게 해주는 무지개 색의 환상에 형체를, 말하자면 골격을 부여하는" 지주인 '우주의 조화'를 뜻한다. "이 특수한 아름다움을 추구하는 마음, 우주의 조화에 대한 감각이 나로 하여금 이 조화에 공헌할 수 있는 가장 적합한 사실을 선택하게끔 한다."고 말하면서, 이 아름다움을 추구하는 것과 실익을 추구하는 것이 일치한다는 예로 위의 인용문의 건축의 비유를 들고 있다. 이 건축의 비유를 들고 있는 다른 곳에서도 "이 미적 만족감은 사고의 절약과 관계가 있다."고 하면서 지적 미가 추구하는 자연의 조화를 이루고 있는 '형태'나 '골격'을 얻으려고 하는 것이 곧 보편적인 사실을 선택하게끔 하고 그것이 '사고의 절약'을 가져다준다고 말한 바 있다. 요컨대 계산해서 세운 몇 개의 기둥이 건축의 무게를 가볍게 지탱하고 있는 것처럼 자연의 '골격'이 그 몇 천배나 되는 방대한 자연의 사실을 밝혀준다. 그리고 그 기둥이 곧게 뻗은 인물 조각의 기둥처

---

14) 예를 들어 푸앵카레는 다음과 같이 말하고 있다. "과학자는 많은 경험과 많은 사상을 자그마한 책에 압축하려 한다. 물리학의 작은 책이 그토록 많은 과거의 경험 혹은 그 1000배의, 미리 결과가 알려진 가능한 경험을 소장하고 있는 것은 이 때문이다."

럼 아름답듯이 자연의 '골격'도 조화로운 아름다움을 지닌다는 것이다. 호리는 "한 건축물이 우리를 감동시키는 것은 외관-그것이 아무리 아름답더라도-에 의한 것이 아니다."라고 말하고 있는데, 이는 푸앵카레가 말한 '미적 만족감'이나 '사고의 절약'에 중점을 두고 있지 않다. 선택된 '골격'이 '사고의 절약'을 가져오듯이 현실의 '무게'를 선택된 '현실'로 인해 '가볍게' 나타낼 수 있는 "수단을 사용하는 것"에 중점을 두고 있으며, 이것이 '계산하다'라는 호리의 '시적 정신'인 것이다. 예술가와 과학자의 창조적 능력은 같다고 생각한 푸앵카레는 과학에서의 '사실의 선택'을 회화에서의 '선의 선택'에 비유해서 말하고 있다.

> 이것은 마침 화가가 모델의 이목구비에서 초상의 특징과 생명을 부여하고 이것을 완전한 것으로 만들기 위한 선을 선택하는 것과 같다.

호리는 이 선택한다는 창조 행위를 '계산하다'라고 받아들였다. 푸앵카레의 두 번째 인용문에서 볼 수 있듯이 푸앵카레는 사물에게 질서를 부여하는 기계처럼 단지 '조잡한 사실'을 처리하는 듯한 '계산'이 아니라 예상치 않은 질서인 '사실의 진수'를 얻을 수 있는 '계산'이어야 한다고 덧붙이고 있다. 이 인용문에서 호리가 말한 '계산'이 앞의 절에서 살펴본 표면적인 현실의 배후에 숨어 있는 '진실 중의 진실'(사실의 진수)을 포착하는 '방법'을 뜻하고 있다는 것을 알 수 있다. 「예술을 위한 예술」 제4장 '계산하다'에서 호리는 창작에 있어서 방법론에 주목할 필요가 있다는 것을 주장했다.

4. 〈초현실주의〉

마지막으로 「예술을 위한 예술에 관해서」 '제6장 초현실주의'를 살펴보겠다.

호리 다쓰오 「예술을 위한 예술에 관해서」 제6장 초현실주의

나는 고백하지만, 소위 초현실주의의 어떠한 작품도 나에게는 고등학교 시절 강제적으로 주어진 해석기하학의 숙제만을 생각나게 한다. […] ①기하학의 경우 감각이 상당히 이성에 협력한다. 그러나 해석기하학은 순수 이성에만 의존해야 한다. 나는 그것을 거부하는 것이다.

물론 ②우리의 감각이 작용하는 영역은 좁다. 그리고 우리가 우리의 '시간과 공간' 밖으로 뛰쳐나가려고 하면 감각은 즉각 우리를 버린다. 그리고 그곳에 존재하는 것은 순수하게 지적인 것 – 예를 들어 초현실주의 같은 것들이다.

우에다 도시오上田敏雄는 우리의 감각이 관여하지 않는 메커니즘의 예술을 주장하고 있다. 이러한 작품들과 우리들의 현실주의 작품들을 비교하는 것은 수량적인 해석기하학의 증명을 도형적인 기하학의 증명에 비교하는 것과 같다. 그런 예술이 ③우리 눈에 보이지 않는 세계와 직접 관계를 갖으려고 하는 것은 이해할 수 있다. 그러나 우리는 우리 눈에 보이는 것을 가지고 불완전하지만 우리 눈에 보이지 않는 것의 상像도 만들어 낼 수 있다. 그리고 그 노력에 나는 더 관심이 있다. 그것이 보다 인간적인 흥미가 있기 때문이다.

앙리 푸앵카레 『과학과 방법』 「수학의 장래」

①기하학의 큰 특징은 감각이 지성을 도와 나아가야 할 길을 발견할 수 있도록 하는 점이며, 이에 많은 사람들은 해석解析의 문제를 기하학적 형태로 바꾸는 것이다. ②불행하게도 감각이 도울 수 있는 범위는 그다지 넓지 않으며, 일단 우리가 전통적인 3차원 밖으로 나가려고 하면 감각은 즉각 우리를 버린다. 그렇다면 감각이 우리를 가두고 있는 이 좁은 영역을 벗어

나면 순수해석에만 의존하고 3차원 이상의 기하학은 모두 공허하며 대상
이 없는 것인가. 우리의 앞 시대에 있어서는 가장 위대한 수학의 거장도
"그렇다"라고 대답했을 것이지만, […] 또한 이것[다차원기하학을 사용함
으로써 간결해진 용어]에 의해 ③우리는 끊임없이 가시 공간을 마음속에
떠올리면서 너무나도 위대해서 우리가 볼 수 없는 그 고차원 공간을 향할
수도 있다. 이 가시공간은 고차원 공간의 상像으로는 원래 불완전하지만
그래도 고차원 공간의 상임에는 틀림없다.

푸앵카레는 『과학과 방법』에서 비유클리트기하학의 가능성을 제시했는
데, 호리는 이것을 자신의 문학론에 접목시키고 있다. 위의 글은 호리가
'나의 현실주의'와 초현실주의를 비교하고 있는 부분으로, 호리는 자신의
문학과 초현실주의 둘 다 포착하려는 대상은 같으나 표현방법이 다르다
고 말하고 있다. 즉, 그의 '현실주의'도 초현실주의와 마찬가지로 "눈에
보이지 않는 세계"를 포착하려 하지만, 초현실주의는 "해석기하학"처럼
"순수이성"에 의존해서 이를 표현하려는 반면 호리는 "눈에 보이는 것"을
가지고 "눈에 보이지 않는 세계의 상像"을 만들 수 있다고 생각했다. 이러
한 호리의 '나의 현실주의'에 대한 확신은 푸앵카레에 근거하고 있다는
것을 두 예문의 대조를 통해 확인할 수 있다.

푸앵카레의 인용문은 앞의 절에서도 인용한 『과학과 방법』제1편 제2
장 「수학의 장래」에서 수학이 향후 발전해나갈 방향에 대해서 수학의 각
분야에 걸쳐서 언급하고 있는 부분 중 기하학의 항목이다. 특히 인용문은
기하학이 대수학代数学이나 해석적 사실 이외에 더 이상 논할 것이 없다는
당시 수학계의 일반적인 견해에 푸앵카레가 반대하면서 기하학 스스로가
새로운 문제를 제시하고 있으며 다차원기하학, 소위 비유클리트기하학의
발전 가능성을 언급하고 있는 부분이다. 푸앵카레는 기하학의 특징은 감
각이 지성을 돕는데 있다고 했다. 그렇기 때문에 감각이 감지할 수 있는

범위인 3차원을 초월한 고차원을 다룬 기하학은 허무하고 대상 없는 것이며 3차원을 초월할 경우에는 순수 해석학에 의지할 수밖에 없다고 여겨왔던 전시대의 수학의 거장들의 견해에 대해 푸앵카레는 다차원기하학(비유클리드기하학)의 의의를 제시해 보이고 있다. 다차원기하학의 의의는 첫째로 통상적인 해석기하학의 언어로 설명하면 장황해지는 것을 지극히 간결한 용어로 표현할 수 있게 한다는 점이다. 둘째로 고차공간의 상을 얻을 수 있게 한다는 점이다. 이 부분에서는 리만의 비유클리트기하학을 예로 들면서 "이 기하학은 순수하게 성질적性質的이며 그 정리定理는 그 도형이 정확하지 않고 아이가 따라 그린 그림일 경우라도 그 진정함을 잃지 않는다. 그리고 이를 통해 사람은 3차원 이상의 위치 해석학을 만들 수도 있다."며 그 의의를 강조했다. 푸앵카레는 다차원기하학이 순수하게 이성에만 의지한 해석기하학과는 달리, 해석 기하학으로는 만들어 내지 못했거나 혹은 해석기하학에 의해 만들어졌다 하더라도 각각 개별적으로 독립해서 만들어지기 때문에 그 사이를 연결하는 "공통적인 사슬"을 인식하지 못했을 것이라고 말하며, 다차원기하학이 감각을 동반한 기하학이기 때문에 고차원의 상을 제시할 수 있었다고 말하고 있다.

푸앵카레가 다차원기하학의 의의와 가능성을 제시한 것을 받아들인 호리는 불완전하기는 하지만 눈에 보이는 세계로 눈에 보이지 않는 세계의 상을 만들 수 있다는 자신의 문학론에 확신을 갖게 된다. 여기서 문제는 호리가 초현실주의를 해석기하학처럼 순수하게 지적인 것으로 이해하고 있다는 점이다. 본서 3부에서 후술하겠지만 인용문에서 호리가 언급하고 있는 우에다 도시오는 초현실주의에 영향을 받아 해석기하학처럼 순수한 이성만을 동원한 창작을 시도하고 있었다. 그러나 이는 초현실주의의 결과라기보다는 초현실주의가 일본에 수용되는 과정에서 그 개념이 왜곡되었기 때문으로 보인다. 호리를 비롯해서 당시 일본에서는 초현실주의를 아직 완전하게 이해하고 있지 못했다. 이 때문에 호리는 이지나 추상에서 헤매고 있던 당시 일본의 초현실주의자들의 함정을 비켜가고자 했다. 이러한 상황에서 푸앵카레가 감각을 버리지 않고도 현실 너머에 있는 세계의 성질을 밝힐 수 있다면서 그 가능성을 보여주고 있기에 감각을 버리지 않고도 현실 너머의 세계를 포착할 수 있다는 확신을 갖게 되었으며, 그 방법을 '나의 현실주의'로써 시도한 것이다. 이때 호리가 눈에 보이지는 않지만 확실하게 현실 너머에 있는 '진실 중의 진실'을 나타내기 위해서 사용한 것이 꿈(혹은 잠)과 심상(이미지) 등이다. 이들 꿈(혹은 잠)이나 심상은 호리에게 '대상 없이 공허한 것'이 아니라 '눈에 보이지 않는 세계의 상'이었다. 그리고 이러한 대상에 대한 인식 태도나 그 방법론에 밑바탕이 되었던 것은 바로 푸앵카레의 글이었다.

호리에게 푸앵카레의 영향은 단순히 그의 말을 에피그래프에서 인용하는 데 머물지 않고 호리 다쓰오 문학 초기에 있어서 현실을 인식하는 방법과 그 문학적 방법론과 깊은 관련이 있었다. 호리의 푸앵카레 과학사상 수용의 의의는 푸앵카레가 20세기 초의 과학이나 모더니즘 예술의 발전에 많은 공헌을 한 인물이고 그 과학사상이 과학과 예술의 쌍방을 연결시킨 역할을 당시 해왔다. 이러한 푸앵카레의 과학사상 중에서도 20세기의 과학과 모더니즘 예술 양쪽에 자극을 준 대표적인 언설이 호리의 문학론을 밝히고 있는 「예술을 위한 예술에 관해서」에서 원용되어 있다. 호리의 예술가로써의 현실 인식이나 창작에 있어서의 의식적 작용의 중요성, 그리고 꿈이나 심상이 공허한 장난이 아니라 보이지 않는 세계의 확고한 상이라는 확신 등, 문학의 본분인 허구를 구사함으로써 '현실'을 포착하고 문학에 보편성을 주려고 한 호리 다쓰오 문학의 본질적인 부분이 푸앵카레의 과학사상을 바탕으로 이루어졌다.

제6장

과학의 가설과 문학의 심상

1. 머리말

　「루벤스의 위작ルウベンスの僞畵」는 1925년 여름 호리 다쓰오가 가루이자
와軽井沢에 체재했던 경험을 소재로 한 작품이다.[1] 이야기는 작중인물인
'그'가 남몰래 '루벤스의 위작'이라고 부르는 소녀를 만나기 위해서 뒤늦
게 가루이자와에 도착하는 것에서부터 시작한다. 그는 소녀의 집을 방문
하거나 그녀의 어머니랑 셋이서 드라이브를 즐기곤 한다. 그녀를 만날 수
없을 때는 혼자 자신의 '루벤스의 위작'을 생각하거나 관능적인 남작 아
가씨나 친구인 화가를 만나기도 한다. 그러던 어느 날 소녀의 집에서 그
는 현실의 그녀를 닮은 사진과 그의 심상인 '루벤스의 위작'을 닮은 사진
을 보게 된다. 그녀가 그에게 두 장 중 한 장을 고르라고 하자, 그는 '자

---

[1] 호리 다쓰오는 1925년 7월 9일부터 9월 6일까지 가루이자와에 머물렀다. 가루이자와에 머
물면서 아버지 가미조 마쓰기치上条松吉에게 보낸 23통의 엽서를 모아서 1952년에 호리가
「아버지에게 보내는 편지父への手紙」라는 제목을 붙여 정리했다. 이때 부인 다헤코가 받아
적은 메모에 이러한 사실이 적혀 있다.(堀辰雄「父への手紙」メモ,『堀辰雄全集』第八卷 (筑
摩書房, 1978.8).

신의 눈앞에 있는 소녀와 심상의 소녀가 전혀 별개의 존재'라는 것을 깨닫고, 결국 '루벤스의 위작'을 닮은 쪽을 선택한다는 것이 작품의 결말이다.

「루벤스의 위작」은 1930년 5월 『작품作品』에 발표한 잡지 최종고(이하, 최종고라고 함) 이외에도 다른 여러 잡지에 발표한 초출고가 존재한다. 이처럼 이 작품은 최종고가 발표되기까지 텍스트의 복잡한 생성 과정을 보이고 있다. 「루벤스의 위작」서지를 정리하면 다음과 같다.

첫 번째, 처음 잡지에 실린 것은 1927년 2월 『산누에고치』에 발표한 「루벤스의 위작」이다. 편의상 이를 초출고①이라고 부르겠다. 초출고①은 작품 끝에 "−단편斷片−"이라고 적혀 있어 이것이 작품 전체가 아니라 일부분임을 작가가 명시하고 있으며, 내용상으로도 최종고의 전반부에 해당된다. 호리는 초출고①에 대해서 훗날 다음과 같이 말했다.

나는 이 작품을 1주일 만에 완성해 버렸다. 아직 마무리가 충분치 않다고 생각했지만, 어쨌든 내 작품다운 것을 처음 썼기에 기뻐서 원고를 들고 곧바로 아쿠타가와씨와 무로씨에게 달려갔다. 그리고 이 작품이 아쿠타가와씨에게 보여드린 마지막 작품이 되었다. 당시 『산누에고치』라는 작은 잡지에 <u>그 전반부만 발표하고, 그 후로 약간 부족하다고 느낀 후반부는 발표하지 않은 채로 그대로 책상서랍 속에 넣어 두었다.</u>[2)]

위의 인용문에 의하면, 1927년 『산누에고치』에 발표한 초출고①은 원초고原初稿-호리가 아쿠다가와에게 보여 준 원고-의 전반부이며 "부족하다고 느낀 후반부"는 미발표 상태이다. 1927년 시점에서 "책상서랍 속에 넣어" 둔 원초고의 후반부가 최종고의 후반부인지 아닌지는 연구자들 사이

---

2) 堀辰雄 「「ルウベンスの僞畵」に」 『限定出版江川書房月報』(江川書房, 1933). 인용은 中村眞一郎・福永武彦編 『堀辰雄全集』 第四卷(筑摩書房, 1978)에서 인용했다.

에서 의견이 엇갈린다.

두 번째로는 초출고①를 약간 개고改稿하여 1929년 1월 『창작월간創作月刊』에 발표한 「루벤스의 위작」 초출고②가 있다.

세 번째는 '남작 아가씨'의 에피소드－상대를 바꿔가며 연애를 즐기는 남작 아가씨의 이야기－를 콩트3)로 하여 1929년 9월 『부인 살롱婦人サロン』에 발표한 「문신한 나비刺青した蝶」이다.4)

이상 3편의 초출고 이외에도 1930년 5월 『작품』에 발표한 「루벤스의 위작」 최종고의 문체나 어휘 등을 전반적으로 개고하여 1933년 2월 에가와서방江川書房에서 출판한 『루벤스의 위작』 결정고決定稿가 있다.

최종고를 발표했을 당시 이 작품은 "소설이라는 점에서는 조금 무리가 있다."5)는 이토 세이의 비판을 받기도 했지만, 긍정적인 평가가 많았다. 이 작품을 통해 "가장 많은 것을 배울 수 있었다."6)는 가와바타 야스나리와 "매우 정교한 언어의 연금술사"7)라는 기타하라 다케오北原武夫의 찬사를 받아, 당시 두각을 나타내기 시작한 신인작가의 작품으로 주목을 받았다. 호리도 첫 작품집인 『서투른 천사』8)와 훗날 자신이 편집한 작품집9)의 모두冒頭에 이 작품을 수록하는 등 처음으로 '소설다운 것을 쓴' 자신

---

3) 「문신한 나비」는 『부인 살롱』에 실린 '콩트 5편' 중의 하나이다.
4) 「문신한 나비」는 일인칭 단편소설이다. 「루벤스의 위작」 최종고에 등장하는 '남작 아가씨'와 동일한 에피소드 외에도 '나' '나의 애인'의 이야기가 약간 첨가되어 있다. 연애관계에서 전혀 진전을 보이지 못하고 있는 '나'와 '나의 애인'과는 대조적으로 계속해서 남자를 바꿔가며 "쓸데없이 크게" 회전하는 수레바퀴 같은 '아가씨'를 비판적으로 서술하고 있다. '아가씨'에 대한 '나'의 비판은 "시대의 경조부박한 풍조"에 대한 호리의 비판이며, 시대의 풍조에 현혹되지 않고 움직임은 없지만 '생의 중심'에 머물고자 하는 작가의 삶의 태도를 나타내고 있는 작품이라고 할 수 있다.
5) 伊藤整 「「不器用な天使」に就て―堀辰雄氏の新著」『詩と詩論』(厚生閣書店, 1930).
6) 川端康成 「新人才華」『新潮』(新潮社, 1930).
7) 北原武夫 「堀辰雄素描」『三田文學』(三田文學會, 1930).
8) 堀辰雄 『不器用な天使』(改造社, 1930).
9) 堀辰雄 『堀辰雄作品集 聖家族』(角川書店, 1949).

의 '처녀작'으로 간주했다.[10] 「루벤스의 위작」 최종고는 습작의 영역을 벗어나 호리의 문학석 특징과 문제의식을 보여주고 있어 선행연구에서도 주목받고 있는 작품 중 하나이다.

미요시 유키오三好行雄[11]와 이케우치 테루오[12]의 연구로 인해 그때까지 호리의 초기 작품에 꼬리표처럼 따라다녔던 "심리"[13] · "기분"[14] · "순수함"[15] 등의 인상 비평에서 벗어날 수 있었다. 두 연구는 「루벤스의 위작」 선행연구의 지표라 할 수 있다. 이케우치는 초고에서 최종고로의 개고과 정을 논의 축으로 하여 개고 시에 추가된 것으로 추측되는 최종고의 사진 에피소드-'현실의 그녀'와 '루벤스의 위작'이 별개의 존재라는 인식-에 해석의 중점을 두고, 자신과 타자와의 "깊은 골"이 그려져 있다고 지적했다. 한편, 똑같이 후반부의 개고를 고찰한 나카지마 아키라中島昭[16]는 최종고의 후반부를 원초고의 미발표 후반부로 보고 있다. '타자인식'의 성립과 한계를 지적한 이케우치론의 문제의식은 이후 작가내부에 있는 타자와의 '조정'이라는 히다카 쇼지日高昭二[17]의 해석으로 계승되었다.

최종고가 발표된 1930년은 호리가 '새로운 현실주의'나 '고전주의' 등 자신의 문학론을 적극적으로 피력했던 시기였다. 이와 관련해서 작품 후반부에서 보이는 '현실의 그녀'와 '심상의 그녀'라는 모티브를 호리의 문학론과 접목시킨 연구도 많다. 미요시론의 "꿈이 현실보다 더 현실과 비

---

10) 堀辰雄「『ルウベンスの僞畵』に」, 앞의 책.

11) 三好行雄「堀辰雄における"美學"―「聖家族」前後―」『國文學』(學燈社, 1963).

12) 池內輝雄「堀辰雄「ルウベンスの僞畵」と「聖家族」」『國文學漢文學論叢』(東京敎育大學文學部, 1971).

_____「堀辰雄「ルウベンスの僞畵」小論―「詩」と「眞實」をめぐって―」『大妻國文』(大妻女子大學國文學會, 1972).

13) 神西淸「堀辰雄文學入門」『堀辰雄集』(新潮社, 1950).

14) 福永武彦「堀辰雄の作品」『堀辰雄全集 月報』(新潮社, 1958).

15) 谷田昌平『堀辰雄』(五月書房, 1958).

16) 中島昭「二つの像―堀辰雄初期の問題―」『論集 堀辰雄』(風信社, 1985).

17) 日高昭二「堀辰雄とモダニズム―天使の詩學―」『國文學 解釋と鑑賞』(至文堂, 1996).

슷하다는 것을 믿기 시작"한 작품이라는 지적은 다케우치 기요미[18]의 "작품 속의 실제 소녀보다도 위작의 소녀가 호리 다쓰오에게는 진실"이라는 지적이나 니시하라 치히로[19]의 "현실에 대한 상상의 승리"라고 평가로 이어져서, '현실'보다 '상상'('심상', '꿈')이 진실이라는 해석의 흐름을 만들었다.

「루벤스의 위작」초출고① · ②는 최종고 전반부의 내용이고, 「문신한 나비」는 최종고 중반부의 내용ー관능적인 매력을 지닌 '남작 아가씨'와 그의 소녀가 대조적으로 그려진 부분ー이 한 편의 1인칭 단편소설로 발표된 것이다. 초출고와 「문신한 나비」에 화가의 에피소드와 사진의 에피소드가 더해져서 최종고가 완성되었다. 후반부에는 현실의 그녀와 그가 그리고 있는 그녀의 심상인 '루벤스의 위작'이 '전혀 다른 존재'라는 인식이 그려져 있다. 이 인식은 이케우치론이 지적하듯 '자신과 타자를 가로막는 깊은 골'이며 객체로서의 '타자'인식을 제시하고 있는 것이라 할 수 있다. 그러나 작품에서는 현실의 그녀와 심상의 그녀가 '전혀 다른 존재'로 식별되는 '타자 인식'만이 나타나 있지는 않다. 최종적으로 그는 현실의 그녀가 아닌 그의 심상을 선택한다. 이케우치론에서는 이 선택에 대한 해석이 결여되어 있다. 한편 이 선택의 결과에 중점을 두어 해석하고 있는 것이 미요시론이다. 그러나 미요시론에서는 "꿈이 현실보다도 더 현실과 비슷하다."고 지적하고 있지만 두 개의 '현실'(다케우치론의 '진실')의 차이에 대한 설명이 없다. 게다가 결말부분에만 해석이 치중되어 작품전체의 해석이 이루지지 않는 점도 문제이다.

이와 같은 선행연구의 문제점을 해소하기 위해서 본고에서는 「루벤스

---

18) 竹內淸巳「堀辰雄における西歐文學(二)ーモダニズムの´杖のさき´ー」『文學論藻』(東洋大學國語國文學會編, 2000).
19) 西原千博「ルウベンスの僞畵」『堀辰雄事典』(勉誠出版, 2001).

의 위작」 초출고와 최종고를 비교하면서 작품에 나타난 '현실'과 '심상'
의 문제를 분석하고자 한다. 호리가 언급하고[20] 연구자들도 자명한 사실
인양 사용하고 있는 '현실보다 더 현실적인'이라는 표현이 담고 있는 내
실을 명백히 하는 것이 본고의 목적이다. 그리고 이러한 인식을 호리의
문학론 형성에 많은 영향을 미친 앙리 푸앵카레 과학사상의 수용과 연관
시켜서 최종고 후반부의 집필시기를 추정해 보겠다.

2. 「루벤스의 위작」 초출고의 '현실'과 '상상'

「루벤스의 위작」 초출고의 내용은 남몰래 '루벤스의 위작'이라고 부르
고 있는 '그녀'와 연인 사이로 발전하지 못하는 서투른 '그'의 이야기이다.
선행연구에서 주목한 '현실'과 '상상'에 관한 모티브는 최종고의 사진 에피
소드 뿐만 아니라 「루벤스의 위작」 초출고에서도 엿볼 수 있다. 결핵을
앓았던 그는 요양을 마치고 다른 피서객보다 뒤늦게 가루이자와에 도착
한다. 아래 인용문에서 그녀가 그의 건강 상태를 걱정하자 화제를 바꾸는
데, 이 행동에서 그의 독특한 성격을 엿볼 수 있다.

<u>그런 현실의 번거로운 일들을 떠올리는 것은 아무런 가치가 없다고 그
는 생각하고 있었다.</u> 대신에 그는 새하얀 쿠션이 있는 검은 자동차 안에
노란 옷을 입은 서양 아가씨가 타고 있었는데 그것이 상상 그 자체처럼
아름다웠다는 이야기를 즐겨했던 것이다. [⋯] 그러나 그는 그 자동차 안
에 남아있던 침에 관해서는 말하지 않았다. 그러는 것이 좋다고 생각했기

---

20) 堀辰雄 「すこし獨斷的に―超現實主義は疑問だ」(『帝國大學新聞』 1930.4.28)에서 "'현실보
다 더 현실적인 것'그것을 얼마만큼 확실하게, 그리고 제대로 포착하고 있느냐에 따라 예
술 작품의 가치가 결정된다고 할 수 있다."고 말하고 있다.

때문이다. 하지만 그것을 말하지 않고 있으면 그 침이 꽃잎처럼 느껴졌던 그때의 쾌감이 이상하게도 선명하게 그의 안에 남아 있는 것 같았다. 이래선 안 된다고 생각했다. 그때부터 조금씩 그의 마음은 더듬는 것 같았다. 그는 더 이상 서투르게밖에 말을 할 수 없게 되었다.[21]

위의 인용문에서 그는 "현실의 번거로운 일들을 떠올리는 것"보다 "상상"에 "가치"를 두고 있는 인물이라는 것을 알 수 있다. 그리고 그에게 있어 '상상'이란 현실과 동떨어진 것이 아니라 현실 속 그의 감각이나 행동에 영향을 미치는 것이다. 예를 들어 그가 결핵을 연상시키는 "침"을 "꽃잎"으로 "상상"하고 이를 그녀에게 말하지 않고 자기 안에 담아 두자 그 상상은 더욱 선명해져서 "서투르게밖에 말을 할 수 없게" 그의 행동을 방해한다. 다음의 호텔 장면에서도 '상상'이 그에게 어떻게 작용하는지를 볼 수 있다. 어느 날 그녀와 그녀의 어머니와 셋이서 호텔로 드라이브를 간 그는 그녀와 함께 장난삼아 호텔 지붕 위에 올라갔을 때 그녀가 자신의 손을 꽉 잡는 것을 상상한다.

그 지붕 끝에서 그는 문득 그녀의 손과 반지를 봤다. 그리고 그녀가 괜히 미끄러지는 척하면서 그 반지가 그의 손가락을 아프게 할 정도로 손을 꽉 잡을지도 모른다고 상상했다. 그러자 그는 갑자기 민감해졌다[22]. 그리고 갑자기 그는 지붕의 작은 경사를 예리하게 느끼기 시작했다.

그녀가 반지를 낀 손으로 자신의 손을 강하게 쥐는 것을 상상하자 그는 작은 경사마저 예리하게 느끼기 시작하면서 불안해진다. 이처럼 그는 상

---

21) 인용문의 텍스트는 堀辰雄 「ルウベンスの僞畫」 『山繭』(1927.2)이며, 인용문 말미 괄호 안에 堀辰雄 「ルウベンスの僞畫」 中村眞一郎・福永武彦編 『堀辰雄全集』 第六卷(筑摩書房, 1978)의 페이지를 표시했다.
22) 인용문은 초출고①이다. 이 부분은 초출고②에서 "불안해졌다"로 개고되었다.

상을 통해 자신이 놓인 현실을 실감하는 인물이다. 이상의 인용문에서 보았듯이 '상상'은 그의 현실감각을 민감하게 각성시키는 작용을 한다. 호텔 옥상에서도 결국 그녀의 손을 잡지 못하고 그저 호텔 정원만 바라보고 내려오자 그녀의 어머니가 "그것뿐이니?"라고 야유한다. 이렇듯 '상상'의 작용으로 현실을 예리하게 인식하는 그는 오히려 행동이 서툴러지거나 불안해져서 어떠한 시도도 못하게 되고 만다. 이러한 그의 특징은 결국 그녀와의 연애에서도 아무런 진전을 시키지 못하는 이유가 되고 있다. 이처럼 초출고에서 엿볼 수 있는 '현실'과 '상상'의 관계는 최종고 후반부의 사진 에피소드에서 나타나는 '현실의 그녀'와 '심상의 그녀'가 별개라는 인식과는 상반된다. 이 에피소드는 '상상'과 '현실'이 별개의 관계에 있는 것이 아니라, 오히려 '상상'에 의해 선명한 '현실'을 인식할 수 있다는 것을 말하고 있다. 그렇다면 '현실'과 '상상'의 관계가 최종고 후반부에 해당되는 사진의 에피소드와 작가의 에피소드에서는 어떻게 제시되어 있는지 다음 장에서 고찰해 보고자 한다.

3. '현실의 그녀'와 '루벤스의 위작'

사진 에피소드는 최종고에서 처음으로 삽입된 내용이다. 종래의 선행연구가 이 사진 에피소드 분석에 치중되었듯이 이 부분은 이 작품 해석의 중요한 부분이기도 하며, 호리의 문학관을 잘 반영하고 있는 에피소드라 할 수 있다. 이 장에서는 '현실의 그녀'와 '루벤스의 위작'을 분석하여 이 작품에서 이야기하고 있는 '현실'과 '심상'의 관계를 고찰하겠다. 앞서 이 작품의 키워드라 할 수 있는 '루벤스의 위작'이 무엇인지부터 짚어볼 필요가 있다.

그녀의 얼굴은 클래식한 아름다움을 지니고 있었다. 그 장밋빛 피부는 다소 무거워 보였다. 그리고 그녀가 웃으면 그곳엔 단지 웃음만이 머무는 것 같았다. 그는 언제나 남몰래 그녀를 「루벤스의 위작」이라고 불렀다 (90-91쪽)[23)]

〈그림 6〉 루벤스의 '밀짚모자의 수잔나 푸르망'

위의 인용문에서 알 수 있듯이 〈루벤스의 위작〉은 그가 그녀에게 남몰래 붙인 호칭이다. 피터 폴 루벤스가 그린 '밀짚모자의 수잔나 푸르망'(〈그림 6〉)의 여주인공처럼 그녀도 소녀 특유의 "장밋빛 피부"를 지녔기 때문에 그는 그녀를 〈'루벤스'의 위작〉이라고 불렀다. 그녀가 그림 속의 수잔나 푸르망처럼 "장밋빛 피부"를 지니고 있지만, 그녀가 그림 속의 여인과 동일 인물은 아니기 때문에 그는 그녀에게 루벤스의 '위작' 즉, 가짜 그림이라는 이름을 붙인다. 〈루벤스의 위작〉이란 그가 그녀를 부르는 호칭임과 동시에 그에게 있어서의 그녀의 '심상'이기도 한다.

그가 그녀에게 〈위작〉이라는 이름을 붙였듯이 그는 그녀를 생각하거나 마음속으로 부를 때, 마치 한 폭의 그림을 그리듯 그 심상을 떠올린

---

23) 이하 인용문의 텍스트는 堀辰雄『ルウベンスの僞畫』(江川書房, 1933)이며, 인용문 말미 괄호 안에 堀辰雄「ルウベンスの僞畫」中村眞一郎・福永武彦編『堀辰雄全集』第一卷(筑摩書房, 1977)의 페이지를 표시했다.

다.[24] 그는 그녀를 만날 수 없을 때 혼자 자신의 <루벤스의 위작>을 선명하게 보다 생생하게 마음속으로 떠올리며 그녀와의 재회를 고대하고 있었다. 그러던 어느 날 그녀의 집에서 두 장의 사진 ─ 현실의 그녀를 닮은 사진과 그가 마음속으로 그린 <루벤스의 위작>을 닮은 사진 ─ 을 보고 그는 양자가 전혀 별개의 존재라는 것을 깨닫는다.

> 그는 조금 두근거리면서 근시처럼 눈을 가늘게 뜨고 그 두 장의 사진을 비교했다. 그는 무심코 그중 한 장을 손가락으로 가리키고 말았다. 그때 그의 손끝이 살짝 사진 속 볼에 닿았다. 그는 장미 꽃잎을 만진 것 같았다. […] 그러나 막연하게나마 자기 눈앞에 있는 소녀와 그 심상의 소녀는 전혀 별개의 두 개의 존재라는 느낌이 들었다. 어쩌면 그가 그리다 만 「루벤스의 위작」의 여주인공이 지닌 장밋빛 피부 그 자체는 지금 그의 눈앞에 있는 소녀에게는 없는 것인지도 모른다.
> 두 장의 사진 에피소드가 그의 그런 생각을 어느 정도 확실케 했다.(104-106쪽)

그에게 있어서 그녀를 부르는 호칭이자 심상이었던 <루벤스의 위작>이 현실의 그녀와 "전혀 별개의" 존재라는 것을 그는 깨닫는다. 앞서 살펴본 이케우치론의 지적처럼 이 작품에 그려진 '타자 인식'을 확인할 수 있다. 그렇다면 그는 '현실의 그녀'와 자신의 <루벤스의 위작>이 어떻게 "전혀 별개의" 존재라고 인식하고 있는 것인가.

위 인용문에서 그의 <루벤스의 위작>과 '현실의 그녀'를 구별하는 기

---

24) 다음 인용문의 밑줄 부분을 보면 <루벤스의 위작>을 모두 '그리다'라고 표현되어 있는 것을 확인할 수 있다.
"그는 열심히 그의 「루벤스의 위작」을 허공에 그리고 있었다."(96쪽)
"(…전략…) 게다가 아마도 그리다 말 자신의 「루벤스의 위작」을 들고 다시 여기를 떠날 수밖에 없겠지."(103쪽)
"어쩌면 그가 그리다 만 「루벤스의 위작」의 여주인공이 지닌 장밋빛 피부 그 자체는 지금 그의 눈앞에 있는 소녀에게는 없는 것인지도 모른다."(106쪽)

준이 '장밋빛 피부'의 유무임을 확인할 수 있다. '장밋빛 피부'는 그에게
있어서 그녀의 가장 큰 특징이다. 그러나 그녀가 없는 곳에서 그가 마음
속으로 그린 그녀의 '심상'인 <루벤스의 위작>에는 "장밋빛 피부 그 자
체"가 있으나, "지금 그의 눈앞에 있는" 현실의 그녀에게는 그것이 없는
것이다. '현실의 그녀'는 살아 숨 쉬며 시시각각 변하는 현실의 존재이다.
이 사진 에피소드에서 현실이기에 지닌 가변성可変性과 그의 <루벤스의
위작>이 심상이기에 지닌 불변성不変性이 대비되어 있다. 결국 그는 이 두
사진 중 <루벤스의 위작>를 닮은 사진 쪽을 택한다. 이 선택을 미요시론
이나 니시하라론의 지적처럼 "현실에 대한 상상의 승리"라고 단순히 해석
해도 될 것인가.

　이와 관련하여 당시 호리 다쓰오의 문학론 형성에 영향을 끼친 앙리 푸
앵카레의 과학사상을 통해 이 에피소드를 재검토하고자 한다. 푸앵카레는
과학의 모든 법칙이 '가설'에 불과하지만, 여러 현상들을 '일반화'하기 위
해서는 필요불가결한 것이며 그 위에 과학이 성립한다고 주장했다.

　　뉴턴 이전에 수많은 사람들이 사과가 떨어지는 것을 봤다는 사실은 의
　심할 여지가 없다. 다만 그 누구도 거기서부터 어떠한 결론도 이끌어내지
　못했다. 배후에 무언가를 숨기고 있는 듯한 사실을 식별하여 찾아내는 능
　력 또는 그 배후에 숨어 있는 것을 인식하는 능력을 지닌 정신, 조잡한 사
　실 뒤에 있는 사실의 진수眞髓를 감득하는 정신이 없다면 그 사실에서는
　아무것도 생성되지 않을 것이다.[25]

　푸앵카레는 법칙을 세우기 위해서는 '조잡한 사실'에서 '사실의 진수'
를 찾아내는 것이 중요하다고 말하고 있다. '조잡한 사실'이 시간과 장소
에 따라 변하더라도 그 배후에 숨어 있는 '사실의 진수'는 시시각각 다양

---

25) アンリ・ポアンカレ著 吉田洋一譯『科學と方法』(岩波書店, 1927).

하게 나타나는 사물의 공통된 원리, 즉 보편성을 지니기 때문에 여러 현상을 '일반화'하는 법칙을 발견할 수 있다. 위의 문장을 원용해서 쓴 「예술을 위한 예술에 관해서」 중 제3장 [나의 현실주의]에서 호리는 다음과 같이 말하고 있다.

> 그런 매우 흔한 한 가지 진실에서 '진실 중의 진실'을 찾아낼 수 있는 하나의 예리한 눈이 문제이다. 즉, 발견한다는 것은 모든 사람들 눈에 접하는 사물에서 그 배후에 숨어 있는 무언가를 인식하고 그것을 찾아내는 데 있다. 그리고 그것을 찾아내기 위해서 우리들인 가진 것은 직관뿐이다. /여기에 우리들의 현실주의가 있다.[26]

푸앵카레가 법칙을 성립하기 위해서 '조잡한 사실'의 배후에 있는 '사실의 진수'를 찾아내야 한다고 말한 것을 호리는 '흔한' 현실에서 그 배후에 있는 '진실 중의 진실'을 찾아내는 현실 인식의 방법으로 받아들이고 있다. 이렇게 작가에게 수용된 푸앵카레 사상이 이 작품에 어떻게 반영되어 있는지 살펴보겠다.

그녀가 지녔던 '장밋빛 피부'는 시시각각 변하는 '현실의 그녀'에게서는 때로는 사라질 경우도 있으나 심상인 <루벤스의 위화>에는 이 심상이 시발된 그녀의 진수인 "장밋빛 피부 그 자체"가 사라지는 일 없이 언제까지나 존재한다. 심상이란 인식주체인 '그'에게 포착된 '현실의 그녀'의 '진수'이기 때문에 이는 인식주체에게 대상의 보편성을 지닌 것이다. 그러나 여기서의 보편성은 자연과학의 법칙처럼 어떠한 경우라도 언제 어디서 누구에게나 동일하게 적용되는 성질이 아니라 '그'라는 인식주체에게만 진실한 그녀의 '진수'이다. 즉 그녀의 "장밋빛 피부 그 자체"는 그

---

26) 堀辰雄「芸術のための芸術について」『新潮』(新潮社, 1930). 인용은 中村眞一郎・福永武彦 編『堀辰雄全集』第四卷(筑摩書房, 1978)에서 인용하였다.

에게 있어서 '그녀'라는 존재의 개념을 의미한다. 그가 그녀를 '장밋빛 피부'를 가진 아름다운 소녀라고 인식하고 파악한 것은 '그'만의 인식이다. 그리고 이런 '그'만의 인식을 통해서 그가 그려낸 <루벤스의 위작>은 푸앵카레가 말하는 '조잡한 사실'의 배후에 숨어 있는 '사실의 진수'를 나타내고 있는 법칙과 동일하다.

푸앵카레는 과학의 법칙이 절대적인 것이 아니라 가설에 불과하지만, 인간은 이 가설에 의존할 수밖에 없다고 말했다. 그에 의하면 인간이 사물을 포착하고 파악하는 방법이 이 가설에 불과한 법칙이외에는 아직 존재하지 않기 때문이다. 마찬가지로 이 작품에 있어서도 대상(현실)을 파악하기 위해 인식주체가 만들어 내는 심상(개념)이 동일하지 않다는 점에서 '심상'은 현실을 있는 그대로 비춰주는 투명한 유리 같은 것이 아니라 불투명한 이미지에 불과하다. 즉, 그가 그녀를 인식하고 파악하는 행위는 <루벤스의 위작>처럼 '현실의 그녀'와는 별개의 불투명한 존재를 창조하는 행위가 된다. 최종적으로 그가 자신의 <루벤스의 위작>을 닮은 사진을 선택한 것처럼 인식주체는 스스로 만들어 낸 불투명한 심상(개념)을 매개로 해서만 그 대상을 포착할 수 있다. 과학의 법칙이 가설에 불과하듯 인식주체가 만든 이 심상 또한 '허구'에 지나지 않다. 그러나 인식주체가 포착한 대상의 '진수'(보편적 본질)로 만들어진 이 허구는 현실의 대상과는 다르지만, 인식주체에게 있어서는 현실의 대상 못지않은 스스로의 '현실'인 것이다.

4. 창작 – 대상을 향한 움직임

어느 날 그녀의 집에 갔다가 그녀를 만나지 못하고 혼자 산길을 걷고 있던 그는 우연히 화가를 만나 그림에 대한 이야기를 나누게 된다. 친구인 화가는 그곳의 풍경을 그리려 하고 있었는데 그림을 완성시키지 못하고 있었다.

> 그는 때때로 그 그림의 모티브인 풍경을 그 주변에서 찾아보곤 했다. 그러나 그럴만한 풍경을 찾아낼 수가 없었다. 왜냐하면 캔버스 위에는 단지 다양한 색깔의 물고기 같은 것, 새 같은 것, 꽃 같은 것이 뒤섞여있을 뿐이었기 때문에. […]
> "어쩔 수가 없어. 여기는 풍경은 좋은데 그리기 힘들어서 곤란하네. 작년에도 그리러 왔었는데 그릴 수가 없었어. 공기가 너무 좋아서 그래. 아무리 멀리 있는 나뭇잎이라도 한 장 한 장 뚜렷이 보이는 거야. 그래서 어떻게도 할 수 없게 되는 거지."(100-103쪽)

풍경을 그리고 있는 캔버스에 "다양한 색깔의 물고기 같은 것, 새 같은 것, 꽃 같은 것이 뒤섞여" 있다는 묘사를 통해서 이 화가가 사실주의적인 그림을 추구하는 것이 아니라는 것을 짐작할 수 있다. 이 화가는 작년에도 같은 장소에서 추상적인 풍경화를 시도하였으나 실패하였고, 올해도 완성시키지 못한 채 도쿄로 돌아가게 된다. 그림을 완성시키지 못하는 이유에 대해서 화가는 그곳의 공기가 너무 좋아서 "아무리 멀리 있는 나뭇잎이라도 한 장 한 장 뚜렷이" 보이기 때문이라고 말하고 있다. 가까운 거리의 대상은 선명하고 뚜렷하게 보이지만, 멀리 있는 대상은 작아지면서 선명함을 잃고 희미하게 보이는 것이 일반적인 풍경이다. 이런 시각적 착시 효과를 회화에 적용시킨 것이 원근법이다. 크기나 선명도의 차이를 통해 보는 이와 대상 사이에 존재하는 거리를 나타낼 수 있고 그 거리를 추측할 수 있는 것이다. 그러나 "아무리 멀리 있는 나뭇잎이라도 한 장 한 장 뚜렷이" 보인다는 화가의 말은 보는 이와 대상 사이의 거리를 측정할 수 없다는 것을 의미한다.

세세한 부분까지 명료히 보이는 풍경은 화가의 상상력이 들어갈 여지를 주지 않는다. '아무리 멀리 있는 나뭇잎이라도 한 장 한 장 뚜렷이 보이는' 풍경은 화가에게 상상의 여지를 주지 않으며 캔버스 위에 대상을 만들어 내는 것을 불가능하게 한다. 여기서 작품의 완성에 필요한 것은 대상(풍경) 의 명료함이 아니라, 대상이 유발하는 화가의 상상력이다. 이 상상력은 대 상(현실)과 화가(인식주체) 사이에 있는 거리를 좁히려는 인식주체의 움직 임이라고도 할 수 있겠다. 불투명한 심상을 만들어내는 창작이라는 행위란 인식주체가 대상과의 거리를 좁히려는 의식적 활동이라는 것을 이 화가의 에피소드는 말하고 있다. 그리고 이 거리를 좁히기 위해 '그'가 했던 것이 '그녀'의 심상(<루벤스의 위작>)을 만들어내는 일이었다.

> 그녀들(그녀와 그녀의 어머니)과 떨어져있는 동안 그는 너무나도 그녀
> 들이 보고 싶었다. 그런 나머지 그는 자신의 「루벤스의 위작」을 자기 멋대
> 로 만들어내는 것이었다. 그러자 이번에는 그 심상(이미지)이 현실의 그녀
> 와 비슷한지 알고 싶어진다. 그것이 그로 하여금 더욱더 그녀들을 그립게
> 만들었다.(105쪽)

그가 <루벤스의 위작>을 마음속으로 그리는 것은 그녀를 만나지 못할 때이다. 이 대상과의 거리 때문에 그의 <위작>은 현실의 대상보다도 더 보편성을 지닌 존재로 완성된다. 그러나 화가가 만들어내고 있는 것은 대상 의 심상에 불과하다. 그러나 이것은 결국 인식주체가 할 수 있는 것은 보 다 보편적인 심상을 만들어내는 방법밖에 없다는 것을 말하고 있다. 이와 같이 「루벤스의 위작」 최종고는 초출고에서 다루었던 그의 진전 없는 '그 녀'와의 연애담을 모티브로 하여 인식주체의 대상을 향한 창작의 문제로 전환시키고 있다.

5. 맺음말

「루벤스의 위작」에서 '그'는 아무런 행동도 하지 않고 그녀와의 관계는 조금도 진전시키지 못한 채 단지 혼자 상상하며 대상을 인식하려고만 하는 중간자적 존재로 그려지고 있다. 이 작품은 그가 "바보 같은 다람쥐"라고 스스로를 자소하는 것으로 끝난다. 호리의 비판적인 시선을 엿볼 수 있는 이 부분은 이 작품이 결코 "현실에 대한 상상의 승리"(니시하라)를 구가하고 있지 않다는 것을 보여주고 있다. 이 작품에는 대상을 파악하기 위해 그 심상을 만들어내는 인식행위에 있어서 대상과 심상은 동일하지 않다는 인식의 한계와 함께, 그럼에도 불구하고 자신이 만들어낸 불투명한 심상을 매개로 하지 않고서는 대상의 보편성을 포착할 수 없다는 인식주체의 위태로움이 그려져 있다. 과학의 법칙이 가설에 불과하듯 인식주체가 만든 심상 또한 '허구'에 지나지 않다. 그러나 현실과는 다르지만 인식주체가 포착한 대상의 보편적 본질로 만들어진 이 허구는 인식주체에게 있어서는 현실의 대상 못지않은 진정한 <현실>인 것이다. 즉, 스스로 만들어 낸 '심상'을 통해서 현실의 대상을 넘는 보편적 본질을 인식하지 않으면 안 된다. 작품 후반부에서 '그'가 '현실의 그녀'가 아닌 자신의 '심상의 그녀'를 선택하고 있는데, 이것은 그에게 있어서 '심상의 그녀'가 <현실의 그녀>이기 때문이라고 해석할 수 있다. 여기에서 자신이 만들어 낸 심상을 현실을 초월한 진정한 <현실>로 인식하지 못하면 그 심상은 단지 피상적인 상像에 불과하게 된다는 작가의 예술가로서의 자부심을 느낄 수 있다.

「루벤스의 위작」 초출고에는 포함되어 있지 않는 이러한 인식주체의 조형은 푸앵카레의 영향을 받아 형성되었다. 화가 에피소드와 사진 에피소드가 있는 「루벤스의 위작」 최종고 후반부는 제3장에서 고찰했듯이 푸앵카레의 과학사상을 수용했기에 가능했다고 생각된다. 호리가 푸앵카레를 수용한 시기와 최종고를 발표한 시기를 대조해 보면 이를 알 수 있다. 호리가 읽은 요시다 요이치가 번역한 『과학과 방법』[27]이 출판된 것은 1927년 9월이며, 호리의 문장에서 처음으로 푸앵카레의 이름이 등장한 것은 1929년 5월이다. 푸앵카레의 사상을 바탕으로 쓴 문학론「예술을 위한 예술에 관해서」는 1930년 2월이고 그 3개월 후에「루벤스의 위작」최종고가 발표되었다. 호리가 푸앵카레의 표현을 원용하여 자신의 문학론을 왕성하게 발표한 시기와「루벤스의 위작」최종고의 발표 시기가 일치한다는 점으로 볼 때, 최종고 발표 시에 추가된 사진의 에피소드와 화가의 에피소드 부분은 역시 이 시기에 새로 쓰인 것이며, 1927년 단계에서 쓰인 원초고의 후반부와는 다른 것으로 추정된다.

---

27) アンリ・ポアンカレ著 吉田洋一譯 『科學と方法』(岩波書店, 1927).

제3부 꿈

제7장
문학의 유희와 모더니즘

1. 모더니즘의 유희성

1929, 30년의 약 2년간은 호리가 작가활동 중 가장 의욕적으로 자신의 문학관을 문단에 표명한 시기였다. 문학론과 평론은 물론이고 거의 매달 한 편씩 단편소설을 발표했다. 그러나 이 수많은 단편소설들은 「루벤스의 위작」(1930.5)을 제외하고는 대부분 연구대상으로 주목받지 못하고 있다. 그 이유는 발표 당시 유행한 신흥예술파의 작품처럼 경조부박하고 통속적인 작품이라고 비난받았고, 이러한 비난을 의식해 호리는 자신이 직접 편집한 작품집 『호리 다쓰오 작품집』 전6권(角川書店, 1946)에 이 초기 작품들을 싣지 않았기 때문이다.

1930년 4월 『문학시대文学時代』에 발표한 「무서운 아이手のつけられない子供」도 "호리 문학에서 그 평가는 결코 높지 않은 작품"1) 중 하나이다. 「무서운 아이」의 부기付記에서 호리는 "이것은 내가 계획하고 있는 소설의 뼈대

---

1) 原善「「羽ばたき」の解説」『短編の愉楽 近代小説のなかの都市』(有精堂, 1990).

같은 것입니다. 훗날 여기에 살을 붙일 생각입니다."라고 추가 설명을 했지만, 이후 이 작품이 단행본에 수록된 적은 없었다. 이 작품의 뼈대에 살을 붙인 것이라고 여겨지는 작품이 「날갯짓羽搏き」(『주간 아사히週刊朝日』 1931.6)이다. 「날갯짓」은 『호리 다쓰오 소품집 별책 장미』(角川書店, 1951)에 「날갯짓-Ein Märchen」이라는 제목으로 실렸다. 두 작품 모두 신출귀몰하는 악한 지고마를 흉내내며 지고마 놀이를 하던 소년이 어느새 진짜 지고마가 되어버린 그의 '유희'에 관한 이야기이다. 본고에서는 이 두 작품이 호리의 초기 모더니즘을 고찰하는 데 있어서 흥미로운 문제-문학의 유희성-를 다루고 있다는 점에 주목하고, 이 문제가 초기 작가의 주체성 형성과 어떤 관련이 있는지 두 작품의 비교 검토를 통해 고찰하고자 한다.

앞서 설명했듯 선행 연구에서 「무서운 아이」는 주목을 받지 못했으며, 「날갯짓」 역시 "다소 통속적인 작품",[2] "재즈풍의 풍속소설"[3]이라고 낮은 평가를 받았었다. 그래도 당시 "경박한 서양풍"[4]이라고 간과되었던 초기 작품들은 최근의 도시 표상에 관한 관심 때문에 새롭게 주목받기 시작했는데,[5] 이와 더불어 「날갯짓」에 대한 재평가도 시도되었다. 하라 젠原善은 "도시소설로서의 흥미진진한 주제가 다양하게 담겨진 도시공간의 이원성"과 2부 구성에 의한 "이원적 주제"에 주목하여 「날갯짓」을 도시소설로 재평가해야 한다고 말한 바 있다.[6]

---

2) 福永武彦「堀辰雄の作品」『堀辰雄全集』月報(新潮社, 1958.6).
3) 小川和佑『第三章 心理主義の快樂』『評伝 堀辰雄』(六興出版, 1978).
4) 中村眞一郎『芥川・堀・立原の文學と生』(新潮選書, 1979).
5) 호리 다쓰오의 초기 작품들을 도시론의 시점에서 처음으로 주목한 것은 운노 히로시海野弘 『모던도시 도쿄-일본의 1920년대-モダン都市東京-日本の一九二〇年代-』(中央公論, 1983)이다. 운노는 호리의 첫 번째 작품집 『서투른 천사不器用な天使』(改造社, 1930)에 수록된 「서투른 천사」, 「자고 있는 남자眠ってゐる男」, 「수족관水族館」을 "1920년대적인 도시소설"이라고 지적하면서 그중에서도 「수족관」(『モダンTOKIO円舞曲』世界大都會尖端ジャズ文學 I (春陽堂, 1930))을 "가장 전형적인 20년대의 도시소설"이라고 평가했다.

이와 더불어 아사쿠사淺草 일대-루나 파크ルナパーク·주니카이十二階·
마굴魔窟·하나야시키花屋敷-를 무대로 하고 있는 「무서운 아이」도 주목
받기 시작했다. 『국문학 해석과 감상国文学解釈と鑑賞』의 별책으로 발행된 『호
리 다쓰오와 모더니즘堀辰雄とモダニズム』(至文堂, 2004.2)에서는 세 편의 논
문7)이 각각 「무서운 아이」에 대해서 언급하고 있다. 세 편의 논문은 모두
「무서운 아이」를 「수족관水族館」8)과 같은 호리의 '초기 아사쿠사물浅草物'9)
의 한 작품으로 보고, 주니카이와 아사쿠사 루나 파크, 영화 '지고마'에
대해 상세히 해설하고 이들이 표상하고 있는 '모던 도쿄'를 작품에서 읽
어 내고 있다.

시마무라 테루島村輝10)는 작품 속에 등장하는 아사쿠사 루나 파크의 오
락시설-회전목마, 기차 활동사진-이 "'가상'이라 할지라도 그것을 체험
하는 아이들에게는 '현실'로 받아들여지는 성질의 것들이었다."는 사실을
검증하고 "이러한 '가상·현실'과 진정한 현실과의 경계의 애매함과 상
실"이 호리에게 "아사쿠사라는 장소 그 자체의 근간을 이루는 성질로 의

---

6) 原善 「「羽ばたき」の解説」, 앞의 책. 하라는 아사쿠사를 무대로 한 가와바타 야스나리川端康
　成의 동시대 소설 「아사쿠사 홍단浅草紅団」(1929~30)과 「날갯짓」을 관련지어 그 영향관계
　를 언급했다.
7) 『國文學解釋と觀賞別冊 堀辰雄とモダニズム』(至文堂, 2004.2)에 수록된 논문, 島村輝「仮想
　(バーチャル)の淺草-大衆文化と堀辰雄」, 押野武志「街の記憶 / 記憶の街- 鼠」「水族館」
　「ジゴンと僕」, 鈴木貴宇「眠らない街の眠たい男-堀辰雄の「モダン東京」」에서 「무서운
　아이」를 언급하고 있다.
8) 「水族館」『モダンTOKIO円舞曲』(春陽堂, 1930).
9) 호리는 유년기부터 1938년 결혼해서 가루이자와軽井沢로 이주할 때까지 도쿄의 시타마치(상
　인이 거주하는 지역)인, 아사쿠사 공원 건너편의 무코지마向島 고우메초小梅町에 살았다.
　1933년의 작품 『아름다운 마을美しい村』 이전에 쓰인 초기 작품에는 아사쿠사 일대를 무대
　로 한 작품이 몇몇 있다. 「무서운 아이」 이외에도 레뷰관レビュー館인 '카지노 포리カジノ·
　フォーリー'와 그 지하 수족관을 무대로 한 작품 「수족관」, 마찬가지로 아사쿠사 수족관을
　무대로 한 「지곤과 나ジゴンと僕」(『文芸春秋』 1930.2), 아사쿠사 공원이 등장하는 「서투른 천
　사」(『文芸春秋』 1949.2) 등이 있다.
10) 島村輝「仮想(バーチャル)の淺草-大衆文化と堀辰雄」『國文學解釋と觀賞別冊 堀辰雄とモ
　ダニズム』(至文堂, 2004.2).

미부여"할 수 있다고 지적했다. 그리고 지고마 붐을 같은 시기에 일어난 미디어에 의한 '대역사건大逆事件'의 음모와 연동시켜 "아나키스트＝대역도＝극악인"이라는 구도 외에 "아나키스트＝지고마＝히어로"라는 피카레스크 라인을 볼 수 있다고 지적했다. 오시노 타케시押野武志[11]도 「날갯짓」의 무대가 된 U탑을 "죽음의 상징"이라고 설정한 것과 관련해서 "U탑＝료운카쿠凌雲閣(아사쿠사 주니카이)"로 해석하여 관동대지진 때의 아사쿠사 주니카이의 붕괴와 지진 때 사망한 호리 모친의 죽음을 연결시켜 논했다. 그리고 「무서운 아이」에서 주인공 오토於菟가 진짜 지고마(소매치기)가 된다는 이야기 설정에 당시의 지고마붐이 작용했다는 점을 지적했다. 스스키 타카네鈴木貴宇[12]도 "어린 시절의 호리에게 있어서 '아사쿠사'란 무엇보다도 이 영화와의 기억으로 이어지는 장소였다."라고 '아사쿠사－지고마－호리 다쓰오'의 연계를 언급했다.

하지만 이들 지적은 모두 도시소설이라는 관점에서 고찰한 것으로 작품에 나타난 도시적 요소를 "경박한 서양풍"이라고 비판한 종래의 지적과 동전의 양면처럼 평가만 달리하였을 뿐, 같은 곳만 보고 있다. 종래의 지적은 두 작품에서 보이는 도시적인 요소를 부정적으로 보았다면, 이들 논문은 이를 긍정적으로 평가하고 있다는 것 외에 다른 차이점을 발견할 수 없다. 단지, 스즈키 다카네가 이 시대의 "프롤레타리아·모더니즘 양 문학이 '비전통성' 외에 공유하는 사상이 '도시'였다."고 말하고 있듯이 모더니즘을 고찰하는 데 그 환경을 형성한 근대도시의 성립은 간과할 수 없는 문제이다. 또한 모더니즘 문학이 "도시 속의 경험을 내포시켜 도시소설이나 도시의 시를 주요한 형식의 하나로 하는 경향이 강"[13]한 것도 사

---

11) 押野武志「街の記憶／記憶の街－「鼠」,「水族館」,「ジゴンと僕」」, 위의 책.
12) 鈴木貴宇「眠らない街の眠たい男－堀辰雄の「モダン東京」」, 위의 책.
13) マルカム・ブラッドベリ著, 橋本雄一譯「モダニズムの都市」『モダニズムⅠ』(鳳書房, 1990).

실이다. 그리고 호리의 많은 초기 작품이 도쿄를 무대로 하고 있다는 점에서 1920년대부터 30년대의 '모던 도시 도쿄'를 읽어 내는 것도 그의 초기 작품과 모더니즘을 생각하는 데 있어 유용할 것이다.

그러나 호리의 초기 작품과 모더니즘의 문제를 아사쿠사나 긴자銀座 등 작품의 배경만으로 고찰하는 것은 피상적이라고 생각된다. 호리는 「무서운 아이」에서 「날갯짓」으로 개고할 때 "루나 파크"나 "주니카이" 등 도시를 표상하는 기호들을 "페어리 랜드"나 "U탑"으로 바꿔서 일부러 가상공간을 만들어냈다. 오시노 다케시가 말한 "페어리 랜드"나 "U탑"이 아사쿠사를 모델로 하고 있다는 지적에 대해서는 동의할 수 있다. 그러나 작자가 의도적으로 동시대로 연결되는 해석의 고리를 단절시켰음에도 불구하고 이 작품을 굳이 아사쿠사와 연결시키지 않으면 이 작품 해석이 불가능한 것인가, 혹은 작품이 내포하고 있는 모더니즘적 요소를 찾을 수 없는 것인가, 하는 의문을 피하기는 어렵다. 이는 아사쿠사라는 표상 기호를 고의적으로 개입시키지 않더라도 충분히 모더니즘 문학의 요소를 발견할 수 있다고 생각되기 때문이다. 즉 이 작품에서 모더니즘적 특징을 나타내고 있는 것은 작품의 무대가 아니라 작품의 주안점이자 두 작품에 공통적으로 그려진 '유희' ─ 지고마 놀이에서 진짜 지고마가 되어버린 소년의 유희 ─ 이다. 또한 이들 도시표상의 관점에서는 작품 그 자체의 해석을 회피하는 경향이 있어, "훗날 여기에 살을 붙이고 싶다."고 말한 작가의 「무서운 아이」의 주제에 대한 "집착"[14]도 읽어 낼 수 없다는 한계가 있다.

한편 호리의 초기 작품이 지닌 가능성을 검토한 나카무라 신이치로는 다음과 같이 말했다.

---

14) 原善「「羽ばたき」の解說」, 앞의 책.

그러나 그[호리 : 역주]는 이 경지[「성가족」의 완벽함 : 역주]에 도달함
으로써 예술적으로 급속히 성장했다. 좋은 사례가 다음 작품인 「날갯짓」
이다. 그는 훗날 스스로 이 작품을 '메르헨[동화 : 역주]'이라고 규정했으
나 이 작품에 있는 질의 농도라는 것은 종래의 그에게서는 볼 수 없었던
어른스럽고 풍족한 것이었다.15)

나카무라는 「날갯짓」을 「성가족」 이후 작가가 성장했음을 보여주는 작
품이라고 높이 평가했다. 그리고 같은 논문에서 나카무라는 「쥐鼠」(『부인
공론婦人公論』, 1930.7)가 아이들의 유희를 소재로 한 점에 주목했다.

그러나 이 「쥐」가 더욱 중요한 의미를 갖고 있는 것은 이야기로써 아이
들의 유희를 다루고 있다는 점이다.
메이지 이래의 자연주의적 리얼리즘은 인생의 냉엄함을 표현하고자 한
나머지 인간의 마음속에 있는 어린이다운 요소, 무상의 놀이 같은 요소 등
을 소설 속에서 추방했다. […] 젊은 호리의 문학적 전위의식, 즉 기존의
문학적 인습에 대한 반역은 이 어린이다운 기분을 소설 속에 등장시켰다
는 점에도 있다. (이는 제1차 대전 후 프랑스의 많은 신진 작가들이 종래
의 소설 주인공들이었던 성인을 제치고 청소년을 일제히 작품에 등장시켰
으며, 이들 청소년들은 때때로 어린이다운 장난기를 과시했다─예를 들어
콕토의 「무서운 아이들恐るべき子供たち」, 또는 알랭 푸르니에의 「대장 몬느が
き大将モーヌ」─ 이러한 문학적 현상과도 호응한 것이라고 할 수 있다.)
즉 호리 다쓰오는 자연주의 운동이 압살한 문학이 지닌 놀이의 요소를
부활시킨 자인 것이다. 그는 작품주제로 유희를 선택하는 데 있어 예술이
란 본래 유희라는 사실을 상기시키는데 성공한 것이다. (방점 및 괄호는
원문대로)

나카무라는 호리가 「쥐」에서 아이들의 유희를 다룬 것에 주목하고, 이

---

15) 中村眞一郎 「堀辰雄─その前期の可能性について」 『ユリイカ』(1978.9).

것을 알랭 푸루니에의 『대장 몬느』(1913)나 장 콕토의 『무서운 아이들』(1929)과 마찬가지로 문학적 전위의식의 표출이라고 생각했다. 호리가 작품에서 아이들의 유희를 그리고 있다는 점에 주목하여 이를 "문학적 전위의식"의 표출이라고 파악한 나카무라의 지적은 탁월하다. 나카무라는 자연주의적 리얼리즘이 지나치게 인생의 냉엄함을 표현하고자 하여 인간의 마음속에 있는 어린이다운 요소, 무상의 놀이 같은 요소를 소설에서 추방했다고 말하고 있다. 그러나 호리 이전 또는 모더니즘 문학 이전과 이후의 차이는 주인공이 어린이냐 어른이냐의 차이, 즉 "어린이다운 기분"의 유무라기보다는 문학 그 자체에 대한 인식의 변화에 있다.

20세기라는 세기의 여러 문제를 깊은 통찰력으로 해명하고, 이에 "예언적 진단"16)을 내린 스페인의 철학자 오르테가 이 가세트는 1925년 모더니즘의 최전성기 때 이 "새로운 예술(모더니즘)"의 본질을 고찰한 선각적인 예술론 『예술의 비인간화』를 발표했다. 철학자로 사회학적 글을 쓴 오르테가는 "하나의 사회가 세계관을 바꾸려 할 경우, 그 징후는 우선 인간의 가장 자유로운 활동인 예술과 사상에서 나타난다."고 말하며 새로운 예술과 그 이전의 예술이 해 온 역할의 차이에 대해서 다음과 같이 말했다.

그때[19세기 : 역주] 시와 음악은 막중한 역할을 맡은 사업이었다. […] 예술은 2가지 이유에서 중요시되었다. 즉, 첫째로 예술이 다루는 주제는 인간에게 있어 가장 심각한 여러 문제들과 관련이 있다. 둘째로 인간 사업으로서 예술은 인간의 존엄과 존재의 근거를 정당화하는 것이다. […] 현재의 예술가는 만일 그가 이토록 중대한 사명을 안고 이토록 큰 사업을 수행해야 한다는 말을 들으면 아마도 기겁할 것이다. […] 자유자재로 움직이는 손끝의 선회에야말로 뮤즈가 존재하는 가장 유력한 근거가 있다.

---

16) 神吉敬三「解説」『オルテガ著作集』3(白水社, 1973).

예술은 인간의 인생을 심각함으로부터 해방시키고 상상할 수도 없었던 장
난꾸러기로 되돌려 놓게 되었다. 이런 뜻에서라면 예술은 인간을 구제했
다고 할 수 있을 것이다.[17]

오르테가는 모더니즘 예술이 그때까지의 낭만주의나 자연주의 예술이
안고 있던 인간의 존엄과 존재의 근거를 정당화시키는 역할을 기꺼이 거
부하고 "인간적 파토스를 털어버린 예술은 보잘 것 없는 것이 되었고, 겉
치레가 없는 예술 – 진정으로 예술 그 자체가 되었다."고 말했다. 호리를
"자연주의 운동이 압살한 문학이 지닌 놀이의 요소를 부활시킨 자"라는
나카무라의 지적은 실로 모더니즘이 파악했던 '예술' 그 자체의 존재 양
식과 관련이 있다. 나카무라는 호리의 초기 작품에서 볼 수 있는 "문학이
지닌 놀이의 요소"를 「쥐」에서 읽어냈다. 「쥐」보다 3개월 전에 집필한
「무서운 아이」에서 이미 이 문제를 다루고 있음은 물론이고, "문학이 지
닌 놀이의 요소" 그 자체를 작품의 주제로 하고 있는데, 다음 장에서 이
에 대해 구체적으로 고찰해 보고자 한다.

2. 「무서운 아이」의 유희

「무서운 아이」는 8장으로 구성된 단편 소설이다. 제1장은 1인칭 화자
인 '내僕'가 열 살 정도일 때 아사쿠사의 루나 파크에서 놀았던 아이들의
'유희'에 대해서 이야기하는 것부터 시작한다.

그리고 그것들 모두는 어른들의 오락물을 교묘하게 모방해서 만들어져

---

17) オルテガ・イ・ガセット著, 川口正秋譯 『芸術の非人間化』(荒地出版社, 1968).

있었습니다. 아이들의 놀라운 모방성, 그것은 실로 아이들의 세계를 어른
들의 세계 이상으로 시적으로 만드는 것이었습니다. "시는 현실을 모방한
다."라는 생각은 다소 역설적이지만 결코 틀리지 않았습니다. […] 그렇게
아이들의 시의 모든 것은 현실의 모방 속에 있었습니다. 아이들의 예리한
직감은 아무리 실물을 모른다 하더라도 그 모방품이 어떻게 실물을 닮았
는지를 알기에는 충분했습니다. 그리고 이 사실은 아이들의 모방품을 실
물인양 즐기는 것을 허락했습니다.(437쪽)[18]

위의 "시는 현실을 모방한다."라는 문장은 장 콕토가 「세속적인 신비世
俗な神秘」(1928)에서 한 말이다.

발벳 앞에서 작은 아이가 카페 콘서트의 어떤 가수의 흉내를 냈다. 나는
그 가수에 대해 들어본 적이 없었다. 그러나 나는 그 흉내가 아주 닮았다
는 것을 인정했다. 그것은 내가 마치 실물을 알고 있는 것처럼 나를 즐겁
게 했다. 시는 현실 — 이것에 대해선 우린 직감밖에 갖고 있지 않다 — 을
모방한다.[19]

화자인 '나'는 모방품을 실물과 똑같이 즐기는 "아이들의 놀라운 모방
성"을 "시는 현실을 모방한다."라는 콕토의 시론을 통해서 말하고 있다.
콕토가 실제 가수를 몰라도 그 가수의 흉내가 "마치 실물을 알고 있는 것
처럼 나를 즐겁게" 한 것처럼 '나'는 아이들이 실물을 몰라도 루나 파크
의 오락시설을 실물처럼 즐기는 모습을 계속해서 이야기했다.

예를 들어 기차활동이 아이들에게 진짜 향수병을 불러일으키는 일을 말
합니다. 아직 한번도 기차를 타고 여행을 간 적이 없는 아이마저도 기계장

---

18) 인용문의 텍스트는 堀辰雄 「手のつけられない子供」中村眞一郎・福永武彦編 『堀辰雄全集』
第四卷(筑摩書房, 1978)이며, 인용문 말미 괄호 안에 인용한 페이지를 표시했다.
19) ジャン・コクトー著, 堀辰雄譯 「世俗な神秘」 『コクトオ抄』(厚生閣書店, 1929).

치로 질주하는 객차처럼 흔들리는 관객석에서 스크린 위에 전개되는 다양
한 시골 풍경을 보고 있으면 어느 샌가 향수병에 걸리게 되는 것입니다.
마치 진짜 기차를 타고 여행하고 있는 것처럼.

그리고 회전목마의 목마도 아이들에게는 단순한 기계장치의 목마가 아
닙니다. 그것은 살아 있는 것입니다. 그리고 아이들은 자기 자신이 그 목
마를 조종하고 있는 것처럼 생각해 버립니다.(437쪽)

콕토가 말한 "시"나 작품에서의 "시"가 가리키는 것은 진짜가 아닌 가
짜—진짜 가수가 아니라 아이가 흉내 낸 가수, 진짜 기차가 아니라 기차
활동, 살아 있는 말이 아니라 회전목마의 목마—이다. 이것들이 진짜를
흉내 낸 가짜(허구)인 것처럼 작중에서 '내'가 인용한 콕토의 "시는 현실
을 모방한다."라는 말에는 "시" 또한 가짜(허구)라는 것을 전제로 하고 있
다. 이 시의 허구성과 현실의 상관관계는 호리가 작가활동을 처음 시작할
때부터 중요하게 생각한 부분이었다.

예를 들어 호리가 막스 야콥의 「주사위骰子筒」에 관해서 쓴 「야콥의 「주
사위」」(1929)에서 야콥의 시가 말장난에 지나지 않다고 평한 비평가에게
다음과 같이 반론했다.

그러나 왜 그대는 시가 말장난에 지나지 않다고 굳이 말하지 않는가?
야콥만이 아니라 다른 모든 시인들에게 있어서도 그들의 시가 실로 말장
난에 지나지 않는다는 것을 우리는 알아야 한다. […] 그것은 위험한, 그리
고 심각한 유희이지만 시인의 일은 거기에 있다.[20]

호리는 야콥의 시뿐 아니라 '시'가 본래 말장난에 지나지 않으며 "위험
한 그리고 심각한 유희"라는 점을 강조했다. 이러한 호리의 문학관은 「무

---

20) 堀辰雄 「ジャコブの「骰子筒」」 『詩と詩論』(1929.9).

서운 아이」 한 달 후에 발표한 「소설의 위기小説の危機」에서도 확인할 수
있다.

그것(창작)에는 보다 복잡한 정신작용이, 100퍼센트의 허구^{픽션}가 필요하다.
좋은 소설이란 말하자면 "거짓에서 나온 진실"이다. 진정한 소설가는 언
제나 진실을 말하기 위해서 허위를 사용한다. 반대로 허위를 진실인양 보
이도록 말하는 자는 가장 나쁜 소설가이다.
"소설가는 목숨 걸고 거짓말을 해야 한다."[21]

호리는 <소설=거짓에서 나온 진실>이라는 점을 다시 한 번 주장했다.
이처럼 호리는 '문학은 허위이다'라는 사실을 전제로 하여 창작활동을 시
작했다.

호리는 "허위를 진실인양 보이도록 말하는" 소설을 비판하고 시나 소
설이 "말장난"에 지나지 않는다고 파악했다. 이것은 큐비즘이 그 이전의
회화가 사용한 착시작용에 호소하여 평면인 캔버스에 3차원 공간을 만들
어내는 투시도법(원근법)을 폐기하고, 회화의 2차원성-평면-으로 돌아
가 새로운 표현의 양식을 모색한 시도와 유사하다. 호리가 큐비즘 회화의
2차원성 획득과 그 의의에 대해서 알고 있었다는 것은 "사진이라는 것이
발명된 이래, 회화는 실물다워지려는 위험에서 구제되었습니다. 여기에
현대의 가장 훌륭한 회화-마티스나 피카소의 그림이 있습니다."[22]라고
말한 것에서도 엿볼 수 있다. 이렇듯 호리도 문학이 가짜임에도 불구하고
"진실인양 보이도록 말하는" 것을 비판하고 본래의 허구성을 되찾는데 의
식적이었다.

---

21) 堀辰雄 「小説の危機」 『時事新報』(1930.5.20).
22) 堀辰雄 「室生さんの小説と詩」 『新潮』(1930.3).

호리의 이러한 문학관은 콕토나 피카소의 예술관과 동일하다. 이들이 지닌 현실과 예술에 관한 인식은 바로 모더니즘의 가장 중요한 특성을 나타내고 있다. 오르테가의 모더니즘 고찰23)에서 이 점을 확인 할 수 있다. 오르테가는 "예술 작품은 그것이 현실이 아니라는 점에 의해서만 예술이 될 수 있다."고 지적하면서 다음과 같이 말했다.

> 티치아노가 그린 카를5세의 기마상을 예술로 향수하기 위해서는 그것을 카를5세의 화신(化身)이라고 생각해서는 안 된다. 그것은 화상—즉 허구로 보지 않으면 안 되는 것이다.24)

이처럼 오르테가는 회화의 모티브와 문학의 내용—"인간의 운명", "감정"—과 작품 그 자체를 구별하여 예술을 "허구"로 이해할 때 예술은 예술로 향수된다고 지적하고 있다. 모더니즘이 예술을 허구로 파악했기에 "예술을 완전한 유희로 생각"한 오르테가는 다음과 같이 지적했다.

> 앞에서도 말했지만 현대예술은 허구를 허구로 추구하지만 이것은 속지 않도록 조심한 다음에야 할 수 있는 일이다. 예술이 예술로 감상될 수 있는 것은 그것이 파르스farce이기 때문이다. [···] 이 사람들(정직하고 보수적인 취향을 지닌 사람들 : 인용자)에게 있어 현대 회화나 음악은 완전히—나쁜 의미의—'파르스'인 것이다. 그들은 파르스라는 사실이야말로 예술의 본분이라는 것을 인정하려 하지 않는다. [···] 그러나 실제로 그[큐비즘의 화가 : 역주]가 말하고자 한 것은 예술작품은 농담joke이며, 스스로 놀리는 것이 그 목적이니까 그런 줄 알고 봐 달라는데 지나지 않는다. [···] 예술은 만약 현실의 재현이나 모방이라는 무익한 일로 시작해서 끝난다면 존속의 이유를 잃게 된다.25)

---

23) オルテガ・イ・ガセット著, 川口正秋譯『芸術の非人間化』, 앞의 책.
24) 위의 책.
25) 위의 책.

이처럼 오르테가는 모더니즘 예술이 예술을 "현실의 재현이나 모방"이 아니라 '예술'로 감상되기 위해서 "허구를 허구로 추구"했기 때문에 그 본분인 "파르스" 혹은 "유희"가 되었다고 말했다. 이상으로 「무서운 아이」의 제1장에서 '내'가 말한 아이들의 유희성－"시는 현실을 모방한다."－이 시나 예술을 허구로 파악하고 있다는 것을 전제로 하고 있으며 이것이 모더니즘 예술의 특질이라는 것을 확인했다.

통상적으로 "모방"은 사실적 리얼리즘의 "현실의 재현"을 연상시키기 쉽다. 그러나 오르테가나 작품의 '나'가 말한 "시는 현실을 모방한다."라고 생각한다고 말할 때의 모방은, 사실적 리얼리즘의 모방과는 다르다. 이 차이 때문에 '나'는 "다소 역설적입니다만"이라는 말을 덧붙이고 있다. 전술한 것처럼 예술을 '허구'로 파악한 모더니즘은 사실주의적인 '현실의 재현'을 폐기했다. 그 이유는 현실에 순응하는 이상 오르테가가 말한 것처럼 "예술의 존속 이유를 잃어버리게" 되기 때문이다.

하지만 예술인 이상 무언가를 대상으로 하고 있으며 그것을 표현하는 것임에는 변함이 없다. 다만 모더니즘에서는 우선 파악하고 표현하는 대상이 기존의 사실주의 예술과 다르다. 오르테가는 현실을 인식하는 인간의 선천적 소질 때문에 현실과 현실의 '모형'이나 '개념'을 혼동하여 "현실이란 마음이 생각하는 것 그 자체라고 근거 없이 판단"한다고 말하며, 결과 "현실의 순진한 이상화"를 초래하는 경향이 있다고 말하면서, 이를 "악의 없는 기만"이라고 비판했다. 이에 반해 모더니즘은 이 과정을 반대로 수행하고 있다. 즉, 현실로 단정한 것에 등을 돌리고, 개념－단지 주관적인 모형－을 그대로 채택하여 말라서 뼈가 튀어나와 있어도 순수하고 투명한 그 상태에 생명을 부여하여, 개념을 "현실화"하고 있는 것이다.[26]

---

26) オルテガ・イ・ガセット著, 川口正秋譯『芸術の非人間化』, 앞의 책.

초현실주의를 꿈의 모사模寫라고 이해한 호리는 대상이 허구적인 "꿈"이라 하더라도 단순히 그것을 "모사" 혹은 "재현"하는 것을 비판했다. 그리고 그 대안으로 호리는 꿈을 통해 "실재화"시키는 의식적 작용, 즉 "피카소의 변형술"을 필요로 했던 것이다.

오르테가는 모더니즘에서 대상 자체 — 현실 — 가 아니라 대상에 대한 예술가의 개념을 "실재화"하고 있는 예로 큐비즘을 들었다. 큐비즘은 종래의 "시각적 리얼리즘"을 대신해서 "개념의 리얼리즘"을 추구함으로써 "현실(리얼리티)의 개념을 보다 정확하게 나타낼 것을 주장"[27]했다. 허구를 허구로 포착한 모더니즘은 대상 그 자체가 아니라 그 개념을 실재화하여 현실 개념을 보다 정확하게 나타내고자 한다. 즉, 현실을 모방하고 있는 것이다.

「무서운 아이」의 제1장에서 아사쿠사 루나 파크의 "기차활동"이나 "회전목마"는 기차 여행이나 승마의 개념을 실재화한 허구이다. 그러나 이것들은 실물을 모르는 아이들에게 "아이들의 예리한 직감"에 의해 기차 여행이나 승마와 똑같은 감동을 주고, 실물을 즐길 수 있도록 해준다. 그런 의미에서 "시는 현실을 모방한다."고 말하고 있었다.

「무서운 아이」에서는 1인칭 화자인 '내'가 독자인 '당신'에게 — "옛날에 아사쿠사에 루나 파크라고 불리는 것이 있었던 걸 당신은 알고 있습니까?"라고 — 직접 말을 걸듯이 서술하고 있다. 제1장에서는 '내'가 아직 열 살 정도였을 때 루나 파크에서 놀았던 것을 "시는 현실을 모방한다."는 시론을 섞어 이야기하고 제2장 이후에서는 그때 "우리들 사이에서 유행했던" 새로운 유희, '지고마 놀이'에 대해 이야기를 진행한다.

「지고마Zigomar」는 프랑스의 빅트랑 쟛세Victorin Jasset 감독이 레온 사지

---

27) 八重樫春編『近代の美術 キュビスム』(至文堂, 1980).

Leon Sazie의 탐정소설을 바탕으로 제작한 연속 액션물로, 세계적으로 큰 인기를 얻었다. 일본에서는 1911년 11월에 아사쿠사에 있는 긴류칸金竜館에서 개봉되었으며 이 때문에 아사쿠사 일대의 영화관은 연일 사람들로 북적거렸다. 이 영화는 그 인기를 빌려 일제 지고마28)와 영화 지고마를 번안한 소설29)이 양산될 정도로 유행한 활극이다.30) 그리고 주인공 지고마의 악행을 모방한 범죄가 빈발하여,31) 아이들에게 악영향을 끼친다고 이유로도 화제가 되어32) 사회 문제로까지 확대되었다. 결과 다음 해인 1912년 10월 20일자로 지고마식 영화의 상영이 일체 금지되었다. 그러나 상영

---

28) 일본판 지고마 영화로는 「지고마 대탐정ジゴマ大探偵」(大勝館), 「지고마 대탐정 속편続ジゴマ大探偵」(大勝館), 「지고마 개심록ジゴマ改心録」, 「악마 파트라悪魔パトラ」(千代田館), 「소냐ソニャ」(金龍館), 「신 지고마新ジゴマ」(大勝館), 「일본 지고마日本ジゴマ」(オペラ館) 등이 있다.

29) 영화 『지고마』를 흉내 낸 소설로는 구와노 마사오桑野正夫 『지고마 탐정소설ジゴマ 探偵小説』(有倫堂, 1912), 오오타니 가손大谷夏村 『지고마의 재생 닉 카터ジゴマの再生 ニックカァター』(春江堂書店, 1912), 다카하시 지쿠호高橋筑峰 『여자 지고마女ジゴマ』(春江堂書店, 1912), 다구치 오손田口桜村 『속편 지고마続編ジゴマ』(磯部甲陽堂, 1912) 등이 있다.

30) 1912년 10월 12일자 『요미우리신문読売新聞』 기사 「지고마의 최후△아사쿠사 롯구六区의 성황」에서는 '지고마식' 탐정물의 마지막 상영을 보러 아사쿠사 롯구에 모여든 사람들의 모습을 전하고 있다. 「●괴물 지고마△아사쿠사 도리고에좌鳥越座에 나타나다」, 『요미우리신문』(1913.4.11)에서는 "요즘 아사쿠사 도리고에좌에서 흥행하고 있는 활동사진의 제목은 「탐정기담探偵奇談」이지만, 실은 종신징역을 선고받은 「지고마」를 재현한 것으로 근래에 보기 드문 인파로 성황을 이루고 있어 1주일간 연장상영을 하고 있다."면서 상영금지 이후에도 시들지 않은 인기를 전하고 있다.

31) 『요미우리신문』에서 보도한 지고마를 모방한 범죄기사를 열거하자면 「●전율이 흐르는 범죄 △스기나미마을杉並村 살인강도의 반생 ▲완연 지고마」(1912.4.17), 「지고마 간사이関西에 나타나다 △열차 내에서 부인 폭행」(1912.11.2), 「●지고마 식 흉한 출몰 △위험한 오쿠보大久保 △괴한 부인 습격 △시내에 나타남」(1912.11.10), 「●지고마식 흉한 탐정 △신주쿠新宿 경찰서 활동 개시 △범인 조만간 채포될 것」(1912.11.14) 등이 있으며, 이외에도 지고마식 흉악범죄가 증가하는 것에 경종을 울린 주운생従雲生의 「시평 ○지고마식 범죄」, 『태양太陽』(1913.5) 등이 있다. 또한 17명의 소년들이 단체를 만들어 "웃는 가면단" 또는 "소년 지고마단"이라는 이름으로 도둑질을 한 사건(「●소년 지고마 웃는 가면단」, 『요미우리신문』 1917.12.30)과 10대 소년 6명이 지고마패거리를 결성하여 도둑질을 한 사건(「지고마단 체포」 『요미우리신문』 1916.2.22)이 일어났다.

32) 주운생은 「시평 ○지고마와 통속강화通俗講話」 『태양』(1912.11)에서 "프랑스에서 수입한 활동사진 지고마를 결국 당국은 금지했다. 오히려 나는 이 금지령이 너무 늦은 것을 원망한다. [⋯] 지고마 때문에 잘못된 사상을 지니게 된 어린 소년들이 적지 않을 것이다."라고 아동들에게 미친 악영향을 지적하고 있다.

이 금지된 후에도 아이들 사이에서는 신출귀몰하는 괴도 지고마와 그를 쫓는 탐정 닉 카터의 흉내를 내는 '지고마 놀이'가 유행했다. 「지고마」가 상영했던 1912년 당시 8세였던 호리 역시 실제로 당시 「지고마」나 일제 지고마인 「메이킨名金」에 열중했었다고 한다.[33]

「무서운 아이」에서는 '나'와 친구들이 '지고마 놀이'를 하는 모습에 대해 다음과 같이 말하고 있다.

> 그리고 그럴 때에만 평소에는 왠지 무서워서 거의 다가간 적도 없는 주니카이 아래의 소위 "마굴" ─ 비좁고 너저분한 뒷골목 속으로도 참고 들어 갔습니다. 가짜 지고마가 우리들 눈을 속이기에 거기가 가장 좋은 장소였 기 때문입니다.(438쪽)

"가짜 지고마"라고 말하고 있듯이 이 놀이는 어디까지나 지고마 역할을 하는 가짜 지고마를 잡는 술래잡기 같은 놀이이다. 친구들 중에서는 가장 나이가 어리고 조금 나약한 '나'도 '지고마 놀이'를 할 때는 평소에는 왠지 무서워서 거의 다가간 적도 없는 사창가('마굴')까지 들어간다. 이는 언뜻 보면 아이들이 천진난만하게 노는 모습을 묘사하고 있는 평범한 글처럼 보이지만, '유희'로 인해 일상의 경계를 넘어서 평소에는 왠지 무서워서 거의 다가간 적도 없는 곳까지도 발을 들여놓을 수 있게 된 것을 나타내고 있다.

「무서운 아이」의 제3장 이후는 '오토於菟'라는 소년의 "비밀스런 유희"에 대한 이야기가 전개된다. 오토는 친구들 중에서 가장 나이가 많고 가

---

33) 호리는 「프루스트 잡기(진자이 기요시에게 보내는 편지)プルウスト雜記(神西清への手紙)」『新潮』 (1932.8)에서 "내 어린 시절의 전부 ─「지고마」라든지, 「메이킨名金」이라든지, 레스토랑에 서 처음 먹은 새우튀김의 냄새라든지 ─"라고 어릴 적 추억을 상징한 것으로 "지고마"와 "메이킨"을 예로 들고 있다.

장 힘이 센 아이로, 친구들하고 지고마 놀이를 할 때마다 항상 지고마 역을 도맡았다.

오토는 어머니가 돌아가신 후에 누나인 '오키누 누나ぉ絹さん'와 함께 주니카이 지하에 있는 창고 같은 단칸방으로 이사를 하게 된다. 그 후부터 그는 "우리들 몰래 혼자서" 그만의 "비밀의 유희"를 시작한다. 오토의 방에 놀러 갈 때마다 비싼 장난감이 늘어가는 것에 알 수 없는 불안을 느꼈던 '나'는 어느 일요일 오후, 루나 파크의 스케이트장에서 오토의 배후에서 활주하고 있는 진한 콧수염을 기른 낯선 사람이 오토의 비밀스런 유희를 알아챈 것을 직감적으로 깨닫는다. 그리고 갑자기 쫓기던 오토가 넘어지면서 그를 쫓고 있던 그 낯선 사람도 다리가 걸려 넘어졌을 때, 누군가가 "죽었다!"라고 외친다. 오토를 놓친 '나'는 그날 밤 오키누 누나와 함께 그가 돌아오기를 기다리면서 오키누 누나로부터 오토의 "비밀스런 유희"가 실은 소매치기였다는 사실을 듣게 된다. 그러나 오토나 오키누 누나에게 있어 그것은 금품을 노린 직업으로서의 도둑질이 아니었다.

> 그러나 오키누 누나가 그것을 마치 일종의 유희인양 이야기하기에 나는 점점 무서움이 사라지는 것을 느꼈습니다. 그리고 나중에는 나도 오토나 오키누 누나처럼 그것이 모든 유희 중에서 가장 위험한, 그리고 가장 재미있는 유희인 것처럼 믿어 버렸습니다. […] 나는 나도 모르는 사이에 이 남매가 꿈꾸고 있는 실로 놀라운 꿈속으로 자유롭게 드나들 수 있게 되었습니다.(446-447쪽)

오토의 "비밀의 유희"란 친구들과 놀았던 '가짜 지고마 놀이'에서 진짜 지고마가 된 것을 말한다. 오토는 도둑질(소매치기)을 하거나 자기를 잡으려고 하는 "바보 같은 탐정"을 괴롭히는 등[34] '진짜 지고마 놀이'를 현실

---

34) 당시 『요미우리신문』에서 소개하고 있는 『지고마』의 내용을 보면, 실제 영화에서도 지고

세계에서 실행했다. 그때까지의 '가짜 지고마 놀이'가 영화 「지고마」의 흉내였고 "우리가 하나가 되어 꾸던 꿈", 즉 허구라고 한다면 오토의 '유희'는 이 허구를 허구로 '현실화'한 것이다. 그것은 현실과 꿈(허구·유희)의 구별이 없고 '유희'를 '유희'로 행하고 있는 것으로, "모든 유희 중에서 가장 위험한 그리고 가장 재미있는 유희"인 것이다. 호리가 시인의 일을 "위험한 그리고 심각한 유희"라고 말했듯이 오토의 유희란 모더니즘 예술가가 허구를 허구로 현실화하는 행위 그 자체이다.

오토의 유희가 실은 소매치기라는 사실을 알게 된 '나'는 처음에는 너무도 불안해서 어찌할 바를 몰랐다. 이 불안감은 자신이 좋아한 친구가 범죄를 저지른 것에 대한 감정이다. 그러나 누나의 이야기를 듣고 남매처럼 오토의 행위를 "일종의 유희"라고 믿게 되면서 현실에 등을 돌린 그들의 "실로 놀라운 꿈속으로" 자유로이 드나들 수 있게 된 '나'는 새로운 "불안감"을 느끼기 시작한다.

> 이렇게 해서 한명의 대담한 살인범(?)이 도망쳐오는 것을 이제야 돌아오나 하며 기다리는 뭐라 말할 수 없는 두려움이 지금까지 한번도 경험한 적이 없는 심야의 느낌과 하나가 되어 나에게 이제껏 꾸어 왔던 것과는 전혀 다른 꿈을 꾸는 방법을 자연스럽게 터득시킨 것입니다.(447쪽)

어린 '내'가 처음 경험한 "심야의 느낌"과 오토가 돌아오기를 "이제야 돌아오나 하며 기다리는 뭐라 말할 수 없는 두려움"은 지고마의 대담무쌍한 악한 같은 모습이 "우리들마저도 매우 감동시켰을" 때의 스릴감을 닮았다. 영화 『지고마』를 본 사람이 지고마의 대담무쌍한 악한 같은 모습에 "감동"—실제로 당시(1920년대)의 지고마 붐은 지고마의 "악한 같은 모

___
마가 그를 쫓고 있는 탐정 폴린을 달리는 열차에서 밀어 내면서 괴롭히는 장면이 있다. (「ジゴマを観る」『讀賣新聞』1912.2.17).

제7장 문학의 유희와 모더니즘 **177**

습"에 얼마나 많은 사람들이 감동했는지를 말해주고 있다 — 할 수 있는 것은 그것이 현실에서 일어난 범죄가 아니라 스크린 위에서 펼쳐지는 허구이기 때문이다. 그리고 '나'도 오토의 '유희'의 본질을 알고, 그것을 공유함으로써 현실적인 공포감과는 다른 오토의 '유희'가 주는 스릴을 느끼고 "이제껏 보아 왔던 것과는 전혀 다른 꿈을 꾸는 방법"을 터득하는 것이다.

「무서운 아이」는 다음날 새벽녘에 오토가 돌아오는 것으로 끝난다.

> 그로부터 한참을 내가 꾸벅꾸벅 졸고 있을 때, 누군가가 덧문을 두드린 것 같았습니다.
> 그 소리를 듣자 오키누 누나가 서둘러 달려갔습니다. 나는 그 쪽을 봤습니다.
> 덧문이 열렸습니다. 그리고 오토가 들어왔습니다. 그리고 나서 차가움이, 아침의 광선이, 그를 따라 들어왔습니다. 그는 미소 짓고 있었습니다.(448쪽)

덧문을 두드리는 소리를 들은 순간부터 오토가 미소 지으며 들어오기까지의 짧은 순간, '내'가 본 동작 하나하나가 단문의 연속으로 표현되어 마치 영화의 슬로모션 같은 효과를 내고 있다. 그리고 마지막에 아침의 "차가움"과 "광선"을 배경으로 미소 짓고 있는 오토의 얼굴이 클로즈업되어 있다. 이는 물론 히어로 '지고마'의 얼굴이자 현실 세계에서 허구를 허구로 관철시킨 승자의 얼굴이기도 하다.

지금까지 오토의 '유희'가 진짜 지고마가 되어 허구를 허구로 현실화되는 과정에 대해 살펴보았다. 여기에서 오토의 유희는 모더니즘 예술가의 메타포라는 것을 확인했다. 그리고 "아직 열 살 정도" 때 오토의 '유희'로 새로운 "감동"을 알게 된 화자 '나'는 현시점에서 아이들의 유희성을 통해 "시는 현실을 모방한다."라고 인식하고 있다. 이러한 현재의 '나'의 인식은 '아직 열 살 정도' 때 오토의 '유희'를 간접적으로나마 체험했기 때문에 얻어진 것이다. 「무서운 아이」는 어디까지나 화자 '나'의 시점에서 아이들의 유희와 오토의 유희에 대해 이야기하고 있다. '나'는 오토 남매의 "꿈 세계"에 자유로이 드나들 수 있게 되지만 '내'가 실제로 오토처럼 진짜 지고마 놀이를 한 것은 아니다. 어디까지나 간접적, 방관자적 입장에서 오토의 '유희'를 통해 얻은 감동과 이에 따른 인식을 이야기하고 있는 것이다. 따라서 '내'가 얻은 "시는 현실을 모방한다."라는 인식이 작가 호리 다쓰오의 문학에 대한 기본적 인식을 나타내고 있다는 것을 감안하면, 「무서운 아이」라는 작품은 호리의 문학관을 스토리화한 메타소설로 읽을 수 있다고도 할 수 있겠다.

3. 「무서운 아이」에서 「날갯짓」으로

앞에서 「무서운 아이」의 테마인 유희-특히 오토의 유희-가 호리의 문학관을 나타내고 있다는 것을 확인했다. 「날갯짓」에서도 「무서운 아이」와 마찬가지로 허구를 허구로 현실화하고 있는 소년의 유희를 그리고 있다. 이 테마가 호리의 문학관과 관련되고 있기 때문에 두 작품의 비교 검토를 통해 이 테마가 어떻게 발전되고 전개됐는지, 그리고 이것이 작가 주체와 어떤 관련성을 갖고 있는지에 대해 살펴보겠다.

「무서운 아이」의 테마는 「날갯짓」의 등장인물 꼬마대장 지지ジジ-지지 역시 지고마 놀이를 하다가 진짜 지고마가 되어버린 소년-의 조형을 통해 계승되고 있지만, 「무서운 아이」와 「날갯짓」은 작품구성이 크게 다르다. 이야기의 시점이 「무서운 아이」에서는 '내'가 1인칭 화자로 모든 사

건이 '나'의 시점에서 서술된데 비해 「날갯짓」은 3인칭 전지적 시점으로 진짜 지고마가 된 지지의 내면에 대해서도 서술되어 있다.

그리고 작품의 시제는 「무서운 아이」에서는 '내'가 과거에 경험한 일을 모두 과거형으로 "당신"에게 들려주는 형식이지만, 「날갯짓」은 후에 부제로 "메르헨"이라고 붙이고 있듯이 3인칭 화자가 과거형 지문과 현재형의 심중사유를 섞어가면서 동화를 말하는 형식으로 바뀌었다.

작품 배경은 후루마타 유스케古俣裕介가 지적했듯이[35] 오토남매가 사는 "주니카이"와 아이들의 놀이터인 "루나 파크"라는 구체적인 명칭이 "U탑"과 "페어리 랜드"로 은폐되었으며, "U탑"을 "죽음의 상징"으로, 페어리 랜드를 "생명의 상징"으로 설정하여 '동화'의 허구성을 증폭시키는 설정으로 되어 있다. 「날갯짓」은 지지의 어머니의 죽음을 전후하여 어머니의 임종장면에서 끝나는 「Ⅰ장」과 어머니 사후 지지에게 초점을 맞춘 「Ⅱ장」의 2부 구성이다. 이러한 변경으로 인해 「무서운 아이」 제1장에서 서술한 '나'의 '유희'에 관한 명확한 인식은 「날갯짓」에서는 화자가 이야기하는 '동화' 그 자체에 내재화되어 있다.

작중인물도 「무서운 아이」에서는 오토, 오키누 누나, 나, 이렇게 세 명이 등장한다. 「날갯짓」에서는 지고마역의 지지와 그를 따르는 소년 키키ㅋㅋ 이 두 명에게 초점이 맞춰져 있고 「무서운 아이」에 나온 오키누 누나의 존재가 삭제되었다. 작중인물의 설정을 변경한 것은 전체 두 작품의 주제적 차이와 밀접하게 관련되어 있다.

오시노 다케시가 「무서운 아이」와 장 콕토의 「무서운 아이들」의 공통점을 지적했는데, 이 공통점은 먼저 누나라는 인물 설정에서 찾을 수 있

---

35) 후루마타는 "호리의 작품 속에서 그것[가상의 지명]은 구체적인 명칭을 은폐함으로써(예를 들어 「날갯짓」 등), 몽롱한 환상을 만들어내는 효과를 내고 있다."고 지적했다.(古俣裕介 「『不器用な天使』」 『解釋と鑑賞』(1996.9)).

다. 그는 "소설(「무서운 아이」)의 타이틀은 한 해 전에 발표된 콕토의 『무서운 아이들』을 상기시킨다. 내용적으로도 고아 남매를 등장시키는 등 공통점이 보인다."[36]고 지적했다. 장 콕토의 동명 작품[37] 『무서운 아이들Les Enfants Terribles』(Grasset, 1929)의 인물설정-누나 엘리자베트와 남동생 폴, 그리고 그들을 따르는 제라르-과 「무서운 아이」의 인물설정을 비교하면 매우 비슷하다는 것을 알 수 있다. '나'의 특징은 강하고 아름다운 오토에 대한 동경심이다. 오토를 두려워하면서도 그를 너무나 좋아한 나머지 그에게 애절한 마음을 안고 있다는 '나'의 인물조형은 『무서운 아이들』에서 강하고 아름다운 학교의 우두머리 달즐로를 "구제할 수 없는, 막연한, 강렬한 고통이며, 성욕도 목적도 동반하지 않는 맑은 욕망"으로 따르는 폴과 유사하다. 특히 「무서운 아이」에서의 '나'나, 『무서운 아이들』의 제라르가 본 남매의 성격을 상징하는 아이들만의 영역인 그들의 방에 관한 묘사에서는 그 영향이 명확하게 드러난다.

호리 다쓰오 「무서운 아이」

그것은 정말 잘도 어지럽혔다고 놀랄 정도로 산만한 방이었습니다. 속이 뒤집혀질 것 같은 냄새가 나는 항상 깔려져 있는 이불, 쌓여진 채로 내버려진 셔츠와 그 외의 세탁물, 먼지가 쌓인 바닥에 손을 댈 수 없을 정도로 너부러져 있는 연극이나 활동사진의 광고, 신문, 잡지에서 오려 낸 것들.-그 스크랩 중에는 활동사진 배우의 사진과 함께 살인범의 사진까지도 뒤섞여 있었습니다.(440쪽)

---

36) 押野武志「街の記憶 / 記憶の街-「鼠」「水族館」「ジゴンと僕」」, 앞의 책.

37) 호리는 「아르뛰르 랭보アルテュル・ランボオ」『빗자루箒』(1926.9)에서 랭보를 "그는 실로 무서운 아이手のつけられない子供(enfant terrible)였다."라고, "enfant terrible"를 "무서운 아이手のつけられない子供"라고 번역했다.

장 콕토『무서운 아이들』

　방을 처음 본 사람은 놀래다. 침대가 없었다면 창고 방이라고 생각할 것
이다. 상자, 속옷, 타월 등이 바닥에 흐트러져있다. 카펫에서는 실밥이 튀
어나와 있었다. 난로 중앙에는 석고상이 있었으며, 잉크로 눈과 수염 등이
그려져 있었다. 여기저기 영화 스타, 권투가, 살인범 등의 사진이 실린 잡
지, 신문, 프로그램의 스크랩이 압정으로 꽂혀 있었다.[38]

　위의 두 인용문을 비교하면「무서운 아이」와『무서운 아이들』이 상당
히 유사하다는 것을 알 수 있다. 두 작품에 등장하는 남매는 모두 어른
세계의 질서와는 전혀 무관하게 자신들의 꿈에만 충실하게 살고 있다. 오
시노가 지적했듯이 몽상에 빠지는 인물로 남매를 설정한 점과 그들과 어
울리면서 동화되어가는 소년(「무서운 아이」에서는 화자 '나',『무서운 아
이들』에서는 제라르)이 등장하는 점도 유사하다.「무서운 아이」를 발표하
기 전에 호리는 "그[장 콕토 : 역주]가 작년에 쓴『무서운 아이들』이라는
소설도 상당히 평판이 좋은 것 같지만 나는 아직 전부 읽지 않았다."[39]고
말한 바 있다. 위의 인용에서 본 것처럼 호리가 최소한 부분적으로는『무
서운 아이들』을 읽고,『무서운 아이들』에 등장하는 아이들 특유의 감각과
현실에 등 돌리고 몽상 속에서 살아가는 자매의 조형에 주목했던 것은 확
실하다고 생각된다. 호리가 "상당히 평판이 좋은 것 같지만"이라고 말했
듯이 1930년 9월에는 도고 세이지東鄕青児가 번역, 삽화, 장정을 한『무서
운 아이들』(白水社)이 출판되었으며, 그 삽화와 장정은 1930년 가을 이과
전二科展에도 전시되었다.『작품作品』(1930.9)에서는 "봐라, 동서 양 기재의
자랑스러운 결합을!"이라는 한 페이지를 할애한 광고를 내고 도고 세이지

---

38) 인용은 ジャン・コクトー著, 佐藤朔譯「恐るべき子供たち」『ジャン・コクトー全集』第
　　三卷(東京創元社, 1980)에 의함.
39) 堀辰雄「芸術のための芸術について」『新潮』(1930.2).

가 직접 작품 감상까지 실어서 광고했다.

이상 「무서운 아이」에서 현실에 등 돌리고 몽상 속에서 살아가는 남매의 조형이 콕토의 『무서운 아이들』의 영향이라는 것을 확인했다. 그리고 이 남매-특히 오토-가 현실을 재현한 허구가 아니라 허구를 허구로 추구한 모더니즘 예술가의 존재 양식을 표상하고 있다는 점에 대해서도 앞에서 고찰했다. 그러나 이러한 「무서운 아이」와 콕토의 『무서운 아이들』의 인물조형 유사점은 「날갯짓」에서는 없어지게 된다. 앞서 말했듯이 「날갯짓」에서는 남매가 아니라 지지라는 소년 한명으로 변경되었으며, 「무서운 아이」에서의 방 묘사 등 『무서운 아이들』과의 표면적인 유사점은 찾아 볼 수 없게 된다. 그러나 현실에 등을 돌리고 허구를 허구로 추구하는 아이의 유희의 위험성 문제는 심도 있게 그려지고 있다.

스즈키 리키에鈴木力衛는 『무서운 아이들』에 대하여 다음과 같이 해설했다.

"어지럽혀진" 방 안에서 몽상세계에 빠져 노는 것을 생활의 신조로 하고 평범한 현실에서의 빠져나오고 싶다고 소원하는 '무서운' 작중인물들의 마음 상태는 영원히 변치 않는 소년기의 이상의 생활이며, […] 시대에 반역하는 소년들의 자세를 읽어 낼 수도 있다. 하지만 콕토는 이 비정상적인 소년들이 자아낸 비극을 단순한 전후 풍속의 이야기로 그린 것이 아니다. 한 발짝 한 발짝 파멸로 이끌려가는 그들의 비운 속에 잔혹한 포에지의 아름다움을 발견하고 그것을 작품의 밑바닥에 둔 것이다.40)

「무서운 아이」에서는 『무서운 아이들』이 보여주는 작중인물의 심리를 예리하게 분석한 문체와 남매의 자살이라는 비정상적인 소년들이 자아내는 비극성, 그리고 "잔혹한 포에지의 아름다움"은 없다. 이 몽상에 빠진

---

40) 鈴木力衛 「解說」 『恐るべき子供たち』(岩波文庫, 1957).

아이들의 "잔혹한 포에지의 아름다움"은 「날갯짓」에 도입되어 있다.

「무서운 아이」와 「날갯짓」의 가장 큰 차이는 작품의 결말이다. 두 작품 모두 진짜 지고마가 된 소년이 스케이트장에서 그를 좇아오는 "콧수염"을 가해하는 사건을 일으킨다. 「무서운 아이」의 오토는 앞에서 보았듯이 스케이트장에서 무사히 돌아오지만 「날갯짓」의 지지는 그가 기숙했던 U탑에서 뛰어내려 죽는다.

「무서운 아이」에서는 '내'가 오키누 누나로부터 오토의 비밀을 듣고, 그들의 "전혀 다른 꿈을 꾸는 방법을 자연스럽게 터득"하게 된다. 화자인 '내'가 직접 비밀의 유희를 행한 것이 아니라 어디까지나 오토의 비밀을 오키누 누나로부터 '이야기 들음'으로써 이해한 것이었다. 스케이트장에서 일어난 사건에 대해 알게 된 오키누 누나는 그 상황을 그들의 꿈으로 재해석하여 '나'에게 이야기했다.

> 내 이야기를 다 듣자 오키누 누나는 저에게 말했습니다. 그 "낯선 사람"이란 실은 멍청이 탐정이라는 것, 그리고 그는 오토의 훌륭한 유희를 이해하지 못하고 무조건 그를 잡으려고 한 것, 그러나 아무리 그를 현행범으로 잡으려 했으나 잡지 못했다는 것, 그리고 그가 너무 귀찮게 쫓아다니면서 자신의 유희를 방해하기 때문에 오토는 화가 나서 일부러 넘어져서 그를 발로 찼을 것이라는 것, 그리고 잘못 맞아서 그는 기절해버린 것이라는 것, 하지만 그것은 일시적인 가사이지 결코 진짜로 죽은 것은 아닐 거라는 것이라고—
> 나는 나도 모르는 사이에 이 남매들이 꿈꾸고 있는 실로 놀라운 꿈속으로 자유로이 드나들 수 있게 되었습니다.(447쪽)

짧은 작품임에도 불구하고 누나의 해석을 장황하게 전부 이야기하고 있는 것은 누나의 말에 의해 '내'가 남매들이 꿈꾸는 "실로 놀라운 꿈속으로" 드나들 수 있게 되었기 때문이다. 스케이트장에서 오토의 배후에 활주했던 "콧수염"이 오토를 쫓고 있던 "멍청이 탐정"인지, 그리고 그가 "기절해버린 것"인지 그 진위는 모른다. "콧수염"의 정체가 중요한 것이 아니라 그를 "멍청이 탐정"―영화『지고마』에서 늘 지고마를 잡으려 하나 놓쳐버리는 탐정―으로 해석하고 있는 점이 중요하다. 그리고 '나'는 누나의 해석을 통해서 진짜 지고마 놀이를 하고 있는 오토의 '유희'에 공감하고 영화『지고마』못지않은 "감동"을 느낀다. 그러나 「무서운 아이」에서 현실에 등을 돌리고 꿈속에서 사는 것은 오토남매이고 그들의 이야기를 전하고 있는 화자 '나'는 방관자적―간접적― 위치에 있다. 호리가 말하는 "진짜 소설가"를 「무서운 아이」의 오토가 구현하고 있다면 오토와 그의 누나의 "꿈을 꾸는 방법"은 "진짜 소설가"에 의해 전해진 "거짓에서 나온 진실"이라 할 수 있으며, 화자 '나'는 그것을 터득하고 이해하고는 있지만 그들의 내면까지는 들어가지 않고 어디까지나 밖에서 그들에게 공감하는 데 그친다. 앞에서 살펴 본 「무서운 아이」의 마지막 장면에서 오토를 히어로로 바라보고 있는 '나'의 시선은 콕토를 포함한 서구 모더니즘예술가에 대한 작자 호리의 동경의 눈빛과 겹쳐진다.

그러나 「날갯짓」에서는 오키누 누나처럼 현실을 꿈으로 '번역'해주는 인물이 부재하다. 「무서운 아이」에서 오토의 유희를 '내'가 공감한 것과 달리, 「날갯짓」의 키키―지지를 따르는 소년―는 끝까지 지지의 유희를 이해하지 못한다.

지지가 스케이트장에서 낯선 남자를 칼로 찌른 것을 가짜 지고마 놀이로 착각한 키키와 그의 친구들은 가짜 지고마 놀이의 일환으로 '가짜 지고마'역인 지지를 잡으러 U탑으로 향한다. 그리고 지지의 유희를 이해하지 못하는 키키와 친구들은 지지를 궁지로 몬다.

그러나 키키는 정숙하게 유희의 개시를 선언했다.

─지지 각오해라!

스스로 친구들을 배신하고, 그리고 고독 속에서만 살고 있던 지지는 더 이상 키키들의 유희에 합류할 수가 없었다. […]

지지는 갑자기 철망이 없는 창문에 뛰어 올랐다. 키키들과의 유희를 완전히 잊어버린 지지도 아직 그 자신과 노는 일은 잊지 않았다. 궁지에 몰려서 처음으로 그는 꿈속에서 비둘기한테서 터득한 비행술을 현실 속에 응용하려고 했다. 그는 탑의 높은 창문에서 뛰었다!

그때 탑에 둥지를 틀고 있던 모든 비둘기들이 지지와 함께 날아가는 것처럼 보였다. 그것들의 날갯짓은 하늘을 뒤덮었다. […] ─그러나 지지가 모르는 속도가 그의 모든 감각의 속도를 넘었다. 지지는 무감각이 된 채 지상으로 추락하기 시작했다.(169-170쪽)[41]

「날갯짓」에서는 「무서운 아이」의 마지막 장면처럼 진짜 지고마가 된 소년을 더 이상 히어로로 그리고 있지 않다. 「날갯짓」의 지지는 비둘기하고만 노는 고독한 몽상가로 그려지고 있다. 그는 진짜 지고마가 된다는 자기 자신과의 유희를 관철시키기 위해서 꿈속에서 비둘기들한테서 배운 비행술로 하늘을 날 수 있다고 믿고 U탑에서 뛰어내린다.

이처럼 「날갯짓」에는 현실에 등 돌리고 꿈속에서 살아가는 지지의 비극적인 결말이 그려져 있다. U탑에서 날 수 있다고 믿고 뛰어내린 지지의 행동은 꿈을 꾸는 것이 꿈을 꾸고 있는 자의 '현실'을 바꿔버린다는 것을 나타내고 있다. 비둘기로부터 배운 비행술을 현실 속에서 응용하려는 지지의 '현실'은 키키를 포함한 다른 친구들의 현실과는 다른 것이다. 호리가 말한 "진짜 소설가는 언제나 진실을 말하기 위해서 허위를 사용한다. […] 소설가는 목숨을 걸고 거짓말을 해야 할 것"[42]이라는 말은 허구(꿈)

---

41) 인용문의 텍스트는 堀辰雄「羽ばたき」中村眞一郎・福永武彦編『堀辰雄全集』第一卷(筑摩書房, 1977)이며, 인용문 말미 괄호 안에 인용한 페이지를 표시했다.

에 의한 이미지의 창조만을 의미하는 것이 아니다. 작가는 허구를 사용하고 그 허구가 진실이라고 믿음으로써 새로운 '현실'을 만들어내고 있다. 호리가 시인이 "말장난에 지나지 않는" 시를 창작하는 일을 "위험한 그리고 심각한 유희"라고 말했듯이 오르테가도 "이 일은 예술가 스스로가 현실을 거부하고, 그로 인해 자기를 현실 위에 두지 않으면 이룰 수 없다." 고 말했다. 지지가 더 이상 친구들의 유희에 합류할 수가 없었던 것처럼 허구를 허구로 실재화시키려는 자는 다시 원래의 현실로 돌아갈 수 없다. 그것은 자기 자신과의 유희가 아무리 죽음을 초래한다하여도 그것을 관철시켜 유희가 그에게는 또 하나의 '현실'이 되기 때문이다. 자신의 꿈에 의해 만들어진 새로운 현실 속에 몸을 던진 지지의 모습은 호리의 문학이라는 허위와 "목숨을 걸고" 대면하겠다는 작가로서의 각오가 구현되고 있다.

지지의 죽음이라는 결과는 이 작품에서 최종적으로 지지 같은 몽상가를 비판적으로 그리고 있는 것이 아니냐하는 의견도 있을 수 있다. 그러나 「날갯짓」은 지지의 죽음만을 그리고 있는 것이 아니라 지지와, 항상 그의 곁을 따라 다녔던 "비둘기 한 마리"의 죽음도 그리고 있다.

> 그리고 또 하나의 죽음이 있었다. 그 순간까지 하늘에서 다른 비둘기들과 함께 이상하게 소란을 피우면서 날고 있던 비둘기 한 마리가 갑자기 돌처럼 되어 떨어졌다. 그리고 그것은 지지의 시체 옆에 하나의 오점을 그렸다.(170쪽)

이 "비둘기 한 마리"는 지지가 진짜 지고마 놀이를 할 때 반드시 함께 있던 비둘기이자, 지지가 꿈속에서 몇 번이곤 본 어머니의 환생이기도 했

---

42) 堀辰雄「小說の危機」, 앞의 책.

다.43) 지지가 비행술을 배운 것도 꿈속의 비둘기이다. 비둘기가 어머니의 환생이라고 생각한 것은 지지의 꿈에 불과하다. 그러나 작품 말미에서 "갑자기 돌처럼 되어 떨어져" 죽는 비둘기의 행위는 현실의 비둘기가 할 수 없는 비현실적인 행위이다. 이 비둘기는 어머니의 환생을 꿈 꿔 오던 지지의 꿈의 산물이라는 것을 의미한다. 이러한 현실 속의 비현실적인 사건은 현실과 꿈의 경계를 무너뜨린다. 따라서 이 "비둘기 한 마리"란 지지의 몽상이고 지지의 죽음을 전하는 작품세계의 현실성은 이 비둘기의 죽음으로 인해 반전된다. 즉, 몽상 때문에 '현실' 속에 몸을 던진 지지가 행한 행위의 결과가 비둘기의 죽음을 초래했다. 그리고 이 비둘기가 지지와 함께 추락한 것이 지지의 몽상이 진실이었다는 것을 증명해주고 있다.

여기에 초기부터 호리가 안고 있던 작가와 작품과의 관계가 나타나고 있다. 호리 다에코의 「만년의 다쓰오晩年の辰雄」에는 만년 병상에서 고생한 호리가 남긴 말이 기록되어 있다.

> "이렇게 고생할 바에는 차라리 죽게 해 줬으면 좋겠어"라고 중얼거렸을 때 그 고통에 끌려가듯이 "함께 죽읍시다."라고 말한 나를 올려다보고 "내가 자살하면 지금까지의 내 작품은 모두 나랑 함께 죽어버리잖아⋯⋯알겠어? 나의 노력이 모두 허무해지는 거야"44)

호리에게 있어서 작가의 자살이란 자신이 창출한 '현실'을 더 이상 믿지 못하기 때문에 그 '현실'을 살아갈 수 없다는 것을 뜻한다. 그리고 그 '현실'의 산물인 작품도 작가의 자살과 함께 공허한 것이 되어 버린다. 그러나 「날갯짓」에서 그려진 지지의 죽음은 호리가 말한 작가의 자살과 정

---

43) "그는 화를 내지 않고 왠지 그 비둘기가 어머니 같다는 생각이 들었다⋯⋯."(160쪽)
　"그는 어머니가 죽으면서 비둘기로 환생하는 꿈을 몇 번이나 꾸었다."(164쪽)
44) 堀多惠子「晩年の辰雄」『妻への手紙』(新潮社, 1959).

반대되는 행위이고 비둘기의 죽음은 작가가 창출한 '현실'의 진실성을 증명하고 있는 것이다.

나카무라 신이치로가 「날갯짓」에서 「성가족」 이후의 성장을 볼 수 있다고 지적했다. 이 작품에서 "목숨 걸고" 문학이라는 허위와 마주하려고 한 호리 다쓰오의 작가로서의 각오를 읽어냄으로써 신이치로의 지적을 보충하고자 한다.

제8장

일본의 초현실주의와 호리 다쓰오의 '꿈'

1. 머리말

호리 다쓰오의 초기 작품에는 꿈이나 잠을 다룬 작품이 많다. 1929년 10월 호리가 편집한 『문학』(1929.10~1930.3)의 창간호에 실은 권두 소설 「자고 있는 남자」도 꿈과 잠이 나오는 작품이다. 호리는 「자고 있는 남자」 발표 후 "잠만큼 현재 나의 호기심을 자극하는 것은 없다."[1]고 말하고 이 소설이 "잠의 조직"을 강하게 의식해서 만든 작품이라는 의중을 밝혔다. 작품 발표 당시 가타오카 뎃페이片岡鉄平는 소위 예술파을 비판하기 위해 그 표적으로 「자고 있는 남자」를 언급하면서 한심한 생활을 속이고 있다고 비난했다.[2] 그리고 "그들이 매사에 의기양양해 하는 문학상의 쉬르레알리슴은 머지않아 그들이 안주할 곳이 될 것이다. 현재로서는 『문학』 동인 중 신인인 호리 다쓰오의 작품에서만 그 맹아적 경향이 보이지

---

1) 堀辰雄 「僕一個の見地から」 『文學時代』(1930.1).
2) 片岡鐵兵 「少し大きな聲で(三)化かしと技術(一)」 『東京朝日新聞』(1929.10.20).

만……"3)이라며 「자고 있는 남자」에서 쉬르레알리슴의 "맹아적 경향"이 보인다고 지적했다.

곧 히데미今日出海의 "만일 일본에서 수포를 찾는다면 나는 호리 다쓰오씨를 추천할 것이다. 그만큼 문체가 비슷하다. […] 그러나 내가 가장 선명하게 영감을 얻는 것은 호리씨의 구김살 없는 시정과 전편을 뒤덮는 경쾌한 분위기뿐이다. 그리고 이것을 가장 명료하게 들어낸 작품이 「자고 있는 남자」이다."4)라고 지적했다. 가와카미 데쓰타로河上徹太郎의 "호리가 「자고 있는 남자」를 집필했을 때 이름은 기억나지 않지만 나는 우연히 수포의 한 단편을 읽고 거의 그 직역이라는 것을 발견했다."5)라는 지적이 있다. 이처럼 「자고 있는 남자」는 발표 당시부터 쉬르레알리스트 필립 수포Philippe Soupault와의 유사점이 지적됐다.

「자고 있는 남자」에 있어서 수포의 영향을 구체적으로 검증한 선행연구로 마키야마 토모코槇山朋子의 연구6)가 있다. 마키야마는 이 작품을 발표한 1929년에 호리가 수포의 시를 여러 편 번역했다는 사실7)과 「X씨의 수첩X氏の手帳」(『1929』 1929.11)에서 수포의 시를 인용한 사실 등을 보아 "호리가 수포에게 많은 관심을 가졌다는 것은 명확하다."고 말하며 「자고 있는 남자」 집필에 수포의 소설

『몽 파리 변주곡Les Dernières Nuits de Paris』(Calman Levy, 1928)이 많은 영향을 미쳤다고 지적했다.

마키야마는 「자고 있는 남자」와 『몽 파리 변주곡』 제1장과의 유사점을 지적했다. "남자가 여자의 미소에 매혹된다는 스토리 발단의 공통성과 프

---

3) 片岡鐵兵 「「新文學」の正体」 『詩神』(1930.1).
4) 今日出海 「文芸時評」 『作品』(1930.9).
5) 河上徹太郎 「堀文學の役割」 『現代日本文學全集 月報』 第12号(筑摩書房, 1954).
6) 槇山朋子 「堀辰雄とフィリップ・スーポー─ 「眠つてゐる男」の成立─」 『日本近代文學』(1991.5).
7) [부록 1] ≪호리 다쓰오 번역과 창작 연표≫ 참조.

랑스어 구문을 바탕으로 한 표현의 유사성을 확인할 수 있다."는 점과 "'잠'이라는 설정"이 같다는 점이다. 이 작품에서 현실과 꿈의 혼재를 "의식과 무의식의 혼동"으로 파악하여 호리의 쉬르레알리슴에 대한 공감이 무의식 세계의 복권을 주장하고 있는 점에 있다고 했다. 그러나 호리의 이지적인 창작의식은 "이지를 부정하는 입장에 선 쉬르레알리슴의 실험적 방법"과는 다르다는 점도 지적했다.

호리가 프랑스로부터 수용된 쉬르레알리슴에 관심을 보이면서도 창작방법에 명확한 차이를 보인다는 마키야마의 지적은 호리가 1929년서부터 1930년에 걸쳐 발표한 에세이를 중요한 근거로 하고 있다. 이들 에세이에서 호리는 초현실주의처럼 꿈을 이용하고 있지만, 꿈에 대한 태도에서 초현실주의와는 차이점을 보이고 있다. 초현실주의는 꿈을 현실 이상의 것으로 이해하고 있는 것에 비해, 호리는 현실의 진실성을 포착하기 위한 방법으로 꿈이나 잠을 이용했다고 말하고 있다. 이를 바탕으로 본고에서는 초현실주의와의 유사점(꿈을 사용하고 있는 점)과 차이점[8]에 관해 재검토하고자 한다. 1929년부터 1930년에 걸쳐 호리가 쉬르레알리슴 이론에 대한 관심과 실제 창작방법 사이에 차이를 보인 원인이 선행연구에서 지적했듯이 호리의 "이지적인 창작의식" 때문이었다는 것은 부인할 수 없다. 그러나 이에 대해서 다른 가능성 역시 재고되어야 한다. 당시의 시대적 상황을 고려하면 1929~1930년경의 일본에서 쉬르레알리슴이 수용되는 과정에서 그 내용의 변용이 있었는데, 그것이 한 요인이 되고 있다고 생각된다. 이를 명확히 하기 위해서는 재검토할 필요가 있다.

호리 문학에 있어서 쉬르레알리슴의 영향이 어느 정도였는가 하는 문제는 호리가 쉬르레알리슴에 관하여 많은 발언을 하고 있는 1929, 1930

---

8) 꿈에 대한 가치부여의 차이를 말한다. 쉬르레알리슴은 꿈을 현실 이상의 것으로 간주했지만, 호리는 꿈을 현실을 알기 위한 도구로 간주했다.

년 당시의 일본에서 쉬르레알리슴이 수용된 상황 속에서 재검토해야 할 필요가 있다. 그리고 「자고 있는 남자」의 성립에 영향을 미친 수포의 『몽파리 변주곡』에서의 꿈과 잠과 「자고 있는 남자」에서 그것들이 의미하는 내실을 비교 검토할 필요가 있다. 이를 바탕으로 호리 문학에서 '꿈'이라는 모티브가 어떻게 생성되었는가를 되돌아보고자 한다.

2. 호리 다쓰오의 일본 초현실주의 비판

호리가 쉬르레알리슴에 관해 처음으로 언급한 것은 1929년 1월 26일 『요미우리신문』에 실린 「신인 소개新人紹介」이다. 호리는 자신을 어떤 유파에도 속하지 않는 '단수 예술가'라 하면서 다음과 같이 말했다.

> 코뮤니즘. 신감각파. 아메리카니즘. 쉬르레알리슴. 나는 그것들을 혐오하며 끝까지 그들에게 반항할 것이다.[9]

그 다음으로 호리가 쉬르레아리슴에 관해서 언급한 것은 기타가와 후유히코北川冬彦가 번역한 막스 야콥의 「주사위骰子筒」에 대한 비평이다.

---

9) 이 "단수의 예술가"로서 예술의 유파에 반항한다는 호리의 자세는 호리가 처음으로 그의 문학론을 표명한 「시적 정신」『帝國大學新聞』(1929.5.13)에서 변하기 시작한다. 「시적 정신」에서 호리는 "<시의 혁명가들>인 우리로부터 <혁명의 시인들>인 그들을 멀리하라"며, 프롤레타리아 문학에 대항하는 주체를 '내'가 아닌 '우리들'이라는 복수로 표명했다. 이는 1929년 6월에 신흥예술작가협회新興芸術作家協会에 가입한 것을 염두에 두고 한 발언으로 추측된다. 호리가 <혁명의 예술>에 대항하기 위해 <예술의 혁명>가들이 결속해야 한다고 의식했던 사실은 1929년 10월『문학』에서 더욱 구체적으로 나타난다. 호리는『문학』을 창간함에 있어 "수많은 진정한 작가들이 압도적인 경솔한 유행 때문에 한 명 한 명 흩어져서 진지한 새로운 유행이 향해야 할 방향을 잃고 있다."며 "문학에 정당한 방향"을 본지가 부여할 것이라고 설명했다. 문학에 정당한 방향을 추구하고 있는 "우리들"에게 큰 도움을 주고 있는 현대 외국 문학자들 중에 앙드레 부르통의 이름도 언급했다.

　야콥의 시는 언뜻 보면 마치 꿈처럼 앞뒤가 맞지 않는다. 하지만 이는
그가 꿈을 모사하기 때문이 아니다. 그것이 야콥을 초현실주의로부터 떼
어냈다. 그리고 그것은 그가 현실을 한번 완전히 분해하고 나서 그것을 자
신의 유의流儀에 맞게 재조립했기 때문이다. 그것은 선과 색채 대신에 문자
로 행한 피카소의 변형술變形術이다. 그들이 변형술을 사용하는 것은 오로
지 현실 중의 현실을 얻기 위함이다. 그리고 이러한 변형에 견뎌낸 현실만
이 우리의 에스프리 상태를 변화시킬 수 있는 것이다.[10]

　여기서 호리는 야콥의 시가 "마치 꿈처럼 앞뒤가 맞지 않는" 듯 보이지
만 그것을 쉬르레알리슴의 '꿈의 모사'는 아니라고 한다. 이것은 '꿈의 모
사'가 아니라 '피카소의 변형술'처럼 현실을 분해하고 자신의 유의에 맞
게 재조립하고 있는데, 이러한 특징에서 볼 때 쉬르레알리슴과는 구별된
다고 말했다. 호리는 예술가가 해체('현실을 분해하고')하고 재구축('스스
로의 유의에 맞게 재조립')한 대상(현실)을 '꿈'이라 칭하고 '현실 속의 현
실'이라 했다. 이 해체와 재구축의 방법을 '피카소의 변형술'이라 한 점에
유의해야 한다.
　이 평론에서도 명확하듯 호리에게 '꿈'이란 해체되고 작가의 유의에 맞
게 재구축 된 '현실'이라 할 수 있다. 이러한 호리의 '꿈'에 대한 인식은
「나의 개인적인 견지에서僕一個の見地から」(『문학시대文学時代』 1930.1)에서 더
욱 명확하게 제시된다.

　우리 작품이 초현실주의 작품과 혼동되는 것은 아마도 외견상 유의하기
때문일 것이다. 그것은 양쪽 모두 꿈에서 많은 것을 빌리고 있기 때문이
다. 그러나 초현실주의자가 '꿈'을 '현실' 이상의 것으로 생각하는 점에 반
해 우리는 꿈을 '현실' 이외의 것으로 생각하지 않는다. 우리에게 '꿈'은

---

10) 堀辰雄「ジャコブの「骰子筒」」『詩と詩論』(1929.9).

‘현실’에 아무것도 부가하지 않는다. 단지 그것을 섞을 뿐이다. 우리는 ‘현실’을 새로운 각도와 속도를 갖고 보기 위해 ‘꿈’을 빌릴 뿐이다. [⋯] 나의 직감으로는 현실 속의 수많은 합계와 꿈속의 수많은 합계는 같은 것이라 생각된다. 그리고 꿈은 뒤집어 놓은 현실에 불과하다고 생각한다.

여기서는 호리는 ‘피카소의 변형술’이라 칭한 해체와 재구축을 ‘계산’이라고 표현하고 있다. 호리의 문학혼에서 ‘현실’과 ‘변형’을 가한 ‘현실’(=꿈)을 ‘같은 것’으로 하는 일(=계산)이 방법의 핵심이 되고 있다. 즉 호리가 ‘계산’을 하는 것은 ‘현실 속의 현실’을 얻기 위함이며, 새로운 예술은 ‘현실 속의 현실’을 제시해야 한다. 호리가 제창하는 ‘현실 속의 현실’을 표명하는 ‘새로운 현실’이 초현실주의와도 상통한다는 것을 호리는 알고 있다.

내 개인적인 견지에서 보면 초현실주의가 우리에게 미친 가장 큰 영향은 우리의 예술에 대한 인식을 바꿔놓았다는 것이다.
특히 주의할 점은 예술 그 자체가 아닌 예술에 대한 인식을 바꿔놓았다는 점이다. [⋯] 왜냐하면 수많은 뛰어난 예술가들이 일반적인 ‘현실’만으로는 만족할 수 없어 ‘현실 보다 더 현실적인’ 것을 잡으려 한다는 것을 그[브르통 : 역주]는 알아챘으며 그것을 명확하게 제시하려 한다. ‘현실 보다 더 현실적인 것.’을 얼만큼 확실하게 포착했느냐에 따라 예술작품의 가치가 결정된다. 우리는 그런 ‘현실을 초월한 것’은 오로지 작품을 통해서만 접할 수 있다.
이렇듯 나에게 있어서 초현실주의는 적어도 예술에 대한 인식을 한걸음 진전시킨 듯 보인다. 그럼에도 불구하고 예술의 한 방법으로 다룬다면 나는 주저할 수밖에 없다.[11]

---

11) 堀辰雄「すこし獨斷的に 超現實主義は疑問だ」『帝國大學新聞』(1930.4.28).

초현실주의를 '예술의 한 방법'으로 다룬다면 나는 주저할 수밖에 없다'라고 말하고 있듯이 호리 다쓰오는 초현실주의가 '예술의 인식'을 한걸음 진전시킨 점은 인정하면서도 작품을 창조하는 '방법'에는 찬성할 수 없다고 제시했다. 지금까지의 인용을 보면 호리가 초현실주의에 찬성할 수 없는 원인은 초현실주의가 '꿈'을 현실 이상의 것으로 포착하여 '꿈의 모사'에 머물고 있다는데 있다. 호리는 '꿈=변형된 현실'을 통해 '현실 속의 현실'을 표현하고자 했다. 초현실주의는 마찬가지로 꿈을 통해 '현실 속의 현실'을 표현하고 있으나 그 '꿈'의 해석에서는 호리의 입장과는 다르다. 즉 초현실주의는 꿈을 현실 이상 혹은 현실 밖에 있는 실체, 다시 말하면 이성의 영역 밖에 있으며 그 자체만으로도 충족된 실존으로 보고 있지만 호리는 현실과 같은 가치가 되도록 '의식적으로 '변형된 <현실>로 이해하고 있다. 즉 그는 의식적 창작의 유무와 '예술'을 고집하고 있다. 또한 호리에게 있어서 포에지(시적 정신)란 어디까지나 일상의 현실(가까운 현실)을 '신선하게', '새롭게', '신비적으로', '처음 접하듯이' 이끌어내는 것이 중요한 것이었다. 호리는 끝까지 '꿈'을 예술의 표현법으로 인식했다. 한편으로 쉬르레알리슴은 현실을 초월한 무지개 너머에 있는 실재를 포착하는 일, '예술의 영역을 초월한 문제'[12]를 다루고 있었다.

이와 같은 호리 문학과 쉬르레알리슴과의 차이에는 당시 일본의 쉬르레알리슴 이 반영된 것으로 사료된다. 쓰루오카鶴岡에 따르면, 프랑스 쉬르레알리슴의 모체가 되는 다다이즘의 현실파괴성이 일본에 수용된 쉬르레알리슴에는 결여되었다. 『시와 시론』을 중심으로 전개된 일본의 쉬르레알리슴은 오히려 포르말리슴에 가까웠다는 점[13]과 일본의 쉬르레알리슴은 '자동 기술법'의 영향을 받지 않았다는 것[14]에서 볼 때, 일본의 쉬르레

---

12) イヴォンヌ・デュプレシ著, 稻田三吉譯 『シュールレアリスム』(白水社, 1994).
13) 鶴岡善久 『日本超現實主義詩論』(思想社, 1970).

알리슴은 쉬르레알리슴 일반과는 분명한 차이점을 갖고 있었다.

호리의 문학관과 쉬르레알리슴은 다르고 할 수 있다. 호리 다쓰오의 '문학' 문제는 절대 '예술'의 영역을 초월하지 않는다. 이는 호리의 '시적 정신'의 핵심이 예술에 접한 자의 '감동'에 있다고 말한 것에서도 짐작할 수 있다. 앞서 말한 '시적 정신'이라는 문장에서도 '시적 정신이란 어떤 것일까? 그것은 우리에게 전류정도로밖에 작용하지 않는다'라고 그는 말했다. 호리가 의미하는 '전류'는 '예를 들어, 한 건축물이 우리를 감동시키는 것'이나 '하나의 기적, 하나의 시가 우리를 감동시키는 것도'라는 표현에서 볼 수 있듯이 작품에 접했을 때의 '감동'으로 바꿔 말할 수 있다. 호리가 어떤 작품을 평가할 때 그 기준이 되는 것은 감동의 유무이다. 즉, 그 작품으로 '감동'을 했느냐 안 했느냐에 따라 작품의 수준이 평가되는 것이다. 이 '감동'이라는 표현은 그가 제창한 고전주의를 논할 때도 사용되고 있는데, 예술이 읽는 자를 '감동'시켰는가라는 것이 중요하다는 것을 호리는 강조하고 있다.15)

이처럼 호리가 작품을 평가할 때 기준으로 삼았던 '감동' 유무는 호리의 초현실주의문학에 대한 하나의 비판으로도 기능하고 있다. 호리는 일본의 초현실주의 작가에 대하여 '우리는 그들과 서로 영향을 주고받으며 앞으로도 함께 일할 것이다'라고 말한 바 있는데, 이를 볼 때 호리는 자신

---

14) 山田諭「序文－日本のシュールレアリスムとは何だったのか?」『日本のシュールレアリスム展』(名古屋市美術館, 1990). 이 책에 수록된 쓰루오카 요시히사鶴岡善久의「위기에 도달한 꿈危機へ至る夢」에서도 "자동기술의 성과도 그다지 보지 못했다."고 지적하고 있다.
15) 堀辰雄「ジャコブの『骰子筒』」, 앞의 책.
"한 개의 풍선. 그것을 한 가닥 실이 지상에 묶어 놓고 있다. 묶여 있는 동안 풍선은 사람들을 감동시키지 않는다. 그러나 묶여 있던 실이 끊긴다. 그러자 풍선은 홀로, 아름답게, 하늘로 상승한다. 그때 사람들은 깊은 감동을 느낀다./여기에 고전주의의 원리가 있다. 한 작품이 현실에 실로 인해 묶여 있을 때는 그다지 아름답지 않다. 더 아름다워지기 위해서는 그 실이 끊어져야만 한다. […] 이것이 콕토나 라디게의 작품이 되면 고백 같은 것이 거의 없어진다. 시가 현실로부터 완전히 단절되어 있는 것이다. 그런 것에 나는 가장 깊게 감동받는 것이다."

의 주변작가로 그들을 의식하고 있었다. 그러나 호리가 초현실주의를 비평할 때, 특히 우에다 도시오上田敏雄의 초현실주의를 의도적으로 비판한 점으로 보아 당시 일본의 쉬르레알리슴이 안고 있던 결함을 알고 있었다고 생각된다.

　　나는 고백하지만 소위 말하는 초현실주의의 모든 작품이 나에게는 고등학교시절에 강제로 부과된 해석기하학 숙제로밖에 기억하지 않는다. [⋯] 기하학에서는 감각이 지극히 이성에 협력적이다. 그러나 해석기하는 지극히 순수한 이성에 의지해야 한다. 그것이 나를 거부했다. [⋯] 우에다 도시오는 우리의 감각이 관계되지 않는 메커니즘 예술을 주장하고 있다. 그런 작품들은 현실주의 작품을 수량적인 해석기하의 증명이 도형적인 기하의 증명을 대하듯 한다. 그런 예술이 우리가 볼 수 없는 세계와 직접적인 관계를 맺으려는 것은 이해할 수 있다. 그러나 우리는 우리 눈에 보이는 것으로 불완전하지만 우리 눈에 보이지 않는 것도 만들어 낼 수 있다. 나는 그런 노력이 있는 곳에 관심을 갖게 된다. 그것이 보다 인간적이기 때문이다. [⋯] 초현실주의 작품의 난해함은 이 두 가지와는 상당히 다르다. 이런 경우 작품의 대상이 전혀 존재하지 않기 때문이다. 우에다 도시오의 시는 누군가가 읽는 것을 눈감고 들어야 한다.[16]

　여기서 호리가 말하는 우에다 도시오의 초현실주의란 정확하게는 우에다 도시오가 쉬르레알리슴에서 멀어져 제창한 '가설세계'이다. 1929년 5월에 발행된 우에다 도시오의 『가설운동仮說運動』 말미에는 「포에지론」이 실려 있다. 여기에서 그는 "쉬르레알리슴은 또 다른 사실주의이다."라고 말했으며 "브루통 세계도 에스프리를 전달하므로 사실주의 세계에 불과하다."[17]라고 말하며, 쉬르레알리슴을 비평하고 정신운동마저도 부정하면

16)　堀辰雄「芸術のための芸術について」『新潮』(1930.2).
17)　上田敏雄「私の超現實主義」『詩と詩論』(1929.6).

서 오로지 관무의 세계로 다가가 순수한 '가설'만이 운동하는 독자적인 '가설세계'를 제창했다. 쓰루오카는 "우에다 도시오는 모든 것을 '무'로 보내버렸다. 즉 그곳에는 에스프리조차 존재하지 않는다. 에스프리가 존재하지 않는 세계는 최선의 세계가 된다. […] 그러나 그의 이러한 변화 또한 서구의 쉬르레알리슴 본질에 관한 오해와 일본인 특유의 체질적 정신구조가 원인이라는 것은 말할 필요도 없다."고 말하며 "그의 변화는 우선 브루통의 쉬르레알리슴을 단순한 사실주의로 본 지점부터 일 것이다."[18]라고 지적하고 있다. 호리 다쓰오가 쉬르레알리슴을 '꿈의 모사'라 이해한 것은 우에다 도시오가 '쉬르레알리슴은 또 다른 사실주의이다'라고 이해했던 것과 유사하다. 이것은 당시 쉬르레알리즘이 일본에 수용된 과정에서 왜곡된 양상을 보여주는 동시에 이 왜곡이 일본에서는 일반화되어 인식되었던 사실을 반영하고 있는 것으로 보인다.

또한 호리 다쓰오가 당시 <쉬르레알리슴=꿈의 모사>라고 인식한 까닭은 '감각' 혹은 '감동'의 결여라는 문제뿐 아니라 호리가 기피했던 문학에서의 '고백' 즉 '사실성寫實性'마저 연상시켰기 때문이라고 생각된다. 쇼와 초기 쉬르레알리슴은 '문학 외의 문제'까지 포함한 '사상성'을 수용하지 못했다. 그 때문에 일본의 초현실주의 문학이 결과적으로 '감동'이 없는 무미건조한 작품밖에 창작할 수 없었다. 이러한 사실은 호리의 쉬르레알리슴 비판을 통해서 알 수 있을 것이다. 한편 문학이 예술의 영역을 넘어 '정치적 슬로건'으로 이용되는 것을 '문학의 타락'으로 여겼던 호리에게 '문학의 위기'를 느끼게 했다. 이러한 당시의 상황은 호리로 하여금 '예술'의 존재성을 고집하게 했으며 그가 쉬르레알리슴을 이해하는 데 장애가 되었다는 것을 지적할 수 있다.

---

18) 鶴岡善久 『日本超現實主義詩論』, 앞의 책.

3. 「자고 있는 남자」의 꿈

「자고 있는 남자」는 작품 속에 줄 바꾸기를 설정한 3가지 단락으로 구성되어 있다. 우선 첫 단락에서 '나'는 다정하게 미소 지은 '그 여자'를 쫓아 밤거리를 걸어가다 그녀가 들어간 집 앞에 선 채로 잠들면서 그녀를 기다리고 있었다. 두 번째 단락은 그날 낮부터의 일들이 전개되고 있다. '나'는 '어제 밤' 친구G로부터 마리茉莉를 사랑하지만 그녀는 그를 사랑하지 않기 때문에 자살할 것이라는 말을 들었었다. 낮에 야구장에서 마리를 만난 '나'는 그녀와 저녁을 먹고 헤어진 후 바에서 G가 자살한 사실을 알게 된다. 마지막 단락은 다시금 '그 여자' 집 앞에 서서 자고 있는 '나'의 이야기로 돌아간다. '나'는 집에서 나온 여자의 뒤를 쫓아 밤거리를 걷기 시작하며 '죽음과 가장 가까운 장소'에 이르자 '처음으로 밤을 접하듯' 죽음을 응시한다.

「자고 있는 남자」의 구성은 '나'가 '여자'로부터 미소를 받고 그녀의 뒤를 쫓아 밤거리를 거니는 제1단락과 그녀가 집을 나오면서 시작되는 제3단락 사이에 그날 낮에 있었던 이야기가 삽입되는 형태이다. 삽입된 제2단락의 말미는 '그때다. 한 여자가 나에게 친절한 미소를 보내며 스쳐갔다……'로 끝나며 그것이 '그 여자가 나에게 너무도 친절한 미소를 지어서……'로 시작되는 제1장의 시작에 호응한다. 그리고 집으로 들어간 '그 여자'를 기다리며 '나'가 선 채로 잠든 것으로 끝나는 제1단락과 여자가 집에서 나오면서 잠에서 깨어나는 제3단락에는 시간적인 연속성이 있다. 전체적으로는 '나'의 낮부터 새벽까지의 이야기로 되어 있다.

그러나 「자고 있는 남자」의 구성적 특징은 3가지 단락이 각각 현재형 시제를 기조로 하고 있으며 각 단락이 '나'의 현재 시점에서 이야기되고 있는 점이다.

제1단락

그리고 방금 전까지 뒤에서 나의 등을 미는 듯한 공기의 흐름도 멈춰버렸다. 나는 새로운 피로를 느꼈다.

제2단락

그렇다면 지금의 나는 그것을 진실이라 생각할 수밖에 없다. 왜냐하면 아까부터 G의 얼굴이 머리 속에 떠오르기 때문이다. 어제 밤에 있었던 일이다. […] 불과 어제 밤에 있었던 일이다. 그런데 그는 지금 어떻게 되었을까?

제3단락

내 발 밑에 있던 개가 갑자기 일어나 달려가 버렸다. 그 때문에 나도 눈을 떴다. 나는 그 개가 쓸데없는 취향을 내세운 집 그늘 밑으로 들어가는 것을 본다.

「자고 있는 남자」는 단순히 이야기 순서를 바꾼 것이 아니다. 시간의 연속성을 '현재'의 반복이라는 수법으로 해체하고 있는 것이다. 그러나 '나'가 반복한 '현재'를 시간의 연속성과는 다른 순서로 배치되어 있지만 작품 말미에서 모든 것이 '죽음'에 대한 인식을 향하도록 배치되어 있다. 제1단락에서 이를 확인해보자.

여자는 나의 열 걸음정도 앞에서 걸어가고 있지만 그녀도 나처럼 피곤한 것일까, 그리고 역시 눈을 감고 공기의 흐름에 몸을 맡기고 있는 것일까. 그녀와 나는 밤보다도 어두운 거리를 계속 걸어간다. 나는 더 이상 내가 어디를 걷고 있는지 알 수 없다. 단지 이 밤의 공기의 흐름이 우리에게 한 방향을 제시하는 것 같았다. (…) 그렇게 단둘이 걷고 있었지만 그녀는 내가 뒤따라가고 있다는 것을 아는지 모르는지 전혀 알 수가 없었다. […] 힘없는 한마디가 입 밖으로 도망갔다. 우리는 어디로 가는 것일까? 하지만 나에게는 극심한 피로에도 불구하고 더 많은 공기와 더 많은 걸음이 필요한 것 같았다.

제1단락에서는 '단지 이 밤의 공기의 흐름이 우리에게 한 방향을 제시하는 것 같았다'고 하면서 '우리는 어디로 가는 것일까?'라는 질문이 던져진다. 이 질문에 답하듯이 제3단락에서는 '죽음과 가장 가까운 장소'에 이르게 된다.

> 그런 개의 동작에도 불구하고 그녀는 그녀의 뒤를 쫓는 나를 전혀 의식하지 않고 있다. 그녀는 자신이 아무에게도 안 보인다고 믿고 있는 것 같다. 하지만 나에겐 그녀가 보일 뿐만 아니라 마치 어떤 슬픔을 흘려가며 걸어가는 것처럼 민감하게 느껴지는 것이다. 그렇게 나란히 걸어가며 그녀와 개와 나는 수많은 골목을 돌았다.

위의 인용에서 '그녀'에 대한 '나'의 인식도 변하고 있다는 것을 확인할 수 있다. 제1단락에서 '나'는 '그녀'를 전혀 '모르는' 존재라고 말하고 있지만 제3단락에서는 '어떤 슬픔을 흘려가며 걸어가는 것처럼 민감하게 느껴지는 것이다'라고 말하고 있다. 이러한 인식의 변화가 일어나는 것은 제2단락에서 G의 자살을 알게 된 후 '나'가 마리에게 끌린 것이 '죽음의 그림자'였기 때문이었다는 것과 제3단락의 여자에게서 '죽음'의 이미지가 겹쳐지기 때문이다. 또한 제1단락과 제3단락에서 그녀와 '나'가 걷고 있는 공간도 변하고 있다. 제1단락에서는 '어디를 걷고 있는지 모르는' 장소지만 광장이 나오고 자동차가 지나가고 긴 다리를 건너는 등 현실성을 띠고 있다. 반면에 제3단락에서는 점점 내가 모르는 어두운 거리 속으로 들어가 미로와 같은 신비한 골목을 몇 번이고 도는 등 공간의 비현실성이 증가되고 있다. 이러한 변화는 제2단락의 '죽음의 그림자'의 이미지가 크게 개재하고 있기 때문이다.

「자고 있는 남자」의 플롯은 이야기의 연속적인 시간의 흐름은 해체되어 있지만 G의 자살과 '죽음의 그림자' 이야기가 삽입되면서 전체적으로는 '죽음'에 대한 인식을 향해 구축되어 있다.

이야기의 시간적인 순서가 뒤바뀐 제1단락과 제2단락의 접점을 이루는
장면에서는 '꿈'과 '현실'에 대한 이야기가 전개된다.

> 나는 하루 종일 다양한 시간을 꿈꾼다. 현재조차도 꿈을 꾼다. 거기에
> 꿈과 현실이 겹쳐진다. 나에게는 어디서부터 어디까지가 꿈이고 현실인지
> 를 구별할 수 없다. (…)
>
> 모든 것은 이렇다.
> 꿈이 변하는 것은 우연이 아니다. 그것은 잠든 자의 자세에 따라 변해가
> 는 것이다. 그렇게 해서 이 모든 것이 변해간 것일까. 모든 것은 낮에도
> 눈을 뜨고 선채로 자고 있는 나를 위해서인가.
> 모든 것은……

「자고 있는 남자」의 '나'는 걸어가면서 또는 선 채로 잠드는 등 잠을
자는 행위가 일상 행위와 동시에 진행되어 '현실'과 '꿈'이 구별 없이 겹
쳐지고 있다. 그러나 '꿈'이 변하는 것은 잠든 자의 자세, 즉 현실에 의한
것이며 꿈에는 잠든 자의 현실이 반영되어 있다. 꿈의 변화를 재촉하는
형태로 '낮에도 눈을 뜨고 선 채로 자고 있는 나'의 현실세계가 전개된다.
즉 인용부분이 이어지는 제2단락은 낮의 야구장 장면에서 시작되는데,
'낮에도 눈을 뜨고 선채로 자고 있는' '나'의 현실세계가 이야기된다.

제2단락에서 친구 G는 마리로부터 사랑받지 못하는 것을 비관하여 자
살하지만 G의 죽음을 모르는 '나'는 마리 안에 있는 '뭔지 모르는' 것에
매료된다.

> 그녀 안에 있는 뭔지 알 수 없던 것을 나는 지금 명확하게 알 수 있다.
> 그것은 죽음의 그늘이다. 그리고 지금은 그녀가 아닌 죽음 그 자체가 나를

매료시킨다. […] 나는 밤공기와 함께 공기가 아닌 것도 빨아들인다. 그것
은 물을 마시듯 상쾌하다. 그러나 그것은 점차 나에게 구토를 유발시켰다.
나는 그것을 '공허'라고 생각했다. 그때, 한 여자가 나에게 친절한 미소를
지으며 스쳐갔다…….

친구들로부터 G의 자살소식을 들은 '나'는 자신을 매료시켰던 마리 안
의 '뭔지 알 수 없는 것'이 '죽음의 그림자'였다는 것을 깨닫고 '죽음의
그림자'보다 '죽음 그 자체'에 매료된다. '죽음 그 자체'는 점점 '내' 안으
로 들어오지만 그것이 '밤공기'라는 현실에 부딪치면서 '공허'하게 되어
'나'에게 구토를 유발시켰다. 그러나 현실에서 '공허'했던 '죽음'이 제3단
락에서는 실재성을 띠게 된다.

이렇게 나란히 걸어가며 그녀와 개와 나는 수많은 골목을 돌았다. 골목
하나가 꺾어질 때마다 나는 우리가 점점 내가 모르는 어두운 거리로 들어
가는 것처럼 느껴졌다. 모든 골목은 신비했다. […] 그러다 지금껏 걸어온
어떤 길보다도 음침해 보이는 골목으로 내가 느낄 수 있는 모든 불안을
안고 그녀와 개의 뒤를 따라 들어서려 했을 때 나는 갑자기 걸음을 멈췄
다. […] 나에게는 눈앞의 어둠이 끝없는 구멍처럼 느껴졌다. 나는 언제까
지나 그 자리에 가만히 서 있었다. 나는 지금 도시의 어느 지점에 있는지
알 수 없다. 그러나 나는 죽음과 가장 가까운 곳에 있다는 것을 알 수 있
었다. […] 그것을 들으면서 나는 점점 나의 비애가 만족되는 것을 느낄
수 있었다. 나는 죽은 친구를 위해 이렇게 하루 밤을 지새운 것일까? 그렇
게 하여 나는 밀려오는 피로와 졸음으로 쓰러질 것 같으면서도 그 자리를
뜨지 않고 으스스한 골목의 어둠 속을 주시하고 있다. 마치 밤이라는 것을
처음 접하는 사람처럼.

여기에서는 '나'를 둘러싼 죽음이 '골목으로 향하는 으스스한 어두움'

으로 인식되는 실재성이 있다. '나'가 죽음의 가장 가까운 곳까지 이르기 위해 신비한 미로의 어두운 길속으로 들어가는 환상적인 공간 전체를 통해 죽음의 실재성이 나타난다. '나'는 음침하고 불안이 느껴지는 골목에서 그 자리를 뜨지도 않고 '마치 밤이라는 것을 처음 접하는 사람처럼, 죽음 그 자체를 인식한다. 죽음 그 자체를 인식함으로써 현실 세계에서는 G의 자살을 통해 비애의 감정을 받아들이지 못했던 '나'는 드디어 비애가 만족되는 상태로 바뀌어간다. 즉, 죽음에서 느껴지는 비애를 수용하게 된다. 현실에서는 죽음의 그림자밖에 인식할 수 없었지만 '꿈' 속에서 '마치 밤이라는 것을 처음 접하는 사람처럼' 죽음 그 자체를 인식한다.

이와 같이 「자고 있는 남자」는 시간의 연속성을 복수의 '현재'와 교차시켜서 파괴하고, 이를 통해 현실과 꿈의 혼재를 나타내고 있다. 이렇듯 '현실'과 '꿈'이 혼재하는 수법을 통해서 '죽음'의 실재성을 두드러지게 하고 있다. '현실'과 '꿈'이 뒤섞이고 경계가 해체되어 있지만 전체적으로는 '죽음'의 문제로 재구성되었다.

이러한 작품의 특징을 필립 수포의 『몽 파리 변주곡』과의 비교를 통해서 살펴보면 다음과 같다. 필립 수포의 『몽 파리 변주곡』과 「자고 있는 남자」의 '잠'이라는 설정에 큰 차이를 보인다. 『몽 파리 변주곡』은 어디까지나 '나'의 실제 시간 속을 따르듯이 작품이 진행되며, '밤 도시'의 비유로 '잠'이 인용되었다. 그러나 「자고 있는 남자」에서는 이야기의 시간 자체가 '잠'이나 '꿈'의 도입을 통해 해체되었다. 「자고 있는 남자」에서 '나'가 '죽음'을 '밤이라는 것을 처음 접하는 사람처럼'이라고 표현한 것은 피카소의 변형술을 시도한 것으로 생각된다. 사실상 호리는 피카소의 변형술을 문학론 속에서 논하고 있으며 창작방법에 있어서도 많은 것을 수용했다.

호리가 피카소를 수용한 것은 콕토를 소개하고 있는 「비눗방울 시인」

(『당나귀』, 1926.7)에서부터 시작된다. 여기서 호리는 피카소를 하나의 지표로 콕토문학을 이해하고 있다. 콕토가 쓴 피카소론을 수용하면서 호리는 피카소가 그리는 대상의 해체와 재구성 방법에 주목했다. 「야콥의 「주사위」」(『시와 시론』 1929.9)를 썼을 즈음부터 호리는 자신의 문학론에 피카소의 변형술을 인용하여 논하고 있다. 호리는 피카소의 변형술을 문학에 적용시켜서 현실이 해체된 후 재구성된 것을 '꿈'으로 인식했다. 이를 바탕으로 '현실 속 현실'을 얻기 위해 '꿈'을 인용하는 방법을 이 시기의 문학방법으로 삼아 적극적으로 적용시켰다는 것을 앞 절에서 확인했다. 또한 호리는 피카소의 변형술을 '꿈'과 연관시켜서 집필한 「야콥의 「주사위」」와 거의 같은 시기에 「자고 있는 남자」를 『문학』 창간호 권두소설로 게재했다.

4. 맺음말

이상으로 「자고 있는 남자」가 발표된 1929년부터 1930년에 걸친 호리의 초현실주의에 관한 언설을 재검토하고, 이를 통해 「자고 있는 남자」에 인용된 '꿈'을 분석했다. 쉬르레알리슴이 꿈을 무의식의 발로라고 해석한 것과는 달리, 쇼와 초기 호리 다쓰오는 '꿈'을 '변형'된 현실로 이해했다. 호리가 초현실주의에 관심을 보이면서도 쉬르레알리슴과는 다르게 '꿈'을 이해했다는 것은 당시 일본의 쉬르레알리슴 수용의 한계와 문단의 상황에서 그 원인을 찾을 수 있다. 그것은 우에다 도시오의 '가설 운동' 등에서 볼 수 있듯이 극단적으로 '순수한 이지'의 창조를 지향했기 때문이다. 또한 쉬르레알리슴과 달리 호리가 끝까지 '예술'의 존재의의를 고집하고 향수하는 자에게 '감동'을 주는 점을 전제로 삼고 있었던 것에서도 생각해볼 수 있다. 1929년이라는 시대상황 속에서 호리는 '꿈'을 '피카소의 변형술'로 재해석하여 일본의 쉬르레알리슴이 처한 함정을 회피하고 감각 세계의 현실을 유지하면서 '현실 속 현실'을 표현하는 방법을 획득했다. 「자고 있는 남자」의 '꿈'은 작품 속의 시간을 '현재' 단위로 해체하여 '잠'의 도입을 통해 재구성하여 '죽음'을 작품전체로 실체화시키는 작용을 하고 있다. 호리 다쓰오가 '나의 「자고 있는 남자」가 작품으로서 「서투른 천사」보다 성공했다면 아마도 그것은 시의 힘에 의한 것이다'(「수첩」 (『문학』 제4호, 1930.1)라고 말한 바 있다. 이처럼 '꿈'을 통해 '현실 속 현실'을 표현하는 방법을 이후 '소설' 속에서 시도하는 것은 호리 초기 문학에서 하나의 과제가 되었다. 이 과제는 「루벤스의 위작」의 정고를 독촉하고, 「성가족」의 심리분석 방법으로 이어지며 이후의 창작을 촉구했다.

제9장

꿈과의 결별

1. 꿈을 그린 중기작

「새요리 패러디鳥料理 A Parody」(이하, 「새요리」라 함)는 1934년 1월 『행동行動』에 발표한 단편소설이다. 군소 시인 중 한 사람인 '나'가 원고 재촉을 받자, 예전에 꾼 꿈의 내용을 쓴다는 이야기이다. 선행연구에서 이 작품에 대한 평가는 그다지 좋지 않았다. 야심작 「아름다운 마을美しい村」(1933)을 완성한 후에 "가벼운 마음으로 쓴 희작"[1]이라고 폄하하고 있다. 혹은 작품을 발표한 시기의 호리의 전기적 사건들[2]과 관련해서 "이 시기

---

1) 田中清光 『堀辰雄—魂の旅—』(文京書房, 1978).

2) 가타야마 후사코片山総子와의 실연과 1930년 11월에 발표한 『성가족』에서 작중인물 기누코가 그녀를 연상시킨다는 이유로 가타야마가나 주변으로부터 비난을 받았다. 후사코는 일본 은행 이사인 아버지 가타야마 테이지로片山貞二郎와 가인이자 아일랜드 문학 번역가인 어머니 마쓰무라 미네코松村みね子의 장녀로서 양가의 규수였다. 『성가족』에서 후사코를 연상시키는 작중인물 기누코가 호리를 연상시키는 헨리를 사랑한다고 자백한 작품 설정이 후사코의 결혼에 장애가 될 것이며 이 때문에 가타야마 집안이 곤란해 하고 있다는 소문이 돌았다. 실연의 괴로움뿐 아니라 이러한 루머 때문에 1933년 약혼녀 야노 료코矢野綾子를 만나기 전까지 호리는 정신적으로 불안정한 시기를 보냈다. 그러나 당시 가타야마가 사람들과 호리가 주고받은 새로운 서신과 함께 찍은 사진을 발견한 이케우치 데루오의 연구로 인해

작가의 심정이 얼마나 어둡고 괴이했는지를"[3] 보이고 있다고 작품보다는 작가의 사적인 상황에 초점을 맞춘 해석이 있다. 한편, 호리와 사소설의 문제에 주목한 히비 요시타카日比嘉高는 「새요리」에서 화자를 '소설이 안 써지는 소설가'로 설정한 점이나 호리의 다른 작품[4]을 작중에서 언급한 점에 주목해서 이 작품을 작가 '호리 다쓰오'를 사소설화한 작품으로 간주하고, "초현실주의라는 경로를 거치지 않고 프로이드의 '과학'으로 인해서" 사소설의 '형식'을 넘으려고 했다고 지적했다.[5] 그러나 호리는 많은 작품에서 화자를 '소설이 안 써지는 소설가'로 설정하고 있어서[6] 이 작품에서 특히 호리가 사소설이라는 수법을 패러디하고 있다고는 보기 힘들다. 선행연구에서 「새요리」에 관해서 언급하고 있는 것은 조사한 바에 의하면 이상의 지적들이 전부이다. 작품론이 없을 뿐 아니라 아직까지 작품해석이 이루어지지 않는 것이 「새요리」에 관한 연구 현황이라 할 수 있겠다.

본고에서 「새요리」에 주목한 이유는 호리의 중기 작품 중에서 유일하게 꿈을 그린 작품이기 때문이다.[7] 호리는 습작기 때부터 꿈이나 꿈을 그

당시의 루머와 반대로 가타야마 집안사람들과 호리는『성가족』이후에도 좋은 관계를 유지했으며 이 시기의 호리의 정신적 위기와 가타야마가와의 불화는 무관하다는 것이 밝혀졌다.(池內輝雄「堀辰雄の書簡一通及び宗瑛の寫眞など」『大妻國文』15, 大妻女子大學國文學會, 1984)

3) 丸岡明「堀辰雄・人と作品」『文芸 堀辰雄讀本』(河出書房, 1952).

4) 작중에서 '내'가 쓴 작품으로 「여행의 그림」이라는 작품을 언급하고 있다. 「여행의 그림旅の絵」(『신초』1933.9)은 실제 호리가 「새요리」의 4개월 전에 발표한 작품이다.

5) 日比嘉高「堀辰雄の反ー私小說 夢・フロイト・「鳥料理 A Parody」『國文學解釋と鑑賞 堀辰雄とモダニズム』(至文堂, 2004).

6) 예를 들어, 「풍경」(『산누에고치』, 1926.3), 「여행의 그림」(『신초』, 1933.9), 『아름다운 마을』(野田書房, 1934), 『바람이 분다』(野田書房, 1938) 등의 작품에서 호리 자신을 상기시키는 '소설을 쓸 수 없는 소설가'가 등장하고 있다.

7) 호리 다쓰오 문학의 시기 구분에 대해서는 선행연구 간에 큰 차이는 없다. 다케우치 기요미『호리 다쓰오와 쇼와문학堀辰雄と昭和文学』(弥井書店, 1992)에서 상세하게 검토하고 있다. 다케우치 기요미는 크게 1920년대를 초기, 1930년대를 중기, 1940년대 이후를 후기로 간주하고, 습작기부터 「성가족」(1930.11)을 발표하기까지를 제1기, 「회복기恢復期」(1931.12)에서

리는 작가를 다룬 작품을 많이 썼었다. 예를 들어 앞서 살펴본 「자고 있는 남자」이외에도 「즉흥卽興」(『산누에고치』 1927.6), 「회복기恢復期」(『개조』 1931.12) 등 호리는 거듭해서 꿈을 다룬 작품을 썼었다. 이 작품들은 호리의 초기 작품들이며 앞의 장에서 고찰했듯이 호리의 꿈에 대한 이해는 장 콕토의 문학, 피카소의 회화, 그리고 앙리 푸앵카레의 과학사상 등에서 비롯되었다. 호리는 1932년경부터 콕토나 아폴리네르 등 전위적인 모더니즘 문학의 영향권에서 멀어져서 마르셀 프루스트의 작품을 읽기 시작했다. 그리고 「새요리」를 발표하기 8개월 전에 초기의 작품들과 다른 양식의 작품 「아름다운 마을」의 첫 번째 작을 발표했다. 호리 다쓰오 연구에서는 「아름다운 마을」을 전후로 문학적 양식이나 방법론이 크게 변하고 있기 때문에 이 작품을 호리의 중기작으로 보는 것이 정설이며, 4장으로 구성된 중편 소설인 「아름다운 마을」은 완성도가 높아 호리의 중기 대표작으로 꼽히고 있다.

「새요리」는 호리가 문학적 방향성을 전환한 이후에 다시 초기에 주로 사용했던 꿈을 모티브로 한 작품이다. 후쿠나가 다케히코는 이 작품이 자아내는 "유머러스하고 익살스러운 맛은 습작기 때는 여기저기서 볼 수 있었지만 (그야말로 콕토나 아폴리네르의 영향 때문일 것이다). 그 이후로는 소품을 제외하곤 작품 속에서 자취를 감추어 버렸다."[8]고 말했다. 후쿠나가도 「새요리」의 작풍이 초기의 분위기와 비슷하며, 이러한 면에서 이 작품이 중기 작품으로는 독특하다는 점을 지적했다.

「새요리」에는 '패러디A Parody'라는 부제가 붙어 있다. 이는 이 작품이 무언가를 패러디하고 있다는 것을 이미 명시하고 있다고 할 수 있다. 초

『바람이 분다』의 완성(1938.4)까지를 제2기, 『가게로의 일기かげろふの日記』(1939.6)부터 『나호코奈穂子』(1941.11)까지를 제3기, 「광야曠野」(1941.12) 이후를 제4기로 상세히 구분했다.
8) 福永武彦 「堀辰雄の作品」 『堀辰雄全集』 月報(新潮社, 1958).

기에서 중기로 창작적 방향전환을 보인 호리가 초기의 모티브로 회귀해서 이를 한편의 패러디로 완성했다는 점에 「새요리」의 특징이 있다. 본고는 이 작품의 특징을 보다 명확히 하기 위해 일차적 과정으로 이 작품의 작품분석을 시도하고자 한다. 이를 바탕으로 초기에서 중기로의 이행과정에서 꿈에 대한 호리의 이해에 어떠한 변화가 보이는지를 살펴보고자 한다.

2. 꿈을 베끼는 작가

호리는 습작기 때부터 꿈을 활용한 작품을 많이 썼었다. 「새요리」에서도 '내'가 꾼 꿈이 작품의 주요 내용이다. 그러나 「새요리」 이전에 꿈을 다룬 작품들―예를 들어 「즉흥」이나 「자고 있는 남자」 등―에서는 작중인물이 자고 있는 동안에 꾸었던 꿈의 내용을 다룬 것이 아니라, 작중인물이 현실과 꿈을 구별하지 못하고 혼돈된 형태를 그리고 있었다. 작품전체를 마치 하나의 꿈처럼 구성한 점이 큰 특징이었다. 그러나 「새요리」에서는 '나'의 꿈과 '나'의 현실을 명확하게 구분하고 있으며, 형식적인 측면에서도 꿈의 내용과 현실의 세계는 표기부터가 다르다.9) 예를 들어 「새요리」에서의 꿈은 산문시처럼 행을 바꿔가면서 단문을 이은 형식으로 표기하고 꿈이 아니라 '내'가 현실을 서술하고 있는 부분은 일반 산문형식으로 쓰여 있다. 작품의 반 이상이 꿈의 내용을 쓰려고 하는 '나'에 대한

---

9) 예를 들어, 꿈의 장면은 다음과 같이 현재형의 단문을 마침표 없이 산문시처럼 나열했다.
"저쪽 길모퉁이 쪽이 갑자기 시끄러워진다
왠지 사람이 많이 모여 있다
나는 올려다보고 있던 나무 곁을 떠나서 그 쪽으로 어느 샌가 걸어가기 시작한다. (이하
생략)"

이야기이며, 이 작품은 꿈을 기술하려는 군소 시인인 '나'의 이야기 속에 '내'가 꾼 꿈을 삽입한 구성이다.

「새요리」와 그 이전에 꿈을 다룬 작품과의 차이는 단순히 작품형식의 차이에 그치지 않는다. 「새요리」와 초기 작품은 각각 꿈에 대한 해석에서도 차이를 보이고 있다. 꿈을 창작방법의 중요한 요소로 활용한 호리에게 있어서 이 차이는 간과할 수 없는 문제라 생각된다.

호리가 습작기부터 꿈에 강한 관심을 보인 것은 1920년 말부터 일본에서 알려지기 시작한 쉬르레알리슴 때문이라는 것은 확실하다. 그러나 쉬르레알리슴에 관한 호리의 발언을 보면, 그가 이 새로운 예술 양식을 맹목적으로 받아들이지 않았다는 걸 알 수 있다. 예를 들어 호리가 쉬르레알리슴에 관하여 처음으로 발언한 글을 보면 호리는 자신을 예술상의 어떤 유파에도 속하지 않는 "단수의 예술가"라고 자칭하면서 "코뮤니즘. 신감각파. 아메리카니즘. 쉬르레알리슴. 나는 이것들을 혐오하며 그리고 끝까지 그들에게 반항한다."[10]고 말했다. 쉬르레알리슴에 '반항한다'고 말하고 있는 것을 보아 호리가 쉬르레알리슴을 맹목적으로 수용하지 않았다는 것을 확인할 수 있다. 이러한 쉬르레알리슴과의 거리는 막스 야콥의 산문시 「주사위」에 대한 호리의 비평문에서도 명확하게 들어난다.

> 야콥의 시는 얼핏 보면 마치 꿈처럼 내용이 뒤섞여 있다. 그것은 그가 꿈을 모사하기 때문이 아니다. 그것이 야콥을 쉬스레알리슴으로부터 떼어냈다. 그리고 그것은 그가 현실을 한번 분해한 다음 그것을 스스로의 유의에 맞게 다시금 조립한 것이다. 그것은 선과 색채 대신 글로 만들어진 피카소의 변형술이다. 그들이 변형술을 사용하는 것은 오로지 현실 속 현실을 얻기 위함이다. 부하되는 변형을 견뎌낸 현실만이 우리 에스프리의 상태를 변화시킬 수 있는 것이다.[11]

---

10) 堀辰雄「新人紹介」(『讀賣新聞』 1929.1.26).

인용문에서 호리는 야콥의 시가 쉬르레알리슴 작품처럼 '마치 꿈처럼 내용이 뒤섞여 있는' 듯이 보이지만 쉬르레알리슴의 작품은 '꿈의 모사' 인 반면 야콥의 시는 그렇지 않다고 지적하고 있다. 상기 인용문을 보면 호리가 쉬르레알리슴처럼 창작에 꿈을 활용하면서도 쉬르레알리슴과 거리를 둔 것은 꿈에 대한 해석이 쉬르레알리슴과 다르기 때문이라는 것을 알 수 있다. 호리는 야콥의 시가 '꿈의 모사'가 아니라 '피카소의 변형술' 과 같이 현실을 '분해한 다음' '스스로의 유의에 맞게 다시금 조립한' 것 이며 그것은 현실을 표현하면서도 '꿈처럼' 보인다고 분석하고 있다. 여 기서 호리는 예술가로 인해 해체(현실을 분해한 다음)되어 재구축(스스로 의 유의에 맞게 다시금 조립한)된 대상(현실)을 '꿈'이라 칭하고, 이러한 꿈은 '현실 속 현실'을 나타낸다고 생각했다.

이 비평문을 통해서도 알 수 있듯이 호리에게 '꿈'이란 해체되어 작가 의 유의에 맞게 재구축된 '현실'을 의미했다. 호리가 창작에 꿈을 인용하 는 것은 그의 말을 빌면 '(꿈은)오직 그것(현실)을 섞는 것이다. 우리는 '현 실'을 새로운 각도와 속도로 보기 위해서만 꿈을 빌리는 것'[12]이다. 꿈은 눈앞의 현실보다 더 현실적인 것을 이해하기 위한 수단이다. 그렇기 때문 에 꿈과 현실의 혼돈에 의미가 있으며, 꿈은 현실을 여실히 표현하는 창 작수법으로 작품에 활용된 것이다.

그러나 「새요리」에서는 꿈과 현실의 혼돈이 나타나지 않는다. 초기 작 품과 구별되는 이 작품의 큰 특징은 꿈에 대해 쓰고 있는 '나'의 현실과 '나'의 꿈이 구별된다는 점이다. '나'의 꿈과 현실이 명확하게 구별되어 있으며 꿈은 현실을 '섞는' 방법으로 사용되지 않고 있다. 「새요리」에서 의 꿈은 단순히 주인공 '나'가 자면서 꾸었던 꿈에 불과하다. 「새요리」라

---

11) 堀辰雄 「ジャコブの「骰子筒」」『詩と詩論』5(1929.9).
12) 堀辰雄 「僕一個の見地から」『文學時代』(1930.1).

는 이 작품 자체가 '나'가 쓴 '원고'이면서 작가 호리 다쓰오의 작품이라는 2중구조로 되어 있다.13) 부제로 '패러디A Parady'가 제시되어 있듯이 호리가 「새요리」에서 패러디의 대상으로 하고 있는 것은 '나'에 의해 기술된 꿈뿐 아니라 그 꿈을 기술하고 있는 '나', 즉 꿈을 기술하고 있는 작가이기도 한 것이다.

그렇다면 이 군소시인 '나'는 도대체 어떤 인물인 것일까? 「새요리」에서 '나'는 아마도 호리 자신을 이미지화하여 만들어졌을 것으로 보인다. 예를 들어 '나'가 작년 겨울에 고베神戸로 가서 호텔 에소얀Hotel Essoyan이라는 호텔에 묵었던 체험을 바탕으로 「여행의 그림」이라는 작품은 썼다는 이야기는 그야말로 호리의 전기적 사실과 일치한다. 이 「여행의 그림」은 1933년 9월『신초』에 발표한 자작이다. 이처럼 작가의 실제 사건과 작품에서 언급된 내용이 일치하고 있기 때문에, 앞서 말한 것처럼 선행연구에서는 이 작품에 대해 호리의 전기적 사항과 함께 논하거나, 작가 '호리 다쓰오'를 패러디 한 것으로 간주했다. 그렇다면 과연 '나'='호리 다쓰오'라 할 수 있는 것일까. 이러한 공식은 단편적인 일치를 일반화 시켜서, 작중인물과 작가의 전체상을 일치시키는 오류를 범하게 만든다. 예를 들어 작중인물인 '나'와 호리 다쓰오의 차이점을 발견할 수 있는데, 무엇보다도 '나'의 꿈에 대한 인식은 호리의 꿈에 대한 인식과는 상반된다.

「새요리」는 주세패 타르티니Giuseppe Tartini가 「악마의 트릴」을 만든 일화에서부터 이야기가 시작된다.14) 타르티니가 꿈속에서 악마에게 영혼을 파는 대신 악마가 연주한 곡을 악보로 옮긴 것이 「악마의 트릴」이다. '나'

---

13) 정확히 말하자면, 작가 호리 다쓰오 / 화자 '나' / '내'가 기술하고 있는 꿈속의 '나'라는 3중 구조의 소설이다.

14) 이 부분을 근거로 다나카 기요미쓰田中清光『호리 다쓰오-영혼의 여행-堀辰雄-魂の旅-』(文京書房, 1978)이나 후쿠나가 다케히코의 「호리 다쓰오의 작품堀辰雄の作品」(『堀辰雄全集』月報, 新潮社, 1958)은 이 작품을 괴테의 패러디라고 지적했다.

는 이 타르티니 일화를 소개한 후 다음과 같은 타르티니의 말을 굳이 음악사전을 펼쳐서까지 인용하고 있다.

> 그때 내가 만든 악곡, 즉 악마의 트릴Trillo del Diavolo은 내가 꿈속에서 들은 것에 비하면 그 영역에 미치지도 못한 수준이다.(314쪽)15)

'나'는 꿈속에서 악마가 연주한 곡이 그가 현실로 옮긴 '악마의 트릴'보다 훨씬 더 훌륭한 것이었다는 다르티니의 감개를 인용하고 있다. 이러한 타르티니의 감상에 동의하듯이 '나'는 다음과 같은 글을 쓰고 있다.

> 꿈속에서는 그토록 고혹적이던 장면들도
> 눈을 떠보니 이미 조각들 밖에 없고
> 그 조각들을 나는 매일 아침
> 파도에 밀려오는 표류물처럼
> 어떻게 할 수가 없어서 손 놓고 슬프게 바라보았다.
> 아아 꿈속의 시인은 진정 행복할 것이다.
> 아아 반면 현실을 눈앞에 둔 시인은 이토록 비참하구나.'
>
> (314-315쪽)

타르티니나 '나'는 꿈에서 현실로 옮긴 곡이나 이야기는 결국 꿈속의 그것에는 비할 수 없다고 말하고 있다. 그것은 현실의 창작자가 작품화할 수 있는 것이 꿈의 '조각'에 불과하기 때문이라고 나는 말하고 있다. 즉 아무리 훌륭한 꿈을 꾸었다고 해도 그대로 현실로 옮기는 것은 불가능하기 때문에 결국 창작자는 꿈의 잔해를 옮길 수밖에 없다. 그러나 현실로 옮겨진 작품은 항상 꿈속의 그것에 미치지 못하는 것이다. 이러한 '나'의

---

15) 「새요리」, 본문은 中村眞一郎 · 福永武彦編 『堀辰雄全集』 第1卷,(筑摩書房, 1977)에서 인용했다. 이하 괄호 안에 쪽수를 표시했다.

꿈에 대한 인식은 이중적이다. 우선 '나'는 꿈 속의 작품을 현실에서의 작품 이상으로, 즉 '꿈 > 현실'로 생각하고 있다. 그리고 그런 꿈을 그대로 현실로 옮기는 것은 불가능하다고 인식하고 있다. 후자에 대해서는 다음 절에서 검토하고 여기서는 '나'의 '꿈 > 현실'이라는 꿈에 대한 인식이 호리의 쉬르레알리슴 이해와 상통한다는 것을 검토하겠다.

예를 들어 쉬르레알리슴에 대해서 호리는 다음과 같이 말했다.

> 우리의 작품이 초현실주의 작품과 혼돈되는 것은 아마도 외견 상 유의
> 하기 때문일 것이다. 그것은 양쪽 모두 꿈에서 많을 것을 빌리고 있기 때
> 문이다. 그러나 초현실주의자들이 꿈을 '현실' 이상의 것으로 생각하는 점
> 에 반해 우리는 꿈을 '현실' 이외의 것으로 생각하지 않는다. […] 나는 직
> 감적으로 현실 속의 여러 가지 합계와 꿈 속의 여러 가지 합계는 같은 것이라 생각된
> 다. 그리고 꿈은 뒤집어 놓은 현실에 불과하다고 생각한다.[16]

인용문을 보면 초현실주의자들은 꿈을 현실 이상의 것으로 인식하고 있는 반면, 호리 다쓰오 자신은 꿈을 '현실' 이외의 것으로 생각하지 않고 있다. 즉 쉬르레알리슴은 '꿈 > 현실'로 보고 있지만 호리는 '꿈=현실'로 인식하고 있다고 말하면서 쉬르레알리슴과의 차이를 명확하게 표명하고 있다. 그런데 이 인용문에서 호리가 비판하고 있는 '초현실주의자'의 꿈에 대한 인식은 「새요리」에서 '나'의 꿈에 대한 인식과 동일하다. 그러므로 이러한 '나'의 꿈에 대한 인식을 호리의 의견으로 볼 수 없다. 위의 인용문에서 확인한 바와 같이 오히려 호리는 「새요리」의 등장인물인 '나'와 스스로를 명확하게 구별하고 있었다.

「새요리」의 '나'처럼 쉬르레알리슴 작가들도 꿈을 현실 이상으로 인식하기 때문에 그들은 꿈을 '모사'하려고 노력하고 있으며, 그러므로 그

---

16) 堀辰雄「僕一個の見地から」, 앞의 책.

들의 작품은 꿈의 '모사'에 불과하다고 호리는 비판했다. 그러나 호리가 쉬르레알리슴 자체를 부정한 것이 아니다. 이는 다음 문장을 통해 알 수 있다.

> 나 일개의 입장에서 보면 초현실주의가 우리에게 미친 가장 큰 영향은 예술에 대한 우리의 인식을 바꿔놓은 것이라 할 수 있다. […] 왜냐하면 수많은 뛰어난 예술가들이 세상의 흔한 '현실'만으로는 만족할 수 없어 '현실보다 더 현실적인 것'을 잡으려 하는 것을 그[브르통 : 역주]는 알아채고, 그것을 명확하게 우리에게 제시하려고 한다. '현실보다 더 현실적인 것.' 그것을 얼마나 확실하게 수용했느냐에 따라 예술작품의 평가가 결정된다 해도 과언이 아니다. […] 나에게 있어 초현실주의는 적어도 예술에 대한 견해를 한걸음 앞으로 나갈 수 있도록 하는 것 같다. 그럼에도 불구하고 예술의 한 방법으로 선택하려 하면 나는 주저할 수밖에 없다.17)

위의 인용에서 호리는 '현실보다 더 현실적인 것'을 수용하려는 초현실주의가 '예술의 견해'를 한걸음 앞으로 나가게 한 것에 대해서는 동의하지만 작품을 창작하는 '방법'으로는 선택하기 어렵다고 말하고 있다. 여기서 호리는 꿈이라는 것을 변형된 현실로 인식하고 있는 것을 알 수 있다. 그는 꿈을 '현실보다 더 현실적인 것'으로 표현하기 위해 창작자에 의해 '의식적으로' 변형된 현실로 이해하고 있다. 앞서 말했듯이 호리가 지금까지 꿈을 인용한 작품에서는 꿈과 현실은 경계가 없으며, 꿈 자체가 현실을 나타내고 있었다. 이에 반해 꿈을 현실 이상으로 이해하는 「새요리」 속의 '나'의 견해는 호리가 말하는 초현실주의자—쉬르레알리스트—의 견해와 동일하다. 타르티니처럼 자신의 꿈을 작품화시키려고 하는 '나'는 꿈을 창작하는 방법으로 삼아서 잠든 사이에 꾸었던 꿈을 현실에서 옮

---

17) 堀辰雄「すこし獨斷的に 超現實主義は疑問だ」『帝國大學新聞』(1930).

겨 쓴다. 즉, 꿈을 '모사'한다는 점에서 '나'의 조형은 호리 자신보다도 초현실주의자에 가깝다고 할 수 있다. 예를 들어 '당분이 꿈꾸는데 좋다고 하여 사탕을 입안 가득히 넣고 잠든 적이 있다'는 '나'의 이야기도 쉬르레알리스트들이 꿈을 꾸기 위해 설탕을 먹었다는 유명한 일화를 바탕으로 하고 있다. 또한 '나'가 꿈을 옮겨 쓰는 방법에서도 쉬르레알리스트와의 유사점을 발견할 수 있다.

첫 번째 꿈을 옮긴 후 '나'는 다음과 같이 말하고 있다.

> 이런 것을 쓴다면 머리는 전혀 피곤하지 않지만 묵묵히 앞으로
> 만 나가는 나의 글들에게 뒤지지 않으려고 열심히 펜을 움직이고 있는
> 내 손이 아파서 입을 다물게 된다.(322쪽)
>
> (방점 원문 그대로)

'묵묵히 앞으로만 나가는 나의 글들에게 뒤지지 않으려고 열심히 펜을 움직이'며 꿈을 기술하는 방법은 쉬르레알리슴 작가들이 창작에 활용한 자동기술이다. 자동기술이란 글쓰기 방법 중 하나로 의식적이거나 의도적이 아닌 오토매틱적인 필기법을 말한다. 일종의 쓰는 속도실험이다. 쉬르레알리슴 작가들은 쓰는 속도를 높여가면 필자의 의식에서 벗어나 어떤 자의 현재(객관적인 오브제의 세계)가 나타난다고 믿고 있었다. '나'가 꿈을 통해 창작한 작품은 초현실주의적인 작품은 아니다. 그러나 그 창작 방법은 의식적으로 말을 엮어가는 것이 아니라 자연스레 나오는 말들을 적어가는 방식을 취하고 있다. 이러한 창작행위는 쉬르레알리슴의 자동기술을 비유한 것으로 생각된다.

이와 같이 '나'와 호리 다쓰오의 차이점을 볼 때, 「새요리」의 '나'='호리 다쓰오'라고 단락적으로 파악하는 것에는 문제가 있다. '나'의 꿈에 대

한 이해나 창작방법은 오히려 초현실주의자와 비슷하다고 할 수 있다. 호리가 이 작품에서 패러디 하려는 것은 초현실주의자와 같이 꿈을 옮겨 쓰는 작가의 존재이며, 이는 자연스레 쉬르레알리슴의 비평으로 이어진다고 할 수 있다.

3. 두 가지 꿈

그렇다면 「새요리」에는 어떤 꿈이 기술되어 있는가? 잡지기자로부터 원고를 재촉 받은 '나'는 실제로 꿈을 꾸어 그것을 작품으로 쓰려고 잠자리에 든다. 그러고는 이래저래 많은 꿈을 꾸었지만 아침에 눈을 떠보니 하나도 기억이 나질 않아서 결국 꿈을 작품화하는 데 실패한다. 어쩔 수 없이 예전에 꾸었던 '스스로의 쓸데없는 꿈의 잔해'에 대해 글을 쓰기로 한다. 그리하여 '나'는 두 가지 꿈을 소재로 '1 기묘한 가게'와 '2 새 요리'를 쓴다. 두 꿈을 소재로 한 작품은 기술형식이 동일하다. 우선 '나'가 꿈의 시작장면을 설명한 후, 한 줄을 띈 다음에 짧은 문장으로 이어지는 산문시형식으로 꿈의 장면(혹은 꿈 속)을 기술한다. 꿈의 기술에는 마침표도 없고 모든 내용이 현재형으로 되어 있다.[18]

첫 번째 꿈을 소재로 한 '기묘한 가게'에서 '나'는 한 그루의 나무를 보고 있다. 장면이 바뀌어 길거리에서 향로와 같은 것을 올려놓은 코끼리 한 마리의 행렬과 만난다. 또다시 장면이 바뀌어 '나'는 온실처럼 생긴 가게로 들어간다. 그곳은 '완전한 공허'지만 코끼리 행렬 때와 같은 향이 났

---

18) 원문에서는 구점이 없고, 전체 시제가 현재형으로 쓰여 있다는 점은 쉬르레알리슴 작품의 자동기술에 의해 기술된 것과 유사하다. 그러나 '나'의 꿈에서는 단문이지만 문법적 오류가 없고, 꿈속에서 '나'가 생각하고 있는 부분이 「 」 안에 쓰여 있거나 꿈속의 필자인 '나'의 상황설명이 ( )로 기술되어 있는 점이 상이하다.

다. '나'는 그것이 아편 향이라는 것을 알았다. 코끼리는 아편 광고였으며 그곳이 아편굴이라고 생각하게 된다. 그리고 가게 안에서는 어떤 참극이 벌어졌던 것 같은 느낌이 들지만 '나'는 그것을 보지 못했다는 생각을 하면서 '나'의 꿈이 끝난다.

두 번째 꿈을 소재로 한 「새요리」에서 '나'는 거리에서 마주친 소녀를 쫓아 괴이한 호텔로 들어간다. 소녀가 들어간 허름한 방문을 열자 추악한 노파가 나타난다. '나'는 당황하여 「새요리」를 먹으러 왔다고 한다. '나'는 노파가 마법사일지도 모른다고 생각하며 책꽂이 위에 있는 포도주 병이 소녀일지도 모른다고 생각한다. '나'는 병을 가로채려 하고 병을 뺏으려는 노파와 격투를 벌이다 병 속의 내용물을 벌컥벌컥 마셔버린다. '나'는 지금 '한 소녀는 마시고 있다'고 생각한다.

도대체 이 꿈들은 무엇을 의미하는 것일까?

우선 첫 번째 꿈을 분석하면 '나'는 아무런 행동을 하지 않고 눈앞에 나타난 여러 가지 장면을 보고만 있다. '나'는 가게 안에서 일어난 '아마도 틀림없이 나를 기쁘게 했을' 일(참사)의 등장인물도 목격자조차도 아니다. 단지 일이 벌어진 후의 '고대적인 고요함'을 보고 있는 자에 불과하다.[19] 이러한 꿈속 '나'의 역할과 단지 꿈을 옮겨 쓰는 작가의 역할은 일방적으로 꿈을 향수한다는 점에서 유사하다. 꿈 마지막 장면에서 '나'는 '내가 늦었다… 한발 늦은 바람에 아마도 틀림없이 나를 기쁘게 했을 어떤 참사를 놓쳐버린 재수 없는 놈'이라는 것을 알게 된다. 앞서 말했듯이

---

19) 이 꿈에 대해 설명하는 부분에는 "보다(見る)"라는 동사가 도처에서 사용되고 있다. 예를 들어, "…나 역시 사람들이 뒤에서 목을 쭉 빼서 <u>보고 있다</u>(…私も人々のうしろから背伸びをして<u>見てゐる</u>)", "…그리하여 더 자세히 <u>보니</u>(…さうして尚よく<u>見ると</u>)", "맞은편에 온실 같은 것이 <u>보이기 시작한다</u>(私の向うに温室のやうなものが<u>見え出す</u>)", "화분이 몇 개인가 놓여있는 것을 <u>보았다</u>(鉢植がいくつも置かれてゐるのを<u>見た</u>)", "…가게 안을 둘러보다(…店の中を<u>見まはして見る</u>)" 등이 그러하다.

꿈을 그대로 현실로 옮기는 것은 불가능하다. 꿈을 옮겨 쓰는 자는 '꿈의 잔해'를 쓸 수밖에 없으며, 꿈에서 깨어난 자는 언제나 '어떤 참사를 놓쳐 버린 재수 없는 놈'인 것이다. 이러한 설정과 작품 내에서의 '나'의 스스로에 대한 평가를 통해서 호리는 꿈을 옮겨 쓰는 작가-쉬르레알리스트-를 비평하고 있다고 생각된다.

두 번째 꿈은 마법으로 포도주가 되어버린 소녀와 소녀를 구하는 '나', 그리고 그것을 방해하는 추악한 마녀가 등장하고 '나'는 대담하게 마녀와 격투를 벌이고 소녀를 마셔버린다(자기 것으로 만든다)는 단순한 이야기 구도를 갖고 있다. 두 번째 꿈을 기술하기 전에 '나'는 작년 겨울 고베의 호텔에 묵었던 어느 날 밤, 어두운 복도 끝에서 어떤 소녀가 자기를 주시하고 있을 때 갑자기 이 꿈이 떠올랐다는 말로 이야기를 시작하고 있다. 소녀와 마주친 현실의 '나'는 자기 방으로 들어가 버렸지만 '꿈속의 나는 더 대담했다'고 말한 후 꿈의 내용으로 들어가고 있다. 그리고 꿈 이야기를 마친 '나'는 '아아 어째서 나는 현실에서는 꿈에서처럼 대담하지 못한 것일까'라고 한탄한다. 이 꿈은 소녀에게 대담하지 못했던 자기자신에 대한 한탄과 억울함을 의미하는 것으로 생각된다.[20] 그러나 소녀와 연관되는 일련의 스토리에 반전이 있다는 것을 놓쳐서는 안 된다. 그것은 이 작품이 다음과 같은 '나'의 말로 끝나기 때문이다.

그리고 그날 밤에 아아 그 소녀는 마치 마법사 할머니 같은 얼굴로 내 앞에 서 있었지!(327쪽)

'나'가 이 꿈을 떠올린 것은 현실의 소녀가 꿈속에서 포도주로 변해버

20) 실제 이 작품을 호리 다쓰오의 전기적 사항과 관련해서 논한 선행연구에서는, 이 소녀를 가타야마 후사코라고 해석하고, 그녀에게 구혼할 수 없어 고베로 도망쳤던 호리의 '정신적 위기'를 유머러스하게 나타냈다고 해석했다.

린 귀여운 소녀가 아닌 추악한 마법사 할머니를 상기시켰다는 점에서 반전을 이루고 있다. 즉 두 번째 꿈이 의미하는 것은 현실에서는 결코 대담하지 못하는 자기 자신에 대한 한탄이 아니다. 그것은 꿈 뒤에 이어지는 '나'의 글로도 알 수 있다.

> 그러나 나도 모르게 내가 대담해질 수 있는 기회를 주지 않는 것은 현실에도 일부분 책임이 있다. 현실의 트릭은 꿈의 트릭보다도 훨씬 엉성하다. 꿈은 나를 위해 한 소녀를 쉽게 포도주로 만들어준다. 하지만 현실은 호텔 Essoyan의 소녀를 때로는 아름답게 보여주고 때로는 추하게 보여주며 정신없게 만든다.(327쪽)

즉 꿈의 트릭은 소녀를 쉽게 포도주로 만들어 주듯이 어떤 대상을 본질은 그대로 두고(포도주가 소녀였듯이) 다른 것으로 변형시키는데 있다. 그러나 이렇게 간단히 변형시키는 꿈의 트릭은 현실의 '정신없음'과 대응하지 않는다. 현실의 소녀는 때로는 '아름답고' 때로는 '추'하기 때문에 그녀에게 하나의 개념을 부여하기란 어렵다. 이렇듯 현실에서는 하나의 대상이 복잡하게 인식되기 때문에 현실의 '나'는 쉽게 행동으로 옮기지 못하고 대담해질 수 없는 것이다. 즉 이 꿈이 의미하는 것은 꿈의 트릭이 현실적 대상의 중층적인 인식에 대응하지 않는다는 것이다. 이는 '현실속 여러 가지 합계와 꿈속의 여러 가지 합계는 같은 것'이라 생각하여 꿈의 트릭을 창작방법으로 이용한 호리 자신의 수법을 패러디하여 비판한 것이라고 할 수 있다.

4. 꿈과의 결별

지금까지 「새요리」의 작품 분석을 시도했다. 이 작품은 창작방법으로 꿈을 인용하고 꿈이 의식적 창작보다 뛰어나다고 생각하여 그 모사에 힘쓰는 창작자─쉬르레알리스트─를 패러디 한 것으로 생각된다. 다이쇼 초기 일본에 수용되기 시작한 쉬르레알리슴은 1930년 이후에 본격화되어, 꿈 관련 이야기들이 양산되었다. 이러한 가운데서 「새요리」는 일본적 쉬르레알리슴에 대한 호리의 비평이라 할 수 있다. 또한 그 비평은 1920~30년경 쉬르레알리슴과는 다른 형태로 창작에 적극적으로 꿈을 활용한 호리 자신을 향한 것이기도 하다. 호리는 창작에 있어서 '꿈의 트릭'은 현실을 신선하게 하여 재인식시키는 작용을 하지만 '변형술'이라 불리는 '꿈의 트릭'은 현실의 중층성이 사상된다고 비판하고 있다. 즉 지금까지 익숙해진 현실을 '이화異化'시켜 마치 처음 접하는 신선한 것으로 표현하는 표현법의 문제에서 현실에 대한 대상의 복잡한 측면으로 호리의 관심이 옮겨갔다고 해석할 수 있다. 「새요리」 이후 다른 작품에서는 꿈을 다루지 않은 점에서 이 작품이 호리가 꿈이라는 수법과의 결별을 표명한 것으로 이해할 수 있다. 초기에서 중기로 이행하는 데 있어 호리는 꿈의 트릭이라는 창작방법을 버리고 현실의 중층적인 인식에 대응할 수 있는 새로운 창작방법으로 옮겨갔다고 할 수 있다. 호리는 「새요리」 발표와 더불어 완성시킨 중기의 대표작 「아름다운 마을」에서 바흐의 푸가처럼 하나의 모티브를 되풀이해서 전개하는 새로운 형식을 시도했다. 새로운 소설형식을 모색하는 한편 자신의 기존 수법에 결별을 고하고 있는 작품이 「새요리」였다고 생각된다.

제4부 『바람이 분다』의 생성론

제10장

초출판 「바람이 분다」를 읽다

1. 들어가며

　『바람이 분다』는 호리 다쓰오의 대표작이자 "호리 다쓰오의 문학 세계 중 가장 완성된 작품"[1]이라고 일컬어지고 있다. 오늘날 일반 독자들이 읽고 있는 『바람이 분다』는 「서곡序曲」, 「봄春」, 「바람이 분다風立ちぬ」, 「겨울冬」, 「죽음의 골짜기死のかげの谷」의 5장으로 구성된 완결판 『바람이 분다』이다. (이 장에서는 잡지에 처음 발표한 초출판과 구별하기 위해서 5장 구성의 『바람이 분다』는 완결판 『바람이 분다』로 표기한다.) 하지만, 『바람이 분다』라는 작품은 호리 다쓰오가 처음부터 현재의 5장 구성의 장편소설[2]을 구상해서 집필한 것이 아니다. 호리 다쓰오는 1936년 12월 『개조』에 처음 발표한 초출판 「바람이 분다」[3](이하, 『개조』에 발표한 「바람이 분다」를 초출판 「바람이 분다」라고 표기한다.)를 그 자체로 한 편의

---

1) 中島昭 『堀辰雄覺書―『風立ちぬ』まで―』(近代文芸社, 1984).
2) 작품의 길이는 중편이지만 여기서는 단편과 구별하기 위해서 장편으로 표기하겠다.
3) 초출판 「바람이 분다」는 「발단(發端)」・「Ⅰ」・「Ⅱ」・「Ⅲ」의 4장 구성이다.

완결된 독립적인 단편소설로 쓴 것이다. 그리고 이듬해 1937년에 「겨울」(『문예춘추』 1937.1)을 발표하고 「겨울」을 발표한 다음 해인 1938년에 「약혼婚約」(『신여원新女苑』 1938.4. 이후 단행본에 수록할 때 「봄」으로 개정)을 그리고 그 이듬해인 1939년에 「죽음의 골짜기」(『신초』 1939.3)를 발표하는 등, 『개조』에 초출판 「바람이 분다」를 발표하고 무려 3년에 걸쳐서 완결판 『바람이 분다』의 각 장을 집필한 것이다.

이처럼 완결판 『바람이 분다』가 하나의 구상 아래 집필된 작품이 아니라 시간을 두고 집필되었다는 점을 선행연구에서는 특별히 주목하지 않았고 단지 이러한 복잡한 과정을 거쳐서 조금씩 완성해 갔다는 정도로만 언급해왔다. 하지만, 진작 이 문제에 관해서 예리한 지적을 한 사람이 작가 나카노 시게하루中野重治이다. 나카노는 『국문학 해석과 감상国文学 解釈と 鑑賞』(1961.3)의 「좌담회 호리 다쓰오의 사람과 문학堀辰雄の人と文学」에서 다음과 같이 언급하고 있다.

> 「바람이 분다」, 「나호코」는 여러 번 읽어봤지만, 아무래도 약간 이해가 가지 않는 부분이 있다. 그것은 전문가적 입장에서 말하면 [작품에 : 역주] 착수했을 때와 만들어가면서 완성되었을 때, 작가가 포인트를 둔 곳이 약간 어긋나 있는 것처럼 느껴지는 부분이 있다.

인용문은 나카노 시게하루가 작가의 '전문가적 입장'에서 보인 견해이지만, 그가 말하고 있는 "착수했을 때와 만들어가면서 완성되었을 때 작가가 포인트를 둔 곳이 약간 어긋나 있는 것" 같다는 지적은 완결판 『바람이 분다』의 작품 해석에 있어서 간과할 수 없는 중요한 문제라 생각된다. 이는 작가가 애당초 단편소설로서 집필하고 발표한 작품을 장편소설로 발전시켜나가는 과정에서 작품 내 모티브의 중점이 옮겨갔다는 것을 지적하고 있기 때문이다.

　하지만 문제는 종래의 호리 다쓰오 연구에서 이 부분에 관해서 거의 주목하지 않았다는 점이다. 이는 종래의 작품론이 「죽음의 골짜기」를 집필한 후 장편소설로서의 체제를 갖춘 완결판 『바람이 분다』만을 분석대상으로 고찰해왔기 때문이다. 예를 들어 니시하라 치히로西原千博가 발표한 일련의 『바람이 분다』 연구4)도 『바람이 분다』의 각 장을 각각의 논문으로 다루고는 있지만 역시 완결판 『바람이 분다』를 분석대상으로 삼고 있는 것은 마찬가지이다. 즉, 완결판 『바람이 분다』가 완성됨으로써 이전에 발표한 초출판 「바람이 분다」는 호리 다쓰오 연구자들에 의해서 호리 다쓰오 작품리스트에서 아예 말소되고 이제까지 한번도 제대로 고찰된 적이 없었던 것이다.

　하지만, 적어도 호리 다쓰오 본인은 이 초출판 「바람이 분다」를 미완성의 작품으로, 혹은 완결판 『바람이 분다』의 구상을 위해서 쓴 밑그림 같은 작품으로는 다루지 않았다. 이는 호리 다쓰오 자신이 편집한 작품집에 초출판 「바람이 분다」가 수록된 형태를 보면 알 수 있다. 「죽음의 골짜기」 집필 이전에 출판된 단편 작품집 『바람이 분다』(신초샤, 1937)에는 「바람이 분다」와 「겨울」이 잡지에 게재된 형태 그대로 수록되어 있다. 이는 즉, 「바람이 분다」와 「겨울」을 서로 다른 두 편의 단편소설로 취급해서 수록한 것이다. 이 신초샤판 『바람이 분다』는 1930년에 개조사에서 출판한 『서투른 천사』 이후 처음으로 대형출판사에서 나온 호리 다쓰오의 선집으로 1938년 4월 노다서방野田書房에서 완결판 『바람이 분다』가 출판되기

---

4) 西原千博 「『風立ちぬ』試解——一体化への希求—」 『稿本近代文學』(筑波大學日本文學會, 1983. 7).
　　　　　「『風立ちぬ』試解(Ⅱ)—<冬>の位置—」 『靜岡英和女學院短期大學紀要』(靜岡英和女學院短期大學, 1984.2).
　　　　　「『風立ちぬ』試解(Ⅲ)—<春>の意識—」 『靜岡英和女學院短期大學紀要』(靜岡英和女學院短期大學, 1986.2)

까지는 이 신초샤판 『바람이 분다』에 수록된 단편 「바람이 분다」가 읽혔던 것이다. 그뿐만 아니라, 호리 다쓰오가 말년에 스스로 편집한 『호리 다쓰오 작품집 바람이 분다堀辰雄作品集 風立ちぬ』(角川書店, 1946)에서도 「바람이 분다」,5) 「겨울」, 「죽음의 골짜기」를 각각 서로 다른 단편소설로서 수록하고 있다.6) 나아가, 호리 다쓰오 자선自薦의 단편소설집 『밀회あひびき』(文芸春秋社, 1949)에서는 「겨울」만을 수록하고 있어, 호리 다쓰오 스스로가 이들 작품을 완결판 『바람이 분다』의 일부분으로 생각한 것이 아니라 「바람이 분다」, 「겨울」, 「죽음의 골짜기」를 각각 다른 단편소설로 인식하고 그렇게 다루어왔다는 것을 알 수 있겠다.

따라서 이 장에서는 초출판 「바람이 분다」를 분석대상으로 삼고 그 작품론을 시도하고자 한다. 이는 출판된 최종판만이 텍스트인 것이 아니라 초고 혹은 초출고도 존재하고 이들 초고나 초출고는 최종고에 의해서 소멸될 운명의 밑그림이라기보다는 최종고와는 다른 고유의 가치와 작품 세계를 지니고 있다는 텍스트 생성론을 통해서 『바람이 분다』의 다양한 층위의 작품 세계를 규명해보기 위해서이다. 즉, 초출판 「바람이 분다」를 완결판 『바람이 분다』의 미완성 형태로서가 아니라 그 자체로 한 편의 독립된 작품으로 이해하고 읽어나감으로써 '바람이 분다'라고 불리는 호리 다쓰오 작품의 다양한 양태와 새로운 읽기를 시도할 수 있기 때문이다. 그리고 호리 다쓰오가 처음 "착수한" 초출판 「바람이 분다」를 분석함으로써 이후 이 작품 세계가 어떻게 완결판 『바람이 분다』로 확대 혹은 변용되어 갔는지 그 생성 과정을 고찰하기 위해서이기도 하다.

---

5) 여기에 수록된 「바람이 분다」는 초출판 「바람이 분다」에 「약혼」(『新女苑』 1937.4)을 중간에 삽입한 형태의 「바람이 분다」이다.

6) 이 세 편의 작품을 나란히 나열해서 게재한 것이 아니라, 각 작품과 작품 사이에 다른 작품들을 배치시키고 있는 것으로 보아 이들 세 편의 작품을 연속적인 하나의 작품 세계로 본 것이 아니라 각각 독립적인 작품으로 작가가 다루고 있었다는 것을 확인할 수 있겠다.

2. 초출판「바람이 분다」

　호리 다쓰오는『개조』에 초출판「바람이 분다」(초출판『바람이 분다』
는「발단」·「Ⅰ」·「Ⅱ」·「Ⅲ」의 4장으로 구성되어 있다.「발단」은 완결
판『바람이 분다』의 제1장「서곡」으로「Ⅰ~Ⅲ」은 제3장「바람이 분다」
로 제목이 바뀐다.)를 발표할 당시 이 소설의 장편소설화는 계획에 없었
다.[7] 전술하였듯이「죽음의 골짜기」를 쓰기 전에 간행한 신초샤판『바람
이 분다』(1937)에 수록한「바람이 분다」(초출 형태)를 단편소설로 다루고
있고,「겨울」을 그 속편으로 수록하고 있는 것을 보아도 초출판「바람이
분다」는 그 자체로 한 편의 자립적인 단편소설로 쓰였다. 이하,「발단」과
「Ⅰ~Ⅲ」으로 구성된 초출판「바람이 분다」를 단편소설로 간주하여 작품
분석을 시도해 보고자 한다.

2.1. 초출판「바람이 분다」의 서술

　초출판「바람이 분다」는「발단」과「Ⅰ」,「Ⅱ」,「Ⅲ」의 4장으로 구성되
어 있다.「발단」에서는 '나'(이하, 1인칭 화자인 나는「나」로, 화자에 의해
서 서술되고 있는 스토리상의 나는 '나'로 표기를 구분하겠다.)와 세쓰코節
子가 처음 만난 여름부터 가을까지를 1인칭 화자「나」가 회상하고 있으며,
「Ⅰ」~「Ⅲ」에서는 초출판「바람이 분다」의 주 내용이라고도 할 수 있는
'나'와 세쓰코가 4월부터 10월까지 지내는 새너토리엄에서의 요양생활의
이야기이다.「발단」과「Ⅰ」사이에 서술내용 상 어느 정도의 시간이 흘렀
는지는 명시되어 있지 않지만,「발단」과「Ⅰ」사이에 '나'와 세쓰코는 약

---

7) 호리 다쓰오 자신의 말에 의하면「바람이 분다」를 장편소설화 시키려는 구상은「겨울」을
　 집필한 이후였다고 한다. 이에 관해서는 제11장에서 상술하겠다.

혼을 하였다. 초출판 「바람이 분다」 다음에 발표한 「약혼」이 그 간의 사정－둘의 약혼과 둘이 함께 새너토리엄으로 가서 요양하기로 결정한 경위－을 전하고 있다. 완결판 『바람이 분다』에서 「약혼」은 「봄」으로 제목을 바꾸어 「발단(서곡)」과 「Ⅰ(바람이 분다)」 사이에 삽입된다. 이 「약혼」의 삽입으로 인해서 「바람이 분다」의 작품 세계와 읽기에 변화가 생긴다는 것은 지명할 것이다. 「약혼」의 삽입에 관해서는 다음 장에서 살펴보도록 하겠다.

초출판 「바람이 분다」의 「발단」과 「Ⅰ」～「Ⅲ」은 약혼 전과 후라는 '나'와 세쓰코의 관계의 변화, 여름~가을과 4월~10월이라는 시간의 변화, K마을과 새너토리엄이라는 장소의 변화 등 서술 내용 및 설정의 변화도 있지만 그뿐 아니라 작품내용을 전하는 서술에 있어서도 변화를 보인다. 서술의 변화란 화자가 세쓰코를 「발단」에서는 '너'라고 2인칭으로 불렀지만, 「Ⅰ」 이후에서는 '세쓰코', '환자', '그녀'라고 3인칭으로 부르고 있는 것이다. 완결판 『바람이 분다』의 세쓰코에 대한 서술의 인칭 변화에 대해서 다카하시 히데오高橋英夫는 다음과 같이 말하고 있다.

> 움직이고 있는 것은 여자 쪽이 아니라 오히려 '나'이며, 이 '나'의 흔들림의 폭이 『바람이 분다』에 몰래 생명감을 불어넣고 있다고 볼 수 있다.
> '나'의 흔들림의 폭이라는 것은 반대로 말하자면 여자가 '너'에서부터 '그녀'까지의 폭에서 그때그때의 '나'를 되돌아보고 있었다는 의미에 다름없다.[8]

인칭의 변화를 '나'의 흔들림이라고 해석하고 있는 다카하시 히데오의 지적은 주목할 만하지만, 이때의 '나'가 스토리 속의 '나'인지, 아니면 화

---

8) 高橋英夫 「二人称の余韻」 『ユリイカ』(青土社, 1978.9)

자 「나」인지 다카하시 씨의 설명으로는 불분명하다. 예를 들어서 「발단」에서 세쓰코와 함께 보낸 여름날들을 혼자 회상하며 발화하고 있는 「나」인지, 아니면 화자에 의해서 세쓰코와 함께 행복한 시간을 보내고 있는 그 회상 속의 '나'인지가 불분명하다는 것이다. 하지만, 다카하시 히데오는 "여자가 '너'에서부터 '그녀'까지의 폭에서 그때그때의 '나'를 되돌아보고 있었다."는 설명을 덧붙이고 있기 때문에 이는 아마도 '그때그때' 그 회상 속의 '나'를 바라보고 있는 화자 「나」의 '흔들림'이라고 해석할 수 있을 것이다. 그렇다면, 세쓰코를 '너' 혹은 '그녀' 하며 인칭을 바꿔가며 회상하고 있는 화자 「나」의 '흔들림', 혹은 「발단」과 「Ⅰ」 사이의 '간격'이란 도대체 무엇일까?

인칭의 변화는 무엇보다도 불리는 자와 그 인칭을 구사하고 있는 화자 사이의 관계 변화를 의미한다. 「발단」에서 화자가 세쓰코를 '너'라고 발화하고 있을 때, 그 서사에는 이 2인칭의 대상인 상대방(수신자)이 필요하다. 그리고 이 수신자는 언어학자 에밀 벤베니스트Émile Benveniste에 의하면 담화 즉, 발화의 장에 존재하는 대상이다. 수신자는 '너'라고 발화하고 있는 발신자(화자)와 같은 담화의 장에 존재해 있어야만 '너'라는 2인칭이 성립된다. 즉, 「발단」에서 화자가 세쓰코를 '너'라고 부름으로써 세쓰코는 화자와 같은 장인 서술내용(이야기 세계)의 외부에 존재하게 된다.

한편, '그녀'나 '세쓰코' 등 3인칭은 '그녀'나 '세쓰코'라고 불리는 당사자가 화자와 같은 담화의 장에 있는 것을 요구하지 않는다. 이 점에 관해서도 벤베니스트의 말을 빌려 살펴보고자 한다. 벤베니스트는 3인칭에 관해서 다음과 같이 말하고 있다.

'3인칭'은 실제로는 인칭 상관관계의 무표를 나타내는 것이다. 그렇기 때문에 다음과 같이 단언해도 당연한 사실을 되풀이하는 것은 안 될 것이다. 즉, 비=인칭9)은, 이야기의 현존(장) 안에서 그 현존 자체에 관계하는 것이 아니라, 그 현존 밖에 있는 누군가, 혹은 무언가—이 누군가, 혹은 무언가는 항상 하나의 객관적인 지향을 갖추고 있을 수 있다—의 과정에 술사述辞로 작용하는 것에게 있어서 유일하게 가능한 언표행위의 양식인 것이다.10)

벤베니스트가 말하기를 3인칭은 담화의 현존(장)과 상관없이 존재하고 "그 현존 밖에 있는 누군가, 혹은 무언가"를 지향하고 있다고 지적하고 있다. 이 설에 의하면 「Ⅰ」 이후 3인칭으로 불리는 세쓰코는 담화의 장 밖에 존재하고 있는 것이 된다. 그러나 벤베니스트는 일반 발화행위에 있어서의 담화를 분석대상으로 하고 있으나 소설인 「바람이 분다」의 경우, '담화' 그 자체가 소설에서의 화자에 의한 서술이라는 허구이기 때문에 여기서 3인칭이 지향하고 있는 것은 서술(담화)의 바깥이 아니라 서술 그 자체의 내부밖에 지향할 곳이 없다. 이는 3인칭으로 불리는 세쓰코는 전적으로 그 서술 내부에서만 존재하는 것을 의미한다. 즉, 세쓰코는 「발단」에서 2인칭으로 불림으로써 서술내용 외부의 즉, 서술내용을 회상하며 서술하고 있는 화자 「나」와 같은 장(현존)으로 소환되며 「Ⅰ」 이후에서는 3인칭으로 불림으로써 그 서술 안에서만 현존하는 것이다. 3인칭으로 불리는 '세쓰코'나 '그녀'는 화자인 '나'와 같은 '현존(장)'에 존재하는 것이 아니라 그 서술을 통해서만 존재할 수 있다.

그렇다면 「발단」에서 화자와 같은 장으로 소환된 '너'라고 불리는 세쓰코는 도대체 어느 시점의 세쓰코인가. 이 문제는 한편으로 이 「발단」의 서술이 어느 시점에서 이루지고 있는가 하는 문제와도 관계가 있다.

「발단」은 K마을에서 여름을 함께 지낸 세쓰코가 떠나간 후, 혼자 남게

---

9) 이에, 벤베니스트는 3인칭을 비=인칭이라고 정의하고 있다.
10) エミール・ヴァンベニスト, 岸本通夫監譯, 『一般言語學の諸問題』(みすず書房, 1987).

된 '나'의 이야기이므로 이 「발단」의 서술이 서술내용의 시간과 거의 같
은 시점에서 이루지고 있는지 — 그 경우 '너'라고 하는 것은 자기 집으로
돌아간 세쓰코를 가리키고 있다 — 혹은, 「Ⅰ」 이후의 서술내용의 시간과
같은 시점에서 이루어지고 있는지 — 그 경우는 새너토리엄에서 요양하고
있는 세쓰코가 된다 — 혹은 그 밖의 시점도 생각해 볼 수 있을 것이다.
「발단」에서 화자인 「나」가 '너'라는 2인칭으로 소환시킨 세쓰코가 어느
시점의 세쓰코인지를 밝히기 위해서는 우선 화자인 「나」가 서술을 하고
있는 서술 시점이 서술내용과 어떤 관계에 있는지를 규명해야만 할 것이
다. 그리고 화자 「나」의 서술 시점과 서술내용의 거리는 서술에 있어서
서술내용에 화자 「나」가 침입해 들어온 화자의 서술하는 현시점의 흔적
들을 통해서 추측해 볼 수 있을 것이다.

초출판 「바람이 분다」의 서술내용에서 세쓰코의 죽음은 사건으로서는
발생하지 않는다. 즉, 세쓰코가 죽었다거나 죽은 이후의 시간이라는 것은
서술내용의 시간에는 포함이 안 되며 세쓰코의 죽음은 항상 불안한 예감
으로 혹은 '검은 꽃'이나 '바람' 등의 이미지로 서술되고 있다. 「Ⅱ」에서
17호실 환자가 죽자 '나'는 다음은 상태가 위독한 세쓰코 차례가 아닐까
하고 내심 불안해 하지만, 신경쇠약 환자가 그 다음에 죽자 '나'는 안도하
며 불안감을 해소시킨다. 그리고 「Ⅲ」에서 세쓰코의 아버지가 다녀가신
후 세쓰코가 객혈을 하고 '절대안정의 위기'에 빠지게 되지만 그 '위기'
또한 그녀가 회복함으로써 '나'의 불안감도 마찬가지로 다시 해소된다.

　　그리고 우리들은 티를 전혀 내지 않고 이 일주일 사이에 일어난 일이
　　뭔가 오해에 지나지 않은 것처럼 가벼운 기분이 들어서 방금 전까지 우리
　　들을 육체적으로뿐만 아니라 정신적으로도 습격해 온 눈에 보이지 않은
　　위기를 아무렇지 않게 넘겼다. <u>적어도 우리들에게는 그렇게 보였다.</u>……

'절대안정의 위기'에서부터 그녀가 회복한 것을 이야기 속의 우리들은 "아무렇지 않게 넘겼다."라는 단정적인 표현을 사용함으로써 '우리들'이 그때는 정말로 그렇게 믿고 있었다는 것을 나타내고 있다. 하지만, 바로 그 뒤에 이어지는 "적어도" "그렇게 보였다."라는 서술에 의해서 그 당시의 '우리들에게는 그렇게 보였으나' 실은 그렇게 안심할 수 있는 상황은 아니었고 그녀의 상태가 일시적으로 회복한 것에 불과했다는 것을 의미한다. 그리고 화자의 이 부정적인 언급은 이야기 속의 시간에서는 일어나지 않은 세쓰코의 죽음이 서술 이전의 시점에서는 이미 일어났었다는 것을 암시하고 있다. 즉, 서술내용 속에서 세쓰코의 죽음은 아직 일어나지 않았지만 서술내용의 시간이 지난 후 그리고 화자가 서술을 시작하기 이전에 화자는 세쓰코의 죽음을 경험했던 것이다.

이처럼 초출판 「바람이 분다」의 서술은 서술 이전의 사건으로서 '세쓰코의 죽음'을 경험한 것이다. 따라서 「발단」에서 화자가 '너'라고 2인칭으로 소환하고 있는 세쓰코는 이미 죽은 세쓰코이고, 죽은 세쓰코를 향해서 '너'라고 부르면서 그녀를 소환시키고 있는 초출판 「바람이 분다」는 일종의 진혼적인 요소를 지닌 작품이라고 할 수 있을 것이다.

이는 이 작품의 모티브가 호리 다쓰오의 실제 경험을 바탕으로 쓰인 작품이라는 사실과도 관계가 있을 것이다. 「바람이 분다」는 호리 다쓰오의 약혼녀였던 야노 아야코矢野綾子와 호리가 실제로 함께 지낸 후지미고원요양소富士見高原療養所에서의 새너토리엄 생활과 그녀와의 사별이 모티브가 된 작품이다. 초출판 「바람이 분다」의 진혼가적 요소에 대해서 후쿠나가 다케히코도 작가의 실제 경험과 연관시켜서 "이처럼 작품은 현실이, 라기보다는 내적 체험이, 모두 끝난 후에 그것을 재현시키기 위해서 쓰였다. 그것은 추억의 형식이기에 '진혼가'적 요소는 처음부터 예견되어 있었다고 할 수 있겠다."[11]라고 언급하고 있다. 후쿠나가의 언급은 집필 동기라

는 작가 개인의 문제를 설명하고 있는 것으로는 지당한 지적이라 할 수
지만, 이 소설이 작가의 체험을 모티브로 쓰였기 때문에 「바람이 분다」에
"진혼가적 요소가 처음부터 예견되어 있었다."는 식의 해석은 작품에 대
해서는 아무것도 이야기하고 있지 않은 것이나 마찬가지일 것이다. 약혼
녀 야노 아야코의 죽음이 「바람이 분다」의 집필 동기이자 실질적인 모티
브가 된 것은 의심의 여지가 없겠으나 그렇다고 해서 이 사실이 이 작품
에서 죽음을 어떻게 작품화시키고 있는지까지는 말해주고 있지 않다. 앞
서 고찰한 바와 같이 작가 레벨의 경험과 관계없이 초출판 「바람이 분다」
의 서술이 죽은 자를 부르는 일종의 진혼가적 요소를 충분히 갖고 있다는
것을 확인할 수 있기 때문이다.

2.2. 초출판 「바람이 분다」의 '진혼'

죽은 자를 '너'라고 불러내는 서술에서 시작해서 그녀와 함께 보낸 새
너토리엄에서의 나날을 이야기하고 있는 초출판 「바람이 분다」는 어떠한
의미에서 '진혼'적인 것일까.

초출판 「바람이 분다」는 1936년 9월경, 호리 다쓰오가 「모노가타리의
여자物語の女」의 속편을 구상하고 있을 때 '갑자기 생각이 떠올라서' 쓰기
시작한 작품이다.12) 이 초출판 「바람이 분다」 집필 당시, 호리 다쓰오는
다치하라 미치조立原道造에게 보내는 편지에서 이 속편의 구상에 대해서
다음과 같이 말하고 있다.

---

11) 福永武彦 「堀辰雄の作品」 『日本文學硏究資料叢書』(有精堂, 1971).
12) 1946년 가도카와서방에서 출판한 『호리 다쓰오 작품집 제3권 바람이 분다』의 해설에서
   호리 다쓰오는 "1936년 여름, 시나노 오이와케(信濃追分)에 일을 하러 간 내가 거기서 제
   일 먼저 생각한 것은 역시 「모노가타리의 여자」의 속편을 쓰는 일이었다. 하지만, 이때도
   구상 도중에 그만두고 말았다. 그리고 가을이 되어서 갑자기 생각이 떠올라서 「바람이 분
   다」를 썼다. 그리고 이어서 「겨울」을 썼다."고 말하고 있다.

　　오늘부터 소설을 겨우 쓰기 시작했다. 지금은 잠정적으로 「약혼」이라는
　　제목을 붙였다. 두 사람이 얼마만큼 서로를 행복하게 해줄 수 있는지-그
　　런 주제에 정면으로부터 부딪쳐갈 생각이다.13)

　호리 다쓰오의 이 편지에 대해서 다니다 쇼헤이谷田昌平는 "'두 사람이
얼마만큼 서로를 행복하게 해줄 수 있는지'라고 할 때 앞의 편지에서 언
급하고 있는 테마는 죽음을 앞에 두고, 라는 말을 덧붙여서 읽을 필요가
있다."14)라고 지적하고 있다. 또한 후지사와 시게미쓰藤沢成光는 호리의 말
을 다음과 같이 분석하고 있다.

　　'행복'은 '얼마만큼'이라는 양의 척도로 식별 가능한 것으로 되어 있다.
　　(…중략…) 즉, '두 사람'이 '서로' 무언가를 '해줄 수 있는' 상태는 '행복'
　　이고, 무언가를 한다, 는 형태로 행위 그 자체에 나타날 수 있는 여러 가
　　지 한정적인 요소는 모두 양의 문제가 되는 것이다. 전술한 고찰의 결과를
　　합해 본다면, 존재자의 행위 간의 관계에 그 근원적인 존재와 존재의 형태
　　가 얼마만큼 방해받지 않고 나타낼 수 있는가, 라는 것이 양을 재는 척도
　　다, 라는 결론을 얻을 수 있다.15)

　후지사와 씨가 언급하고 있는 '근원적인 존재와 존재의 형태'를 '방해'
하고 있는 것, '행복'의 장해가 되는 것이 다니다 씨가 지적한 '죽음'일 것
이다.

　작품이 내포하고 있는 '죽음'이란 세쓰코의 죽음이고 서술내용의 세계
에서 시간이 흘러가는 방향이다. 『바람이 분다』라는 작품의 '시간' 문제
에 관해서 마루오카 아키라丸岡明는, "「바람이 분다」가 나를 놀라게 한 가

---

13) 1936년 9월 30일자의 다치하라 미치조에게 보낸 편지.
14) 谷田昌平 『堀辰雄』(五月書房, 1958).
15) 藤澤成光 「『風立ちぬ』の言葉(上)」『國語の國文學』(1974.3).

장 큰 것은 바람처럼 지나가는 시간의 흐름을 훌륭하게 문자로 새기고 인
간의 실체를 그 시간의 흐름 속에서 포착하여 제시해 준 것이다."16)라고
지적하고 있고, 요시무라 데이지吉村貞司는 이 '시간'을 구체적으로 '죽음'
혹은 '인간존재'의 문제와 관련지어 언급하고 있다. "「바람이 분다」에 시
간이 쓰여 있다고 한다. 하지만, 그 시간은 더 이상 프루스트가 쓴 것 같
은 감각과 추억의 융합으로 이루어진 것이 아니다. 그것은 전락顚落의 시
간이다. 본질적인 비극으로서의 시간이다."17) 요시무라 씨가 언급하고 있
는 '전락의 시간'이란 죽음으로 향하는 시간이다. 미야우치 유타카宮内豊도
"'죽음'과 불가분의 관계에 있는 '시간'에 관한 의식에 『바람이 분다』가
독특한 '표현'을 주고 있다."18)고 지적하고 있다.

초출판 「바람이 분다」을 통해서 작가가 시도한 '행복'이란, 죽음으로 향
해서 한없이 흐르는 붙잡아 둘 수도 없는 시간의 흐름 속에서 '존재와 존
재의 형태가 얼마만큼 방해를 받지 않고 나타낼 수 있는가.'라는 시간의
흐름에 대한 도전이기도 했다.

새너토리엄에 도착한 다음 날, '나'는 세쓰코의 환부를 찍은 X레이 사
진을 보고, 그녀가 중태 상태라는 사실을 원장한테서 듣는다. 그리고 이때
부터 '나'는 "보통 사람들이 막다른 길이라고 믿고 있는 곳에서부터 시작
한 특수한 인간성을 갖기" 시작한다. 세쓰코의 환부 사진이란 세쓰코의 죽
음의 원인이고 죽음의 형상이다. 그리고 '나'가 "의식하기 시작한" "특수
한 인간성"이란 '나'가 죽음을 의식하기 시작하면서 의미를 갖기 시작한
'삶'이다. 이렇듯 죽음을 의식하기 시작하면서 보내게 되는 '나'와 세쓰코
의 새너토리엄 생활 속에서 둘은 '우리들의 행복'을 발견하기 시작한다.

---

16) 丸岡明「主として晩年の作品について」『風立ちぬ・美しい村』(新潮社, 1951).
17) 吉村貞司『堀辰雄-魂の遍來として』(東京ライフ社, 1955).
18) 宮内豊「『風立ちぬ』のしたこと-時間の小説」『群像』(1997.2).

(…) 라고 하기 보다는 우리들은 이 비슷한 나날을 되풀이하고 있는 사이에, 언제부턴가 시간이라고 하는 것에서부터 완전히 빠져나와버린 것 같은 기분마저 들 정도였다. 그리고 이러한 시간에서 벗어난 나날에서는 우리들의 일상생활을 매우 세세한 것까지 그 하나하나가 지금까지와는 전혀 다른 매력을 갖기 시작한 것이다.

'우리들'은 "이 비슷한" 단조로운 일상생활을 되풀이하고 있는 사이에 "시간이라고 하는 것에서부터 완전히 빠져나와버린 것 같은 기분마저 들 정도"가 되어 있다. 여기서 말하는 '시간'이란 세쓰코의 죽음으로 향하는 시간이고 '전락의 시간'이다. 이러한 시간의 흐름에서 "벗어난 나날"에서만이 "우리들의 일상생활을 매우 세세한 것까지 그 하나하나가 지금까지와는 전혀 다른 매력을 갖기 시작"하게 되는 것이다. 그리고 여기서 찾아낸 매력을 화자는 "우리들의 인생이라고 하는 것의 요소는 실은 이것뿐인 것이다."라고 단언하고 있다. 그리고 '인생의 요소'라고까지 언급한 매력이란 "내 가까이에 있는 이 따뜻하고 좋은 냄새가 나는 존재, 그리고 조금 빠른 호흡, 나의 손을 잡고 있는 그 가냘픈 손, 그 미소, 그리고 때때로 나누는 평범한 대화"이지만, 이 모든 것이 '나'가 감지한 세쓰코이다. 즉, 사랑하는 자와 함께 있는 것만으로 "만족할 수 있는" 나날을 되풀이하는 사이에 '우리들'은 죽음으로 향하는 '전락의 시간'에서 어느새 벗어나 있게 된다. 그리고 이 시간의 흐름에서 초월한 우리들만의 시간을 찾아내는 것이 초출판 「바람이 분다」에서 서술하고 있는 '우리들의 행복'이다.

그러한 날들에 일어난 유일한 일이라고 하면, 그녀가 때때로 열이 나는 정도였다. 그것은 그녀의 몸을 서서히 쇠약하게 만드는 것이 틀림없었다. 하지만, 우리들은 그런 날에는 다른 날과 조금도 변함없는 일과의 매력을 더 완만히 마치 금단의 과일의 맛을 몰래 훔쳐 먹는 것처럼 음미하기로 하였기 때문에 우리들의 어느 정도 죽음의 맛이 나는 삶의 행복은 그때에는 한층 더 완전히 유지되었을 정도이다.

죽음으로 향해 흘러가는 시간의 흐름 속에서 둘은 '삶의 행복'을 찾게 되는데 그것은 아이러니하게도 죽음을 의식함으로써 '우리들의 행복'이 찾아낸 그 순간을 한 층 더 완전하게 '유지'시켜 주게 된다. 『바람이 분다』에서 가장 유명한 초여름 해질녘의 장면에서도 세쓰코의 "죽어가는 자의 눈"을 통해서 둘이 함께 바라본 풍경은 "우리들의 행복 그 자체의 완전한 그림"이 된다고 서술하고 있다. 즉, 죽음으로 치닫는 시간의 흐름 앞에서 '우리들'이 '삶'을 행복하다고 느낄 수 있는 것은 그 행복이 시간의 흐름 속에서 마치 하나의 '그림'처럼 삶의 요소를 결정화結晶化시킴으로써 감지될 수 있기 때문이다. 즉, 죽음으로 향해가는 시간에 대한 도전이란 그 흐름 속에서 '삶의 행복'을 마치 한 폭의 그림마냥 결정화시킬 수 있는가 하는 문제였다. 이는 서술내용 속의 '우리들'이 시도한 것이기도 하고 초출판 「바람이 분다」의 서술 자체가 갖고 있는 흐르는 시간에 대한 인식이기도 하다.

『바람이 분다』의 문체와 '시간'의 관련성을 지적한 것은 후지사와 시게미쓰이다. 후지사와 씨는 「발단」(「서곡」)의 한 문장에서 사용하고 있는 '그리고'와 '그리고 나서'를 언급하면서, '그리고'는 "직전에 일어난 일의 지속과 완료"를 가리키고 있으나, 본문에서는 완료를 나타내는 말 대신에 "~하고 있었다."와 지속을 지시하는 말이 바로 이어지고 있기 때문에 "지속의 뉘앙스만이 중복해서 부각되고 있"는 한편, '그리고 나서'는 "'그리고 나서' 앞에 지시한 사항이 완료한 시점을 기점으로 거기서부터 지속하여 일어나고 있는" 것을 나타내지만, 본문에서는 '그러고 나서' 앞에

'오면'하고 계속을 나타내는 "면"이 사이에 삽입됨으로써 '그러고 나서'는 "순수하게 기점과 거기서부터의 지속의 관념만을 실재 내용"으로 삼고 있다고 분석했다. 그리고 이들 계속, 지속을 나타내는 말의 삽입을 "바른 순서대로 정연하게 계속해서 이어지는 시간의 흐름과 대극적인 시간이 필요했기 때문이다."[19]라고 지적하고 있다. 후지사와 씨가 언급하고 있는 "바른 순서대로 정연하게 계속해서 이어지는 시간의 흐름과 대극적인 시간"이란, '전락의 시간'에서 일탈한 '순간'이라고 볼 수 있을 것이다.

미야우치 씨는 『바람이 분다』 본문에서 완결 이외의 애스펙트(기동, 계속, 진행, 반복 등)가 많이 사용되고 완료의 애스펙트와 비완료의 애스펙트가 구별해서 쓰이고 있는 것을 프랑스어에서 단순과거형과 반과거형(진행형 과거)을 구별해서 사용하는 것의 영향이라고 추측하고 있다.

> 『바람이 분다』는 단순히 대상의 '재현'으로서뿐 아니라 그 특이한 문체를 통해서 작용하는 '표출'로서도 흘러가는 '시간'에 대한 항의, 저항, 애석을 '표현'하고 있다. 이는 '시간'을 잡아 두려는 의지로서 이야기의 진전이나 곡절에 일일이 상관하지 않고 마치 통주저음通奏低音처럼 전편을 통해서 눈에 띄지 않게 울려 퍼진다.[20]

이상의 선행연구에서 지적했듯이 시간에 대한 도전은 작품의 '주제'뿐 아니라 그 서술에 있어서도 의식적이었다는 것을 알 수 있다. 즉, 『바람이 분다』의 본문이 갖고 있는 '시간에 대한 저항'이란 중태 상태인 세쓰코를 죽음으로 치닫게 하는 시간에 대한 저항이고 그녀의 죽음에 대한 화자의 '애석'이다. 그리고 이 '시간에 대한 저항'으로 '우리들'이 새너토리엄의 생활을 통해서 찾아내는 것이 이러한 시간의 흐름을 넘어서 죽음의 의식에

---

19) 藤澤成光, 전게서.
20) 宮內豊, 전게서.

의해서 오히려 '완전한 그림'이 되는 '우리들의 행복'한 시간을 갖는 것이다. '우리들의 행복'이 시간의 흐름 속에서도 변치 않고 영원하길 바라며 그 시간들을 마치 한 폭의 그림처럼 서술해나가는 것이 초출판 「바람이 분다」의 '진혼'이라고 할 수 있겠다.

2.3. 작중 소설의 삽입

초출판 「바람이 분다」의 「Ⅰ」에서 '완전한 그림'이 되는 '우리들의 행복'을 얻을 수 있었으나 「Ⅱ」에 들어가서부터는 시간이 다시 흐르기 시작한다. 초출판 「바람이 분다」의 「Ⅱ」 이후, "드디어 한여름이 되었다.", "8월도 겨우 하순에 가까워졌는데", "9월이 되면", "이미 벌써 다른 계절이 되어 있었다.", "9월 말의 어느 날 밤" 등 계절의 추이나 시간의 명시가 빈번해지기 시작한다. 이러한 시간의 흐름 속에서 의식으로서가 아니라 사건으로서의 죽음이 서술되기 시작한다. '나'는 세쓰코의 죽음을 우선 다른 환자들의 죽음을 통해서 의식하기 시작한다. 그리고 아버지의 방문 후에 찾아오는 세쓰코의 '절대안정의 나날들'을 '나'는 "그것이 언제 죽음의 침상이 될지도 모르는 침대에서 이렇게 환자와 함께 즐기듯이 맛보고 있는 생의 쾌락 (…중략…) 그것은 과연 우리들을 정말로 만족시켜줄 수 있는 것인가?" 하고 이제부터 현실로 일어나게 될 세쓰코의 죽음 앞에서 '우리들'이 찾아낸 '행복'에 의문을 갖기 시작한다.

하지만, 17호실 환자가 죽었을 때에도 신경쇠약 환자의 죽음으로 인해서 이 죽음에 대한 불안감이 해소된 것처럼 절대안정을 취해야 했던 세쓰코의 상태도 일주일 후부터 상태가 호전되면서 '나'는 "아무 일도 없었다는 듯이" 이 위기를 "넘겼다"고 생각한다.

이처럼 초출판 「바람이 분다」에서 세쓰코의 죽음은 작품 내에서 암시는 되지만 그로 인해 '나'가 느끼는 불안은 그때마다 해소된다. 그리고 '나'는 '우리들의 행복'을 "더 확실한 것으로, 조금 더 형태를 이룬 것으로 바꾸기 위해서" '우리들의 행복'에 관한 '소설'을 쓸 생각을 하게 된다. 「Ⅲ」의 마지막 날, '나'는 숲 속에서 이 '소설'의 구상에 심취해 있다. 그리고 "그 이야기는 어느 샌가 그것 자체의 힘으로 살아나기 시작해서 나와는 상관없이 마음대로 전개하기 시작"하고, "자칫하다가는 한 곳에 머물게 되는 나를 거기에 남겨둔 채, 그 소설 자신이" 스스로 이야기를 진전시켜서 드디어 여주인공의 죽음을 맞이하기에 이른다. 조금 길지만 작중 소설의 부분을 인용한다.

　　자신의 마지막을 예감하면서 그 쇠약해진 힘을 다해서 일부러 쾌활하게, 일부러 고귀하게 살려했던 소녀－다가 온 이의 팔에 안긴 채 단지 남겨진 자의 슬픔을 슬퍼하면서 자신은 너무나도 행복하다는 듯이 죽어가는 소녀－그런 소녀의 영상이 하늘에 그린 듯이 선명하게 나타났다........ "사내는 자신들의 사랑을 한 층 더 순수한 것으로 만들고자 몸이 성치 않은 소녀를 끌어들이듯 산에 있는 새너토리엄에 들어가지만, 죽음이 그들을 위협하려고 하면 사내는 이렇게 그들이 얻고자 하는 행복은 과연 그것을 완전히 얻는다 하더라도 그들 자신을 만족시킬 수 있을지 어떨지, 점차 의심하기 시작한다. 하지만, 소녀는 죽음의 고통 속에서 마지막까지 자신을 성실히 보살펴준 것을 사내에게 감사하면서 꽤나 만족스럽다는 듯이 죽어간다. 그리고 사내는 이런 고귀하게 죽은 자에게 도움을 받으면서 겨우 자신들의 소소한 행복을 믿을 수 있게 된다........"
　　이런 이야기의 결말이 마치 거기서 나를 기다리고 있었던 것처럼 보였다. 그리고 갑자기, 그 죽어가는 소녀의 영상이 예상치 못한 강렬함으로 나에게 충격을 주었다. 나는 마치 꿈에서 깨어난 것처럼 이루 말할 수 없는 공포와 수치심에 떨었다.

인용문처럼 초출판 「바람이 분다」에 삽입된 '나'의 소설 중 "죽음이 그
들을 위협하려고 하면 사내는 이렇게 그들이 얻고자 하는 행복은 과연 그
것을 완전히 얻는다 하더라도 그들 자신을 만족시킬 수 있을지 어떨지,
점차 의심하기 시작한다."는 부분은 「겨울」과 "사내는 이런 고귀하게 죽
은 자에게 도움을 받으면서 겨우 자신들의 소소한 행복을 믿을 수 있게
된다."는 부분은 「죽음의 골짜기」와 작품 구상이 비슷하기 때문에 가게야
마 쓰네오景山恒男는 "나중에 쓰일 제4장, 제5장의 구상이 극중극처럼 기술
되어 있다. 당초, 독립적인 단편소설로 쓰인 경위가 엿보인다."[21]고 지적
하고 있다. 하지만 가게야마 씨도 언급하고 있듯이 "당초 독립적인 단편
소설로" 쓰인 초출판 「바람이 분다」에서 이 작중 소설은 도대체 어떠한
기능을 하고 있는 것일까.

　우선 이야기의 줄거리보다도 소설이 환기시키고 있는 이미지가 모두
'소녀의 죽음'이라는 사실에 주목하고 싶다. "자칫하다가는 한 곳에 머물
게 되는 나"란, 앞으로 일어나게 될 세쓰코의 죽음을 생각하는 것조차 두
려워하는 '나'이기 때문에 세쓰코의 죽음을 이야기하는 것은 이러한 '나'
를 "남겨둔" '나' 자신이 아니라 "소설 그 자체"이다. 그리고 이 "소설 그
자체"가 제일 먼저 환기시키고 있는 것은 "행복한 듯이 죽어간 소녀"의
이미지고 이 소녀의 죽음은 작중 소설 속에서 다시 한 번 반복되고 있다.
그리고 "소설 그 자체"가 만들어 낸 줄거리의 "결말"까지 따라간 '나'가
가장 인상 깊게 받아들이는 것 또한 "그렇게 죽어가는 소녀의 영상"이고
그 이미지는 '나'에게 "예상치 못한 강렬"한 충격을 안겨준다. 이는 세쓰
코의 죽음을 거부해 온 '나'가 작중 소설의 줄거리를 따라가면서 '소녀의
죽음'을 즉, 세쓰코의 죽음을 간접적으로 경험하기에 이르기 때문이다.

21）景山恒男 「『風立ちぬ』における時間とヴィジョンの聖化」 『芥川龍之介と堀辰雄―信と認識のはざま―』(有精堂, 1994).

"죽어가는 소녀의 영상"에 충격을 받고 현실로 돌아온 '나'가 제일 먼저 느끼는 것은 "이루 말할 수 없는 공포와 수치심"이지만, "수치심"이란 '우리들의 행복'을 소설화하기 위해서 결국은 세쓰코의 죽음마저도 상상해버린 자신에 대한 '수치심'이고, '공포'는 소녀의 죽음에서 연상되는 세쓰코의 죽음이 언제가 현실로 일어날 것에 대한 공포일 것이다. '나'가 세쓰코의 죽음을 상기하고 '공포'를 느낀 것은 이 시점까지도 '나'가 '우리들의 행복'에 확신을 가질 수 없었다는 것을 의미한다.

이처럼 초출판 「바람이 분다」에서 현실에서는 아직 일어나지 않는 세쓰코의 죽음이 작중 소설의 소녀의 죽음을 통해서 직접 서술내용 속으로 투입된다. 그리고 '나'는 그 작중 소설의 소녀를 통해 세쓰코의 죽음을 추체험함으로써 현실의 죽음 앞에서 느낄 수 있는 '불안'이나 '공포'를 극복하기에 이른다.

숲에서 새너토리엄으로 돌아 온 '나'는 자신이 느낀 "공포와 자성"을 직접 세쓰코에게 물어보고 그녀 스스로가 이에 대답하도록 유인하고 있다. 이때 '나'가 하는 질문은 숲에서 구상한 소설 속의 소녀와 오버랩된 '죽어가는 자'로서의 세쓰코에 대한 질문이 된다.

> "내가 여기서 이렇게 만족하고 있는 것을 당신은 모르겠어요? 아무리 몸이 안 좋을 때에도 나는 단 한 번이라도 집에 돌아가고 싶다고 생각한 적이 없어요. 만약 당신이 내 곁에 있어주지 않았다면 나는 정말 어떻게 되었을까요? (…중략…) 하지만 그리고 나서 겨우 당신이 언젠가 해준 말을 떠올리니 조금 진정이 되었어요. 당신은 언젠가 저에게 이렇게 말했잖아요. ─ 우리들의 지금의 생활, 훨씬 나중에 되어서 떠올린다면 얼마나 아름다울까, 라고………"

인용부 마지막에서 세쓰코의 한 대화 부분은 작품 속에서 세쓰코가 현재의 '우리들의 생활'에 대해서 유일하게 자기 생각을 말하고 있는 부분이다. 여기서 세쓰코는 "정말로 그것을 확신하고 있듯이" 지금의 생활이 그녀에게 "정말로 만족"스럽다는 것을 스스로 언급하고 있다. 그리고 지금의 생활이 자신의 '일시적인 느낌'이 아닐까 하고 불안해하는 '나'의 말을 막고 그렇게 불안해하는 '나'에게 "그런 말하지 마세요!" 하고 강하게 부정해 보인다. 세쓰코의 부정이 강하면 강할수록 그녀가 지금의 생활에 만족해 있다는 것을 나타내고 있다. 그리고 그녀는 "아무리 몸이 안 좋을 때에도" '나'와 함께 있는 것만으로 자기는 만족하고 있다고 말한다. 이는 세쓰코가 우리들의 행복에 강한 확신을 가지고 만족하고 있다는 것을 '죽어가는 자' 스스로의 입을 통해서 말하게 한 셈이다. 그리고 세쓰코는 '나'가 없는 방이 "뛰쳐나가고 싶을 만큼" 무서워졌을 때, "행복의 완전한 그림"을 찾아낸 초여름의 해질녘에 '나'가 한 말로 스스로를 위로했다고 한다.

> "우리들이 훨씬 나중에 말야, 지금의 우리들의 생활을 떠올리게 되면 그 것이 얼마나 아름다울까, 하는 생각을 하고 있었어."
> "정말 그럴지도 모르겠네요." 그녀는 그렇게 나에게 동의하는 것이 마 치 즐겁다는 듯이 응했다.

인용부분은 초여름의 해질녘의 장면이지만, '나'의 말에 대해서 세쓰코는 "정말 그럴지도 모르겠네요." 하고 가정의 표현으로 "동의하는 것이 마치 즐겁다는 듯이" 대답하고 있다. 세쓰코가 '나'의 말에 대해서 확신을 갖고 동의할 수 없었던 것은 그 바로 뒤에 이어지는 세쓰코의 "그렇게 언제까지나 살 수 있다면 좋겠네요."라는 말이 나타내듯이 세쓰코는 자신에게 "훨씬 나중"이라는 시간이 주어져 있지 않다는 것을 알고 있었기 때문이다. 초여름의 해질녘에서는 세쓰코의 '죽어가는 자의 눈'을 공유함으로써 '행복의 완전한 그림'을 우리는 찾아낼 수 있었지만, 그때, '나'는 '우리들이 오래 살 훗날의 시간'을 떠올리고, 세쓰코는 "자신의 마지막 순간"을 생각하고 있었다. 이처럼 둘 사이의 '살아남는 자'와 '죽어가는 자'의 균열은 죽음을 앞에 했을 때의 '나'의 불안이기도 하였다. 하지만, 이 불안감은 마지막 세쓰코의 대답으로 해소되고 있다. 즉, 세쓰코가 말한 우리들의 생활을 떠올리는 '훨씬 나중'이라는 것은 자신의 사후이고, 자기가 죽은 후 혼자 남겨진 '나'가 우리들의 생활을 떠올리면 '얼마나 아름다울까'라는 '죽어가는 자'의 위로로 자신의 슬픔을 달래고 있다. 이는 작중 소설 속에서 "그 남게 된 자의 슬픔을 슬퍼하면서 자신은 매우 행복하다는 듯이 죽어가는 소녀"를 초출판 「바람이 분다」의 세쓰코가 다시 한 번 반복하고 있는 것이다. 즉, 작중 소설이 그대로 이미 초출판 「바람이 분다」의 서사내용에서 다시 반복되고 있는 것이다.

> 그녀의 그런 말을 듣고 있는 사이에 견딜 수 없을 만큼 가슴이 벅차오른 나는 하지만, 그런 자신의 감동한 모습을 그녀가 볼 것을 두려워하듯이 슬쩍 발코니로 나갔다. 그리고 그 위에서 예전에 우리들의 행복을 거기서 완전히 그려냈다고 생각된 그 초여름 저녁 노을을 닮은─하지만 그것과는 전혀 다른 가을날의 오전의 햇빛, 더 차갑고, 더 깊은 맛이 있는 빛을 띤 주변 일대의 풍경을 나는 진지하게 바라보고 있었다. 그때의 행복을 닮은 하지만 더욱 더 가슴을 죄어오는 알지 못하는 감동으로 자신이 가득 차 있다는 것을 느끼면서………

그리고 작중 소설 속의 사내가 "그렇게 고귀하게 죽은 자의 도움을 받으면서 거우 자신들의 소소한 행복을 믿을 수 있게 된" 것처럼 서사내용의 '나'도 세쓰코의 마지막 말을 듣고, "그때의 행복을 닮은 하지만 더욱 더 가슴을 죄어오는 알지 못하는 감동으로" 가득 차면서 지금까지의 '행복'에 대한 불안감은 해소하고 더 절실한 행복감을 느낄 수 있게 된다. 이는 작중 소설의 사내와 '나'가 오버랩됐다는 것을 나타낸다. 즉, 작중 소설이라는 장치를 서사내용에 삽입시킴으로써 세쓰코의 죽음을 추체험하게 하고 죽음 앞에서 불안해하는 '나'와 '죽어가는 자'와 '살아남는 자'의 균열에 괴로워하고 있던 '나'는 '죽어가는 자' 스스로의 말을 통해서 '우리들의 행복'을 새로이 확신하게 된다. 그러면서 초출판 「바람이 분다」의 이야기 세계는 닫히고 이야기 세계 이후와 서술 이전에 일어난 세쓰코의 죽음을 작중 소설이라는 형태로 투입시켜 주인공이 그것을 추체험함으로써 서술 그 자체도 여기서 함께 끝나게 된다.

3. 마치며

이상으로 본고에서는 초출판 「바람이 분다」를 단편소설로 간주하고 그 작품분석을 시도하였다. 초출판 「바람이 분다」의 서술이 죽은 자를 '너'라는 2인칭으로 소환시키고 있는 점이나 문체의 구성이 시간에 저항적이라는 점에서 초출판 「바람이 분다」가 진혼적인 요소를 다분히 지니고 있다는 것을 고찰하였다. 그리고 이 작품에 있어서의 진혼가적 요소는 서술에서만 엿보이는 것이 아니라, 이야기 구성에 있어서도 작중 소설이 세쓰코의 죽음을 추체험하는 장치로 작용하면서 세쓰코가 죽어가는 자로서 '지금의 생활'에 만족하고 있다는 것을 스스로 말하게 하고 그 세쓰코의 말에 의해서 살아남게 될 주인공인 '나'가 '더욱 더 절실한 감동'을 얻는 것으로 초출판 「바람이 분다」의 이야기 세계는 마치게 된다. 이야기 세계 속에서 '나'가 세쓰코의 죽음을 추체험한 후 그녀에 의해서 새로운 행복

을 찾을 수 있게 되어 있는 것은 서술내용 마지막 장면에서 주인공 '나'
와 죽은 자를 진혼하고 있는 화자 「나」의 인식의 간극을 좁힘으로써 초출
판 「바람이 분다」의 서술도 함께 닫히게 된다. 이는 애당초 초출판 「바람
이 분다」가 세쓰코의 실제 모델이었던 호리 다쓰오의 사별한 약혼녀 야노
아야코에게 바친 진혼가로서 쓰였다는 사실과도 관련이 있을 것이다.

  초출판 「바람이 분다」 발표 이후, 나중에 완결판에 수록될 일련의 단편
소설을 집필해가지만, 애당초 그것이 일종의 자기 완결적인 진혼소설에서
시작하였다는 점은 흥미롭다. 초출판 「바람이 분다」 다음에 쓰인 「겨울」
에 의해서 초출판 「바람이 분다」의 닫힌 이야기 세계를 작가는 다시 열고
주인공 '나'의 일기라는 형태로 그 질서를 상대화 해가는 작업을 해간다.
즉, 초출판 「바람이 분다」가 암시하고 있는 사소설적 요소―야노 아야코
를 위한 진혼가―를 작가 스스로 해체하고 문학적 텍스트로 재구성해 가
는 것이 「겨울」 이후의 작품군이라 할 수 있다. 그리고 초출판 「바람이
분다」는 죽어가는 자에 의해서 마치 한 폭의 그림 마냥 확고한 것으로 인
식된 '행복'을 서술하고 있으나, 세쓰코 사후 혼자 남게 된 '나'의 이야기
까지 다루고 있는 완결판 『바람이 분다』는 결국, 이 '행복'을 그녀의 사후
자신의 삶을 통해서 진정으로 받아들일 수 있게 되는 '나'의 이야기로 변
화해 간다고 볼 수 있다. 그렇다면 초출판 「바람이 분다」에서 완결판으로
의 생성과정을 추적해가면서 『바람이 분다』의 이야기 세계가 다시 해체
되면서 새로운 이야기로 재구축되어가는지를 다음 장에서 살펴보겠다.

제11장

「봄」과 「뻐꾸기」

─사자死者와 생자生者를 위한 '진혼'

1. 들어가며

대표작일수록 그 작품에 관해서 다양한 방면에서 논의되고 다양한 해석이 시행되는 것은 당연하다고 생각한다. 하지만, 『바람이 분다』는 그 지명도나 작품론의 양에 비해, 작품 해석이 결코 안정되어 있다고는 할 수 없다. 예를 들어 『바람이 분다』 작품론에서 자주 지적된 제3장 「바람이 분다」나 제4장 「겨울」의 장에서 부각되는 주인공 '나'의 '예술가로서의 에고이즘'이라는 모티브가 종장 「죽음의 골짜기」에서는 자취를 감추게 된다는 점이다. 예를 들어 이 문제에 관해서 강하게 비판하고 있는 연구로는 오다기리 히데오小田切秀雄의 「바람이 분다」 작품론이 있다.

> (…전략…) 이 작품의 서술에서 주인공(및 작가)의 예술가로서 제작상의 야망이나 의도에 의해서 자신도 처음에는 깨닫지 못했을지도 모르는 인생 실험적 삶에 세쓰코를 끌어들인 것이 아니냐 하는 문제─구체적으로 말하

면 자신의 작품 제작을 위해서 작중의 순종적인 세쓰코를 작품을 위한
도구로 인생 실험 속에 끌어들인 측면이 얼마나 있는지 없는지 하는 것.
(…중략…) 작자는 어느 정도 이 문제에 대해서 의식인 것처럼 보인다는
점, 또 생각하게 만드는 측면이 작품 속에 전혀 없는 것은 아니지만 이를
충분히 파헤치지 않고 있다.[1]

오다기리 히데오는 「바람이 분다」의 장이나 「겨울」의 장에서 보이는
'나'(및 작가)의 예술가로서의 에고이즘이 작자의 마음 속에 하나의 '응어
리'가 되어, 이를 해소하기 위해서 "장문의 진심 어린 진혼의 장 (「죽음의
골짜기」)"을 썼지만, 그러나 거기에서도 "자신과 문학 창작 사이의 어두
운 에고의 냄새를 동반한 비밀을 들춰내지는 않았다."라며, 예술가의 에
고이즘이 어중간하게 취급되어 있다고 혹평하고 있다. 즉 제3장과 제4장
에서 집요하게 그렸던 '나'의 에고이즘이라는 문제가 종장에 이르러서는
자취를 감추고, 대신 사자에 대한 진혼으로 이어지는 것을 앞의 장에서
전술한 나카노 시게하루는 '어긋났다'고 읽었고, 오다기리 히데오는 '충분
히 파헤쳐'지지 않았다고 비판한 것이다.

본고에서는 완결판 『바람이 분다』가 안고 있는 이러한 문제점이 이 작
품의 복잡한 생성 과정에 기인해 있다고 보고, '진혼곡'(「죽음의 골짜기」)
구상 중에 쓰인 『바람이 분다』 제2장 「봄」과 단편소설 「뻐꾸기郭公」(『신
여원』 1937.9)를 집필 순으로 읽으며 살펴보고자 한다.

『바람이 분다』의 제4장 「겨울」에서 제5장 「죽음의 골짜기」 순으로 작
품을 읽다 보면 「겨울」에서 거론된 예술가의 에고이즘 문제는 확실히 선
행연구의 지적대로 "충분히 파헤쳐"지지 않았음을 부인하기 어렵다. 그러
나 『바람이 분다』의 각 장이 집필된 순서, 즉 「겨울」, 「봄」, (「뻐꾸기」), 「죽

---

1) 小田切秀雄 「堀辰雄 『風立ちぬ』」 『敎育國語』(1968). 인용은 竹內淸已編, 전게서.

음의 골짜기」순으로 다시 읽어 봄으로써, 이 문제가 어떻게 변용되어 이야기 속에 용해되어 가는지를 확인할 수 있을 것이라고 생각하기 때문이다. 앞의 장에서 살펴보았듯이 호리 다쓰오는 『바람이 분다』라는 작품을 하나의 닫힌 작품으로 쓴 것이 아니라 열린 작품군으로 다루어왔다. 때문에 이 『바람이 분다』 작품군 중에 「뻐꾸기」라는 텍스트를 삽입해 볼 수 있으며, 이러한 작업에 의해서 『바람이 분다』의 작품 세계를 넓힐 수 있음과 동시에 기존의 완결판 『바람이 분다』가 초래한 읽기의 어긋남을 푸는 실마리를 찾을 수 있을 것이라 기대한다.

2. 완결판 『바람이 분다』의 생성 과정

호리 다쓰오는 『바람이 분다』의 장편화를 초출판 「바람이 분다」를 집필한 후인 1936년 11월 22일, 무로 사이세이室生犀星에게 보낸 서한 속에서 다음과 같이 밝히고 있다.

> 그제부터 『문예춘추』에 발표할 작품(「겨울」 : 인용자)의 집필 작업에 들어갔습니다. 「바람이 분다」의 속편 같은 것인데, 그 정적을 세계 짓밟는 듯한 격렬한 숨을 쉬는 것을 쓰고 싶다고 생각하고 있습니다. 그리고 또 한 가지 「진혼곡」이라는 것을 쓰고, 다시 조용한 「바람이 분다」의 주제로 돌아갈 계획입니다. (그것은 가능하다면 오륙백 행의 시와 같은 형식으로 쓰고 싶지만)[2]

이 시점에서 호리 다쓰오는 『바람이 분다』의 일련의 작품군으로 단편 소설 「바람이 분다」와 그 "속편과 같은 것"인 「겨울」, 그리고 오륙백 행

[2] 中村眞一郎・福永武彦・郡司勝義編 『堀辰雄全集』 第八卷(筑摩書房, 1978).

의 시 형식인 「진혼곡」이라는 세 가지 작품을 구상하고 있었다. '진혼곡' 을 "오륙백 행의 시와 같은 형식"으로 쓰려고 하는 것에서부터, 이 단계 에서는 『바람이 분다』의 작품군을 하나의 장편소설로 마무리하기보다는 「바람이 분다」의 주제를 전개하고 있는 작품군으로 쓰려고 했던 것으로 보인다.

　앞의 장에서 언급한 『바람이 분다』의 생성 과정과 호리 다쓰오의 작품 에 대한 인식을 살펴보면 완결판 『바람이 분다』는 '바람이 분다' 작품군 중 하나에 지나지 않으며, 『바람이 분다』라는 작품은 더 다양하게 해석될 가능성을 내포하고 있었던 것이다. 그리고 실제로 「겨울」 뒤에 쓰인 것은 「진혼곡」(「죽음의 골짜기」)이 아닌 「봄」이다. 그야말로 「봄」은 시간 순서 로 봤을 때 「겨울」과 「죽음의 골짜기」 집필의 틈새를 메우고 있어, 기존 의 완결판 『바람이 분다』가 야기한 읽기의 어긋남을 푸는 실마리를 찾아 볼 수 있을 것이다. 다음 장에서는 「진혼곡」 대신에 쓰인 「봄」이 초출판 「바람이 분다」나 「겨울」의 이야기 세계에 삽입됨으로써 작품 읽기에 어 떤 변화를 가져오게 되는지, 그리고 「진혼곡」(「죽음의 골짜기」)의 창작과 어떠한 관계를 보이는지 살펴보고자 한다.

3. 「봄」의 삽입

　초출판 「바람이 분다」 다음에 쓰인 「겨울」은 '나'의 일기라는 기술 형 태를 취하고 있는데, 초출판 「바람이 분다」 속편으로써의 이야기 설정― 주인공 '나'와 세쓰코의 새너토리엄에서의 요양생활―을 그대로 이어가 고 있고, 서술내용 속 시간이 10월 중순에서 끝나는 초출판 「바람이 분다」 의 시간 배경과 이어지듯이 10월 20일의 일기에서부터 시작된다. 초출판

「바람이 분다」가 일인칭 화자에 의해 서술되는 소설체 작품이었던 것에 비해, 「겨울」은 작중 화자 '나'의 일기라는 형식을 취하고 있다. 그래서 일기의 필자(화자)와 행위자 '나' 사이의 시간적 거리는 좁혀지고, 주인공의 의식이나 감정의 변화 등이 화자라는 필터에 여과되지 않은 채 생생하게 전달될 수 있다. 이는 작가가 의도한 "격렬한 숨을 쉬"기 위한 가장 유효하게 형태였다고 생각된다.[3]

또 「겨울」은 일기 형식을 취하고 있으므로 초출판 「바람이 분다」의 이야기─화자가 이야기를 하고 있는 시점─의 연장이 아닌, 초출판 「바람이 분다」 서술내용의 연장이다. 세쓰코의 사후에 서술하기 시작하는 초출판 「바람이 분다」의 이야기가 「겨울」에서는 재개되지 않고, 세쓰코의 죽음 이전인 초출판 「바람이 분다」 서술내용 속의 시간이 주인공의 일기를 통해서 다시금 재개되는 것이 「겨울」이란 작품이다. 일기 형식이기 때문에 「겨울」에서 세쓰코가 죽음에 이르는 시간의 흐름은, 기록된 날짜에 따라 초출판 「바람이 분다」보다 좀 더 명확하다. 재개된 이야기 속 시간─「겨울」─기술도, 세쓰코가 죽기 전에 끝난다. 따라서, 「겨울」의 일기를 쓰고 있는 필자─서술내용 속의 시간을 살고 있는 '나'─에서 초출판 「바람이 분다」의 화자─세쓰코의 사후 둘의 이야기를 서술하기 시작하는 「나」─에 이르기까지의 공백은 여전히 남아 있다. 호리 다쓰오가 「겨울」의 집필과 함께 「진혼곡」을 예정했던 것은 이 공백을 메우기 위한 것으로 보인다.

호리 다쓰오가 「겨울」 다음에 집필한 것이 완결판 『바람이 분다』의 제2장 「봄」이다. 「봄」의 이야기 속 시간은 초출판 「바람이 분다」의 제1장 「발단」에서부터 2년이 지난해의 3월 초순부터 4월 하순의 새너토리엄으로

---

3) 이 점에 관해서는 "일기체가 채택된 것은 미묘하게 흔들리는 주인공의 마음의 음영을 주인공의 심정 상태에 맞춰서 묘사하기 편리했기 때문일 것이다."라는 이케우치 데루오池內輝雄 『鑑賞日本現代文學１８ 堀辰雄』(角川書店, 1981)의 지적이 있다.

출발하는 제2장 「Ⅰ」 직전까지이며, 기술 형식은 초출판 「바람이 분다」
와 같은 일인칭 화자의 소설체로 되어 있다. 초출판 「바람이 분다」의 「발
단」은 나중에 「서곡序曲」으로 개제되어 완결판 『바람이 분다』의 제1장이
되고, 「봄」은 제2장, 그리고 초출판 「바람이 분다」의 「Ⅰ」부터 「Ⅲ」은 제
3장 「바람이 분다」로 개제된다. 즉, 완결판 『바람이 분다』에서 「봄」은 정
확하게 초출판 「바람이 분다」의 「발단」과 「Ⅰ」 사이에 삽입되는 형태로
재편성되고 있는 것이다.

　「겨울」을 집필한 후, 호리 다쓰오는 다음의 「진혼곡」을 쓰기 위해서 혼
자 오이와케追分에 틀어박혀 구상을 짰지만, 결국 「진혼곡」을 쓰지 못하
고, 대신 이듬해 2월경 「봄」을 쓰기 시작했다. 「진혼곡」 대신에 쓰인 「봄」
이 다시 초출판 「바람이 분다」의 서술내용으로 소급하고 있다는 점에 주
의해야 한다. 이 점에 관해서는 "특히 「봄」의 장을 「바람이 분다」 장 앞
에 둔 것, 종장 「죽음의 골짜기」의 완성에 일 년 남짓을 소비한 것, 그것
은 연작 「바람이 분다」 구조의 주목해야 할 문제점이다."[4]라고, 이미 선
행 연구에서도 언급한 바 있다.[5] 「봄」의 집필 동기가 '예술가의 에고이

---

4) 小久保實 「風立ちぬ」 『國文學』(學燈社, 1977).
5) 당초 「봄」의 장은 후쿠나가 다케히코(1958)의 "시간적 공백을 매우기 위해서"라는 언급이
　 나 가토 다미오加藤民男(1983)의 "단지 설명으로밖에 작품 전체의 내부에서 기능하고 있지
　 않다."라는 비평이 있듯이 작품의 스토리를 설명하고 있는 정도로밖에 여겨지지 않았다. 그
　 런 와중에 나카지마 아키라(1984)는 「봄」장이 삽입된 의미를 정면으로 다루어서 「봄」의 성
　 립요인을 「겨울」의 장에서 보인 '나'의 "자성과 후환"(예술가의 에고이즘)을 "최소한으로
　 막기 위한 필요가 있어서"라고 그 복선으로 쓰였다고 해석하고 있다. 또한 가게야마 쓰네
　 오(1994)도 초출판 「바람이 분다」를 "약혼자를 위한, 또한 자신의 혼을 위안하기 위한 노래
　 를 쓰려고 했던 당초의 작가의 구상"이 제3장 「바람이 분다」의 후반부에서 "완성이 불가능
　 해지는 한편 새로운 전개가 예기치 않게 제2의 구상을 낳게 했다. 그 제2의 구상을 향해서
　 추가 삽입적으로 제4장 「겨울」과 제2장 「약혼」이 쓰였다고 하면서 제3장 「바람이 분다」
　 의 후반부에서 새롭게 전개되는 "제2의 구상"이 "예술가의 에고이즘"이라고 지적하고 있
　 다. 또한 나카지마 아키라는 「겨울」과 「죽음의 골짜기」 집필 중간에 「봄」이 쓰인 점에 주
　 목하여, 「죽음의 골짜기」 집필 후, 호리 다쓰오가 가토 다혜加藤多惠에게 보낸 편지(1937년
　 12월 30일)를 인용하면서 「겨울」을 쓰고 「진혼곡」에 착수하였지만 마음만큼 쓸 수 없어서
　 "영원히 쓸 수 없는 건 아닌가." 하고 포기하고 있었다고 한다. 「봄」 이후의 작품은 "'진혼

즘' 문제와 관련이 있다는 선행 연구의 지적에는 필자도 수긍하지만, 단순히 작품 발표의 순서를 보고 그렇다고 판단하는 것은 지극히 단락적이라고 생각한다. 「봄」은 무슨 이유인지 요양소로 가기 이전의 시간으로 소급되고 있다. 「진혼곡」 대신 요양소에 가기 전의 두 사람 이야기를 씀으로써 『바람이 분다』의 이야기 세계에 어떤 변용이 일어났는지 살펴보겠다.

4. 죽어가는 자의 '삶'

「봄」에는 초출판 「바람이 분다」나 「겨울」에서 다루어진 테마 중 하나를 전복시키는 대목이 있다. 그것은 「봄」의 첫머리에서 서술되고 있는 새너토리엄으로 가기로 결정하게 되는 경위이다. 초출판 「바람이 분다」나 「겨울」에서 '나'의 에고이즘의 원인이 되었던 '새너토리엄행의 경위'[6]가,

---

곡'을 '영원히 쓸 수 없는 건 아닌가.' 하는 의식 하에 있었다는 사정을 생각해 볼 필요가 있지 않을까'라고 지적하고 있다. 「봄」을 집필한 후에 발표한 「뻐꾸기」, 「동백꽃 등」(『신여원』 1938.1)도 "「겨울」과 「죽음의 골짜기」 사이에 쓴 것으로 주제도 또한 죽은 자와 관련이 있다."라는 후쿠나가 다케히코의 지적을 보충하면 「봄」장을 집필할 필요성을 역시 작가 본인이 의도하였던 「진혼곡」의 집필과 관련이 있다고 생각된다. 이상으로 선행연구에서는 초출판 「바람이 분다」나, 「겨울」의 모티브가 된 '예술가의 에고이즘'을 해소하기 위해서 「봄」장이 삽입되었다고 해석하고 있다.

6) 초출판 「바람이 분다」에서 '나'가 '우리들'의 이야기라며 쓰고 있는 작중 소설에서는 "사내는 자신들의 사랑을 한 층 더 순수한 것으로 만들기 위해서 아픈 소녀를 끌어들이듯, 산의 새너토리엄으로 들어간다."고 기술되어 있듯이 '사내'가 '아픈 소녀'를 "끌어들여서" 새너토리엄에 간다는 설정이었다. 이는 단지 '나'가 창작하고 있는 소설 속의 설정이 아니라, '나'와 세쓰코의 새너토리엄에서의 요양생활을 "나의 일시적인 기분"은 아닐까 하고 자문하고 자신의 꿈을 위해서 세쓰코를 희생시키고 있는 것은 아닌가 하는 '나'의 불안으로 초출판 「바람이 분다」에서는 다루어졌다. 또한 세쓰코가 절대안정의 상태에 빠졌을 때에도 "이번 일을 마치 자기를 위해서 환자가 희생해주고 있는 것이, 단지 눈에 보이는 것으로 바뀐 것에 지나지 않다고 생각하고 있는 사이에"라며, 세쓰코의 병세의 악화를 '나 때문에'라고 단정 짓고 있는 것도 작중 소설 속 사내가 아픈 소녀를 끌어들이듯이 새너토리엄으로 간 경위와 연결된다. 그리고 「겨울」에서도 창작을 위해서 자신이 세쓰코를 끌고 들어온 것은 아닌가 하는 '나'의 불안은 한 층 더 현저하게 된다. 11월 10일, 수년 전의 몽상에서 깨

「봄」에서는 '나'가 아닌 세쓰코의 아버지가 '나'만 괜찮다면 세쓰코와 함께 새너토리엄에 같이 가줄 수 있겠냐고 '나'에게 제안을 하고 '나'는 세쓰코에게 이 요양소행을 직접 묻는 대목이 있다. 여기서 초출판 『바람이 분다』나 「겨울」에서 중요한 모티브로 그려졌던 예술가로서의 '나'의 에고 ─자신의 오랜 꿈 때문에 세쓰코를 요양소에 데리고 가, 두 사람의 이야기를 작품화한다─가, 직접 '나'와 세쓰코의 대화로 다시 다루어지고 있는 것이다. 그리고 이러한 '나'의 자문은 세쓰코의 답변으로 부정된다. '나'는 "약간 불안한 마음으로", 세쓰코에게 요양소행을 결심하게 한 것이 실은 자신의 꿈 때문인 것은 아닌지 분명히 확인하고 있다. 이 꿈이란 오다기리 히데오가 지적한 '나'의 "인생 실험적 삶"[7]이며, 그 "인생 실험적 삶"에 자신이 세쓰코를 무의식적으로 끌어들인 것이 아닌가 하는 불안을 '나'는 직접 세쓰코에게 묻고 있다. 이 '나'의 불안에 대해서 세쓰코는 "딱 잘라" 그렇지 않다고 부정하고 있는 것이다. 그리고 "당신은 가끔 터무니없는 말을 꺼내네요……."라고, '나'가 근거 없이 괜히 불안해 할 필요가 없다는 태도를 취한다.

　이처럼 「봄」에서는 새너토리엄행이 그리고 요양소 생활이 "나의 꿈"이 세쓰코를 '데리고 온' 것이 아님을 분명히 밝히고 있다. 초출판 『바람이 분다』나 「겨울」에서 서술되는 자신의 '몽상'이나 '삶의 욕구'를 위해서 자기가 세쓰코를 요양소에 데리고 온 것은 아닌가 하는 '나'의 에고이즘에 대한 자성은 세쓰코 본인의 말을 통해서 뒤집혀지고 있다. 즉 「봄」을 통해서 두 사람의 새너토리엄행은 '나'에 의한 것이 아니라 세쓰코 스스로의 선택에 의해서 가게 됐다는 경위가 밝혀지게 된다.

어나 현실을 다시 인식하기 시작한 '나'가 세쓰코를 바라보면서 제일 먼저 생각한 것은 "이 나의 꿈이 이런 곳에 너까지 데리고 온 건 아닌가?"라고 자신의 에고이즘에 대한 자문이었다.
7) 小田切秀雄, 앞의 책.

이와 같은 세쓰코의 답변으로 초출판 「바람이 분다」나 「겨울」에서 '예술가의 에고이즘'이라는 문제는 일단 해소될 것이다. 그러나 「봄」에서 나타나는 요양소로 가는 경위가 '나의 권유'에서 '세쓰코 자신의 선택'으로 전환한 것은, 나카지마 아키라가 설명한 것처럼, '나'의 자성을 '약화'시키기 위한[8] 것으로 보기는 어렵다. 그것은 「봄」에서 '나'의 인물 조형이 초출판 「바람이 분다」나 「겨울」과 똑같이 꿈꾸기 좋아하고, 현실에서 세쓰코의 죽음에 직시하기보다 자신의 '꿈'과 '인생에 대한 기대'에 눈을 돌리기 십상이기 때문이다. 그리고 '나'의 권유 때문이 아니라 세쓰코 스스로 원하여 요양소에 가는 설정으로 바뀜으로써 초출판 「바람이 분다」나 「겨울」에서 보여주는 '나'의 불안이 '감소'한 것은 아니라고 생각한다.

「봄」에서 요양소행의 경위를 전환시킨 것은, 요양소에서 둘의 약혼 생활에 의미부여를 하는 시점을 '나'에서 세쓰코 쪽으로 향하게 하기 위한 것이 아닌가 싶다. 즉 요양소에서 두 사람의 생활이 '나'에 의해서, 또는 그저 '나'를 따르기 위해서가 아니라 세쓰코가 직접 고른 남은 삶의 방식이라는, 세쓰코 입장에서 두 사람의 생활에 의미를 부여할 필요가 있었기 때문이라고 생각된다. 이 세쓰코 스스로 원했던 선택이라는 설정을 통해 「봄」 이후의 서술내용 속 '우리'의 '특별한' 시도-"보통 사람들이 막다른 길이라고 믿고 있는 곳에서부터 시작"하는 행복 찾기-가 '나'의 시도이자 동시에 세쓰코 자신의 '삶'의 시도이기도 하다는 의미 부여가 이루어지게 되는 것이다.

「봄」의 특징 중 하나는 초출판 「바람이 분다」와 같이 일인칭 서술이기는 하지만, 세쓰코가 발화하는 대화 부분이 다른 장에 비해서 많이 있다는 점이다. 세쓰코가 발화하는 부분을 고찰하면 초출판 「바람이 분다」나

---

8) 中島昭 「所謂『芸術家のエゴ』の問題ー『風立ちぬ』「春」の成立ー」『堀辰雄覺書』(近代文芸社, 1984).

「겨울」에서도 세쓰코는 자신의 죽음을 예감하고 있었지만, 「봄」에서는 그 점이 좀 더 뚜렷한 형태로 세쓰코 자신의 말을 통해서 나타나고 있다. 세 쓰코가 '죽음'을 받아들이는 한편, 새로운 '삶'에 대한 의지를 증가시키는 것도 살펴볼 수 있다.

　　"내가 요즘 왜 이렇게 마음이 약해졌을까, 얼마 전까지만 해도 우리는 아무리 병이 심할 때라도, 아무렇지도 않게 생각했었는데 ……"라고 매우 낮은 목소리로 혼잣말이라도 하듯이 중얼거렸다. 침묵이 그것을 걱정스러 운 듯이 길게 끌었다. 그리고 그녀는 갑자기 얼굴을 들고 나를 빤히 바라 본 후 다시 고개를 숙이면서, 약간 들뜬 듯한 중음으로 말했다. "나 왠지 갑자기 살고 싶어졌어요. ……" 그리고 들릴 듯 말 듯한 작은 목소리로 덧 붙였다. "당신 덕분에……."

　"아무리 병이 심할 때라도, 아무렇지도 않게 생각했었는데"라는 말은 세쓰코가 그만큼 자신의 삶에 대해서 기대나 의미를 가질수 없었던 상황 이었음을 의미한다. 그리고 세쓰코는 "당신 덕분에" '나'를 사랑하게 되 면서 "갑자기 살고 싶어졌다."고 고백하고 있다. 즉, 세쓰코는 '나'를 사랑 함으로써 지금까지 아무런 의미를 지니지 않았던 자신의 '삶'을 새롭게 '살고 싶다'고 바라게 된 것이다. "당신 덕분에……" "갑자기 살고 싶어 졌다."고 했을 때의 새로운 '살아가는' 것에 대한 희망과 의미를 그녀는 '나'를 사랑함으로써 얻은 것이다. 그러나 새로운 '삶'의 남은 시간이 얼 마 없음을 알고 있는 세쓰코는 '나'의 생각을 하면 '마음이 약해지는' 것 이다.

　「봄」의 마지막 장면에서 세쓰코는 '나'에 "조금 떨고 있었지만, 전보다 훨씬 가라앉은" 목소리로 "(…전략…) 우리 이제부터 정말 살 수 있는 만 큼 살아 보아요……"라고 '나'를 통해 발견한 새로운 '삶'을 함께 '살 수 있는 만큼 살자'고 재촉하고 있다.

 오다기리 히데오는 세쓰코의 조형을 "모든 것에 대해 순종하고, 아버지
의 손에서 그대로 남편의 손으로 넘어가는 전통적인 여성의 생애에 대해
서 아무런 의혹도 부정도 모르는 얌전한 세쓰코"로 규정하고 있는데, 이
상 살펴본 세쓰코는 '삶'에 대해서 수동적이고 순종적인 여성은 아니다.
그녀는 '사랑하는 여자'로서 '삶'에 대해 능동적으로 바뀌었다. 즉 자신의
운명인 죽음을 순순히 받아들이면서 남은 생을 마음껏 '살 수 있는 만큼
사는' '삶'에 대한 적극성을 보인다.

 「겨울」에서 '나'는 병세가 악화하여 서서히 쇠락해가는 세쓰코를 "불쌍
한 녀석"이라고 죽어가는 자를 '불쌍하다'고 동정하고 있다. 그러나 「봄」
에서의 세쓰코는 자기 죽음을 받아들이면서도 남겨진 짧은 생을 '살 수
있는 만큼 살'고자 하고 있다. 「봄」에서 제시하고 있는 이러한 내적으로
강인한 모습의 세쓰코 상像이 『바람이 분다』에 삽입됨으로써 이후 서술되
는 그녀는 "운명 이상의 삶"[9]을 꿋꿋하게 살아가는 '죽어가는 자'의 이야
기로 이 작품은 이해되어야 할 것이다.

 「겨울」을 집필한 후, 「진혼곡」을 쓰지 못한 작가가 다시 요양소 이전의
시간으로 소급해서 「봄」을 쓴 것은 요양소에서의 "우리의 약혼 생활"을
세스코 입장에서, 즉 죽어가는 자의 입장에서 둘만의 특이한 생활에 의미
부여를 하기 위해서였다고 보인다. 즉 사자에 대한 '진혼'에는 죽어가는
자 스스로 자신의 '삶'에 대한 긍정이 필요했던 것이다.

---

9) 이는 호리 다쓰오가 『7편의 편지－어느 여자친구에게－』(1938.8)에서 「가게로의 일기かげろ
 うの日記」 창작에 관해서 언급하고 있는 곳에서 "(…전략…) 아이러니를 지낸 운명 또한 초
 월하고 그녀들의 삶이 치열했던 한 순간이 언제까지는 그 빛이 바라지 않는 것, 언제나 우
 리의 삶은 우리들의 운명 이상의 것이라는 걸, 「바람이 분다」 이래 나에게 주어진 하나의
 주제"라고 말한 '운명 이상의 삶'을 살리려고 한 세쓰코이다.

5. 「뻐꾸기」 –'진혼'의 의미

호리 다쓰오가 「봄」 다음에 「진혼곡」 대신 쓴 것이 「뻐꾸기」[10]이다. 작품의 내용은 산간 피서지 호텔에서 '나'는, 예전 그 호텔에서 쓴 소설에 나오는 소년 시절의 연인이 결혼하여 엄마가 된 후, 죽었다는 이야기를 듣게 된다. 어느 날, 한 그루의 백일홍 나무껍질을 비비고 있던 '나'는 '나'의 소년 시절의 이 세상 단 하나뿐인 연인을 잃은 것을 불현듯 느끼고, 고인의 언니가 이웃 마을 미션 스쿨의 사감으로 일하고 있다는 이야기를 듣고 그녀를 찾아가기로 한다. 그러나 실제로 그 언니 있는 곳까지 간 '나'는 그녀를 만날 것을 주저하고 결국 만나지 않고 재빨리 발길을 돌려 되돌아오다가 우연히 이름 모를 한 묘지 앞에 이르게 된다. 묘지의 고요함 속에서 죽은 연인의 인생을 "그 자체로 진정 아름다운 작은 인생" 이었다고 생각한 순간, 어디선가 뻐꾸기가 울다 사라진다, 는 죽은 연인에 대한 주인공 '나'의 생각을 더듬어 가는 짧은 단편소설이다.

선행연구로서는, 작중 '나'의 죽은 소년 시절 연인이 실재한 호리 다쓰오의 어린 시절의 연인, 우쓰미 다에内海妙[11]를 모델로 삼았다는 점에서

---

10) 「뻐꾸기」는 1937년 9월 『신여원』에 발표한 호리 다쓰오의 단편소설이다. 이후 『뻐꾹새閑古鳥』로 개제하고 속편 「동백꽃 등山茶花など」(1938.1 『신여원』)와 두 작품을 합쳐서 「생자와 사자生者と死者」라는 제목을 붙여 『밀회あひびき』(1949.3, 文芸春秋新社)에 수록되었을 뿐, 호리 다쓰오의 어느 작품집에도 수록된 적이 없어 호리의 주요 작품으로는 다루어지지 않은 소설이다.

11) 우쓰미 다에는 메이지대학明治大学 교수(국문학자)이자 메이지대학 야구부 창설자이기도 한 우쓰미 고조内海弘蔵의 삼녀이다. 도쿄여자전문학교東京女子専門学校 졸업후, 1932년 하야시 요시오林好雄(메이지대학 야구부 소속으로 졸업 후, 실업야구단 도쿄구락부東京倶楽部의 유격수로 활약)과 결혼하고 이듬해 아이 한 명을 남기고 폐결핵으로 별세한다. 우쓰미네 집과 호리 다쓰오네 집이 가까워 다에의 오빠, 히로시弘, 아키라章는 호리와 야구를 하는 놀이 친구로서 호리는 어릴 적 우쓰미네 집에 놀러가곤 했다. 1921년 여름, 우쓰미네 집안 식구가 바다(치바현千葉県 다케오카마을竹岡村)에서 피서를 지낼 때 호리 다쓰오도 초대 받아서 함께 지내기도 한 사이이다. 이때의 체험을 소설화한 것이 호리 다쓰오의 습작기 작품 「단밤甘栗」(『산누에고치』 1925.9), 중기 작품인 「밀짚모자麦藁帽子」(『일본국민日本国民』

고찰한 야스다 쇼도安田祥導의 연구12)가 있다. 또 나카지마 아키라는 "「뻐
꾸기」와 「동백꽃 등」은 릴케의 『진혼곡』에 대한 호리의 해석 그 자체라
고 해도 좋은 작품이다."라고 두 작품 사이에 호리 다쓰오의 대표작 「가
게로의 일기かげろふの日記」를 발표한 점에서, "「가게로의 일기」는 「뻐꾸기」
를 전주곡으로 「동백꽃 등」을 에필로그로 하는 위치에서 제작되어" 있다
고, 「가게로의 일기」와의 연관성을 지적하고 있다.13) 「뻐꾸기」의 초출에
는 릴케의 「진혼곡」의 시구가 원문 그대로 인용되거나 집필 당시 호리 다
쓰오가 마리아 릴케의 『진혼곡』과 『말테의 수기』을 읽거나 '릴케 노트'를
작성했다는 점에서 호리 다쓰오의 릴케 수용 문제를 지적하는 연구가 있
다.14) 예를 들어, 다구치 요시히로田口義弘는 "「바람이 분다」(1936) 이후의
소설다운 소설의 거의 모든 주제는 그(호리 다쓰오)가 릴케의 '사랑하는
여자'(릴케의 『말테의 수기』)를 알게 된 것과 깊은 연관이 있다."고 지적
했다. 「뻐꾸기」 속 릴케의 영향은 다구치 요시히로의 지적대로지만, 이
작품이 『바람이 분다』의 생성 과정 중에 집필된 점을 생각하면, 릴케 수
용 문제는 이 텍스트의 한 측면만을 보고 있는 것에 지나지 않는다고 할
수 있다.

『바람이 분다』와 관련해서 후쿠나가 다케히코는 「뻐꾸기」에는 "「죽음
의 골짜기」가 지닌 압도적인 기세는 여기에는 없"고, "모티브의 약함이
느껴지는 것을 부정할 수 없다."15)고 비판했고, 나카지마 아키라는 "「죽

1932.9)이다. 그 외에도 호리 다쓰오가 제일 처음 쓴 소설 「맑고 슬프게」(『창궁』 1935.11)
  의 여주인공도 우쓰미 다에가 모델이었다.
12) 安田祥導 「堀辰雄資料・ノート 『評伝堀辰雄』とモデル考」 『國文學試論』 5卷(1978).
13) 中島昭, 앞의 책.
14) 田口義弘 「堀辰雄とリルケー「リルケ・ノート」を通してー」 『日本文學研究資料叢書 堀辰
  雄』(有精堂, 1971).
15) 福永武彦 「堀辰雄の作品」 『近代文學鑑賞講座14』(角川書店, 1958). 인용은 日本文學研究資
  料刊行會編 『日本文學研究資料叢書 堀辰雄』(有精堂, 1971)를 참고하였다.

음의 골짜기」 이전에 쓰인 작품-「뻐꾸기」·「가게로의 일기」·「동백꽃 등」-이 『바람이 분다』의 "'죽음'의 의미, '삶'의 의미"를 고찰하기 위한 창작이었다고 지적16)했으나, 구체적으로 「뻐꾸기」가 얼마나 『바람이 분다』와 연관이 있는지에 대한 고찰은 이루어지지 않고 있다.

「뻐꾸기」의 주제는 숲 속 약간 높은 평지에 조용히 숨어 있는 묘지에서 릴케의 「진혼곡」 시구를 읊고 있는 '나'의 사유에서 극명하게 표명되어 있다고 할 수 있다.

> Ich habe Tote und ich liess sie him
> 그럼, 그렇고 말고, —— 사자死者들이 우리에게서 조용히 떠나가게 두자. 그들 사이에 삶에 대한 향수 같은 것을 자극해, 우리의 슬픔과 고통에 들어서게 하는 것이 얼마나 큰 죄인가! (…중략…) 그것[연인의 인생]도 역시, 그 자체로 진정 아름다운 작은 인생이지 않은가?……그렇게 조용히 아무도 모르게, 그 긴 작업을 열심히 하며 그것을 완성하지 못하고, 게다가 조금도 아쉬움 없이 죽어 간 자를 지금 내가 다시 자신의 삶까지 불러들여서 뭔가 미련 같은 것을 그녀 자신에게도 느끼게 하는 것은 얼마나 큰 죄인가!

인용 부분은 죽은 연인의 인생이 '비극적인 인생'이라 하더라도, 그것도 그것대로 "진정 아름다운 작은 인생"이었음을 인정한 '나'가 자신의 '미련'때문에 사자를 생자의 "슬픔과 고통에 들어서게 하는 것"을 "큰 죄"라고 깨닫는 장면이다. 이런 '나'의 깨달음은 사자에게도 살아 있는 동안 그 나름대로 의미 있는 '삶'-그 인생이 아무리 비극적이었다 하더라도-이 있었음을 인정하고 '삶'을 다한 사람에 대한 경의의 표명으로 해석할 수 있다.

---

16) 中島昭, 전게서.

전술한 『바람이 분다』 작품군의 생성 과정 속에 이 작품을 두고 보면, 전작 「봄」과의 큰 차이는 우선 무엇보다 「뻐꾸기」에서 화자 '나'가 죽어 가는 사람이 아닌, 이미 삶을 다한 사자와 마주하고, 그 죽은 자의 삶과 죽음에 대해서 생각하는 것이다. 「뻐꾸기」 집필 이전에 쓰인 『바람이 분다』의 작품 속에서 '나'는 세쓰코의 죽음을 인정하지 않거나(초출판 「바람이 분다」), 혹은 전혀 그 조짐을 모르거나(「봄」), 혹은 그 죽음의 전조에 불안해하며 죽어 가는 세쓰코를 '불쌍하다'고 후회하면서 바라보는(「겨울」) 것에 불과했다. 그러나 「뻐꾸기」에서의 화자 '나'는 사랑하던 자의 죽음과 대면하면서, "아쉬움 없이 죽어 간 자"의 작고도 "아름다운" 인생에 경의를 표함으로써 그 죽음도 받아들이려는 것이다.

또 생자가 자신의 '비애' 때문에 사자의 '죽음'을 슬퍼하거나, 혹은 사자를 '잃었다'고 느끼는 것을 "큰 죄"로 인식하고 있는 점도 다르다. 사자의 '죽음'을 동정하거나 슬퍼하는 것이, 생자의 오만("큰 죄")이라는 인식은 호리 다쓰오의 작품 중 「뻐꾸기」에서 처음 표명되고 있다. 「뻐꾸기」의 '나'가 소년 시절 연인의 죽음을 슬퍼하거나 동정하는 모습은 바로 『바람이 분다』의 초출판 「바람이 분다」나 「겨울」의 장에서 '나'가 세쓰코가 죽을지도 모른다고 불안해하거나, 자신의 창작을 위해서 세쓰코를 희생시키고 있는 것은 아닌가, 하고 고민하던 '나'의 '예술가의 에고이즘'의 문제와 겹친다. 즉 「바람이 분다」나 「겨울」의 장에서 다뤄졌던 사자에 대한 생자의 '에고이즘'의 문제는 「뻐꾸기」에 이르러서는 그런 생각이 오히려 생자의 오만함이자 "큰 죄"라고 전환되고 있다.

그럼, 「뻐꾸기」에서는 사자를 어떻게 이야기하고 있는가. 이 작품은 "어느 여름, 한 백일홍 나무가 나를 매혹하고 있다."는 구절에서 이야기가 시작된다. 호텔의 나무라고만 생각했던 백일홍이, 어떤 우연한 계기로 "호텔 것도, 앞의 운송점의 것도, 또는 그 비스듬히 마주 본 담배 가게의 것도 아닌, 세 곳에서 그것을 자신의 것이라고 주장하다 결국, 아직도 그런 곳에 방치된 채로 있다."고 어디에도 소유당하지 않은 그저 길가에 자연스럽게 자라난 나무에 불과했던 것에서 이야기가 시작된다. '나'는 이 백일홍 나무를 "아름다운 백일홍 나무"라고 부르면서 여름 내 그것에 매료됐다. 그리고 이야기는 몇 년 후로 시간이 흘러 '나' 자신도 변했고, 그 나무 아래에서 쾌활하게 말을 몰던 소녀와 그녀를 뒤쫓고 있던 청년들이나 호텔까지 모두 바뀌었음에도, 그 백일홍 나무만은 여전히 "몇 년 전과 똑같이" 새하얀 꽃을 피우고 있었다고, '나'와 소녀들, 호텔과 백일홍을 대비시키며 이야기한다. 시간의 흐름에 좌우되지 않는 그 백일홍 나무 옆에서 '나'는 처음으로 소년 시절 자신의 연인이었던 소녀의 죽음에 대해서 상기한다. 짧은 작품임에도 길게 이 백일홍에 대해서 서술하는 것은, 시간을 초월해 변함없이 존재하는 것의 아름다움을, 시간과 함께 변해가는 '나'와 소녀들―살아 있으므로 변할 수밖에 없는 생자―과 대비시키기 위함으로 보인다.

그리고 이 작품에서 "아름다운 백일홍 나무"처럼 시간을 초월해 변함없이 존재하는 것으로 그려지는 것이 깊은 수풀에 둘러싸인 작은 묘지의 "이미 잊혀진 무덤"이 상징하고 있듯이 죽음으로서 더 이상은 변하지 않는 불변적인 존재가 된 사자이다. 작은 묘지를 발견했을 때의 '나'의 "이 얼마나 차가운가! 이 얼마나 고요한가!"라는 탄성이 나타내고 있듯이 「뻐꾸기」에서는 시간을 초월한 불변성으로 인해 아름다움을 지닌 존재로서 사자(죽은 자)를 그리고 있다. 이러한 사자의 아름다움은 앞의 절에서 고찰한 「봄」에 그려진 세쓰코의 '삶'을 결정結晶시킨 것으로도 해석할 수 있겠다.

전작 「봄」에서는 죽어 가는 자의 '삶'에 대한 능동적인 자세에 대해서 이야기했다. 한편, 「뻐꾸기」에서는 생자인 '나'가 사자의 죽음을 자신의 비애감을 위해 슬퍼하는 일은, 비록 그것이 비극적인 삶이라도 그 '삶'을 다하고 시간을 초월해 불변의 존재가 된 사자에 대한 오만한 태도라는 것을 이야기하고 있다. 묘지에서 "뭔가 의미를 찾아내"고자, 묘석의 마멸한 문자를 몇 번이나 다시 읽어보려 노력한 '나'가 "자신의 생명을 간신히 느끼는" 것처럼 사자의 삶과 죽음을 인정하고, 그것을 통해서 오히려 생자의 '삶'을 재인식시키는 일도 있다고 이 작품은 이야기한다.

6. 마치며

이상 『바람이 분다』 「봄」의 장과 단편소설 「뻐꾸기」를 살펴봤다. 「봄」의 서두에서 이야기되는 요양소행의 경위는 초출판 「바람이 분다」나 「겨울」에서 나의 "인생 실험적 삶" 세쓰코를 끌어들이는 것이 아닌가 하는 '나'로 인한 설정에서, 세쓰코 스스로 원해서 간다는 설정으로 바뀌었다. 이는 요양소에서의 생활의 의의를 '나'의 측에서만이 아니라 세쓰코를 통해서도 의미 부여를 하기 위해서였다고 생각된다. 세쓰코는 자신의 죽음을 받아들이면서도 '나'를 사랑하는 것을 통해 발견한 '삶'을 살고자, '삶'에 능동적인 자세를 보이고 있음을 고찰했다. 이러한 세쓰코의 '삶'에 대한 적극적인 자세를 『바람이 분다』의 서술내용에 삽입시킴으로써, 이후 요양소생활을 보내는 세쓰코도 그저 운명에 순종한 여성이 아니라 죽음을 인식하면서도 남은 '삶'을 살아가는 여성으로 이해되어야 할 것이다. 그리고 세쓰코처럼 자신의 조촐한 '생'을 다하고 죽어 간 사자의 죽음과 '삶' 본연의 모습을 생자가 발견해가는 것이 「뻐꾸기」란 작품이다. 「봄」에서는 세쓰코 자신의 발화를 통해서 자신의 죽음을 받아들이면서, 자신의 생을 다하려는 죽어가는 자의 이야기를 했지만, 「뻐꾸기」에서는 인식의 주체가 생자로 바뀌어, 사자의 그 나름대로 의미있고 가치 있었던 삶을 생자가 인정해주고 받아들이는 이야기이다. 그리고 사자의 '죽음'을 동정하거나 슬퍼하는 것이 사자에 대한 "큰 죄"라는 인식으로 이어지는 것이다. 초출판 「바람이 분다」와 「겨울」에 그려진 '나'의 자성이나 불안을 「뻐꾸기」의 '나'는 "큰 죄"라고 생자의 오만함을 비판한다. 즉 「겨울」에서 묘사된 '나'의 에고이즘은, 그것을 "나 때문에"라고 자성하고 있는 것 자체가 사자의 '삶'과 '죽음'을 인정하고 있지 않다는 표현이었다.

이처럼 「바람이 분다」나 「겨울」에서 보이는 '나'의 '에고이즘'의 문제는 호리 다쓰오의 사자에 대한 인식으로 변용되어갔음을 알 수 있다. 그리고 「봄」과 「죽음의 골짜기」 사이에 쓰인 「뻐꾸기」가 이 맥락의 보조선 역할을 하고 있었던 것이다. 「겨울」과 「죽음의 골짜기」 사이에 「봄」과 「뻐꾸기」를 끼워 넣어 읽다 보면 「죽음의 골짜기」에서 서술되는 '나'의 새로운 삶의 결의가, 뜻밖인 것이 아니라 발전·전개되는 과정을 밟으면서 도달한 경지라는 것을 알 수 있겠다. 나카노 시게하루가 지적한 완결판 『바람이 분다』의 '어긋남'은 단순히 몇 편의 신작을 장편으로 작품의 형태를 갖출 때 생기는 흔한 문제가 아니다. 종래의 연구가 작품의 생성과정에 눈을 돌리지 않고 그저 완결판만을 고찰 대상으로 해왔기 때문에, 이 문제가 간과되거나 비판의 대상이 되었던 것이다. 그러나 생성과정을 더듬어 다시 읽음으로써 작품과 작품 사이에 생긴 작가의 문제의식을 엿볼 수 있다. 그리고 무엇보다 이 틈새를 통해서 호리 다쓰오 문학의 특징인 호리 다쓰오의 독자적 사생관의 생성 과정도 함께 확인할 수 있었으며, 그의 대표작 『바람이 분다』의 작품 세계를 넓힐 수 있을 것이라 생각한다.

제12장

완결판 『바람이 분다』의 서술 시점
─「바람이 분다」와 「겨울」의 호칭

1. 들어가며

전술하였듯이 완결판 『바람이 분다』는 「서곡」, 「봄」, 「바람이 분다」, 「겨울」, 「죽음의 골짜기」의 5장으로 구성되어 있다. 「서곡」에서는 '나'와 세쓰코가 휴양지 K마을에서 함께 보낸 여름날의 추억들이, 「봄」에는 약혼한 '나'와 세쓰코가 그녀의 병(결핵)을 치료하러 새너토리엄에 가기를 결심하고 떠나는 이야기가, 그리고 「바람이 분다」와 「겨울」은 새너토리엄에서의 둘만의 요양생활이, 마지막 「죽음의 골짜기」에서는 세쓰코 사후 K마을에서 홀로 겨울을 보내는 '나'의 나날들이 그려져 있다. 『바람이 분다』는 이처럼 두 남녀의 슬픈 사랑 이야기를 조용하고 신비한 분위기를 시종 유지하면서 일인칭 화자 '나'의 서술로 전개된다. 하지만, 각 장의 서술 형식은 제1장부터 제5장까지 동일한 것이 아니다. 제1장 「서곡」부터 제3장 「바람이 분다」까지는 일인칭 소설의 형식으로 서술되어 있으나, 제

4장 「겨울」과 제5장 「죽음의 골짜기」는 '나'의 단편적인 일기로 서술형식
이 변한다. 그래도 작품 전체를 보면 처음부터 끝까지 일관된 스토리를
전개시키고 있으므로 이 서술형식의 변화는 '미묘한 차이'[1]에 불과하다고
여겨졌었다.

하지만, 소설형식과 일기형식은 분명히 이질적인 것이다. 일인칭 소설
체와 일기체에서는 화자와 그가 서술한 서술내용과의 시간적 거리, 즉 서
술하고 있는 시점時点에 차이가 있다. 특히, 『바람이 분다』의 경우, 작품이
화자의 회상으로 시작되고 있으므로 서술의 현시점은 더더욱 애매하게
되어 있다. 『바람이 분다』의 모두冒頭로 이 소설이 화자의 회상으로 시작
되고 있는 점을 확인해 본다.

> 그 여름날들, 온통 참억새풀이 무성한 풀밭에서 네가 선 채로 열심히 그
> 림을 그리고 있으면, 난 항상 그 옆의 자작나무 그늘에 몸을 눕히곤 했었
> 다.(「서곡」)

이 작품은 화자가 세쓰코와 함께 보낸 여름날들을 'それらの 여름날들'
이라고 회상하는 장면부터 시작한다. 「서곡」부터 「바람이 분다」까지의 소
설체 부분을 서술하고 있는 화자의 현시점現時点은 작품 안에서 명시되어
있지 않으나, 화자는 작품 모두의 초원 장면을 '그 여름날들'이라고 과거
의 일들로 회상할 수 있는 시간에 존재하고 있다. 그리고 서술내용에 대
한 화자의 현시점에서의 감상이 때때로 언급되곤 한다.[2] 한편 일기체는
그날그날의 일들을 기록하는 것이기 때문에 과거의 시간임은 동일하나,
화자의 현시점에서 매우 가까운 과거인 것이다. 일기형식으로 서술된 「겨

---

1) 渡辺廣士「『風立ちぬ』の意味」『ユリイカ』(靑土社, 1978.9).
2) 너희들이 떠나 간 후, 나날이 나의 가슴을 조이였던 슬픔을 닮음 듯한 행복한 분위기를 나
는 지금까지 또렷하게 소생시킬 수 있다. (「서곡」)

울」이나 「죽음의 골짜기」에서는 서술내용에 관한 화자의 현시점에서의 감상은 없으나, 일기를 쓰고 있는(서술하고 있는) 화자의 현재 상황이 언급되곤 한다.[3] 즉, 소설형식으로 쓰인 장에서는 화자와 화자가 서술하고 있는 '나' 사이에 시간적 거리가 있으나, 일기형식으로 쓰인 장에서는 화자와 '나' 사이의 시간적 거리가 매우 짧다고 볼 수 있다.

이러한『바람이 분다』의 소설체 부분과 일기체 부분의 서술시점에 관해서 아카쓰카 마사유키赤塚正幸는 다음과 같이 말하고 있다.

> 그럼, 일기형식의 「죽음의 골짜기」에는 '나'의 현실의 시간이 그 현장에서 보고되고 있는 것일까? 그렇지 않다. 여기(「겨울」과 「죽음의 골짜기」)도 역시 회상한 시간인 것이다. 이는 「죽음의 골짜기」가 '나'와 세쓰코가 처음 만난 장소를 배경으로 하고 있다는 사실에서 유추해 볼 수 있다. 요컨대, (K마을)에서 동경, 그리고 K마을이라는 것은 야쓰가타케를 사이에 두고 반대편에 있는 새너토리엄, 그리고 다시 K마을으로 회귀하는 '나'의 궤적은 <내>가 '자신들의 작은 행복'을 믿게 되는 과정과 불가분하게 겹쳐져 있다. K마을으로의 '나'의 회귀는 '자신들의 작은 행복'을 믿음으로써 모노카타리物語가 거기서 닫혀짐을 의미한다. 그렇게 닫혀진 세계에 대해서 이야기하는 것, 그것은 거기서 먼 장소, 다시 말하면 「죽음의 골짜기」에서와 같이 시간을 과거로 여기는 장소에서 비로소 가능해지는 것이다.[4]

아카쓰카는 K마을으로의 '나'의 회귀를 '나'가 '우리의 행복한 이야기'를 믿게 되는 과정과 연관시켜 마지막 장인 「죽음의 골짜기」에 이르러 완결되고, '나'는 그때서야 비로소 자신들의 이야기를 서술할 수 있게 되었

---

3) 그때 문득 머리 위에 걸려 있는 달력이 지금까지 9월로 되어 있는 것을 알고, 일어서서 그것을 베껴내고, 오늘 날짜인 곳에 표시를 하고, 막상 나는 실로 1년 만에 이 수첩을 열었다.(1936년 12월 1일 「죽음의 골짜기」)
4) 赤塚正幸 「『風立ちぬ』」『國文學解釋と鑑賞』(至文堂, 1996.).

다고 보고 있다. 그렇기 때문에 일기형식으로 씌어진 「겨울」과 「죽음의 골짜기」도 세쓰코가 죽은 후에 화자가 일부러 일기라는 형식으로 서술하고 있는 것이라고 해석하고 있다. 그렇다면, 왜 「겨울」과 「죽음의 골짜기」는 굳이 일기라는 형식을 취하고 있는 것일까. 아카쓰카는 이에 대답하고 있지 않다.

이 '왜 일기형식인가'라는 의문에 대답하고 있는 것이 고이즈미 고이치로小泉浩一郎와 안도 히로시安藤宏 론이다. 고이즈미는 제4장 「겨울」부터 일기체로 서술형식을 바꾸게 된 것은 '사랑의 이야기 틀 안에' '나'의 '고독'이라는 문제가 개입하였기 때문이고 '우리'가 아닌 '나의 에고이즘'을 응시하기 위한 수단이라고 보고 있다.[5] 안도론도 소설체에서 일기체로의 서술형식의 이행을 '나'와 세쓰코의 '우리의 이야기'에서 '나의 이야기'로 작품의 주제가 이전되었기 때문이라고 해석하고 있다.[6]

그렇다면, '우리의 이야기'를 서술하고 있는 화자와 '나의 이야기'를 서술하고 있는 화자의 시간적 관계는 어떻게 되는 것일까? 요컨대, 고이즈미나 안도론은 작품의 화자가 '우리의 이야기'를 서술한 다음 '나의 이야

---

5) 小泉浩一郎 「堀辰雄の近代 『風立ちぬ』の位置」 『テキストのなかの作家たち』(翰林書房, 1993).
　　"단적으로 말해 「겨울」의 작자는 '사랑의 신화'라고 개괄되어진 기성의 이야기 틀 안에 그것과는 결정적으로 이질적인 가열한 '고독'의 문제를 가져오려고 하고 있다. 그러한 '사랑'을 둘러싼 '고독'의 문제를 응시하기 위해서 선택되어진 것이 일인칭소설 『바람이 분다』의 방법적 극치로서의 일기체라는 「겨울」의 장의 서술 스타일인 것이다. '나'의 일기체라는 서술 스타일은 '나'에 의해서 의식되어지고 있지 않는 '나'의 에고이즘을 역설적으로 드러나게 하고, '사랑'의 해체위기를 독자들 앞에 있는 그대로 표현하게 된다."
6) 安藤宏 「現實への回歸―堀辰雄 『風立ちぬ』を中心に」 『自意識の昭和文學―現象としての 『私』―』(至文堂, 1994.3.)
　　"이어지는 「겨울」(昭12.1 『문예춘추』)의 장에 이르러, 작품은 돌연히 단장형식의 일기체로 변환된다. '우리'로부터 '나'로의 회귀. 그때까지 '세쓰코'의 심리마저도 들여다 볼 수 있는 장소에 몸을 담고 있던 화자는 여주인공의 심리를 '내' 안에서 융합할 수 없게 되었을 때, 더 이상 단편적인 독백형식에 의해서 스스로 잃어버린 것을 드러내보이게 하는 방법밖에 없는 것이다." 인용은 『堀辰雄 『風立ちぬ』作品論集』(クレス出版, 2003.3).

기'를 서술하였다고 보고 있으나, 이는 서술형식의 차이에 따른 서술시점의 차이를 고려하지 않은 해석이다. 즉, 일기체로 씌어진 「겨울」의 서술이 과연, 소설체로 씌어진 「바람이 분다」의 연장선상에 있는 것일까 하는 의문이다. 이 의문을 풀기 위해서는 화자의 현재를 통해서 알아 볼 수밖에 없다고 생각된다.

화자의 현재는 화자가 사용하고 있는 인칭에 반영된다. 『바람이 분다』에서 세쓰코는 「서곡」과 「죽음의 골짜기」에서는 '너ぉまぇ'라고 2인칭으로 불리고, 「봄」, 「바람이 분다」, 「겨울」에서는 '세쓰코', '그녀'라고 3인칭으로 불리고 있다. 이들 인칭의 변화는 서술내용을 해석하는 보조적인 역할을 하고 있다. 그리고 『바람이 분다』에서의 인칭의 변화에 관한 문제는 이미 언급된 바가 있다.

다카하시 히데오는 '인칭을 결정하는 것은 일인칭에서 표현되어져야만 하는 주동자의 내적 이유밖에 없다'[7]고 하면서 미셀 뷰톨Michel Butor의 작품을 거론하여 다음과 같이 말하고 있다.

> 그러나 뷰톨이 의식적 방법으로써 작품을 2인칭으로 일관한 것은 심리적 주제를 다룰 때, 작품내부의 현실과 작품 제작 중에 통과하고 있는 현실의 중층성重層性을 의식해서, 그것에 대응하기 위한 것이었는지도 모른다. 심적 현실, 심리는 인간의 내부에 있는 것이지 이 외계의 사상事像과 상호 촉발하고 상관관계에 있는 것이라면, 분석적이기도 한 것이다. 인칭의 병용 혹은 전환은 현실의 그러한 구조를 촉발한 인간의 가능태라는 의미를 갖을지도 모른다. 그렇다면, 호리 타쓰오의 인칭기법은, 이보다 훨씬 소박하다곤 하지만, 그가 탐구하려고 한 심적 세계의 리얼리티에 따른 것이 아무래도 확실한 것처럼 보인다.[8]

---

7) 高橋英夫 「二人称の余韻」 『ユリイカ』(青土社, 1978).
8) 高橋英夫, 위의 책.

다카하시의 지적대로 인칭의 결정이 일인칭 화자의 내적 이유에 의해 결정되며, 또한 서술내용과 화자의 서술 중에 '통과하고 있는 현실의 중층성重層性'을 반영하고 있다면, 이러한 인칭 분석의 효능은 호칭에도 통용될 것이다. 작중인물의 호칭 또한 인칭과 마찬가지로 화자의 내적 이유에 의해서 결정되며, 서술 내용과 서술의 현실의 중층성을 반영하고 있다고 볼 수 있기 때문이다. 세쓰코가 '세쓰코'나 '그녀'라고 3인칭으로 불리는 제2장 「봄」부터 제4장 「겨울」까지 그녀에 대한 호칭은 일관된 것이 아니다. 화자는 때때로 세쓰코를 '환자'라고 부르고 있다. 즉, 『바람이 분다』에서는 세쓰코의 호칭이 병용 혹은 전환되어 불리고 있는 것이다. 이 점을 고려해서 이 장에서는 화자가 세쓰코를 서술할 때 사용하고 있는 호칭 분석을 통해서 이 장에서 제시한 의문점, 완결판 『바람이 분다』 화자의 서술 시점을 고찰해보고자 한다.

2. 「바람이 분다」의 호칭 분석

이 절에서는 『바람이 분다』에서 화자가 사용하고 있는 호칭, 특히 '세쓰코'와 '환자病人'의 사용 경향을 분석하고 이에 반영된 화자의 서술시점을 고찰해 보고자 한다. 화자가 세쓰코를 3인칭으로 부르고 있는 것은 「봄」, 「바람이 분다」, 「겨울」 이렇게 3장이지만 「봄」에서는 화자가 세쓰코를 '환자'라고 부르고 있지 않으므로 「바람이 분다」와 「겨울」의 장을 중점적으로 살펴보겠다.

먼저, 「바람이 분다」에서의 '세쓰코'와 '환자'의 사용 경향을 고찰해 보고자 한다. 화자가 이 두 가지 호칭을 의식적으로 구분하여 사용하고 있는지 혹은, 무의식적으로 사용한 것인지를 우선 확인해 볼 필요가 있다.

밑의 표는 「바람이 분다」에서 ‘세쓰코’와 ‘환자’가 사용된 순서를 나타
낸 것이다. 1~10은 「바람이 분다」 장의 각 절節에 편의상 번호를 매긴 것
이며, 알파벳 A~D는 호칭이 ‘세쓰코’에서 ‘환자’로 혹은 ‘환자’에서 ‘세
쓰코’로 변한 곳이다.

「바람이 분다」에서의 ‘세쓰코’/‘환자’

절	1	2	3	4	5	6	7	8	9	10
세쓰코	ooooo	o	o	oooo	o		oo			ooo
환자		o			oooooo	oooooo	oooo	ooo	ooooooo	
					A	B C				D

위의 표를 보면, 제2절의 경우를 제외하고, ‘세쓰코’라는 호칭과 ‘환자’
라는 호칭은 난잡하게 섞여서 사용된 것이 아니라, 명확하게 구분되어서
사용된 것을 확인할 수 있다. 예를 들어 제7절의 ‘세쓰코’에서 ‘환자’로 호
칭이 바뀐 (C)의 장면을 보아도 ‘세쓰코’라는 호칭으로 그녀를 가리키고
있는 단락과 그녀를 ‘환자’라고 부르고 있는 단락 사이에 여백(1줄이 여백
으로 삽입되어 있음)이 있어, 그 사이에 시간이 흘렀다는 것을 나타내고
있다. 즉, 화자는 세쓰코를 부르는 호칭을 의식적으로 구분해서 사용하고
있다는 것이다.

화자가 의식적으로 호칭을 구분하고 있다면 무엇을 기준으로 호칭을
바꾸고 있는 것일까? 이 문제는 ‘세쓰코’에서 ‘환자’로, 혹은 ‘환자’에서
‘세쓰코’로 호칭이 전환될 때의 작품 내용을 통해서 살펴보겠다.

호칭이 ‘세쓰코’에서 ‘환자’로 바뀐 (A)의 경우, 세쓰코는 한 여름의 무
더위 때문에 몸이 쇠약해지고, ‘완전히 식욕을 잃고, 밤에도 잠을 잘 수
없을 때가 많아지’게 되었다. 그리고 이 사실이 서술되고 있는 부분부터

화자는 세쓰코를 '환자'라고 부르고 있는 것이다.9) 세쓰코는 이날부터 상태가 좋아지진 않았지만, 그녀의 아버지로부터 새너토리엄에 오겠다는 편지를 받자, '갑자기 소녀처럼 눈을 반짝이면서' 아버지가 오시기까지 '일부러 식사를 하고, 가끔 침대 위에서 몸을 일으키거나 앉아 있기' 시작한다. 그리고 때때로 소녀같이 옛날을 회상하며 미소를 띠면서 아버지를 기다리는 생기 있는 세쓰코의 모습이 서술된다. 이 부분에서 그녀의 호칭은 '환자'가 아니라, '세쓰코'로 변한다(B).10) 다음 (C)11)의 '세쓰코'에서 '환자'로 호칭이 변하는 곳을 보면 세쓰코는 아버지를 기다리면서 몸을 너무 무리하게 움직여서 아버지가 방문하시기 전날 열을 내고, 의사로부터 안정을 취하라는 주의를 듣는다. 그 후 세쓰코는 아버지가 돌아간 후 혈담血痰을 토하는 발작을 일으키고 절대안정을 취해야만 될 정도로 병세가 악화된다. 그리고 이 절대안정의 위기로부터 겨우 빠져나와 그녀의 몸 상태가 호전된 부분부터 그녀의 호칭도 '환자'에서 '세쓰코'로 바뀌어 불리게 된다(D).12)

이와 같이 호칭이 바뀌는 (A)~(D)를 검토해 본 결과, 호칭은 세쓰코의 몸 상태(병의 악화와 호전)에 따라서 연동해서 변화하고 있다는 사실을 확인할 수 있다. 즉, 서술자는 세쓰코의 몸 상태에 따라서 그녀의 상태가 좋고 생기가 있을 때, 그녀를 '세쓰코'라 부르고, 상태가 악화하면 '환자'라

---

9) 그렇게 환자의 머리맡에서 숨죽이고 그녀가 자고 있는 것을 지켜보는 것은 나한테 있어서도 일종의 잠에 가까운 것이었다. 『바람이 분다』

10) 나는 간호원으로부터 건너 받은 한 뭉치의 편지 속에서 그중 한 개를 세쓰코에게 건너 주었다. (…중략…) 요즘, 누워만 있어서 식욕이 떨어지고 약간 마른 것이 눈에 띠게 된 세쓰코는 그날부터 일부러 식삭을 하고 가끔 침대 위에서 몸을 일으키거나 앉아 있거나 했다. 『바람이 분다』

11) 이미 거의 환자가 나아지고 있다고 생각하고 있었던 것 같았는데, 아직 그렇게 누워만 있는 것을 보고 아버지는 약간 불안해하시는 것 같았다. 『바람이 분다』

12) 나를 조금도 눈치 채지 못하고 세쓰코는 침대 위에서 항상 그렇듯이 머리카락 끝을 손으로 만지작거리면서 어느 정도 슬픈 눈초리로 허공을 보라보고 있었다. 『바람이 분다』

고쳐 부르고 있었던 것이다.

세쓰코의 호칭이 그녀의 건강 상태와 연동해서 변한다면 서술내용에 등장하는 '나'의 의식과도 연동하고 있는 것일까?

무더위 때문에 세쓰코의 병세가 나빠지고 호칭이 '환자'로 바뀌는 (A)에서 '나'는 병세 때문에 거칠어진 세쓰코의 호흡소리를 듣고, 그녀의 호흡곤란을 흉내 내면서 자신도 실제로 호흡곤란에 빠질 정도로 그녀와 모든 것을 함께 할 수 있는 것을 '오히려 기분 좋은 것'이라고 생각한다. 그리고 아버지의 방문이 서술된 제7절(C)과 제8절에서 '나'의 내면 묘사는 별로 없고 '나'의 의식에 특별한 변화가 일어난 것 같지는 않다. 즉, 서술내용의 '나'와는 무관하게 호칭만이 '환자'로 바뀌고 있는 것이다.

그러나 (C)에서 (D)로 호칭이 변하는 사이, 세쓰코가 발작을 일으키고 절대안정의 위기에 빠지자, '나'는 지금까지 믿었던 '우리의 행복'을 의심하기 시작하고 '우리의 행복'이 '누군가에게 위협받기 쉽다는 것에 불안감을 느끼'게 되지만 세쓰코가 절대안정의 상태에서 회복하자, 나도 '정신적 위기'로부터 '쉽게 헤쳐 나왔다'고 생각하며 안심한다. 그리고 호칭도 '세쓰코'로 바뀌고, 제3장 「바람이 분다」 마지막까지 호칭은 '세쓰코'만이 사용되고 있다. 이처럼 호칭의 변화와 '나'의 상관관계를 검토해 보았지만, 앞서 살펴본 것처럼 세쓰코의 건강 상태만큼의 상관관계는 찾아보기 어려웠다.

「바람이 분다」에서 세쓰코의 몸 상태의 악화란 죽음의 전조前兆를 의미한다. 당시로서는 불치병이었던 결핵을 앓고 있는 그녀는 새너토리엄 안에서도 중환자에 속했고 '나' 또한 그녀의 상태가 악화하고 다른 환자가 죽으면 다음은 그녀 차례가 아닌가 하고 불안해한다. 하지만, 화자가 죽음의 전조인 상태의 악화를 자세하게 서술하고 있는 부분에서도 '나'는 이와 무관하게 그녀의 호흡곤란을 즐기는 듯 때로는 그녀의 건강상태의 악화를 그녀의 죽음과 연관해서 인식하지 못하는 부분도 함께 서술되고 있다. 즉, 서술내용 속의 '나'가 의식적인든 무의식적이든 회피하려는 세쓰코의 죽음을 화자는 그녀를 '환자'라 부르면서 암시하고 있다고 볼 수 있다. 그리고 때로는 서술내용의 '나'가 의식하지 못하는 그녀의 상태의 악화(죽음의 전조)를 화자는 '환자'라는 호칭을 통해서 서술내용의 나와 무관하게 서술에서 환기시켜주고 있었다.

3. 「겨울」의 호칭 분석

다음은 「겨울」에서 세쓰코의 호칭이 어떻게 사용되고 있는지를 살펴보겠다. 아래의 표는 「바람이 분다」의 호칭 분석과 동일하게 「겨울」에서 사용된 호칭을 순서대로 나열한 것이다.

「겨울」에서의 '세쓰코'/'환자'

날짜	10/20	10/23	10/27	11/2	11/10	11/17	11/20	11/26	11/28	12/1	12/10
세쓰코		○	○○	○	○		○	○○			○
환자	○○	○			○○	○	○	○○	○○○○		○○ ○○

위의 표를 「바람이 분다」의 '세쓰코'/'환자' 사용 경향과 비교해 보면, 「바람이 분다」처럼 호칭이 명확하게 구분되어 사용되고 있지 않고 전반적으로 '세쓰코'와 '환자'가 섞여 있다는 점이 눈에 띈다.

「바람이 분다」에서는 호칭의 변화가 세쓰코의 건강 상태에 따라서 바뀌었다. 하지만 「겨울」에서 세쓰코의 건강 상태에 관해서는 11월 26일 세쓰코가 각혈을 하고 상태가 악화되었다는 언급밖에는 없다. 이처럼 제4장

「겨울」에서는 세쓰코의 건강 상태와 무관하게 호칭이 '세쓰코'/'환자'가 혼용되어 불리고 있다. 이는 「겨울」의 서술형식이 소설체인 「바람이 분다」와는 달리 일기체인 것과도 연관이 있다고 생각된다. 「바람이 분다」의 화자는 서술내용과 시간적 거리를 두고 있지만, 일기체인 「겨울」의 화자는 그날그날의 일기를 쓰고 있는 기술記述자인 것이다. 즉, 일기의 기술자이자 화자인 「나」는 서술내용의 '나'와 매우 가깝기 때문에 '나'의 인식의 범위를 넘어서지 못하고 그날그날 서술되어지고 있는 '나'에 의해서 그녀를 부르고 있는 것이다.

그렇다면, 무엇이 '나'로 하여금 세쓰코를 때로는 '세쓰코'로, 혹은 '환자'라는 호칭으로 부르게 하는 것일까.

「겨울」은 '나'가 '우리의 있는 그대로의 행복을 주제로 소설'을 쓰고 있다는 이야기서부터 서술이 시작한다. '나'한테 있어서 '나'와 세쓰코의 이야기를 소설로 쓴다는 것은 '우리'가 「바람이 분다」의 시간에서 공유했던 '우리들만의 행복'을 확실한 것으로 만들기 위해서 그 '행복'을 눈에 보이는 형태로 남기려는 행위이다.13) 그리고 '우리가 소유하고 있는 행복'이란 '나'의 눈과 세쓰코의 영혼이 하나가 되어서 하루하루 특별할 것 없이 이어지는 일상생활 자체에서 '넘칠 듯한 행복'을 느낄 수 있게 하였고, 일상적인 시간의 흐름 안에서 그 시간을 초월한 '행복 그 자체의 완전한 그림幸福そのものの完全な絵'을 볼 수 있게 해주었던 것이다. 하지만, 「바람이 분다」에서 느꼈던 '우리의 행복'은 세쓰코의 죽음의 전조이기도 한 그녀의 병세의 악화에 의해서 몇 번의 위기를 맞게 되었다. 그리고 그때마다 이 '행복'이 일시적인 '한 순간의 것束の間のもの', 혹은 '나의 기분 탓僕の気まぐれ'이 아닌가 하고 스스로 의심하고 괴로워해왔던 '나'는 이 '행복'을

---

13) (…전략…) 지금의 나에게 우리가 소유하고 있는 행복을 믿게 하고 그리고 이렇게 그것에 확실한 형태를 주는 것에 노력하고 있는 나를 도와주고 있는지! 「겨울 11월 2일」

'더욱 확실한 것'으로 만들기 위해서 '우리의 이야기'를 소설로 쓰기 시작한 것이다.

이렇듯 「겨울」는 소설 집필을 통해서 죽음의 전조 앞에서 자꾸 희미해져 가는 '우리의 행복'을 더욱 확실한 것으로 만들어 그 '행복'을 믿으려고 노력하는 '나'를 주로 서술하고 있다. 하지만, 「겨울」에서는 이처럼 자신들의 '행복'에 대한 의심과 불안을 불식하려고 노력하는 '나'는 오히려 자신이 작성한 소설을 통해서 뜻하지 않게 자신의 또 다른 진심을 발견하게 된다.

11월 20일

나는 이제까지 써왔던 노트를 전부 되읽어 봤다. 내가 의도한 바는 이거라면 어쨌든 자신을 만족시킬 만큼은 씌어져 있는 것처럼 생각되었다./하지만, 이와는 별도로 나는 이것(자신의 소설)을 읽고 있는 자기 자신 안에 그 소설의 주제를 이루고 있는 우리자신의 '행복'은 이미 완전하게는 맛볼 수 없게 된, 정말로 의외로 불안한 듯한 내 모습을 발견하기 시작했다.

「겨울」

위의 인용문에서 소설 속에 씌어진 '우리 자신의 행복'을 되읽음으로써 현실의 '우리'를 상대화해서 직시하기 시작한 '나'를 엿볼 수 있다. 현재의 자신들이 놓인 상태－나날이 상태가 악화되어가는 세쓰코와 그러한 그녀를 단지 불안한 마음으로 지켜보고 있는 '나'－를 적시하고 있는 '나'의 인식은 일기를 쓰고 있는 '나'를 통해 세쓰코의 호칭에도 반영되어 나타나게 된다. 「겨울」에서 세쓰코의 모습을 객관적으로 묘사한 부분은 「바람이 분다」보다 적으나, 세쓰코를 봐라보고 있는 '나'의 심정을 서술하고 있는 부분은 오히려 「바람이 분다」보다 많다.

이처럼 「겨울」에는 「바람이 분다」의 '우리의 행복'을 소설을 통해서 재현시켜 '우리의 행복'에 대한 확고한 믿음을 얻고자 하는 '나'가 있고, 그 소설 속의 '우리들의 모습'을 통해서 오히려 현재의 자신들을 상대화하고 재확인하게 되는 '나'가 있다. 요컨대, 이러한 '나'의 분열이 일기라는 서술 속에서 세쓰코를 '세쓰코' 혹은 '환자'로 나눠서 부르게 하고 있는 것이다. 즉, 「겨울」의 화자는 세쓰코의 죽음 앞에서 여전히 불안해하며 그녀의 죽음을 받아들이지 못하고 있다. 이는 「겨울」의 화자는 「바람이 분다」의 서술의 연장에 있는 것이 아니라 오히려 「바람이 분다」의 서술내용의 연장성상에 있는 화자라고 할 수 있다.

4. 마치며

이 장에서는 완결판 『바람이 분다』 제3장 「바람이 분다」와 제4장 「겨울」에서 사용되는 세쓰코의 호칭을 분석해보았다. 제3장 「바람이 분다」에서는 서술내용의 '나'와 무관하게 세쓰코의 건강 상태와 연동하여 그녀의 호칭이 바뀌었으나, 제4장 「겨울」에서는 반대로 세쓰코의 건강 상태와는 상관없이 일기의 기술자이자 서술내용의 '나'에 의해서 그 사용이 구분되었다. 이는 소설체와 일기체에서의 화자의 의식의 차이를 분명히 나타내고 있는 것이다. 「바람이 분다」의 화자는 서술내용의 '나'가 아직 받아들이지 못하고 있는 세쓰코의 죽음을 의식하여 그녀의 병세의 악화에 따라서 그녀의 호칭을 '환자'라고 의식적으로 사용하였지만, 「겨울」의 화자는 「바람이 분다」의 서술내용의 '나'와 마찬가지로 그녀의 죽음을 회피하면서 다가올 죽음 앞에서 두려워하고 있는 화자였다. 이와 같은 분석 결과를 토대로 앞서 제기한 의문—「바람이 분다」와 「겨울」의 서술시점—을 생각해본다면, 「바람이 분다」의 화자보다 「겨울」의 화자가 더 이른 시점에서 서술하기를 하고 있다는 결론을 내릴 수 있겠다. 앞에서 언급한 아카쓰카론은 『바람이 분다』의 서술이 「죽음의 골짜기」를 통과한 시점에서 비로소 가능하였으므로, 일기체로 씌어진 「겨울」과 「죽음의 골짜기」도 '회상된 시간'을 서술하고 있다고 지적하였지만, 본론에서 검토한 바와 같이 「겨울」의 화자는 세쓰코의 죽음을 통과한 후에 '회상된 시간'을 서술하고 있는 것이 아니라, '나'와 세쓰코의 '행복'에 갈등을 느끼면서 그날그날의 일기를 기술(서술)하고 있는 자이다. 따라서 고이즈미론이나 안도론처럼 「겨울」의 서술은 「바람이 분다」의 연장선상에 있다고 볼 수 없으며, 「겨울」의 화자는 오히려 「바람이 분다」의 서술내용의 '나'의 연장선상에 있는 것이다.

즉, 완결판 『바람이 분다』의 서술은 제1장 「서곡」부터 시작하는 것이 아니라, 「겨울」의 '나'의 일기에서부터 시작하고 있다고 볼 수 있다. 완결판 『바람이 분다』의 서술은 「겨울」의 '나'의 일기로부터 시작하여 세쓰코 사후 1년 후의 시점에 쓰인 '나'의 일기인 「죽음의 골짜기」의 시간을 거쳐 비로소 둘이 처음 만난 '그' 여름 날을 회상하는 제1장 「서곡」의 서술로 이어지는 것이다.

부록

[부록 1] ≪호리 다쓰오 번역과 창작 연표 : 1921~1930≫

< >는 시, 「 」는 소설, ≪ ≫는 에세이.

연 도		번 역	창 작(시 · 소설 · 에세이)
1921년	11월		「맑고 외롭게淸く寂しく」『蒼穹』
1923년	7월		<불란서 인형仏蘭西人形>『橄欖の森』 <파란 시青づよい詩稿>『校友會雜誌』
1924년	2월		<범전선帆前船, 낡은 버선古足袋, 도서 생활書物生活>『校友會雜誌』
	6월		≪쾌적주의快適主義≫『校友會雜誌』
	10월		≪첫 번째 산보第一散步≫『校友會雜誌』
1925년	9월		「단밤甘栗」『山繭』
1926년	3월		「풍경風景」『山繭』 ≪하이칼라고ハイカラ考≫『辻馬車』
	4월	기욤 아폴리네르 <풍경, 넥타이, 거울>, 장 콕토 <나쁜 여행자>, 앙드레 살몬 <에피그램, 무제>, 막스 야콥 <나의 인생은 3 줄이었다>, 프랑시스 카르코 <큰길>『驢馬』	「뭐라고 말하면 좋을지何と云つたらいいか」『驢馬』
	5월	장 콕토 <옴파로데스, 우화>『驢馬』	<판타스틱ファンタスチック, 겨울 날冬の日, 시골길田舍道>『驢馬』
	6월	장 콕토 <태양, 해저의 봄, 돈 주앙, 해포석, 마법에 걸린 빵, 바다 풍경>『驢馬』	「1923년의 원고一九二三年の原稿」『驢馬』 「토요일土曜日」『山繭』
	7월	기욤 아폴리네르『허위 구세주 앙	≪비눗방울 시인－장 콕토에 관해서石鹼

연 도		번 역	창 작(시·소설·에세이)
1926년	9월	피옹』「Ⅲ 로마네스크한 담배」『驢馬』 쥘 르나르 <눈, 세계적 우화의 개정, 분홍색 풍성>『辻馬車』 장 콕토 <장미 나무, 과실, 쓰르뷔유, 베니스의 연인들, 123> 막스 야콥 <보드레르 흉내, 우의가 없는 우화, 수탉과 진주로부터>『驢馬』	玉の詩人－ジャン・コクトオに就て≫『驢馬』 ≪아르튀르 랭보ｱﾙﾃｭﾙ ﾗﾝﾎﾞｵ≫『箒』
	10월	기욤 아폴리네르 <소대장>『驢馬』 아르튀르 랭보 <새벽, 바다, 노동자>『山繭』	「착각錯覚」『驢馬』
	11월	프랑시스 잠 <망은, 강의 언덕에서, 존재, 에리코의 장미, 환영, 계산 연습, 여성 기피, 농경, 벙어리의 하느님, 메마른 비, 6살의 초상, 20살의 초상, 55살의 초상, 신중, 통곡하는 어머니> 『驢馬』	
	12월		≪조개껍질과 장미 노트貝殻と薔薇 ﾉｵﾄ≫『山繭』
1927년	1월	기욤 아폴리네르 <샹파뉴의 포도 제배, 감사, 1915년 4월의 밤, 그림자>『驢馬』 기욤 아폴리네르 「암스테르담의 선원」『辻馬車』	
	2월		≪기욤 아폴리네르ｷﾞｮｵﾑ ｱﾎﾟﾘﾈｴﾙ≫, <천사들이…天使達が…>『驢馬』 「루벤스의 위작ﾙｳﾍﾞﾝｽの偽画」 『山繭』(초고)

연 도		번 역	창 작(시 · 소설 · 에세이)
1927년	3월	장 콕토 ≪직업적인 비밀≫ 『山繭』	<나는 걷고 있었다僕は歩いてみた> 『驢馬』
	4월		<이윽고 겨울やがて冬> 『手帖』
	5월	기욤 아폴리네르 「힐데스하임의 장미」 『山繭』 장 콕토 ≪수탉과 알캉≫(1) 『虹』	
	6월	장 콕토 ≪수탉과 알캉≫(2) 『虹』 장 콕토 <기계> 『辻馬車』	「자면서 眠りながら」 『山繭』
	8월	장 콕토 ≪수탉과 알캉≫(3) 『虹』	
	9월	장 콕토 ≪수탉과 알캉≫(4) 『虹』	
	11월	장 콕토 ≪수탉과 알캉≫(5) 『虹』 레몽 라디게 <꽃 혹은 별들의 말> 『手帖』	
1928년	2월	장 콕토 ≪마리탱에게 보내는 편지≫ 『山繭』	「나비蝶」 『驢馬』
	3월		<병病> 『山繭』
	6월	장 콕토 <스페인, 야곡, 비망록> 『創作月刊』	
	10월	장 콕토 ≪이용할 수 없는 것≫ 『創作月刊』	≪여성의 잡지 「불새」에게女性の雑誌「火の鳥」に≫ 『讀賣新聞』
1929년	1월		「루벤스의 위작」(개고), ≪장 콕토ジャン・コクオ≫ 『創作月刊』
	2월	장 콕토 <빨간 봉지> 『山繭』	「서투른 천사不器用な天使」 『文芸春秋』
	3월	장 콕토 <페어리, 숙어, 해저의 봄,	≪아쿠타가와 류노스케론芥川竜之介論≫

연 도		번 역	창 작(시·소설·에세이)
1929년		태양, 번역해야 할 것> 『創作月刊』 필립 수포 <SAY IT WITH MUSIC, WESTWEGO> 『詩神』 장 콕토 ≪세속적인 신비≫ 『詩と詩論』 장 콕토 ≪마르셀 프루스트의 목소리≫ 『文芸レビュー』	졸업논문
	4월	장 콕토 ≪에릭 사티≫『關西文芸』 『장 콕토 초コクトオ抄』 厚生閣書店	
	5월	기욤 아폴리네르 <상 메리의 음악가> 『詩神』	≪시적 정신詩的精神≫ 『帝國大學新聞』
	6월	기욤 아폴리네르 「그림자의 분리」 『文芸レビュー』	≪레이몽 라디게レエモン·ラジゲ≫『詩と詩論』
	7월	기욤 아폴리네르 「힐데스하임의 장미」 『詩神』	
	8월		<내 취향이 아닌 시僕の趣味でない詩> 『皿』
	9월	레몽 라디게 <이사와 시골생활> 『詩神』 장 콕토 <천사의 머리카락, 파랑의 신비> 『椎の木』 필립 수포 <SWANEE> 『葡萄園』 필립 수포 <래그 타임> 『文芸レビュー』	「판타스틱ファンタスチツク」 『皿』 「문신한 나비刺青した蝶」 『婦人サロン』 ≪문학의 정당한 방향을文学の正当な方向を≫ 『讀賣新聞』 ≪야콥의 「주사위」ジャコブの「骰子筒」≫ 『詩と詩論』
	10월		「자고 있는 남자眠つてゐる男」 『文學』
	11월		≪오르페オルフェ≫ 『文學』 「X씨의 수첩X氏の手帳」 『1929』

연 도		번 역	창 작(시 · 소설 · 에세이)
1929년	12월	장 콕토 ≪무질서라고 여겨진 질서에 관해서≫ 『文學』 장 콕토 <성가> 『詩神』 필립 수포 <SAY IT WITH MUSIC, WESTWEGO, SWANEE, 등반> 『詩と詩論』	「콩트コント」 『FANTASIA』 ≪초현실주의超現実主義≫ 『文學』
1930년	1월		≪나는 내 작품에 대해서…僕は僕自身の作品について…≫ 『文學』 ≪나 하나의 견지에서僕一個の見地から≫ 『文學時代』 ≪가와바타 야스나리川端康成≫ 『新潮』
	2월		「헤리오트롭ヘリオトロオプ」 『文學時代』 ≪예술을 위한 예술에 관해서芸術のための芸術について≫ 『新潮』 ≪시간 외에 아무것도 없음時の外何物もなし≫ 『映畫往來』
	3월		「넥타이 난ネクタイ難」 『新青年』 「풍경」 『文學』(개고) ≪무로씨의 소설과 시室生さんの小説と詩≫ 『新潮』
	4월	레몽 라디게 「1789년 이후 나는 생각하는 것을 강요당하고 있다. 그래서 머리가 아프다」 『前衛』	「무서운 아이手のつけられない子供」 『文學時代』 ≪다소 독단적으로すこし独断的に≫ 『帝國大學新聞』
	5월		「루벤스의 위작」 『作品』(최종고) 「지곤과 나ジゴンと僕」, ≪오월의 풍경五月風景≫ 『文芸春秋』 「죽음의 소묘死の素描」 『新潮』 「수족관水族館」 『モダン・TOKIO・円舞曲』

연 도		번 역	창 작(시 · 소설 · 에세이)
1930년	6월	장 콕토『그랑 데카르』단장 『詩·現實』	≪소설의 위기小説の危機≫『時事新報』
	7월		『서투른 천사』改造社 「쥐鼠」『婦人公論』 「천사를 놀리다天使にからかふ」『若草』 <그림 엽서絵はがき>『時間』 ≪분숫가에서噴水のほとりで≫『文芸春秋』 ≪나카노 시케하루와 나中野重治と僕≫『詩神』
	8월	기욤 아폴리네르『허위 구세주 앙피옹』「Ⅰ 안내인」, 「Ⅱ 아름다운 영화」, 「Ⅲ 로마네스크한 담배」(재록)『作品』	「음악 속에서音楽のなかで」『近代生活』
	9월	기욤 아폴리네르『허위 구세주 앙피옹』「Ⅳ 나병」『作品』 장 콕토 ≪「사기꾼 토마」에 대해서≫『世界文學評論』1호	「수에쓰무바나末摘花」『若草』
	10월		「창窓」, ≪가루이자와에서軽井沢にて≫『文學時代』 <그림 엽서絵はがき>『週間朝日』 ≪파이프 이야기パイプの話≫『帝國大學新聞』
	11월		「성가족聖家族」『改造』 ≪프랑스문학을 어떻게 보는지 フランス文学を如何に観るか≫『作品』

※ 이 책에서 다루고 있는 작품 이외의 재록과 앙케트 종류는 생략했다.

[부록 2] ≪호리 다쓰오의 모더니즘 관련 장서 목록≫

　　호리 다쓰오의 장서 목록은 지쿠마쇼보筑摩書房에서 출판한 『호리 다쓰오 전집 堀辰雄全集』(別二卷)에 수록되어 있다. 호리는 만년을 보낸 오이와케追分 자택에 서고를 짓고자 했을 때 자신의 장서들을 정리해 놓기 위한 분류카드를 작성했다. 그는 서고가 완성되는 것을 보지 못하고 별세하였으나, 이후 부인 호리 다헤코堀多恵子가 호리의 분류카드대로 장서들을 서고해 수납해 놓았다. 지쿠마쇼보판 전집에 수록된 '장서 목록'은 호리의 분류카드에 따라 수납해 놓은 장서들의 목록이다. 다헤코에 의하면 번역서들은 카드에 적혀 있는 것만 수납해 놓고 지인들로부터 기증받은 책이나 분류카드에 없는 항목의 책들은 제외했다고 한다.

　　본 부록에는 호리가 작성한 분류카드 중에서 본서와 관련이 있는 서양미술(B一)과 과학(B四)의 장서 목록과 모더니즘 관련 양서들의 목록을 실었다. 모더니즘 관련 서적 중 1931년 이후에 호리가 연구하고 수용한 마르셀 프루스트, 마리아 릴케, 앙드레 지드, 프랑수아 모리아크, 폴 끌로델 관련 서적은 이 책의 내용과 직접적으로 연관이 없으므로 생략했다.

[호리가 작성한 분류 카드]

```
B(一)
서양미술
그리스 조각
중세 미술(고딕 미술)
르네상스의 문화
18, 19세기
세계사(사카구치 수바루坂口昴, 오루이 노보루大類伸)
  ⋮
B(四)
서양철학    서양철학총서(소크라테스, 플라톤, 데카르트, 베르그송)
          몽테뉴 수상록
과학        수학사
          타나베 하지메田辺元(철학개론 외)
```

[일서 목록]

* 호리 다쓰오가 어떤 책들을 읽었는지 보기 쉽도록 서명, 저자, 출판사, 출판년도 순으로 나열했다.

B(一)

希臘彫刻史	レーヴィ著, 原随園訳編, 創元社, 1942.
中世の美術西洋美術史第三巻	吉川逸治著, 東京堂, 1948.
ゴシック美術形式論	ウォーリンガア著, 中野勇訳, 座右宝刊行会, 1944.
ルネッサス史概説	坂口昂著, 岩波書店, 1949.
ルネッサス上	ゴビノー著, 加茂儀一訳, みすず書房, 1948.
伊太利ルネッサンスの美術	ゼ・エ・サイモンズ著, 城崎祥臧訳, 春秋社, 1929.
文芸復興	林達夫著, 小山書店, 1942.
世界史的考察	ブルクハルト著, 奥津彦重訳, 桜井書店, 1948.
チチェローネ	ブルクハルト著, 嘉門安雄訳, 筑摩書房, 1948.
十八世紀フランス絵画の研究	坂崎坦著, 岩波書店, 1949.
十九世紀仏国絵画史	リヒヤルド・ムウテル著, 木下杢太郎訳, 甲鳥書林, 1943.
近代絵画史論	植田寿蔵著, 岩波書店, 1925.
印象派時代	福島繁太郎著, 文芸春秋社, 1946.
エコール・ド・パリ I Ⅱ Ⅲ	福島繁太郎著, 新潮社, 1950-1951.
世界美術図譜西洋編三ー十	今泉篤男編纂, 児島喜久雄監修, 東京堂, 1943.
レオナルド研究	児島喜久雄著, 岩波書店, 1952.
フラ・アンジェリコ	西村貞著, アトリエ社, 1940.
ボッティチェリー	田近憲三著, 春鳥会, 1942.
レンブラント	武者小路実篤著, 和敬書店, 1948.
レンブラント	ベルハアレン著, 古屋芳雄訳, 岩波書店, 1922.
ワトオ	三輪福松著, アトリエ社, 1940.
ゴヤ	須田国太郎著, 日本美術出版株式会社, 1946.
デュフィの歌	大久保泰著, 毎日新聞社, 1949.
モディリアニ	黒田重太郎著, 弘文堂, 1949.
親友ピカソ	ジェーム・サバルテ著, 益田義信訳, 美術出版社, 1950.

★

ギリシャの神殿	村田潔著, 築地書店, 1944.
ギリシャの瓶絵	村田数之亮著, アルス, 1942.
希臘芸術模古式の笑	大久保泰著, 春鳥会, 1942.
アポロ西洋美術史	エス・レイナンク著, 河野桐谷訳, 平凡社, 1933.
美術様式論	アロイス・リイグル著, 長広敏雄訳, 座右刊行会, 1942.
精神史としての美術史	ドヴォルジャック著, 中村茂夫訳, 全国書房, 1946.
イシスとアフロヂテ	石井柏亭・大偶為三共編, 国民美術協会, 1915.
伊太利亜美術紀行	団伊能著, 春陽堂, 1922.
イタリヤの寺	坂垣鷹穂著, 大鐙閣, 1926.
わがイタリア	ヂョヴァンニ・パピーニ著, 柏熊達生訳, 高山書院, 1943.
受胎告知	矢代幸雄著, 警醒社書店, 1927.
オランダ派フランドル派四大画家論　ボーデ著, 関泰祐訳, 岩波書店, 1926.	
我が回想	ヂョルヂュ・ルオー著, 武者小路実光訳, 甲鳥書林, 1943.
画商の想出	ヴォラール著, 小山敬三訳, 美術出版社, 1950.
昔の巨匠達	フロマンタン著, 三輪福松訳, 座右刊行会, 1948.
ロロダンの生涯と芸術	カミイユ・モークレール著, 渡辺義治訳, 洛陽堂, 1920.
フランスの画家たち	岡鹿之助著, 中央公論, 1949.

★

概説世界史潮	坂口昂著, 岩波書店, 1940.
世界に於ける希臘文明の潮流	坂口昂著, 岩波書店, 1937.
西洋文化史講義資料	大野法瑞編・発行, 1927.
西洋中世の文化	大類伸著, 富山房, 1925.
西洋時代史観(中世)	大類伸著, 文会堂書店, 1916.

B(四)

서양 철학은 생략함.

★

科学概論	田辺元著, 岩波書店, 1929.
最近の自然科学	田辺元著, 岩波書店, 1925.
自然科学汎論	石原純著, 角川書店, 1949.
自然と理性	湯川秀樹著, 秋田屋, 1948.
原子と人間	湯川秀樹著, 甲文社, 1948.

物質観と世界観	湯川秀樹著, 弘文堂書房, 1948.
目に見えないもの	湯川秀樹著, 甲文社, 1949.
物理学の小道にて	渡辺慧著, アカデメイア・プレス, 1848.
時間	渡辺慧著, 白日書院, 1948.
時と永遠	波多野精一著, 岩波書店, 1948.
天文学概観	荒木俊馬著, 恒星社厚生閣, 1948.
天文と宇宙全二巻	荒木俊馬著, 恒星社厚生閣, 1947・1948.
宇宙	松隈健彦著, 岩波書店, 1948.
物質の構造	菊地正士著, 創元社, 1948.
物理学序説	寺田寅彦著, 岩波書店, 1948.
植物	篠遠喜人著, 力書店, 1948.
楡の花	中谷宇吉朗著, 甲文社, 1948.
アンリ・ポアンカレ	小堀憲著, 創元社, 1948.
科学について	レオナルド・ダ・ヴィンチ著, 杉浦明平訳, 十一組出版部, 1943.
数学通論	末網恕一・荒又秀夫共著, 岩波書店, 1949.
数学と数学史	末網恕一著, 弘文堂書房, 1948.
古代数学史	三田博雄著, 日本科学社, 1948.
数学史研究	小倉金之助著, 岩波書店, 1948.
数理哲学思想史	三宅剛一著, 弘文堂書房, 1948.
純粋数学の世界	弥永昌吉著, 弘文堂書房, 1948.
大数学者	小堀憲著, 弘文堂書房, 1949.
幾何学思想史	近藤洋逸著, 伊藤書店, 1947.
理化学辞典全四冊	石原純・井上敏・玉虫文一編, 岩波書店, 1945.

[D(二)에서]

数学の影絵	吉田洋一著, 東和社, 1952.
人間算術	吉田洋一著, 角川書店, 1950.

[모더니즘 관련의 양서 목록]

*호리 다쓰오가 어떤 작가들에게 관심이 있었는지를 보기 위해서 저자, 서명, 출판사, 출판년도 순으로 나열했다.

≪FRANÇAIS≫

Amadou, Robert	L'Occultisme, Esquisse d'un Monde vivant, Julliard, 1950.
Apollinaire, Guillaume	Les Mamelles de Térésias, Editions Sic, 1918.
Apollinaire, Guillaume	Alcools, N.R.F. 1920.
Apollinaire, Guillaume	L'Enchanteur pourrissant, N.R.F. 1921.
Apollinaire, Guillaume	Il y a., Albert Messein, 1925.
Apollinaire, Guillaume	Le Poète assassiné, La Bonne Cie, 1927.
Apollinaire, Guillaume	L'Hérésiarque et Cie, Stock, 1910.
Apollinaire, Guillaume	Calligrammes, Gallimard, 1925.
Billy, André	Apollinaire vivant, Editions de la Sirène, 1923.
Bonnard	Couleurs des Maîtres. Préface de Jacque de Laprade, Editions Braun&Cie.
Bracque	Couleurs des Maîtres. Préface de Stanislas Fmet, Editions Braun&Cie.
Breton, André	Le théâtre romantique.Ancienne Librairie, Furne Boivin&Cie.
Cocteau, Jean	Le Coq et l'Arlequin, Editions de la Sirène, 1918.
Cocteau, Jean	Carte blanche, Editions de la Sirène, 1920.
Cocteau, Jean	Eric Satie,Cahiers de Philosophie et d'Art, Mars, 1920.
Cocteau, Jean	La Noce massacrée, Les Visites à Maurice Barrès, Sirène, 1921.
Cocteau, Jean	Picasso, Stock, 1923.
Cocteau, Jean	Plain-chant, Stock, 1923.
Cocteau, Jean	Le Grand Ecart, Stock, 1924.
Cocteau, Jean	Le Potomak 1913-1914, Stock, 1924.
Cocteau, Jean	Le Secret professionnel, Stock, 1924.
Cocteau, Jean	Serge Ferat, Valori Plastici, 1924.
Cocteau, Jean	Le Rappel à l'Ordre, Stock, 1926.
Cocteau, Jean	Lettre à Jacques Maritain, Stock, 1926.
Cocteau, Jean	Opéra, Œuvres poétiques 1925-1927, Stock, 1927.
Cocteau, Jean	Orphée, Stock, 1927.

Cocteau, Jean	Antigone, les Mariés de la Tour Eiffel, Gallimard, 1928.
Cocteau, Jean	Oedipe-Roi,Roméo et Juliette, Plon, 1928.
Cocteau, Jean	Opium, Journal d'une Désintoxication, Stock, 1931.
Cocteau, Jean	Essai de Critique indirecte, Grasset, 1932.
Cocteau, Jean	La Machine infernale, Grasset, 1934.
Cocteau, Jean	Poémes, Gallimard, 1948.
Cocteau, Jean	Le Mystère Laïc, Quatre Chemins, 1928.
Cocteau, Jean	Les Enfants terribles, Grasset, 1929.
Cocteau, Jean	Poésie 1916-1923, Gallimard, 1925.
Cocteau, Jean	Thomas l'Imposteur, N.R.F.
Crémieux, Benjamin	XXe Siècle, Gallimard, 1924.
Daniel-Rops	Où passent des Anges, Plon, 1947.
Daniel-Rops	Rimbaud,le Drame spirituel, Plon, 1936.
Eluard, Paul	Choix de Poèmes, Gallimard, 1951.
Eluard, Paul	Les Mains libres,Dessin de Man Ray,illustrés par les Poèmes, Gallimard.
Fromentin, Eugène	Maîtres d'autrefois, Plon, 1906.
Jacob, Max	Le Cornet à Dés, Stock, 1923.
Le Goffic, Charles	La Littérature française aux XIXe et XXe Siècles.2 vols, Larousse, 1919.
Louis, Parrot	Paul Eluard, Poètes d'aujourd'hui, Pierre Seghers, 1948.
Mallet, Robert	Francis Jammes, Poètes d'aujourd'hui, Pierre Seghers, 1948.
Maritain, Jacques	Réponse à Jean Cocteau, Stock, 1926.
Massis, Henri	Raymond Radiguet, Cahiers libres, 1927.
Masson, Georges-Armand	La Comtesse de Noailles,son œuvre, Editions du Carnet-Critique, 1922.
Picabia, Francis	Unique Eunuque, Sans Pareil. 1920.
Radiguet, Raymond	La Bal du Comte d'Orgel, Livre Moderne illustré, 1932.
Radiguet, Raymond	La Bal du Comte d'Orgel, Livre Moderne illustré, 1937.
Radiguet, Raymond	Le Diable au Corps, Grasset, 1923.
Radiguet, Raymond	Les Joues en Feu, Grasset, 1925.
Radiguet, Raymond	Œuvres complètes de Raymond Radiguet, Grasset, 1952.
Ramuz, C. F.	Souvenirs sur Igor Strawinsky, Gallimard.

Ribémont-Dessaignes	Utrillo ou l'Enchanteur des Rues. Trésors de la Peinture Française, Art Albert Skira.
Rimbaud, Arthur	Œuvres de Arthur Rimbaud, Mercvre de France 1924.
Roger-Marx, Claude	Odilon Redon. Peintres français nouveaux, No21, N.R.F.
Roy, Claude	Jules Supervielle. Poétes d'aujourd'hui, Pierre Seghers.
Salmon, André	Le Manuscrit trouvé dans un Chapeau, Stock, 1924.
Soupault, Philippe	Carte postale, Editions des Cahiers libres, 1926.
Soupault, Philippe	Guillaume Apollinaire, Cahiers du sud, 1927.
Vollard, Ambroise	Paul Cézanne, Ambroise Vollard Editeur, 1915.

≪English≫

Eliot, T. S.	The Film of Murder in the Cathedral, Faber&Faber, 1952
Eliot, T. S.	Dante, the poet on the poets, No. 2, Faber&Faber 1926.
Eliot, T. S.	The Family Reunion, a play, Faber&Faber, 1936.
Hackett, C. A.	Anthology of Modern French poetry, from Baudelaire to the present Day, Basil Blackwell, 1952.
Joyce, James	Anna Livia Plurabelle, Faber&Faber, 1930.
Jury, C. R.	T. S. Eliot`s The Waste Land, some Annotations, F. W. Preece & Sons, 1932.
Lowell, Amy	Six French Poets, Studies in Contemporary Literature, Houghton Mifflin Co. 1926.
Rickword, Edgell	Rimbaud, the boy & the Poet, William Heinemann Ltd. 1924.
Yeats, W. B.	Stories of Red Hanrahan, the Secret Rosa, Rosa Alchemica, A. H. Bullen, 1913.
Yeats, W. B.	The Tables of the Law, the Adoration of the Magi, Shakespeare Head Press, 1914.
Yeats, W. B.	Responsibilities and Other Poems, Macmillan Co. 1917.
Yeats, W. B.	Reveries over Childhood and Youth, Macmillan Co. 1917.
Yeats, W. B.	Poems, Fisher Unwin Ltd. 1919.
Yeats, W. B.	The Cutting of an Agato, Macmillan Co. 1919.
Yeats, W. B.	Later Poems, Macmillan Co. 1922.
Yeats, W. B.	Plays & Controversies, Macmillan Co. 1927.
Yeats, W. B.	Ideas of Good and Evil, Shakespeare Head Press, 1908.

참고문헌

* 참고문헌은 본문에서 인용한 문헌만 수록함.

アーサー・Ⅰ・ミラー著， 松浦俊輔訳 『アインシュタインとピカソ』 TBSブリタニカ，2002.

赤塚正幸「『風立ちぬ』」『国文学解釈と鑑賞』至文堂，1996.

阿部知二「文明と文学及びその方法論」『詩と詩論』Ⅷ，厚生閣書店，1930.10.

阿毛久芳 「詩的精神と堀辰雄」 『堀辰雄とモダニズム』 国文学解釈と鑑賞別冊， 至文堂，2004.2.

安藤宏「現実への回帰―堀辰雄『風立ちぬ』を中心に」『自意識の昭和文学―現象としての『私』―』至文堂，1994.

アンリ・ポアンカレ著，林鶴一訳『科学と臆説』大倉書店，1909.

＿＿＿＿＿＿＿＿＿＿ 田辺元訳「空間と時間」『哲学雑誌』1913.12.

＿＿＿＿＿＿＿＿＿＿ 寺田寅彦訳「事実の選択」『東洋学芸雑誌』1915.2.

＿＿＿＿＿＿＿＿＿＿ 田辺元訳『科学の価値』岩波書店，1916.

＿＿＿＿＿＿＿＿＿＿ 寺田寅彦訳「偶然」『東洋学芸雑誌』1915.7～1915.8.

＿＿＿＿＿＿＿＿＿＿ 岡谷辰治訳『輓近の思想』叢文閣，1925.

＿＿＿＿＿＿＿＿＿＿ 平林初之輔訳『科学者と詩人』岩波書店，1928.

＿＿＿＿＿＿＿＿＿＿ 吉田洋一訳『科学と方法』岩波書店，1929.

＿＿＿＿＿＿＿＿＿＿ 河野伊三郎訳『科学と仮説』岩波書店，1938.

＿＿＿＿＿＿＿＿＿＿ 吉田洋一訳『科学と価値』岩波書店，1977.

飯島耕一『日本のシュールレアリスム』思潮社，1963.

池内輝雄「堀辰雄「ルウベンスの偽画」と「聖家族」」『国文学漢文学論叢』東京教育大学文学部，1971.3.

＿＿＿＿「堀辰雄「ルウベンスの偽画」小論―「詩」と「真実」をめぐって―」『大妻国文』3号，大妻女子大学国文学会，1972.

＿＿＿＿ 編『堀辰雄』鑑賞日本現代文学18，角川書店，1981.

＿＿＿＿「堀辰雄の書簡一通及び宗瑛の写真など」『大妻国文』 15号，大妻女子大学国文学会，1984.

石井和夫「漱石の正成，芥川の義仲…「明暗」と寺田寅彦・ポアンカレー「偶然」との関係」『叙説』10，小山書店，1994.7.

伊藤整「「不器用な天使」に就て―堀辰雄氏の新著」『詩と詩論』Ⅷ，厚生閣書店，1930.10.

＿＿＿「解説」『昭和十年代 8』現代日本小説大系53，河出書房，1951.

植田寿蔵『近代絵画史論』岩波書店，1925.

海野弘・小倉正史編『ワードマップ現代美術』新曜社，1988.

江口清『レイモン・ラディゲと日本の作家たち』清水弘文堂，1973.

遠藤周作『堀辰雄』一古堂書店，1955.

大森郁之助『堀辰雄の世界』桜楓社，1972.

_____『論考 堀辰雄』有朋堂，1980.

岡谷公二『アンリ・ルソー 楽園の謎』新潮社，1983.

_____「アンリ・ルソーの位置」『「アンリ・ルソーの夜会」展』展示会，1985.

小田切秀雄「堀辰雄『風立ちぬ』」『教育国語』1968.3.

オルテガ・イ・ガセット著，川口正秋訳『芸術の非人間化』荒地出版社，1968.

影山恒男『芥川竜之介と堀辰雄－信と認識のはざまー』有精堂，1994.

片岡鉄兵「少し大きな声で(三)化かしと技術(一)」『東京朝日新聞』1929.10.20.

_____「「新文学」の正体」『詩神』聚芳閣，1930.1.

加藤民男「夏から冬へー『風立ちぬ』再読」『季刊 文学館』1号 潮流社，1983.

神吉敬三編『ピカソ全集 キュービスムの時代』講談社，1981.

河上徹太郎「堀文学の役割」『堀辰雄』現代日本文学全集月報12号，筑摩書房，1954.5.

川端康成「新人才華」『新潮』新潮社，1930.

菊地弘「堀辰雄の文学精神」『文学年誌』10号，文学批評の会，1990.12.

_____『芥川竜之介－表現と存在ー』明治書院，1994.

北原武夫「堀辰雄素描」『三田文学』三田文学会，1930.

ギョーム・アポリネール著，阿部良雄訳「税関吏ルソー」『アポリネール全集』紀伊国屋書店，1959.

黒田重太郎「フォーヴとフォーヴィズム」『中央美術』中央美術社，1924.

桑木厳翼『哲学網要』東亜堂書房，1913.

ゲーザ・サモシ著，松浦俊輔訳『時間と空間の誕生 蛙からアインシュタインへ』青土社，1987.

小久保実「堀辰雄の文学「風立ちぬ」『堀辰雄』現代文学研究会(1951).

_____編『堀辰雄案内』堀辰雄全集10，角川書店，1965.

_____『新版 堀辰雄論』麦書房，1976.

_____「風立ちぬ」『国文学』学灯社，1977.

_____編『論集 堀辰雄』風信社，1985.

小泉浩一郎 「堀辰雄の近代 『風立ちぬ』の位置」『テキストのなかの作家たち』翰林書房，1993.

今日出海「文芸時評」『作品』作品社，1930.9.

坂井義三郎編『畫聖ラフアエル』畫報社, 1902.5

佐々木基一・谷田昌平『堀辰雄』五月書房, 1958.

塩谷純「マドンナのまなざし 明治の美人画をめぐる一考察」『美人画の誕生』山種美術館, 1997.

下村寅太郎「解説」『田辺元全集』第2巻, 筑摩書房, 1963.

清水茂「漱石「明暗双双」と, そのベルグソン, ポアンカレーへの関係についてー「明暗」第二回の位相の考察ー」『比較文学年誌』26号, 早稲田大学比較文学研究室, 1990.3.

ジャン・コクトー著, 堀辰雄訳『コクトオ抄』厚生閣書店, 1929.

_____ 渋沢竜彦訳『大股びらき』福武書店, 1994.

ジャン・ゴルドン「ドランとヴラマンク」『中央美術』中央美術社, 1927.

南博編『日本モダニズムの研究』ブレーン出版, 1982.

神西清「堀辰雄文学入門」『堀辰雄集』新潮社, 1950.

真銅正弘「吉田一穂論」『都市モダニズムの奔流』翰林書房, 1996.

曾根博義「新心理主義研究序説」(一)～(五)『評言と構想』評言と構想の会, 1975.6.～1981.6.

_____ 「モダニズムと堀辰雄」『堀辰雄とモダニズム』国文学解釈と鑑賞別冊, 至文堂, 2004.

高階秀爾『ラファエルロ』中央公論社, 1988.

高橋英夫「二人称の余韻」『ユリイカ』青土社, 1978.

田口義弘「堀辰雄とリルケー「リルケ・ノート」を通してー」『日本文学研究資料叢書 堀辰雄』有精堂, 1971.

竹内清己「堀辰雄論ー文学をする神ー」『国文学解釈と鑑賞』至文堂, 1988.10.

_____ 「堀辰雄と西洋絵画ー美と新生」『堀辰雄と昭和文学』三弥井書店, 1992.

_____ 「堀辰雄における西欧文学(二)ーモダニズムの'杖のさき'ー」『文学論藻』東洋大学国語国文学会編, 2000.

_____ 編『堀辰雄事典』勉誠出版, 2001.

_____ 編『堀辰雄『風立ちぬ』作品論集』クレス出版, 2003.

田中喜作「アンリ・ルソーの生涯及び其芸術」『白樺』洛陽堂, 1914.4.

田中清光『堀辰雄ー魂の旅ー』文京書房, 1978.

田辺元『最近の自然科学』岩波書店, 1915.

_____ 『科学概論』岩波書店, 1918.

_____ 『数理哲学研究』岩波書店, 1925.

辻村公一「田辺哲学についてー或一つの試みー」『田辺元』現代日本思想大系23, 筑摩書房, 1965.

谷田昌平『堀辰雄』五月書房, 1958.

_____『東の堀辰雄』弥生書房, 1997.

鶴岡善久『日本超現実主義詩論』思想社, 1970.

寺田寅彦『物理学序説』岩波書店, 1947.

_____『寺田寅彦全集』文学編第1巻, 岩波書店, 1985.

税所篤二「仏国新興美術(六)」『みづゑ』春鳥会, 1923.2.

_____「仏国新興美術(七)」『みづゑ』春鳥会, 1923.4.

外山卯三郎「野獣主義(フォーヴィズム)の研究」『新洋画研究』第5巻, 金星堂, 1931.4.

中島昭『堀辰雄覚書』近代文芸社, 1984.

_____「二つの像－堀辰雄初期の問題－」『論集 堀辰雄』風信社, 1985.

_____『堀辰雄－昭和十年代の文学』リーベル出版, 1992.

中野重治・丸岡明・中村真一郎「座談会 堀辰雄の人と文学」『国文学 解釈と鑑賞』至文堂, 1961.

中村真一郎『芥川竜之介』要選書, 1954.

_____『堀辰雄』近代文学鑑賞講座14, 角川書店, 1958.

_____「堀辰雄－その前期の可能性について」『ユリイカ』書肆ユリイカ, 1978.9.

_____『芥川・堀・立原の文学と生』新潮社, 1980.

_____・福永武彦編『堀辰雄全集』全11巻, 筑摩書房, 1978-1980.

中山理『キリスト教美術シンボル事典』大修館書店, 1997.

鍋井克之「アンリ・ルツソオ個展」『みづゑ』春鳥会, 1923.10.

西原千博「『風立ちぬ』試解－一体化への希求－」『稿本近代文学』筑波大学日本文学会, 1983.

_____「『風立ちぬ』試解(Ⅱ)－<冬>の位置－」『静岡英和女学院短期大学紀要』静岡英和女学院短期大学, 1984.

_____「『風立ちぬ』試解(Ⅲ)－<春>の意識－」『静岡英和女学院短期大学紀要』静岡英和女学院短期大学, 1986.

日本文学研究資料刊行会編『堀辰雄』日本文学研究資料叢書, 有精堂, 1971.

早川博明「近代日本とフランス美術, そしてヴラマンク」『生誕120年記念 ヴラマンク展』展示会, 1997.

春山行夫「『詩と詩論』創刊について」『詩と詩論』Ⅰ, 厚生閣書店, 1928.1.

原善「「羽ばたき」の解説」『短編の愉楽 近代小説のなかの都市』有精堂, 1990.

フィリップ・クーパー著, 中村隆夫訳『キュビスム』西村書店, 1999.

東野芳明「一枚の絵「夢」」『ルソー』講談社, 1981.

日高昭二「堀辰雄とモダニズム－天使の詩学－」『国文学解釈と鑑賞』至文堂, 1996.

日比嘉高「堀辰雄の反－私小説 夢・フロイト・「鳥料理 A Parody」『国文学解釈と鑑賞別冊 堀辰雄とモダニズム』至文堂, 2004.

福永武彦「堀辰雄の作品」『堀辰雄全集』月報, 新潮社, 1958.

_____「堀辰雄の作品」『日本文学研究資料叢書 堀辰雄』, 有精堂, 1971.

_____『内的独白』河出書房新社, 1978.

古俣裕介「『不器用な天使』」『国文学解釈と鑑賞』至文堂, 1996.9.

堀多恵子「晩年の辰雄」『妻への手紙』新潮社, 1959.

槇山朋子「堀辰雄とフィリップ・スーポーー「眠つてゐる男」の成立ー」『日本近代文学』三省堂, 1991.5.

丸岡明「堀辰雄・人と作品」『文芸 堀辰雄読本』河出書房, 1952.

_____ 編『堀辰雄研究』新潮社, 1958.

マルカム・ブラッドベリ, ジェームズ・マックファーレン著, 橋本雄一訳『モダニズムⅠ』鳳書房, 1990.

三好行雄「堀辰雄における〝美学〟ー「聖家族」前後ー」『国文学』学灯社, 1963.

八重樫春編『近代の美術 キュビスム』至文堂, 1980.

矢内原伊作「堀さんと哲学」『堀辰雄全集』月報第2号, 新潮社, 1954.5.

安田祥導「堀辰雄資料・ノート『評伝堀辰雄』とモデル考」『国文学試論』5巻, 1978.

山崎貴夫『アンリ・ルソー』みすず書房, 1989.

山田諭「序文ー日本のシュールレアリスムとは何だったのか？」『日本のシュールレアリスム展』名古屋市美術館, 1990.

山室静「聖家族」『国文学解釈と鑑賞』至文堂, 1961.3.

横光利一「序」『聖家族』江戸川書房, 1932.

吉田一穂「天馬の翼に就てー詩の方法と展開」『詩と詩論』Ⅴ, 厚生閣書店, 1929.9.

吉田洋一「あんり・ぽあんかれ略伝」『岩波講座 数学』別項岩波書店, 1935.

_____「私の読書遍歴」『数学の影絵』東和社, 1952.

_____「堀君と数学」『堀辰雄読本』文芸臨時増刊号, 河出書房, 1957.2.

_____『数学の広場』科学随筆全集4, 学生社, 1966.10.

吉村貞司『堀辰雄ー魂の遍歴として』東京ライフ社, 1955.

吉村鉄太郎「ポオル・ヴァレリイー「ヴァリエテ」についてー」『詩と詩論』Ⅴ, 厚生閣書店, 1929.9.

吉仲正和『科学者の発想：ガリレイ・ニュートン・寺田寅彦・橋田邦彦』玉川大学出版部, 1984.

若桑みどり『ラファエルロ』新潮社, 1988.

渡辺広士「『風立ちぬ』の意味」『ユリイカ』青土社, 1978.

Richard Cocke, The complete paintings of Raphael, Weidenfeld&Nicolson, 1969.

초출일람

제1장 블라맹크와 앙리 루소 수용
「堀辰雄習作期の模索と20世紀初頭の西洋絵画－「風景」論」『比較文学』42集, 2007.6.

제2장 피카소 수용
「堀辰雄におけるピカソ受容－モダニズムの指標として－」『日語日文学研究』65集2권, 2008.5.

제3장 라파엘로와 모더니즘
「堀辰雄「聖家族」論－作中のラファエロの絵画をめぐって－」『日本語と日本文学』37号, 2003.8.

제4장 앙리 푸앵카레 과학사상서와 일본의 모더니즘
「堀辰雄のアンリ・ポアンカレ受容の背景－日本におけるポアンカレ思想集受容の流れと関連して－」『日本学報』67호, 2006.5.

제5장 앙리 푸앵카레 수용
「堀辰雄におけるアンリ・ポアンカレ受容－「芸術のための芸術について」を中心に－」『日本語と日本文学』40号, 2005.2.

제6장 과학의 가설과 문학의 심상
「호리 다쓰오「루벤스의 위작」의 '현실'과 '심상'」『日本学報』74集2권, 2008.2.

제7장 문학의 유희와 모더니즘
「堀辰雄初期文学の<遊戯性>－「手のつけられない子供」と「羽掃き」－」『稿本近代文学』29号, 2004.12.

제8장 일본의 초현실주의와 호리 다쓰오의 '꿈'
「堀辰雄「眠つてゐる男」論－超現実主義との比較を通して－」『稿本近代文学』28号, 2003.12.

제9장 꿈과의 결별
「堀辰雄「鳥料理 A Parody」論－夢との訣別－」『日本学報』71集, 2007.5.

제10장 초출판「바람이 분다」를 읽다
「「風立ちぬ」試論 －初出版「風立ちぬ」を読む－」『日本学研究』18集, 2006.4.

제11장「봄」과「뻐꾸기」
「堀辰雄の「春」と「郭公」－鎮魂における死者と生者」『日本学報』75集, 2008.5.

제12장 완결판『바람이 분다』의 서술 시점
「『바람 일다(風立ちぬ)』의 서술시점에 관한 고찰-「바람 일다」와「겨울」에서의 호칭을 통해서-」『일본연구』5集, 2006.2.

저자 소개

유재진(兪在眞) ‖ 고려대학교 일어일문학과 부교수. 고려대학교 일어일문학과를 졸업하고 일본 쓰쿠바대학(筑波大学)에서 일본근현대문학을 전공하였다. 박사논문「호리 다쓰오 초기 작품연구-모더니즘의 수용과 변용-」으로 학위를 취득하였다. 최근에는 일본의 추리소설에 관심을 갖고 특히 일제강점기 한반도에서 창작된 일본어 탐정소설에 관한 연구를 하고 있다.

개정판

호리 다쓰오堀辰雄와 모더니즘

초판 인쇄 2015년 8월 21일
초판 발행 2015년 8월 31일

저 자 유재진
펴낸이 이대현
편 집 권분옥

펴낸곳 도서출판 역락
주 소 서울시 서초구 동광로 46길 6-6 문창빌딩 2층
전 화 02-3409-2060(편집), 2058(마케팅)
팩 스 02-3409-2059
등 록 1999년 4월 19일 제303-2002-000014호
전자우편 youkrack@hanmail.net
역락블로그 http://blog.naver.com/youkrack3888

값 22,000원
ISBN 979-11-5686-241-3 93830

* 파본은 구입처에서 교환해 드립니다.